O PRÍNCIPE OCULTO

TESSA AFSHAR

O PRÍNCIPE OCULTO

Tradução de
Julia Guedes

Copyright © 2022 por Tessa Afshar. Todos os direitos reservados.
Copyright da tradução © 2024 por Vida Melhor Editora LTDA. Todos os direitos reservados.

Título original: *The hidden prince*

Todos os direitos desta publicação são reservados à Vida Melhor Editora Ltda. Nenhuma parte desta obra pode ser apropriada e estocada em sistema de banco de dados ou processo similar, em qualquer forma ou meio, seja eletrônico, de fotocópia, gravação etc., sem a permissão dos detentores do copyright.

As citações bíblicas marcadas indicadas como NIV são retiradas da *Bíblia Sagrada*, Nova Versão Internacional, copyright © 1973, 1978, 1984, 2011 por Bíblica, Inc.. Todos os direitos reservados. As citações bíblicas marcadas indicadas como NTLH são retiradas da *Bíblia Sagrada*, Nova Tradução na Linguagem de Hoje, copyright © 1988, 2000 por Sociedade Bíblica do Brasil. Todos os direitos reservados.

O príncipe oculto é uma obra de ficção. Quando pessoas, eventos, estabelecimentos, organizações ou locais reais aparecem, eles são usados ficticiamente. Todos os outros elementos do romance são extraídos da imaginação do autor.

COPIDESQUE	*Daniela Vilarinho*
REVISÃO	*Wladimir Oliveira*
ADAPTAÇÃO DE CAPA	*Reginaldo do Prado*
IMAGEM DE CAPA	*© Shane Rebenschied*
PROJETO GRÁFICO E DIAGRAMAÇÃO	*Sonia Peticov*

Dados Internacionais de Catalogação na Publicação (CIP)
(Câmara Brasileira do Livro, SP, Brasil)

A199p
1. ed. Afshar, Tessa
O príncipe oculto / Tessa Afshar; tradução Julia Guedes. – 1. ed. – Rio de Janeiro: Thomas Nelson Brasil, 2024.
400 p.; 15,5 × 23 cm.

Título original: *The Hidden Prince*.
ISBN 978-65-5689-890-2

1. Ficção cristã. 2. Literatura iraniana. I. Guedes, Julia. II. Título.

04-2024/96   CDD-891.5

Índice para catálogo sistemático: 1. Ficção: Literatura iraniana   891.5
Bibliotecária responsável: Aline Graziele Benitez CRB-1/3129

Os pontos de vista desta obra são de responsabilidade de seus autores e colaboradores diretos, não refletindo necessariamente a posição da Thomas Nelson Brasil, da HarperCollins Christian Publishing ou de suas equipes editoriais.

Thomas Nelson Brasil é uma marca licenciada à Vida Melhor Editora LTDA. Todos os direitos reservados à Vida Melhor Editora LTDA.

Rua da Quitanda, 86, sala 601A - Centro,
Rio de Janeiro/RJ - CEP 20091-005
Tel.: (21) 3175-1030
www.thomasnelson.com.br

Para Laurence:
Corajoso. Leal. Cuidadoso. Honesto. Verdadeiro.

Meu amado sobrinho.
Você sempre será um príncipe no meu coração

MAPA REGIONAL

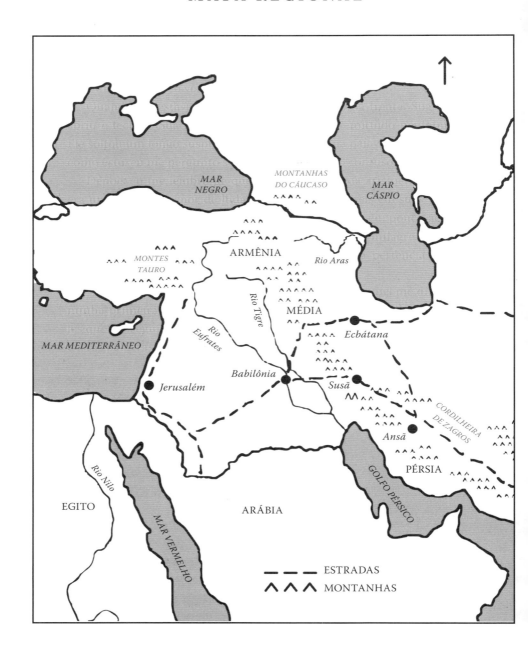

PRÓLOGO

*Então o rei colocou Daniel num alto cargo
e o cobriu de presentes. Ele o designou
governante de toda a província da
Babilônia e o encarregou de todos
os sábios da província.*

Daniel 2:48, NVI

O vigésimo nono ano do reinado do rei Nabucodonosor

Meu pai segurou mais forte na minha mão enquanto passávamos rapidamente pelo zigurate, o santuário dourado de Marduque, em seu momento mais brilhante ao ser iluminado pelo sol da manhã. Ele sempre se sentia inquieto quando nós chegávamos perto de um dos muitos templos da Babilônia. Mas este, o mais renomado e opulento, deixou seu coração judeu francamente agitado.

O zigurate ocupava o centro da Babilônia há séculos e tem se tornado cada vez mais dilapidado com o passar do tempo. Quando Nabucodonosor subiu ao trono, ele gastou uma fortuna em reparações nesse famoso marco, restaurando o zigurate a uma altura magnífica, de maneira que cinquenta homens poderiam subir uns sobre os ombros dos outros e ainda assim não tocariam o zênite. Para marcar o monumento com seu selo pessoal da grandeza, o rei acrescentou o santuário adornado do deus babilônico Marduque como uma coroa no topo da sublime estrutura.

Eu tropecei enquanto olhava as paredes, passando o véu de folhas de palmeira e ramos de árvores verdejantes, seguindo a lenta trilha de um sacerdote vestido de branco enquanto ele subia a escadaria ornamentada carregando um braseiro em chamas.

— Preste atenção, Keren. Pare de olhar para essa abominação.

— Sim, pai — disse eu, com o meu olhar ainda grudado no sacerdote.

— Você não deve permitir que sua mente vagueie quando começar seu trabalho na casa de Daniel. Mantenha seus pensamentos nas tarefas que lhe forem dadas.

— Claro.

— E não faça perguntas impertinentes.

— Quem? Eu? — perguntei, ofendida. — O vovô diz que as minhas perguntas são sinal de uma mente rápida.

— Como eu disse. Impertinente. Você tem que reprimir essa sua tendência.

— Sim, pai.

A essa altura, nós tínhamos saído da via principal, atravessando uma ponte sobre um dos canais que abasteciam a cidade, e seguíamos nosso caminho por uma via estreita e não pavimentada. A maioria das estradas da Babilônia era feita de terra batida, embora algumas fossem amplas o suficiente para acomodar duas carruagens.

Sem aviso, meu pai parou e virou em minha direção. Eu era alta para a minha idade. Mas ele ainda tinha que se curvar para me olhar nos olhos.

— Keren — disse ele, e sua voz enfraqueceu. — Você sabe que nós te amamos. A sua mãe e eu.

— E eu amo vocês. O senhor não precisa se preocupar comigo.

— Daniel é um bom homem. Você estará segura na casa dele.

Eu encostei no ombro do meu pai para tranquilizá-lo. Anos atrás, o rei havia elevado o senhor Daniel à posição de chefe entre todos os sábios e também de governador da Província da Babilônia, a rica capital da nação da Babilônia. De uma só vez, Nabucodonosor transformou um jovem judeu em soberano sobre muitos de seus próprios compatriotas.

Nós, cativos de Judá, não fomos todos tão condecorados.

Muitos do meu povo serviam como escravos. Outros foram enviados para viver em terras babilônicas antes despovoadas. Alguns, como meu pai, ocupavam posições mais humildes na Babilônia. As habilidades do meu pai lhe garantiram o cargo de assistente de um escriba. Embora minha mãe e as minhas irmãs fizessem cestos para um comerciante no mercado e meus irmãos trabalhassem nas docas, o salário do meu pai era o principal sustento da nossa casa. Nós precisávamos que sua escassa renda se dividisse em oito e nunca era suficiente. Em um momento de desespero, meu pai acabou pedindo um empréstimo a um agiota, com uma taxa exorbitante. E agora ele não conseguia pagar sua dívida.

Ele chorava quando abordou seu parente Daniel. Chorava com pesar e, eu suspeito, com muita vergonha. Embora ele tivesse a minha bênção, oferecer sua filha mais nova ao seu primo rico quase partiu o coração do meu pai. É claro que todos esperávamos que a minha família conseguisse poupar o suficiente para me resgatar dentro de um ano. Mas eu suspeitava que a nossa esperança era mais um sonho vago do que um plano realista. Em todos os anos em que estivemos vivendo na Babilônia, minha família não tinha conseguido guardar sequer um único xelim de prata.

Para nosso alívio, Daniel graciosamente se ofereceu para me comprar de meu pai. E depois prontamente me devolver à minha família, como um parente-redentor faria.

O meu pai baixou a cabeça.

— Nós não conseguimos alimentá-la, sabe? Nós simplesmente não temos o suficiente. Ela poderia ir trabalhar para você? Ela vai trabalhar duro, eu prometo. Permita apenas que ela venha para casa em todo sabá para que possamos vê-la e alegrar-nos.

O senhor Daniel concordou. Ele era, em tese, nosso primo, mas ele foi tantas vezes removido das linhagens de meu pai quanto minha túnica desgastada foi das ovelhas que haviam sido tosquiadas para confeccionar seu tecido. Daniel não precisava agir como meu redentor pela lei, nem tinha que multiplicar sua generosidade me dando onde morar e o que comer às suas próprias custas.

Eu entendia quão importante era que eu retribuísse a generosidade de meu mestre trabalhando e sendo útil. Eu acariciei o ombro do meu pai novamente.

— Eu vou trabalhar duro, pai. Não precisa se preocupar. Eu não vou envergonhar o senhor nem minha mãe.

Ele colocou sua mão quente na minha bochecha.

— Nós nunca nos preocupamos com isso.

A casa do senhor Daniel era tudo o que se podia esperar da residência de um nobre. Anos atrás, ele morava no palácio, mas recebeu permissão do rei para se mudar para sua própria casa quando seus filhos nasceram. Com três andares, o edifício tinha paredes de tijolos caros, assados no forno, caiados de branco para combater o calor brutal dos verões babilônios.

Esta residência palaciana tinha pouco em comum com a nossa pequena casa retangular de junco, com esteiras de junco servindo de portas. A porta da frente da suntuosa casa de Daniel, juntamente com a sua moldura e vergas, era feita de madeira robusta, uma mercadoria que a Babilônia importava a grande custo.

— Cedros do Líbano. — Suspirou meu pai, provavelmente lembrando-se de outra porta de uma casa há muito tempo perdida.

Eu tinha pouquíssimas dessas memórias. A minha mãe mal tinha parado de me amamentar quando começou o sítio de Jerusalém. Eu tinha acabado de fazer quatro anos quando ele terminou em uma maré de fogo e sangue. Às vezes eu sentia que ainda podia ouvir o eco das horríveis lamentações em meus sonhos, o tipo de uivo animal sombrio que apenas uma guerra pode espremer de gargantas humanas.

Eu nasci quando minha mãe pensava que era velha demais para ter mais filhos. Ela me chamou de Keren-happuch, em homenagem à filha mais nova de Jó. Suponho que todos em Jerusalém se sentiam um pouco como Jó naquele momento. Mas, esperançosamente demais como se viu depois, ela escolheu o nome de uma filha concebida após o fim dos problemas de Jó. Os nossos estavam apenas começando.

Nossa família foi uma das abençoadas. Exceto meu irmão mais velho, o resto de nós tinha sobrevivido à carnificina dos soldados babilônios que estavam fartos das repetidas traições de Judá. Tínhamos sobrevivido à espada de Nabucodonosor, aos incêndios da guerra, à fome que nos consumia, às ondas de pestilência.

Apenas para sermos levados para a Babilônia como cativos.

Dez anos se passaram desde o dia em que minha família se sentou às margens do Eufrates, todos exaustos pela longa e impiedosa marcha, e choraram pela casa que nunca mais veriam. Algumas feridas não podem ser curadas pelo tempo. Elas desaparecem apenas para se abrirem e sangrarem novamente depois de alguma provocação inesperada. Era por isso que o meu pai, em alguns momentos, inadvertidamente parava e encarava o nada, com os olhos transbordando abruptamente como agora, se deparando com memórias presas numa porta feita de cedros raros.

Eu apertei sua mão, reconfortando-o. Ele sorriu, tentando firmar seu queixo trêmulo, e ergueu os nós dos dedos para bater reverentemente nas tábuas de cor âmbar. Um escravo vestido com uma túnica curta e elegante nos convidou para entrar.

— O mestre está esperando por vocês — disse ele com um aceno de cabeça.

Embora ele passasse a maior parte do tempo no palácio, o senhor Daniel reservou um cômodo inteiro para trabalhar em casa. Inclinado sobre uma pilha de tabuletas de barro sobre a sua mesa, no geral organizada, ele estava tão profundamente imerso em seus pensamentos que a nossa entrada não chamou sua atenção. Nós ficamos quietos perto da porta, esperando sermos percebidos. Atrás dele, uma caixa com divisórias que abrigava numerosas tábuas de barro e cilindros se alongava por toda a extensão da parede. Em um canto, ele havia empilhado rolos de papiro, que não eram tão populares na Babilônia quanto as tabuletas de barro.

Os meus dedos coçaram para olhar para aquelas tábuas, para tentar decifrá-las e ver o quão bem os ensinos do meu avô tinham me servido. Na Babilônia, as meninas geralmente não eram ensinadas a ler e a escrever. Mas o meu avô tinha outras convicções.

Enquanto eu dava meus primeiros passos, meu avô começava a ser atingido por sua doença de tremores e não conseguia mais trabalhar como escriba. Pela primeira vez em sua vida, ele tinha o luxo de ter tempo livre. E ficava entediado. Ele descobriu rapidamente que eu achava suas ferramentas e suas tábuas fascinantes e começou a me ensinar. Nós nos vinculamos a partir do que ambos mais gostávamos. O conhecimento e o poder das palavras. Eu sentiria falta dele, vivendo longe de casa.

Meu novo mestre levantou a cabeça e piscou, como se estivesse despertando de um sonho.

— Asa! Me perdoem. Eu não ouvi vocês entrando. — Ele se levantou, as dobras de sua longa túnica verde-água caindo sobre ele como uma onda ordenada. — E esta deve ser Keren-happuch.

Ele me estudou com um olhar de surpresa. Eu era magra para a minha idade e tão reta como as tábuas do telhado de sua casa. A feminilidade, se alguma vez pretendeu me visitar, se mostrava relutante em me abençoar com qualquer encanto óbvio. Por enquanto, como minha mãe gostava de me assegurar.

Meu pai curvou sua cabeça em sinal de cumprimento.

— Nós a chamamos de Keren, mestre Daniel.

Meus pais perceberam cedo que, para me preservar, uma designação mais curta seria necessária. Eu já estaria no meio do caminho, perseguindo o que quer que fosse minha última fantasia, antes que eles pronunciassem a batelada de letras que era meu nome.

— O senhor pode confiar que ela vai trabalhar duro — acrescentou meu pai. — Ela é mais forte do que parece.

Eu acenei com a cabeça para enfatizar suas palavras. Meus olhos se fixaram nos montes de cilindros de barro atrás do meu novo mestre. Eu me perguntava quantos eu conseguiria carregar em meus braços de uma só vez.

— Tenho certeza de que encontraremos algo para ela. Agora, por favor, receba isto como um sinal do meu apreço por permitir que a sua filha trabalhe na minha casa. — Daniel colocou nas mãos de meu pai um saco de pano que tilintava com xelins de prata. — Eu vou garantir que ela visite vocês em casa em todo sabá. Não queremos que a mãe dela sinta muito sua falta, não é?

A porta se abriu atrás de nós e por ela entrou a mulher mais elegante que eu já tinha visto, vestindo sandálias nos pés. Sua longa túnica azul--real dançava nos seus tornozelos à medida que ela entrava na sala até chegar ao lado de Daniel. Dois xales azul-claros decorados com uma franja dourada, muito admirada pelos babilônicos, cobriam diagonalmente um ombro e eram mantidos no lugar por um cinto adornado com joias. Alguém tinha arrumado o seu cabelo numa criação perfeita e ornamentada de laços e frisos, adornada por anéis de ouro. Mas, sem dúvidas, o mais glamouroso nela era seu rosto, com seu nariz pequeno e acentuado, seus calmos olhos castanhos escurecidos com *kohl* e seus lábios curvos que se alongavam em um triângulo perfeito no centro.

Aqueles lábios não expressaram nenhuma reação quando o senhor Daniel me apresentou.

— Mahlah, minha querida — disse Daniel com um sorriso —, aqui está a sua nova encarregada, Keren. Você com certeza vai encontrar alguma tarefa útil para ela aqui em casa.

Esta, então, era a minha senhora. Eu não passaria meu tempo trabalhando para o senhor Daniel em seu escritório, aparentemente. Escondi minha decepção e me curvei respeitosamente para a elegante mulher. Minha nova senhora me olhou em silêncio. Se ela fosse um pergaminho, eu seria analfabeta. Eu não conseguia ler nada de sua expressão, que permaneceu branda enquanto me examinava.

— Vamos tentar na cozinha — disse ela.

Perdi as esperanças. Não parecia um começo promissor. Minha mãe e irmãs raramente me permitiam chegar perto da cozinha.

— Excelente ideia — disse Daniel, imediatamente voltando para sua pilha de tábuas de barro, e eu mal tive tempo para dar um abraço de despedida apressado em meu pai antes que a senhora Mahlah me levasse para fora do cômodo.

— Meu marido me disse que você tem catorze anos — disse minha senhora enquanto me guiava pelo corredor até chegarmos no pátio retangular. Sobre nós, uma cobertura parcial feita de tábuas de madeira de palmeira e terra compactada continha o brilho do sol, que raiava.

— Sim, senhora. Eu sou alta para a minha idade, e o resto de mim ainda tem que amadurecer.

Seu elegante rosto permaneceu impassível. Mas eu acredito que vi um pequeno brilho em seus olhos castanhos enquanto ela se virava para me estudar por um momento.

— A cozinha é por aqui. — Foi tudo o que ela disse, me levando a um cômodo no canto mais distante do pátio.

Um homem corpulento e de cabelo escuro estava de pé ao lado da porta aberta, afiando sua faca. Ele se curvou em um cumprimento ao ver a senhora. Eu continuei olhando-o, preocupada que ele se espetasse na ponta de sua lâmina enquanto se abaixava. Ele provou ser hábil, no entanto, e seus dedos imponentes agilmente guardaram a faca.

— Minha senhora, como posso ser útil?

—Eu trouxe mais uma ajudante, Manasseh. Esta é Keren. Veja se consegue treiná-la para que seja útil nas tarefas da cozinha.

— Sim, senhora. — Ele se curvou novamente e não se levantou até a senhora começar a se afastar. Eu segui seu exemplo, embora tenha me parecido excessivo. Se eu tivesse que me curvar toda vez que alguém acima mim entrasse e saísse, eu passaria o dia inteiro curvada sobre meus sapatos.

Manasseh me avaliou.

— Que ratinha magricela você é, não? — Ele levantou uma enorme tigela de ferro cheia de nozes secas e não descascadas de uma prateleira e empurrou-a em minhas mãos. Eu cambaleei com o peso, mal conseguindo aguentar.

— Descasque — falou o cozinheiro, seco. Ele apontou com seu dedo corpulento para o canto da sala, onde um martelo me esperava em um banquinho. — Quando você terminar, eu tenho uma tigela de amêndoas.

Eu sentei no chão, a tigela entre minhas pernas, e comecei a quebrar as cascas. Era um trabalho enfadonho, e logo minha mente começou a vagar.

Tessa Afshar ❖ 13

No banquinho de três pernas em que estava o martelo, eu encontrei um pequeno cilindro de barro, apoiado em seu lado instável. Um pedaço de papiro estava aberto ao seu lado.

Para mim, instrumentos de escrita tinham muito mais charme do que qualquer tipo de noz. Eu diminuí a velocidade das marteladas e deslizei para a direita, esticando o pescoço para ver melhor. Luz suficiente entrava pela porta para eu distinguir as palavras.

O cilindro de barro era uma lista real de provisões. Eu reconheci imediatamente a semelhança àquelas que o meu pai, por vezes, preparava para os escribas do palácio. Minhas sobrancelhas arquearam enquanto eu distinguia as curvas sílabas acadianas para óleo, cevada, tâmaras e farinha.

O senhor Daniel esteve entre a primeira onda de deportados de Judá – um dos jovens talentosos de família nobre que Nabucodonosor tinha levado para a Babilônia dezenove anos antes que o resto de nós fôssemos capturados. Como um alto cortesão a serviço do rei da Babilônia, ele recebia provisões mensais de alimentos e óleo, dos quais os escribas mantinham cuidadosos registros.

Ao lado da tábua real cuidadosamente preenchida, havia um pedaço sujo de papiro com uma lista adicional, esta em aramaico. Nenhum escriba real tinha feito este trabalho de escrita terrível. Rapidamente, examinei o conteúdo. Ameixas, farro, ameixas secas, peixe, incenso. Foi preciso alguma imaginação para entender as palavras, de tão mutiladas pela péssima caligrafia.

Meus pés se aproximaram um pouco mais do banquinho de três pernas, deixando o pote de nozes totalmente esquecido. Esta lista incluía preços de compra e pesos. Não era minha intenção ser intrometida. Mas meu cérebro entediado achou os valores convidativos demais para resistir. Eu fiz as contas na minha cabeça, primeiro os pesos, depois os preços. O total escrito no papel não correspondia aos meus cálculos.

A conta se tornou uma ruga na minha mente, um desafio que eu não conseguia resistir. Somei os preços novamente, mais devagar, comparei-os com os pesos, e voltei para revisar a lista. Rapidamente, achei três erros.

Coçando meu nariz, eu encarei as costas do cozinheiro, que se curvava batendo vigorosamente em um pedaço de carneiro. Sem dúvidas essa lista era obra sua. Como cozinheiro-chefe, ele era responsável pelas compras para além dos mantimentos reais. Uma família tão grande e rica teria que comprar mais do que os produtos básicos que o palácio fornecia. Mas ele tinha gastado muito menos do que afirmava naquela lista.

Eu mordi meu lábio, pensando. A julgar pela capacidade de escrita inadequada do homem, presumi que se tratava de um erro honesto. Qualquer escriba semi-instruído seria capaz de identificar os seus erros em instantes, como eu fiz. Na melhor das hipóteses, ele ficaria extremamente envergonhado. Mais provável que ele fosse acusado de tentativa de roubo.

Eu limpei a garganta.

— Mestre?

A cabeça grande do cozinheiro girou em seu curto pescoço.

— Você ainda não terminou essas nozes?

— Ainda não.

— Continue — grunhiu ele antes de voltar a martelar a carne.

— É que... eu encontrei um erro, sabe?

Desta vez, ele se virou mais devagar, me encarando com olhar fixo.

— Erro?

Eu virei a cabeça em direção a sua lista.

— Não pude deixar de notar. Você errou na soma.

As bochechas redondas, brilhando com o vapor vindo da panela fervente, assumiram a cor das ameixas em sua lista.

— Você leu a minha lista?

Eu recuei.

— Eu não quis bisbilhotar.

— Você leu a minha lista?— repetiu.

— O papiro estava praticamente debaixo do meu nariz. — Eu tentei me explicar. — Naturalmente, eu somei os valores das colunas. Eu posso lhe mostrar onde estão os erros. Nós podemos corrigi-los em um piscar de olhos. Só me dê um pouco de tinta e...

O dedo corpulento voltou a apontar na minha direção.

— Levante-se! — berrou ele. — Levante-se!

Eu rapidamente me pus de pé.

— Eu só queria ajudar.

— Fora da minha cozinha! Fora! — Os gritos estavam ficando mais altos. Ele então levantou sua outra mão, agitando o martelo de bronze manchado de sangue de carneiro.

Eu engoli em seco. Meus pés tropeçaram em si mesmos quando me virei para obedecer ao cozinheiro. Não devo ter agido rápido o suficiente para ele. O salto de sua bota acertou diretamente em meu traseiro e me empurrou com força. Eu tropecei, cambaleando pela porta e, mal recuperado o equilíbrio, saí correndo da cozinha tão rápido quanto minhas pernas magras podiam aguentar.

Sem saber para onde ir, dirigi-me para a casa principal, olhando por cima de meu ombro a cada poucos passos para garantir que Manasseh não estava me seguindo com seu martelo ensanguentado. Eu mal tinha atravessado a porta quando colidi com algo macio, que trouxe o perfume de rosas.

A senhora.

Ela me parou com um braço.

— Que alvoroço é esse? — perguntou ela calmamente. — Ouvi gritos vindo da cozinha. Por que você não está onde eu te deixei?

— O cozinheiro pediu que eu fosse embora, senhora.

Ela me fitou com um olhar que me atemorizou mais do que o horripilante martelo de Manasseh.

— E por que ele fez isso?

— Eu tentei ajudá-lo — respondi com uma voz aguda.

— Você tentou cozinhar?

— Não, senhora! Isso não seria aconselhável para a saúde de ninguém. — Minha boca ficou seca. — Eu tentei… Quer dizer, eu fiz uma sugestão.

Ela levantou uma de suas sobrancelhas perfeitamente moldadas.

— Não se mexa até eu voltar.

Eu fiquei imóvel, enquanto o suor manchava minha túnica de lã. Alguns momentos depois, a senhora reapareceu vindo da direção da cozinha, as franjas douradas batendo contra suas sandálias de couro macio.

— Ele se recusa a receber você de volta — disse ela, com o rosto sem nenhuma expressão.

Perdi as esperanças. Eu me perguntei se ela me devolveria à casa do meu pai, envergonhada, depois de menos de meio dia a seu serviço. Mas ela apenas disse:

— Venha. Nós vamos encontrar um novo lugar em que você possa trabalhar.

Ela me guiou pelas entranhas da casa, me conduzindo para um cômodo na ala sul da propriedade. Os meus olhos se arregalaram enquanto, pela primeira vez na minha vida, eu via uma casa de banhos – um cômodo inteiro reservado para a ablução pessoal. Eu tinha ouvido falar desse tipo de lugar, mas nunca tinha tido a oportunidade de entrar em um. Na minha casa, quando precisávamos tomar banho, íamos para o rio.

Com interesse, notei que o piso de azulejos se inclinava ligeiramente em direção ao centro da sala. Antes que eu tivesse tempo de examinar essa estranheza mais a fundo, um movimento fraco em um canto escuro da sala me fez pular alarmada. Percebi que eu e a senhora não estávamos sozinhas no cômodo.

Uma mulher caminhou em nossa direção, saindo das sombras. Ela tinha um rosto redondo, corado e salpicado de suor e mechas de cabelo escuro grudadas em sua testa. Seus braços estavam descobertos e rosados. Eu percebi que ela provavelmente era a lavadeira da casa.

Ela se curvou para a senhora antes de pegar uma grande tigela de bronze cheia de água e esvaziá-la no chão de azulejos. Enquanto o conteúdo de sua tigela fluía em nossa direção, dei outro passo apressado, preocupada que a água suja penetrasse em meu único par de sandálias. Mas a água simplesmente escorreu para o centro do chão e desapareceu por um pequeno buraco que eu não tinha notado até então.

— Nossa, isso é incrível! — exclamei.

— Que bom que você aprova — disse a senhora secamente.

— Esse dreno está conectado a um cano, senhora? Ele com certeza deve se direcionar para longe da fundação da casa. Para onde ele vai? Minha hipótese seria que ele vai para um canal e lá...

A senhora levantou uma das mãos e eu consegui engolir o resto das minhas palavras.

— Você não precisa entender a arquitetura dele, garota. Você só deve utilizá-lo. — Ela se virou para se dirigir à mulher com os braços cor-de-rosa. — Rachel, esta é Keren. Nossa nova funcionária. Eu vou colocá-la sob sua tutela. Veja se você consegue fazer dela uma boa lavadeira.

— Sim, senhora. — Assim que a senhora se retirou, Rachel disse: — Estou feliz que você está aqui. Minha filha costumava me ajudar com as grandes cargas. Mas ela está prenha com uma grande barriga e não consegue mais. — Ela pegou uma carga de roupas molhadas do canto do cômodo e, deixando-as cair em sua bacia agora vazia, entregou-as a mim. — Vem comigo.

Eu mudei a bacia de posição e não achei que era tão pesada quanto eu imaginava. Em uma extremidade do pátio, alguém havia amarrado um pedaço de corda, e Rachel me ajudou a pendurar rapidamente as roupas em uma fileira ordenada. Algumas túnicas de linho e saias curtas, como aquelas que mulheres usavam sob suas roupas, uma dúzia de roupas de baixo masculinas e xales leves de verão.

Eu sorri para mim mesma. Se este era o trabalho pesado, o meu trabalho como ajudante da lavadeira seria simples.

—Venha — disse ela. — É hora de ir buscar a roupa de cama.

— Roupa de cama?

Ela assentiu.

— Uma vez por mês, lavamos os lençóis e cobertores. Um por um. Começamos com a cama do senhor e da senhora, em seguida vamos para as camas dos filhos e, por último, a roupa de cama utilizada pelos hóspedes. E eles sempre têm convidados! Claro, reservamos outro dia para a roupa de cama dos funcionários.

Engoli em seco, percebendo que aquilo que acabamos de pendurar na corda era provavelmente a carga mais leve que eu encontraria nesta casa. Rachel e eu demoramos uma hora para desfazer as camas e juntar todos os tecidos de lã e linho em dois cestos. Eu pensei que ela voltaria para a casa de banhos. Em vez disso, ela foi em direção à rua.

— Para onde vamos?

— Para o rio — disse ela. — Estes são grandes demais para serem lavados dentro de casa. Só lavo as roupas da família lá. A senhora é muito exigente e não gostaria que as suas vestes íntimas estivessem sacudindo ao vento nas margens do Eufrates para que todos vejam.

Eu não respondi. Não conseguia. Eu já tinha ficado sem fôlego só de carregar o enorme cesto, que continha mais roupas de cama que eu já tinha visto na vida em um só lugar. Quando chegamos à beira do rio, desabei na margem e respirei fundo aliviada. Eu poderia tirar um cochilo ali mesmo naqueles lençóis, lavados ou não.

Rachel pegou um lençol e me mostrou como procurar manchas e tratá-las com uma barra de gordura fervida com cinzas. Depois de mergulhar o lençol no rio, ela bateu ele numa rocha lisa para remover a sujeira.

— Agora pegue isso e enxague — instruiu ela. — Depois você pode seguir para o próximo.

Eu concordei com a cabeça enquanto mergulhava o lençol um pouco mais fundo no rio para que a água passasse sobre a roupa de cama. Eu arregalei os olhos quando vi uma moita de caniços. Notei entre eles hastes que renderiam um instrumento perfeito para escrever no barro.

18 ✦✦✦ O PRÍNCIPE OCULTO

Se um caniço fosse muito grosso, fazia com que os símbolos ficassem ruins; se muito fino, quebrava facilmente. Se fosse muito velho, a ponta estilhaçaria sob pressão. É preciso experiência para escolher o caniço certo. Eu afrouxei minhas mãos do lençol, alcançando com uma delas a haste mais próxima de mim. O meu pai apreciaria receber de presente um caniço resistente para um novo instrumento de escrita. A haste se mostrou teimosa, e eu me torci ainda mais em direção a ela para conseguir segurar mais firme.

O impensável aconteceu.

O lençol se soltou da minha mão e começou a flutuar, levado pelas correntezas do rio.

— Ah! O lençol! O lençol! — gritou Rachel da margem, gesticulando descontroladamente com o braço.

A minha atenção poderia não ser das melhores, mas pelo menos eu sabia como me mover rapidamente. Corri pelo leito raso do rio antes que o lençol ondulante estivesse longe demais e se perdesse. Uma pedra lisa que se projetou da areia me atingiu diretamente no peito, e por um momento perdi todo o ar de meus pulmões. Mas as minhas pontas dos dedos torceram-se no linho e consegui agarrá-lo e puxá-lo.

Eu me ajoelhei, ofegante e molhada. Com um braço trêmulo, levantei o lençol no ar.

— Eu consegui alcançá-lo — anunciei.

Rachel me deu um tapinha na cabeça enquanto recuperava a roupa de cama fugida.

— Ainda bem que você corre rápido.

Depois disso, ela não me deixou chegar nem perto do rio com as roupas. Ela me colocou para sentar no sol e aplicar o pedaço de gordura fervida e cinzas em todas as manchas que encontrasse.

Enquanto eu esfregava, eu me repreendia. Como eu pude ser tão desatenta? Por que eu não consegui manter minha cabeça na tarefa que estava fazendo? Nós encontramos a senhora quando estávamos voltando para a casa de Daniel.

— Como ela se saiu? — perguntou a senhora a Rachel.

A lavadeira balançou a cabeça.

— Ela é uma boa menina e trabalha duro. Mas ela não serve para ser lavadeira. Certamente você encontrará algo mais adequado aos seus talentos. — Em defesa de Rachel, ela não divulgou minha estupidez.

Tessa Afshar ✦✦✦ 19

A senhora levantou uma de suas sobrancelhas perfeitas depois que a lavadeira nos deixou.

— O que você fez? Deu outra sugestão?

— Não, senhora. — Baixei a cabeça. — Eu soltei um dos lençóis no rio.

— Um dos meus, os bordados?

— Receio que sim.

— Então você pode ajudar a bordar outro para substituí-lo.

— A senhora não vai precisar substituí-lo. Eu consegui alcançá-lo antes que fosse muito longe.

— Naquela forte corrente?

Esfreguei meu peito.

— Mergulhei atrás dele.

Mais uma vez, eu pensei ter visto um suave brilho em seus frios olhos castanhos logo antes de que ela me sinalizasse para segui-la. — Eu acredito que mergulhar não será necessário trabalhando com a minha tecelã.

Engoli um resmungo. Tecer, costurar e bordar não eram os meus pontos fortes. Mas eu estava determinada a melhorar. Desta vez, eu não decepcionaria a minha senhora.

A tecelã, Haggith, tinha a responsabilidade não só de fabricar tecidos, mas também de costurar novas túnicas, reparar roupas velhas, bordar e fazer ornamentação para toda a família. Ela falava aramaico com o distinto sotaque hebraico que tingia também o discurso do meu pai e da minha mãe.

Eu me dei conta de que a maioria dos funcionários do mestre eram do nosso país. Alguns, como o cozinheiro, por necessidade religiosa; outros, sem dúvida, como eu, aqui por causa de um ato de bondade. Como saber quantos de nós eles salvaram da fome ou impediram de cair nas mãos de superintendentes cruéis.

— Você tem experiência? — perguntou Haggith, levantando a cabeça da túnica vermelha que estava diante dela em cima do lençol que ela havia estendido sobre o tapete. Habilmente, seus dedos prenderam os fios soltos e delicados que franjavam a bainha e os amarraram em segmentos exatamente iguais.

Eu mordi minhas bochechas.

— Não o suficiente para se notar. Mas estou disposta a aprender.

— Vamos ver o que você consegue fazer. — Ela me entregou uma túnica masculina com um rasgo perto da bainha. — Você pode emendar isso?

Peguei a agulha de marfim que ela me ofereceu e fiz o meu melhor para juntar as partes do rasgo com pequenos pontos. O tecido se enroscou quando eu puxei o fio. Olhando por cima do meu ombro, Haggith balançou a cabeça.

— Não puxe com tanta força.

Eu deixei o fio mais solto nos próximos pontos e o tecido se abriu.

— Não deixe tão folgado! — A tecelã perdeu a paciência e tirou a túnica da minha mão.

— Vamos começar com algo mais simples. — Ela colocou um lenço no lençol, ao lado do vestido avermelhado. —Faça essa bainha. Mantenha-o esticado no lençol para que você possa ver o que está fazendo.

Eu concordei com a cabeça. Colocando meus dedos onde ela me indicou, comecei a fazer pequenos pontos e tentei imaginar que estava manejando um instrumento de escrita em barro molhado. Na verdade, escrever em acadiano era muito mais complicado do que fazer pontos simétricos. Exigia um toque delicado, considerando que era traduzido em sílabas e não com um alfabeto como a minha língua materna. Eu disse para mim mesma que qualquer pessoa que conseguia escrever os complexos símbolos babilônicos certamente poderia fazer uma simples bainha de um lenço.

Inclinando-me bem sobre o quadrado de linho cinzento, fiz pequenos pontos e fiquei de olho na bitola do meu fio. Eu mantive o lenço bem esticado no lençol para garantir que o tecido não amontoasse e costurei com mais paciência do que jamais tive em casa com a minha mãe.

— Terminou? — perguntou Haggith.

Eu me inclinei para trás para que ela pudesse examinar meu trabalho. Ela franziu a testa e tentou pegar o lenço. O lençol veio junto com ele. Eu tinha costurado a bainha junto com o lençol. Ela poderia ter me dado outra oportunidade se o vestido vermelho não tivesse também ficado preso pelos meus pontos, que tinham apanhado alguns dos delicados fios da franja.

Depois disso, Haggith me deixou em um canto do cômodo, o mais longe possível dela. Ela me deu uma meada de fios recém-tingidos e ordenou que eu os organizasse em uma bola.

— Minha mãe geralmente me atribui essa mesma tarefa — disse eu taciturna, dedos torcendo o fio, rodando e rodando. A bola estava terminada quando a senhora veio perguntar sobre meu progresso.

Mais uma vez, segui-a pelo longo corredor da casa principal. Não me atrevi a perguntar se ela pretendia me mandar para casa. Ela parou diante

Tessa Afshar ⇒⋅⇐ 21

do cômodo do senhor Daniel e, após uma breve batida, entrou comigo a reboque.

Daniel levantou a cabeça do trabalho e sorriu lentamente para ela.

— Mahlah! Já é hora do jantar?

— Ainda não. — Ela me chamou para a frente. — Estou devolvendo esta aqui para você. Tentei de tudo sob a minha alçada e não encontrei nada que funcionasse. Veja se você consegue algo para ela.

— Eu? — Daniel parecia sem palavras.

A senhora Mahlah não sorriu, exatamente. Mas seus olhos dançaram.

— Você, meu senhor. Vou deixá-lo trabalhar. — Prontamente, ela virou seus pés e saiu do cômodo, me deixando em pé como um poste no meio da sala.

Daniel me encarou por um momento. Então, acenando com a mão, ele fez um sinal para que eu sentasse antes de voltar sua atenção para o que estava diante dele. Eu percebi que ele estava escrevendo numa pequena tábua de barro molhado do tamanho da palma da sua mão. Na metade da primeira linha, a ponta de seu instrumento de escrita quebrou.

— De novo não! — resmungou ele. Puxando para si um copo de alabastro cheio de caniços, ele procurou por uma ferramenta de escrita nova. Encontrando-as todas em mau estado, ele expeliu um longo suspiro antes de pegar uma faca curta do copo.

Cautelosamente, eu me levantei.

— Meu senhor? Posso afiar essa ponta para o senhor?

Ele olhou para cima como se tivesse esquecido da minha existência.

— Eu posso consertar para o senhor — disse eu. — Meu avô me ensinou.

Daniel me estudou por um momento. Sem falar uma palavra, ele estendeu o instrumento de escrita quebrado para mim. Ele hesitou um pouco antes de me entregar a faca também.

— Você não vai cortar seu dedo, não é?

Em resposta, peguei a ferramenta quebrada e examinei-a sob a luz da luminária.

— O caniço é de má qualidade. Ele sempre quebra porque suas paredes são muito finas e não suportam a pressão da sua mão. — Eu apontei para o meio. — Se eu reduzisse até aqui, o senhor ainda conseguiria manejá-lo confortavelmente? As paredes do caniço engrossam aqui.

O mestre Daniel assentiu. Puxei em minha direção a placa de barro que estava no canto de sua mesa e apoiei a ponta quebrada do caniço sobre ele. Segurando firmemente na caneta, fiz um corte limpo e diagonal na parte superior. Satisfeita com o resultado, fiz alguns cortes rápidos, até que o caniço tivesse os contornos certos na ponta, perfeitos para criar os símbolos curvados do acadiano.

O barro molhado da tábua tinha sido danificado quando a ponta partiu. Eu apontei para o barro danificado.

— O senhor gostaria que eu consertasse a tábua também, meu senhor?

Daniel empurrou-a para mim sem comentar nada. Eu mergulhei a ponta da caneta no copo de água que repousava perto da mão do senhor e apliquei cuidadosamente a curva molhada e polida na superfície do barro, alisando-o com alguns traços rápidos.

— Ficou aceitável? — perguntei, lavando a argila da ponta antes de passar a ferramenta para ele.

Ele examinou a ferramenta recém-cortada.

— Admiravelmente. Os meus agradecimentos. — Sem mais comentários, ele voltou a escrever, mergulhando a ponta na água e limpando o excesso de barro no pano que guardava para esse fim. Ele não me tinha dispensado, por isso me sentei no tapete e esperei em silêncio. Quando ele terminou, ele empurrou a tábua de lado e voltou sua atenção para mim.

— Parece que você sabe sobre instrumentos de escrita — disse ele. — A ferramenta funcionou bem.

Eu rapidamente me pus de pé.

— Eu vi uma porção robusta de caniço junto ao rio esta manhã. Não tive oportunidade de examiná-los de perto, mas suspeito que renderiam pelo menos uma dúzia de ótimas ferramentas de escrita. Você gostaria que eu buscasse alguns deles pela manhã? Eu poderia afiá-los e deixá-los prontos para o seu uso.

Daniel franziu a testa.

— Você não pode ir sozinha. Enviarei com você um dos nossos homens.

Eu poderia ter aplaudido. O seu consentimento significava que eu não ia ser mandada para casa. Esta noite, de qualquer forma.

— Obrigada, mestre.

Ele hesitou.

— Sabe ler e escrever?

— Sim, senhor. No entanto, o meu aramaico é melhor do que o meu acadiano.

Tessa Afshar ❊❊ 23

— Todos escrevem melhor em aramaico do que em acadiano — disse ele secamente, me fazendo rir.

A maioria das pessoas na Babilônia falava aramaico, mas a língua da corte e, portanto, dos escribas, permaneceu acadiano, a língua arcaica dos antigos babilônios e assírios. O aramaico era uma linguagem mais simples de escrever porque, como o hebraico, tinha um alfabeto, enquanto o acadiano usava seiscentos símbolos silábicos, exigindo a memorização de uma variedade estonteante de combinações.

— Como você sabe tanto? A maioria das mulheres não sabe ler, imagine afiar uma ferramenta.

— Meu avô era um escriba real em Judá. — Eu sorri. — Ele é o talentoso da família. Mas ele contraiu a doença do tremor e não pode mais usar suas habilidades. Eu tenho a sorte que ele transmitiu alguns dos seus conhecimentos para mim.

— Ele não treinou nenhum de seus irmãos?

— Eles eram velhos demais e estavam já certos de seus caminhos antes que ele tivesse tempo de ensiná-los. — Eu encolhi os ombros. — Ele treinou meu pai. Mas a fluência do meu pai em acadiano é limitada, então ele trabalha como assistente de um escriba sênior. — Na Babilônia, um escriba bem treinado poderia enriquecer trabalhando para um dos templos ou para o palácio. Um assistente de escriba só conseguia sobreviver.

Daniel apontou para a cadeira voltada para ele do outro lado da mesa, e eu me sentei na borda do assento acolchoado. Ele colocou algo diante de mim. Engoli em seco quando percebi o que era.

Uma tábua de madeira, coberta com cera macia – do tipo que bons escribas usavam para escrever rascunhos. No topo, colocou uma ferramenta de bronze.

— Escreva — ordenou ele.

Puxei a tábua na minha direção e peguei na ferramenta, segurando-a prontamente.

— Meu senhor?

Ele começou a ditar palavras acadianas sucessivamente, mais rápido do que eu poderia inscrever na cera, de modo que eu tive que reter cada uma na memória para escrever todas as palavras na sequência em que ele havia falado. Comer. Beber. Terra. Paraíso. Alegria. Arado. Porco.

Percebi rapidamente a razão pela qual ele havia escolhido essa lista aparentemente aleatória para seu ditado. A palavra para comer exigia uma combinação dos símbolos para boca e alimento, um agrupamento bastante complicado de linhas e triângulos. A palavra para bebida era muito semelhante e podia ser facilmente confundida com a primeira. A palavra para porco exigia dezesseis símbolos diferentes. Ele estava testando minha destreza, assim como o meu conhecimento.

Ele pegou a tábua quando eu terminei e olhou para o meu trabalho. — Sem erros. E legível, o que não é tarefa fácil.

Da caixa de madeira atrás dele, ele pegou um pequeno rolo de papiro junto com um pincel e um pote de tinta preta.

— Agora, vamos testar o seu aramaico.

As condições quentes e áridas da Babilônia não eram gentis com papiros. O barro do qual o esqueleto da cidade tinha surgido, por outro lado, tinha provado ser a folha perfeita para o clima do vale situado entre os rios Tigre e Eufrates. Essa foi uma das principais razões para a popularidade das tábuas de argila.

O meu avô me ensinou a escrever aramaico em papiro. Mas na Babilônia, o papiro foi relegado a negócios pequenos da vida cotidiana e não era usado para documentos importantes. Fiquei surpresa que Daniel queria testar os meus conhecimentos nisso.

— Pronta?

— Sim, mestre.

Ele começou a ditar, seu aramaico era nítido e refinado. Desta vez, acompanhei-o com mais facilidade, embora ele tenha ditado uma passagem bastante complicada sobre astronomia. Terminei a última palavra com um floreio e devolvi o papiro para ele.

Ele levantou uma de suas sobrancelhas escuras.

— Ótima caligrafia.

Desesperada para me provar verdadeiramente útil para que ele não me mandasse de volta para casa, limpei a garganta e disse:

— Sua tinta está acabando. Gostaria que eu fizesse mais?

Ele olhou para cima.

— Você também sabe fazer tinta?

Eu concordei com a cabeça.

— Vermelha e preta.

— Você é bastante hábil para alguém com catorze anos.

Eu sorri.

— Meu avô me treinou bem.

Daniel recostou-se na cadeira.

— Parece que minha esposa não conseguiu encontrar algo que funcionasse para você na casa.

Eu engoli em seco.

— Eu posso me esforçar mais. Se me der outra oportunidade...

Daniel levantou uma das palmas da mão.

— Tenho vários escribas babilônios que trabalham para mim no palácio. Mas raramente os convido para a minha casa. Este é o meu lugar de descanso. O meu refúgio pessoal. Ter funcionários do palácio sob meus pés não me convém. O que significa que não tenho ninguém para me ajudar quando trabalho aqui. — Ele inclinou-se para a frente. — O que você acha de trabalhar para mim, Keren? Exigiria longas horas de formação e de serviço.

Eu me levantei rapidamente e quase gritei aleluia.

— Eu adoraria! — exclamei. Na minha animação, bati a mão na mesa, bem onde estava a tábua de cera. O meu dedo indicador atravessou a cera mole. Olhei para baixo e vi que, na minha avidez, eu tinha apagado a palavra alegria.

Daniel levantou-se, segurando uma bengala. A maioria dos nobres babilônicos carregava uma, com topos floreados com joias e adornos talhados que simbolizavam poder, como cabeças de leão ou águias voadoras. A de Daniel era mais simples, desprovida de pedras preciosas, e a cabeça esculpida era a de um cervo.

Vendo-me olhando para ela, ele sorriu fracamente.

— O Soberano Senhor é a minha força! Ele faz os meus pés como os do cervo; ele me habilita a andar em lugares altos.

— O profeta Habacuque? — supus.

— Exatamente. Você entende?

— Não, meu senhor.

— Você vai. — Ele apontou o cervo esculpido para mim, indicando que eu deveria segui-lo.

— Eu não tenho tempo para treiná-la— explicou ele enquanto caminhava pelo corredor, e eu seguia-o como uma sombra. — E, por mais inteligente que você seja, ainda precisa de muito mais instrução. Tenho uma solução para esse problema. Os meus dois filhos e o amigo deles fazem aulas particulares na casa das tábuas que fizemos para eles.

Os babilônios usavam o termo casa das tábuas referenciando escolas públicas a que os filhos da nobreza frequentavam. Lá, jovens ricos eram alfabetizados, assim como aprendiam sobre cerimônias, orações, astronomia e numeracia. Daniel tinha criado uma particular em sua própria casa.

— De manhã — disse ele casualmente —, você trabalhará para mim. À tarde, você vai assistir às aulas deles.

— As aulas deles? — grunhi, tentando me imaginar me enturmando com três meninos aristocráticos. — Mas... — Os babilônios não treinavam formalmente as mulheres, exceto uma ou duas princesas destinadas a se tornarem sacerdotisas em algum templo prestigioso. — Quero dizer, meu senhor, eu não sou um homem!

Daniel moveu sua mão em sinal de despreocupação.

— O Deus que chamou Deborah para ser juíza pode certamente aceitar uma menina em uma casa das tábuas. — Ele parou de repente e acenou com seu bastão para mim. — Por que você acha que tenho um cervo esculpido na minha bengala?

— Para lembrá-lo daquele versículo toda vez que o senhor o segura.

— Para me lembrar daquela promessa sempre que o seguro. Eu estou lhe conduzindo a um daqueles lugares impossíveis que a vida, por vezes, exige de nós. Um caminho difícil e íngreme que você tem que subir. Uma menina judia em uma casa das tábuas. A questão é: você permitirá que Deus te dê forças para escalar esta montanha? Confiará nele para te dar pés como os do cervo?

Antes que eu pudesse responder, ele abriu uma porta e cumprimentou o homem magro que estava de pé na parte da frente do longo cômodo.

— Perdoe a minha intromissão, Azarel. Esta é Keren. Ela trabalhará para mim de manhã e se juntará a vocês na casa das tábuas à tarde — Após esta apresentação truncada, Daniel se retirou e me deixou à minha sorte.

Minha garganta se contraiu quando o professor se virou para mim. Eu tentei arrumar minha postura e fazer parecer que eu pertencia àquele lugar. Para dar os créditos a ele, o rosto manso de Azarel não esboçava nenhum aborrecimento. Se ele tinha alguma questão com ter que ensinar uma jovem mulher, ele não demonstrou.

O filho mais velho de Daniel, Johanan, tinha beleza e o rosto enigmático de sua mãe. Seu irmão mais novo, Abel, examinou-me abertamente, sem se preocupar em esconder sua curiosidade. Mas o seu sorriso foi simpático quando Azarel me apresentou.

O amigo deles, Jared, que descansava confortavelmente ao lado de Johanan, parecia o mais novo do grupo. Ele parecia ser mais baixo do que eu, por uma cabeça, e de uma magreza juvenil, com um rosto liso como um ovo. Eu deslizei para o banco atrás dele, pensando que ali era o lugar mais seguro.

Ele virou-se para me encarar de frente.

— Que tipo de garota frequenta uma casa de tábuas?

Meus olhos se arregalaram diante desse desafio inesperado, antes mesmo de eu ter tempo de me acomodar.

— Meu tipo.

Azarel bateu as pontas dos dedos na borda da mesa.

— Atenção, por favor. — Ignorei o olhar de Jared e colei os olhos no professor. Azarel tinha desenhado o contorno de um pedaço de terra irregular numa tábua e mostrava-nos como calcular o rendimento das macieiras que crescem sobre ela.

— Agora, aqui está outro pedaço de terra com macieiras — disse o professor, nos dando várias medições. — Quem pode calcular a área de terra e o rendimento dos seus frutos?

— Peça à garota para fazer isso, diretor Azarel — disse Jared, virando para mim com um sorriso travesso. — Vamos ver se ela consegue acompanhar.

O escriba assentiu lentamente. Ele me entregou uma tábua de exercícios feita de madeira com cera limpa.

— Você consegue tentar?

— Sim, professor. — O meu desejo de provar o meu valor para meus colegas de classe, que já se tinham empenhado em me estudar com indisfarçável interesse, aumentou a velocidade dos meus cálculos.

O diretor Azarel examinou o trabalho por cima do meu ombro.

— Excelente trabalho, Keren. Muito bem. — Em uma cesta no centro da sala, ele pegou uma maçã, vermelha o suficiente para incitar um búfalo-asiático. — Aqui está o seu prêmio. Uma vez que os outros a observaram enquanto trabalhava, você pode agora tirar um momento para um descanso merecido enquanto eles mesmos solucionam o problema.

Eu temi que o meu sorriso aparentasse pouca humildade. Dei uma grande mordida na minha maçã, provocando Jared enquanto mastigava com prazer. Ele sorriu, incansável apesar da minha expressão complacente, e virou-se para sua tábua. Os três rapazes eram obviamente competentes, pois em pouco tempo chegaram à resposta correta.

No final da tarde, todos nós tínhamos uma noção uns dos outros. Acostumada com irmãos e irmãs que tinham mais amor pelo ar livre do que o trabalho estudioso dos escribas, achei a competência dos meus novos companheiros um desafio revigorante.

Quando o professor partiu no fim do dia, Johanan dirigiu-se aos outros.

— Ruben não vem hoje. Está faltando um homem para nossa prática de espada.

— Eu posso ajudar — disse eu.

Johanan levantou uma sobrancelha.

— Você provou que tem uma mente elástica quando se trata de números, garota. Esteja satisfeita. Deixe a esgrima para nós.

Eu encolhi os ombros.

— Eu só queria dar uma mão. Os meus irmãos me ensinaram os rudimentos, uma vez que eles são três e estão permanentemente precisando de um quarto.

Johanan se levantou. Apesar da minha altura, ele me ultrapassava. Seu irmão mais novo, Abel, levantou-se ao lado dele, passando-o por dois dedos.

— Acha que consegue manejar sua espada contra nós? — Johanan indagou.

— Você? Talvez não. Mas posso praticar contra ele. — Apontei o queixo para Jared.

O rapaz levantou-se lentamente. A cabeça dele só chegava até meu peito.

— Você pode tentar.— desafiou ele.

Eu concordei com a cabeça.

— Eu posso tentar. — Franzi minhas sobrancelhas, pensando. — Quantos anos você tem, afinal? — Eu não queria colocar pressão demais nele se ele tivesse menos de doze anos.

— Dezesseis.

Eu pisquei. Os seus olhos de cor âmbar tinham um brilho impactante, como se me atrevessem a provocá-lo sobre o atraso no crescimento do seu corpo. Eu não tinha nenhuma vontade de fazer isso. O fato de, por um ano inteiro, eu parecer um tronco de árvore enquanto outras meninas da minha idade se tornaram macias e tenras me ensinou muitas dignas lições de humildade.

— Tenho catorze —disse eu. — Espero viver para ver os quinze. Então não maneje sua espada muito brutalmente contra mim.

Jared deu um sorriso brilhante.

— Vou ser misericordioso com você.

E que bom que ele foi. Pois Jared provou ser um adversário astuto, tão feroz quanto era pequeno. Embora a natureza até agora lhe tivesse tirado as vantagens da masculinidade, ele compensava a sua falta de estatura e de músculo com rapidez, empregando uma estratégia rápida e astuta como eu nunca tinha visto.

Na terceira vez que minha espada de madeira voou para o ar, com o fio opaco da espada de Jared na minha garganta, levantei minhas mãos em rendição bem-humorada.

— Vejo que preciso de muita prática — disse eu, massageando minha mão machucada.

Jared examinou a minha espada.

— Este cabo não é um bom ajuste para sua mão. Vê? — Ele apontou para o punho arredondado. — A madeira é muito grossa. Eu tenho uma antiga em casa que vai te servir melhor. Vou trazê-la para você.

Ele cumpriu a sua promessa. No dia seguinte, apareceu com uma arma de treino que se encaixava perfeitamente na minha pequena mão e gastou um momento demonstrando várias novas manobras. Antes de partir para casa, ele me ensinou como envolver minha mão com pedaços de tecido para protegê-la, evitando piorar as bolhas que começaram a se formar. Observando-o cavalgar em seu cavalo bem cuidado naquela tarde, tive uma percepção surpreendente.

Deus tinha me enviado um amigo para me acompanhar por esses lugares altos.

PRIMEIRA PARTE

BABILÔNIA

CAPÍTULO UM

*Acima de tudo, guarde o seu coração,
pois dele depende toda a sua vida.*

Provérbios 4:23, NVI

***Três anos depois
O trigésimo segundo ano do reinado do rei Nabucodonosor***

Acordei antes do nascer do sol como de costume, afinal meu mestre gostava de acordar cedo e, ao amanhecer, já estava de joelhos junto às janelas do seu cômodo superior, já em oração. Em apenas alguns minutos, dobrei meus lençóis e cobertor, enrolei minha esteira e guardei tudo em um baú, que ficava em um canto da sala de trabalho do senhor Daniel. Como os outros funcionários da casa, eu não tinha o meu próprio quarto. Mas eu me saí melhor do que a maioria, já que tinha o privilégio de dormir no quarto arejado do meu mestre e não precisava compartilhá-lo com um companheiro que ronque.

Separando as tábuas do dia, coloquei-as em ordem na mesa de Daniel. Ele tinha ditado várias cartas no dia anterior e me sentei na minha cadeira para fazer cópias adicionais para o seu arquivo pessoal. Na hora do almoço, quando ele chegou do palácio, eu tinha completado as minhas tarefas.

Daniel sempre tentava comer em casa. Nas ocasiões em que partilhar a mesa com o rei era inevitável, ele fazia preparativos para serem servidos legumes, grãos e água apenas, para que ele não violasse a lei do Senhor. Meu mestre governava na Babilônia, um mundo totalmente contrário à nossa fé. Mas ele não era um homem da Babilônia.

Ele examinou o meu trabalho, fez algumas pequenas correções e me dispensou pelo resto do dia. Indo para a cozinha, bati na porta aberta.

— Shalom, Manasseh! — disse eu e deixei cair no balcão a lista que eu tinha preparado para ele.

Sem comentários, ele pegou o rolo de papiro sem vincos e colocou-o em seu bolso, então empurrou uma placa de barro em minha direção. O cheiro de pão de cevada quente e grão de bico temperado com cominho, coentro e alho-poró fez minha barriga roncar de fome. Manasseh estendeu a mão e acrescentou um ovo de pato cozido azul-claro ao prato.

— Você me mima demais. — Eu sorri. Há muito tempo já tínhamos nos resolvido. Vendo que o mestre confiava em mim os seus próprios documentos confidenciais, Manasseh tinha aprendido a procurar a minha ajuda com as suas listas e despesas. Foi um acordo que a senhora acolheu com alívio.

— Você ainda está muito magra — disse ele.

Eu apertei sua barriga com a ponta de trás da minha ferramenta de escrita feita de bronze.

— Nem todos podemos ser tão acolchoados.

— Te vejo mais tarde. — Ele jogou um figo verde para mim, que eu consegui apanhar no ar. Enfiando a fruta inteira, com casca e tudo, na minha boca, caminhei até o outro lado do pátio. Sentada em um canto, rapidamente terminei o delicioso banquete de Manasseh, mergulhando o último pão quente no aromático grão-de-bico. Olhei para o ângulo do sol e suspirei. Chegaria atrasada à aula de Azarel se não me apressasse.

Durante três anos, todas as tardes eu vinha frequentando a casa das tábuas junto com Johanan, Abel e Jared. Mas Jared e Johanan raramente frequentavam as nossas aulas ultimamente, tendo ambos conseguido posições importantes na cidade alguns meses antes. Só em raras ocasiões, quando o trabalho deles permitia, os dois amigos se juntavam a nós durante uma ou duas horas de aprendizagem.

Senti algo estranho na minha barriga quando vi Jared sentado no seu antigo lugar. Silenciosamente, sentei no meu banco, que estava iluminado pelo sol, atrás dele.

— Tem um pedaço de alface entre seus dentes — sussurrou ele, virando-se para mim. — Bem aqui. — Ele apontou para seu dente da frente e balançou a cabeça como se estivesse em desespero, seus olhos âmbar cheios de graça.

Eu não caí na armadilha. Eu não tinha comido alface. Além disso, me provocar era o passatempo preferido de Jared. Desde o primeiro dia em que atravessei a porta da casa das tábuas e ocupei esse mesmo lugar, venho recebendo uma quantidade infinita de provocações inocentes.

Encarei os ombros largos e o torso alto que bloqueavam metade da sala à minha frente e sorri. Jared não se parecia em nada com o menininho que eu tinha conhecido anos antes. Em algum momento daquele ano, ele começou a crescer com a rapidez de uma flecha. Ao longo dos meses, sua estatura baixa e esguia alcançou sua idade; Jared havia crescido em músculos e altura o suficiente para agora atrapalhar minha visão do diretor Azarel enquanto eu me sentava atrás dele.

Eu peguei um cacho de seu cabelo elegantemente longo.

— Mova seus lindos cachos. Você está na minha frente.

Ele sacudiu o cabelo, aumentando seu volume, para bloquear mais minha visão do que antes.

— Não é minha culpa que você é um camarão.

Uma mentira descarada. Eu ainda era alta para uma mulher, embora tivesse finalmente recebido as bênçãos femininas que me escaparam por tanto tempo. E embora eu não pudesse afirmar ser tão abençoada como outras, eu tinha aprendido a ser grata pelo que eu tinha.

Johanan, sentado do outro lado do banco de Jared, virou a cabeça e nos pediu silêncio. Ofereci-lhe uma vista deslumbrante dos meus dentes e ele revirou os olhos. Tendo recentemente celebrado o seu noivado, ele se considerava agora adulto demais para as nossas provocações juvenis.

A única coisa que atraía Johanan de volta à casa das tábuas, apesar de sua recém-celebrada solenidade, era seu gosto pelas línguas e um talento para elas que rivalizava com o meu. Sempre que o diretor Azarel oferecia uma aula de sumério avançado ou acadiano, Johanan tentava aparecer.

Como ele e Jared eram inseparáveis desde a infância, Jared sempre vinha junto, embora ele preferisse a matemática ao vocabulário técnico. A lealdade de Jared o ancorava em seu banco, mas ele preferiria passar essa sua rara hora vaga cavalgando ou se envolvendo em uma caçada emocionante em algum lugar selvagem.

Uma coisa que suas idades e status elevados não mudaram foi a prática semanal de armas.

— Arco e flecha — disse Johanan de sua maneira habitual e concisa quando nossa lição sobre o sumério clássico terminou.

— Você está livre? — Jared apontou o queixo para mim.

— Estou.

Tessa Afshar ❊❊❊ 35

— Vamos começar com espadas, então.

Eu sorri agradecida. Apesar de não faltar entusiasmo da minha parte, eu nunca tinha dominado o arco e flecha. A sua formação composta de madeira, osso e tendões colados tornava a sua resistência à tração muito intensa para os meus braços. Eu conseguia puxar a corda. Mas minha mira me traía. Felizmente, meus companheiros ainda me acolhiam para uma prática básica da espada, na qual eu poderia ser útil ajudando-os a manter a forma e a velocidade. Mas eles haviam crescido e me superado há muito tempo na maioria dos outros armamentos.

— Como está seu irmão? — perguntei. O irmão mais novo de Jared, Joseph, tinha completado sete anos há algumas semanas. Eu nunca tinha visto um irmão mais amoroso do que Jared. Era como se tentasse compensar a mãe que ele havia perdido e o pai que lhes dava pouca atenção.

Jared sorriu.

— Joseph está crescendo como mato. Ele é definitivamente mais alto do que eu na idade dele.

—Você mais do que superou isso.

— Sim. Mas levei um ano para me acostumar com o meu tamanho mudando tão rápido e para parar de bater nas coisas.

Eu ri. — Ficamos todos aliviados quando você deixou de quebrar tudo em seu caminho.— comentei, rindo.

Jared amarrou o cabelo para trás com uma tira de couro, sua atenção voltada para o conjunto de escudos pendurados na parede.

— Eu ainda posso quebrar coisas. — Ele me lançou um olhar de ameaça brincalhona.

Eu passei o dedo ao longo da haste de uma lança com ponta de ferro. — Você pode tentar. — Agarrei a espada de madeira delgada que eu sempre usava, e ele prontamente pegou um escudo pesado e redondo. Por um momento, nossos braços se conectaram, ombro com cotovelo. Um choque de reação me atingiu. Eu pulei para longe, me sentindo sem fôlego e quente.

Jared inalou fortemente. Ele apertou seus lábios momentaneamente.

— Está muito frio para essa túnica. Você precisa de um xale. — Virando-se, ele jogou uma espada para Johanan. — Você, comigo.

Senti as minhas bochechas arderem. Eu sabia que a minha túnica estava esfarrapada e fina, as suas mangas curtas reduzidas a meras abas sobre as curvas dos meus ombros. Eu não tinha como pagar por uma melhor, nem como comprar um xale. Quando a minha senhora me deu um dos seus, eu entreguei para minha mãe, cujas roupas estavam ainda mais desgastadas do que as minhas.

Abel girou a espada na minha cara, gesticulando para eu ir para frente com um aceno. Ele vestiu uma armadura, não porque sentisse medo dos cortes e contusões que eu poderia causar, mas porque precisava se acostumar com o peso adicional do metal martelado. Eu estava distraída demais para impor qualquer desafio a Abel, meus olhos seguindo Jared enquanto ele empunhava e esquivava-se contra Johanan.

Se eu pudesse me chutar, eu o faria. Há meses eu estava olhando para aquele homem como um cãozinho sem mãe, incapaz de parar. Ele fazia o meu coração agir de maneira estranha no meu peito. Sangue corria para o meu rosto nos momentos mais estranhos. Durante três anos, ele tinha sido meu amigo. Um companheiro para a minha alma. Então, sem aviso prévio, algo tinha mudado e eu não conseguia voltar para como era antes.

Eu suspeitava que a sua ausência na minha vida tivesse alterado a forma como eu o via. Quando ele fazia parte dos meus dias regularmente, eu mal pensava nele. Agora que ele não estava mais lá, eu aprendi a sentir saudades dele.

Apesar de mim mesma, voltei o olhar para Jared e, por um pequeno momento, nossos olhos se encontraram e seguramos o olhar um no outro. Minha boca ficou seca. Jared corou. Eu senti uma pancada nas costelas.

— Ahh! — Eu me dobrei, me segurando de lado.

— Sua mente está vagando. — Abel deu de ombros. — Esse deveria ter sido um bloqueio fácil.

Esfreguei a lateral do meu corpo. — Para mim já deu por hoje.

— Para mim também — disse Jared, recolocando sua espada ordenadamente em seu lugar na parede.

— Alguns tiros rápidos para a prática de tiro ao alvo, antes de voltarmos ao trabalho? — Johanan escolheu um arco e agarrou uma aljava de flechas. Jared acenou com a cabeça, concordando. Os dois tinham sido nomeados como supervisores de canais, uma posição importante para homens tão jovens. O sistema de canais que irrigava a cidade da Babilônia e as suas terras agrícolas circundantes mantinha a capital viva. Mas os cursos de água tendiam a ficar obstruídos com juncos, ervas daninhas e resíduos minerais, levando a inundações desastrosas. Até o Eufrates, que cortava a cidade de Babilônia em dois, assoreava-se regularmente, retendo sua fartura de chegar à cidade sedenta. Funcionários como Johanan e Jared foram nomeados para supervisionar as hidrovias, protegendo os residentes das terríveis inundações.

Eu fiquei para vê-los praticar com os seus arcos, todos os três mortalmente precisos com cada tiro na distância relativamente curta que o jardim permitia, embora eu já tivesse visto Jared manter a mira perfeita a uma distância cinco vezes maior.

Quando ele estava saindo, ele hesitou na minha frente. Sua boca se abriu e fechou. Sua mandíbula se apertou, não emitindo nenhum som. Ele soltou um longo suspiro e saiu sem dizer uma palavra. Em momentos como este, eu me pergunto se ele tinha ficado tão confuso como eu.

Depois eu me lembro de quem é Jared. Filho da aristocracia, seu pai era um príncipe menor de Judá, com o sangue de reis em suas veias. Ele não tinha lugar em sua vida para uma garota como eu, pouco acima de uma escrava, e isso apenas pelas graças de Daniel. O milagre era que ele me oferecesse uma amizade. Qualquer outra coisa pertencia ao reino dos sonhos.

Acima de tudo, guarde o seu coração, o senhor Daniel me dizia desde minha primeira semana trabalhando ali. Um bom conselho para aqueles que conseguiam fazê-lo. Em algum lugar, eu tinha perdido o caminho dessas palavras sábias.

CAPÍTULO DOIS

*É melhor ter verduras na refeição
onde há amor do que um boi gordo
acompanhado de ódio.*

Provérbios 15:17, NVI

JARED

Depois de passar uma hora cuidando de sua espada, seguido de seu arco, ele conseguiu o que sua mente não lograra. Finalmente acalmou seu sangue quente. Ela tinha esse efeito sobre ele desde o dia em que ele colocou os olhos nela, seu pescoço majestoso curvado para baixo para acomodar sua baixa estatura. Espero viver para ver os quinze. Então não maneje sua espada muito brutalmente contra mim, ela tinha dito, sem nenhum xelim de sarcasmo que pudesse torcer as palavras em algo cruel.

Ao longo dos anos, ele passou a saber tudo sobre ela. Sabia como suas sobrancelhas arqueavam quando ela sentia saudades de casa, como o canto de sua boca se inclinava quando ela o provocava, como mordia o lábio quando se concentrava em um problema aritmético particularmente difícil.

Ele sabia como ela se movia quando se sentia atormentada, passos rápidos, com as mãos acomodadas em seu cinto – e a maneira como ela se movia quando se sentia feliz – passos tão largos quanto os primeiros, mas lentos, com um pequeno balanço inconsciente em seus quadris.

Ele poderia fechar os olhos e saberia o momento em que ela entrasse em um cômodo apenas por seu cheiro. Durante duas semanas do ano, ela colheu flores na fazenda de Daniel para a produção anual de água e óleo de rosas. Em agradecimento, Mahlah deu a ela algumas garrafas de óleo de rosa. Ela usava uma gota do perfume todos os dias, e sua fragrância doce e inebriante se misturava com o cheiro limpo do rio, onde ela passava muito tempo, e tinha também notas dos cheiros eruditos de tinta e argila, criando algo totalmente irresistível e exclusivamente de Keren.

Cada parte dela fazia algo nele vibrar para a vida. Mas, ultimamente, ações dele estavam se tornando mais explosivas, mais impulsivas, de modo que o toque acidental de seu braço nu contra o dele durante a prática o dominou com o desejo de puxá-la para seus braços e declarar seu amor por ela.

Ele reprimiu um suspiro enquanto se acomodava à mesa de jantar. Como sempre, o pai manteve a família esperando-o, o que significava que ninguém poderia comer, por mais famintos que estivessem. Quando Hanamel finalmente chegou, ele fez sinal para que o jantar fosse servido, esquecendo-se de falar a bênção antes da refeição.

O irmão mais novo de Jared pediu pelo prato de legumes, com a voz suave. Mas não suave o suficiente para esconder seu gaguejar, uma aflição que havia começado após a morte repentina de sua mãe seis anos antes. Ele mal tinha saído do berço na época e era muito apegado à mãe afetuosa que o adorava. Perder sua calorosa proteção da noite para o dia abalou o menino. A dor do luto se manifestava em sua língua. Uma infeliz fraqueza, na opinião do pai.

Ouvindo seu gaguejar, a voz zombeteira de seu pai subiu para maltratar o menino como um machado afiado contra uma muda, ridicularizando sua pequena deficiência com uma crueldade tão vívida que o pobre menino mal conseguiu segurar suas lágrimas.

— Pai! — disse Jared, a simples denominação se transformando em uma objeção.

— E você — rosnou seu pai, voltando sua atenção para Jared. — Quando você planeja se casar? Quando eu tinha a sua idade, eu já tinha uma princesa como esposa, com a barriga até aqui. — Ele estendeu as mãos na direção da mesa. — O que tem de errado com você?

O rosto de Jared permaneceu sem expressão.

— Eu pretendo economizar um pouco de dinheiro primeiro. O suficiente para alugar uma casa. Não quero ser um fardo para você.

Seu pai mordeu os lábios.

— O que você é agora? Você come a minha comida, bebe a minha cerveja, senta-se na minha mesa. O que é isso, senão um fardo?

Jared recusou-se a salientar que agora ele contribuía com seu salário para a casa e tinha sido responsável por juntar os xelins de prata necessários para reparar o telhado em ruínas que seu pai havia negligenciado por um ano.

O senhor Hanamel inclinou-se para a frente.

— Encontre uma esposa com um pai rico e um bom dote. E seja rápido, ou eu o farei por você.

As esposas de seu pai, as duas mulheres com quem ele tinha se casado após a morte de sua mãe, baixaram a cabeça, reconhecendo suas próprias histórias nessa declaração. Elas não eram nada para Hanamel além de um dote considerável. Jared sentiu pena quando olhou para seus rostos avermelhados.

Ele deixou de lado a sua cerveja, intocada. Ele não era nada como o pai. O pensamento de se casar com uma mulher em que ele não tivesse interesse fazia com que seu estômago se revirasse.

Ele poderia imaginar a reação de seu pai se descobrisse os sentimentos de Jared por Keren. E era por isso que ele nunca tinha falado do seu amor por ela. De que adiantava o amor, se ele não podia fazer nada a respeito? Ele simplesmente desonraria a ela e a si mesmo, se ele se declarasse.

CAPÍTULO TRÊS

*O Senhor está comigo, não temerei.
O que me podem fazer os homens?*

Salmos 118:6, NVI

N a manhã seguinte, fiz o inventário dos materiais de escrita de Daniel. Ao longo das semanas anteriores, ele tinha usado todas as ferramentas de escrita no seu ritmo alarmante de sempre, e eu percebi que tinha que buscar mais caniços. Depois de vestir minhas sandálias, fui em busca de Hanun, o funcionário designado para me acompanhar sempre que eu saía de casa. O velho homem passou a mão por sua barba, um grande bocejo partindo de seu rosto.

— Qual é a pressa? — disse ele, levantando a barra do portão e abrindo-o.

— Estou em uma missão para o mestre.

— E não estamos todos — murmurou o velho criado e arrastou-se para a frente.

Independentemente de quão desesperadamente eu tentasse apressar o homem, ele parecia apenas capaz de uma velocidade. Arrastando-se. Ao longo dos anos, se travou uma disputa entre nós, tentando fazer o ritmo do outro mudar. Eu nunca consegui vencer. Sem conseguir me mover atrás dele nem me afastar, minha única opção era acompanhar seu andar cambaleante.

Nós tínhamos um entendimento mútuo, Hanun e eu. Ele me considerava um incômodo e eu retribuía a gentileza.

Atravessei a velha ponte de pedra sobre o Eufrates e fui até um afloramento de caniços grossos na margem ocidental. Tirando minhas sandálias, entreguei-as a Hanun e passei do aterro montanhoso até as águas rasas, examinando os talos cuidadosamente.

Na minha preocupação com os caniços, eu não vi o *kelek*, barco babilônico simples feito de peles esticadas sobre galhos de salgueiro, que flutuava perigosamente perto de mim. Seu único ocupante, um homem, me olhava enquanto eu me mexia entre os caules finos.

Quando uma mão forte envolveu minha panturrilha e puxou, soltei um grito de surpresa antes de cair sentada. A mão puxou com força, arrastando-me para o flutuante kelek.

Comecei a lutar, chutando com meus pés, tentando me libertar do domínio do homem. Mas não importava o quanto eu me contorcesse e chutasse, ele conseguiu aperto-me segurar violentamente e me puxava cada vez mais perto.

Meus pés e tornozelos estavam no barco agora, o resto do meu corpo se arrastando na lama. A mão do homem deslizou pela panturrilha, agarrando então no meu corpo. Minha pele se encolheu com seu toque. Com mais um puxão, ele me teria a bordo de seu barco, com destino a quem sabe onde. Tudo aconteceu tão depressa que Hanun nem sequer tinha visto a luta do seu ponto de vista, mais acima da costa.

Finalmente, ouvindo meus gritos, ele correu em nossa direção, sacudindo seu cajado de madeira para o homem.

— Solte-a! — gritou ele.

— Afaste-se, bode velho — chiou o capitão do kelek, sem afrouxar sua mão.

Hanun nunca nos alcançaria a tempo. Mesmo que conseguisse, não seria páreo para o barqueiro, que com metade da sua idade tinha, sem dúvida, o dobro da sua força.

— O cajado — gritei, começando a perceber o desespero da minha situação.

O velho atirou o cajado para mim em um arriscado arco. Eu agarrei nas raízes de alguns caniços com uma mão, segurando com todas as minhas forças. Com meu outro braço, estendi a mão e consegui pescar do ar o cajado voador.

Soltei as raízes e me permiti ser arrastada para o barco. Assim que fiquei cara a cara com o meu agressor, estiquei minhas pernas até o kelek e levantei o cajado, segurando-o como uma espada. Todos aqueles anos de prática vieram a calhar. Eu nem sequer tive que pensar nos movimentos

Tessa Afshar ❖ 43

do meu braço, do meu pulso, dos meus dedos. Eles dançaram com vontade própria, empurrando minha espada improvisada contra o peito e a barriga do homem.

Ofegante, ele soltou minha perna, mas torceu a mão, pegando na minha túnica, e puxou. Eu gritei com toda a minha força e levei o cajado para baixo em um golpe lateral. No último momento, ele recuou, se salvando do pior do meu golpe. Ainda assim, a ponta do cajado de Hanun bateu contra seus dentes, e de sua boca começou a jorrar uma fonte de sangue.

Finalmente, a mão enrolada na minha túnica como uma algema de ferro se soltou, e eu me arrastei para fora do barco, levantando-me, rastejando para fora do rio e para a margem mais alta. O piloto do kelek expeliu um fluxo de obscenidades, com uma palma sobre sua boca e a outra usando o remo para voltar às profundezas. Em um momento, ele desapareceu pela curva do rio.

Hanun ajoelhou-se ao meu lado.

— Você está bem? — perguntou ele, com os olhos arregalados.

Eu respirei fundo, tentando acalmar meu coração descontrolado. Entregando seu cajado de volta, eu disse:

— Sinto muito. Eu o quebrei. — O topo tinha sofrido uma fratura no corpo a corpo.

Hanun estudou a madeira machucada silenciosamente. Ele levantou uma sobrancelha e balançou a cabeça.

— Eu acho que o Mestre Daniel deveria enviar você para me proteger.

Eu sorri debilmente.

— Obrigada por ter vindo me resgatar. Se não fosse pelo seu cajado... — Eu não quis nem terminar esse pensamento.

Não eram poucos os tipos nefastos que estavam à solta nas águas dos rios da Babilônia, incluindo traficantes de escravos. Eu tinha chegado tão perto de ser propriedade de outro homem. Ou pior.

Engoli um súbito desejo de chorar e esfreguei minha panturrilha. Pela manhã, aquilo se transformaria em um grande hematoma.

— Eu não consegui pegar os caniços.

— O senhor Daniel não se importará de esperar um ou dois dias. É melhor te levarmos para casa. — Sua voz soou surpreendentemente suave.

Notei que o tráfego do rio já estava aumentando, veleiros de fundo largo e barcos longos com vários remos se dirigiam para o sul com o vento e as correntes, evitando habilmente a colisão uns nos outros nas águas esverdeadas. O aumento do congestionamento acrescentou uma camada de segurança à linha costeira. Ninguém ousaria atacar uma mulher com tantas testemunhas presentes.

Fiquei de pé, com as pernas trêmulas, e hesitei. Apertando os dentes, virei em direção aos caniços.

— Venha, Hanun. Vamos pegar o que viemos buscar.

O velho homem me olhou, mensurando. Seus lábios se contraíram e, por um momento, pensei ter notado algo parecido com respeito em seu rosto. A expressão desapareceu muito rapidamente para ter certeza.

Peguei sua mão e pareei os meus passos com os arrastados passos dele, descendo até a beira da água. Eu estava determinada a conseguir o que eu queria, mas não era tola o suficiente para me afastar do velho dessa vez. Apressadamente cortando vários punhados dos melhores talos que pude alcançar, enfiei-os debaixo do braço e ajudei Hanun a voltar para a beira.

Uma hora depois de chegar em casa, eu ainda não tinha conseguido fazer uma única ferramenta de escrita. Meus dedos tremiam demais. Algo dentro de mim foi abalado nas margens daquele rio. Algo profundo que eu não conseguia nomear.

Pela primeira vez, percebi como o curso da minha vida estava pendurado por um frágil fio. Esta foi uma lição que os meus pais aprenderam bem em Jerusalém. Mas eu era muito jovem quando o cativeiro babilônico destruiu o nosso mundo. Jovem demais para sentir a aflição de ser mantida prisioneira. A circunstância mais difícil da minha vida tinha sido vir para a casa de Daniel e esta, em muitos aspectos, estava na verdade sendo uma bênção.

No rio, uma parte central e adormecida do meu coração despertara para uma dura realidade. Eu não conseguiria me manter a salvo da dor ou do perigo.

Com seu habitual silêncio felino, a senhora entrou no cômodo de Daniel, me assustando, e eu deixei cair a faca que eu estava usando para esculpir as pontas das ferramentas. Ela deu uma olhada na pilha de caniços que eu tinha destruído e disse:

— Venha. Isso pode esperar.

Com alívio, deixei os poucos talos recuperáveis e caminhei atrás dela. Ela nos guiou até o pátio, onde tinha estendido um cobertor à sombra de uma amoreira alta. Sentando-se no cobertor, ela arrumou sua túnica em um leque elegante e fez sinal para que eu me juntasse a ela.

Uma enorme tigela de madeira com uma montanha de tâmaras empilhadas se colocava entre nós, e ela começou a descascá-las depois de enxaguar seus dedos em uma tigela de água. Eu segui o exemplo, retirando os caroços ovoides da carne pegajosa e descartando-os num balde que alguém tinha colocado ao nosso lado para isso.

Esse era o tipo de trabalho tedioso que normalmente me levava facilmente à distração. Mas, naquela manhã, eu valorizei sua natureza monótona e repetitiva. Sentada ao lado de Mahlah, cada movimento dela irradiando uma serenidade estranha e segura de si, o pânico que restara do ataque começou lentamente a desaparecer.

Estávamos na metade da pilha de tâmaras quando a porta da rua se abriu, revelando Johanan e Jared.

Mahlah levantou a mão, acenando.

— Este é um prazer inesperado. — Era incomum que eles voltassem do trabalho antes do meio-dia.

Johanan ajoelhou-se para dar um beijo na bochecha de sua mãe. Antes que ela pudesse se opor, ele pegou algumas tâmaras sem caroço e as enfiou na boca.

— Terminamos nosso projeto mais cedo — disse ele depois de engolir as doces guloseimas. — O supervisor nos recompensou com uma tarde livre. Pensamos em comemorar comendo a comida de Manasseh.

Jared olhou para mim com as sobrancelhas arqueadas.

— O que aconteceu?

Ele tinha uma incrível habilidade de me ler. Com o tempo, algum filamento invisível do seu coração tinha se infiltrado no meu e ele conseguia sentir todos os meus sentimentos antes que eu dissesse uma palavra.

Eu balancei a cabeça e não respondi. O fio frágil que tinha sido puxado nas minhas profundezas poderia desfazer-se completamente se eu tentasse explicar o que tinha acontecido naquela manhã.

— Um homem atacou Keren no rio — disse a senhora. — Ele a agarrou enquanto ela estava recolhendo caniços e tentou levá-la embora em seu kelek.

Eu abaixei meu olhar, incapaz de olhar para ninguém. Por uma razão inexplicável, senti uma chama de vergonha queimar em mim, como se as ações do homem fossem, de alguma forma, culpa minha. Como se seu simples toque tivesse deixado uma mancha de sujeira em mim.

— O quê? — Jared, que tinha se ajoelhado ao meu lado, levantou-se. — Eu vou matá-lo! Onde está ele? — Ele se virou em direção à porta como se fosse sair e agarrar o homem da curva do rio e esmurrá-lo com as próprias mãos.

— Acalme-se, Jared — disse Mahlah, com a voz seca. — Keren já lidou com ele. Todos esses anos de treino de espada se provaram úteis. Ela usou o cajado de Hanun para dar alguns bons golpes no homem. Ele terminou cuspindo dentes e maldições de seus lábios sangrentos enquanto navegava para longe com o rabo entre as pernas.

Aparentemente o velho tinha dado à senhora um relato completo da desventura da manhã.

Johanan desatou a rir.

— Eu gostaria de ter visto isso — disse ele, com a voz acolhedora. — Muito bem, Keren.

O rosto de Mahlah abrandou-se.

— Eu gostaria que isso nunca tivesse acontecido. — Sua mão pousou em uma rara carícia em meu cabelo, e ela me deu um sorriso reconfortante.

Jared voltou para o meu lado, sem dúvida percebendo a futilidade de tentar encontrar um homem desconhecido em um rio repleto de milhares de keleks. Ajoelhando-se novamente, ele estendeu um dedo bronzeado para brincar com a tira de couro da minha sandália, que havia se desfeito e estava ao lado do meu pé.

— Você está bem? — perguntou ele e olhou para mim intensamente.

Eu percebi, surpresa, que estava, de fato, bem. Em algum momento entre sua explosão de indignação furiosa e a demonstração singular de afeto de Mahlah, aquela chama quente de vergonha se transformou em uma pilha de cinzas.

CAPÍTULO QUATRO

*Há palavras que ferem como espada,
mas a língua dos sábios traz a cura.*

Provérbios 12:18, NVI

JARED

Ele se virou inquieto em sua cama estreita, torcendo os lençóis em uma bagunça de nós. Era impossível dormir. Ele se sentou, passando uma mão no rosto. O pensamento do que poderia ter acontecido com Keren fez uma rara chama de fúria inflamar nele. Ele fechou sua mão em um punho e apertou, desejando estar segurando o pescoço do bruto que tinha feito mal a ela.

Ele estava concentrado no trabalho, supervisionando trabalhadores para dragar uma parte do canal, sua mente focada inteiramente na tarefa, quando tudo aconteceu. Longe demais para conseguir protegê-la.

Ele sorriu debilmente. Ela não precisava da sua proteção.

O sorriso se transformou em uma risada quando ele a imaginou batendo no homem com o cajado, colocando-o para correr.

E depois, em vez de correr para casa, ela tinha levantado os ombros e voltado para pegar os talos que ela tinha ido buscar. Machucada e abalada, ela se apegou a seu propósito.

Ele notou uma mudança inesperada em seu coração. Havia uma qualidade primorosa em sua coragem. A valentia que surgia de raízes frágeis. Ela parecia, para ele, tão estável como o próprio solo. Inabalável.

Ele pegou o copo de água que estava ao lado de sua cama e tomou um longo gole.

Ele pensou na maneira como, em todos os dias nos últimos três anos, ela o defendera. Falou em sua defesa. Tentou protegê-lo de qualquer sombra de dor.

Crescer sob o teto de seu pai o ensinou a esperar por pouca segurança no mundo. A língua de seu pai podia ser tão dura como o chicote. Jared havia superado o chicote, mas a força brutal das palavras de seu pai ainda o atingia sem aviso prévio. Keren sempre soube aliviar a dor que vinha após os ataques e críticas insensíveis de seu pai.

Daniel tinha dado a Jared pela primeira vez o gosto real do tipo de afeição confiável em que era possível confiar o seu fardo. Johanan ofereceu constância em uma amizade inquebrável.

Keren também tinha lhe dado essas coisas. Mas ela lhe dava algo mais. Ela torcia por ele. Ele nunca se sentia tão seguro como quando estava com ela. Ele sentia que sua presença era como um abrigo.

Sua garganta ficou seca. As coisas poderiam ter terminado de maneira muito diferente no rio. Ele poderia tê-la perdido hoje.

CAPÍTULO CINCO

Serão como um jardim bem regado, e não mais se entristecerão.

Jeremias 31:12, NVI

O sabá começou ao pôr do sol no dia seguinte ao incidente no rio. Voltei para casa assim que terminei minha última tarefa, com Hanun me seguindo como uma sombra. Desci cuidadosamente pelas ruelas estreitas, me esquivando dos animais e das pilhas de lixo aleatoriamente descartado ao longo do caminho. Ao contrário dos hebreus, os babilônios frequentemente abandonavam seu lixo nas ruas. Não que eles desperdiçassem muito: o que eles não usavam, davam para seus animais, e o que os animais não comiam, eles frequentemente queimavam para se aquecer. Ainda assim, sobrava o suficiente para fazer meu passeio desagradável.

De tempos em tempos, fartos dos cacos de cerâmica quebrada, ossos e pedaços indigestos de vários tamanhos, as autoridades da cidade ordenavam que as ruas fossem cobertas por uma nova camada de terra compactada. Isso significava que as casas mais antigas acabavam por ficar um ou dois degraus abaixo do nível da rua. Mas um ou dois degraus parecia um pequeno preço a se pagar em troca de uma nova estrada livre de objetos pontiagudos e fedorentos.

Meu pai e minha mãe me envolveram no costumeiro abraço, quatro braços envoltos em torno de mim como videiras, e eram tão doces como os seus frutos. Eu ria enquanto minha mãe me soterrava em beijos, seus lábios deixando um rastro de amor na minha testa e fazendo uma bagunça no meu cabelo arrumado.

— Minha linda menina. Você fica mais bonita toda vez que eu te vejo — disse ela me dando um cheiro. Ela dizia isso todas as semanas quando eu vinha para casa. Isso não contava, considerando que ela era minha mãe.

O meu pai deu tapinhas no meu ombro como se estivesse tentando garantir que eu não era uma aparição.

— Nossa menina inteligente está em casa!

Ele imbuiu a palavra inteligente com uma gravidade ofegante, colocando nela um peso de admiração, como se aos seus olhos eu tivesse me tornado a principal escriba da Babilônia. Eu cutuquei-o nas costelas e ele grunhiu pelo nariz. O meu pai sempre sentiu cócegas. Às vezes, quando eu era pequena, ele ameaçava me fazer cócegas com os dedos e se curvava de rir do simples pensamento.

Dei o saco que trouxera da casa de Daniel à minha mãe.

— A senhora mandou, com as suas saudações. — Naquela manhã, o mestre tinha recebido três alqueires de maçãs do seu pomar no campo, e a senhora tinha reservado uma dúzia de maçãs suculentas para os meus pais.

O meu irmão mais novo, Benjamin, agarrou-as da minha mão.

— Você chegou na hora certa. O meu estômago te agradece.

Antes que eu pudesse repreendê-lo, meu avô se aproximou, com sua mão deslizando contra a parede para apoiar sua estrutura trêmula. Eu o apertei gentilmente.

— Vovô!

Ele sorriu para mim.

— Você se esqueceu de mim agora que tem a companhia do grande senhor Daniel? — Sua voz estava ofegante e fraca. Mas, aos meus ouvidos, parecia mais gloriosa do que a dos cantores do rei.

— Sinto sua falta todos os dias.

Ele segurou minha mão e notou as manchas de tinta escura.

— Você tem trabalhado duro, não é? — Do bolso, ele tirou uma pequena ânfora de barro. — Eu fiz isso para você. Vai rapidamente limpar as manchas. Uma menina bonita não deveria andar por aí parecendo um velho escriba.

Eu ri e acariciei seu rosto barbudo.

— Obrigada, vô.

— Hanun, junte-se a nós para a refeição do sabá — disse a minha mãe.

O velho, que acabara de beber o copo de água que a minha irmã lhe tinha trazido, balançou a cabeça.

— Obrigado. Mas é melhor eu estar de volta em casa antes do início do sabá.

Hanun se esforçava para nunca perder uma refeição preparada pelas mãos hábeis de Manasseh. Em especial o banquete do sabá.

— Obrigada por trazer a minha menina para casa, para nós. Você é um bom homem.

Hanun corou com os elogios de minha mãe. Eu sorri quando ele endireitou suas costas e marchou para fora da nossa casa, andando com passos mais vigorosos do que ele jamais fizera comigo.

Minha mãe espalhou nosso melhor pano no chão e a família se reuniu em torno dele, nossos corpos apertados no pequeno espaço. Começamos com as canções tradicionais do sabá, seguidas pela oração do meu pai sobre o pequeno cálice de vinho. Minha mãe passou a urna de barro e a tigela para que pudéssemos lavar as mãos de forma cerimonial, e o meu pai falou a bênção sobre o pão, e o mergulhamos em sal e comemos, antes de começar o resto da real refeição.

Eu me aconcheguei na companhia familiar e barulhenta, cheia de sons de risos calorosos e ávidas conversas. O tempo conseguia brincar com a minha mente sempre que eu entrava nesta simples casa, como se eu não tivesse estado longe das suas paredes durante seis dias.

E ainda assim, em meio àquela cacofonia familiar de afeto, eu percebi uma pequena lasca de desconexão. De semana para semana, eu não notava grandes mudanças. Mas na lenta concentração de meses em anos, parte de mim começava a se sentir mais enraizada na casa de Daniel do que aqui.

Esta seria sempre a minha família, a minha raiz, o meu lugar familiar. Mas aqui não tinha casas das tábuas. Não tinha nenhuma carta para nobres funcionários ou documentos chancelados do palácio em que trabalhar. Sem casas de banhos ou jantares elegantes. As nossas orações matinais eram simples. Faltavam a elas o brilhantismo e a visão do ensino de Daniel. E embora eu tivesse uma oferta de amigos entre os meus irmãos aqui, não tinha... nenhum Jared.

Os meus ombros amoleceram. Eu me perguntei se algum dia conseguiria encontrar a sensação de lar – inquebrável e ininterrupto – novamente. Mas o lampejo de desânimo desvaneceu rapidamente quando eu compartilhei minha experiência no rio com a minha família e recebi o bálsamo de seus cuidados. Quando regressei à casa do meu mestre, na noite seguinte, me sentia mais lúcida e contente, carregando apenas o peso do amor, multiplicado por sete.

* * *

Na manhã seguinte, notei que algumas tábuas tinham sido empilhadas de maneira aleatória em um canto do cômodo de Daniel, e outra estava abandonada debaixo da mesa, os detritos típicos da atividade de meu mestre na minha ausência. Se ele não tivesse resguardado o Sabá, as pilhas estariam muito mais altas. Devolvi as tábuas aos seus lugares, sabendo que Daniel prosperava em um ambiente organizado. Quando ele chegou, uma hora mais tarde, me encontrou sentada na minha cadeira, com a minha tábua de cera no colo, pronta para escrever suas notas para o dia.

— Aah! — Ele sorriu. — Sentimos o vazio quando você nos deixa, Keren. Ver você aqui, pronta, me faz bem. Sei que posso confiar em você, como sempre. — Ele olhou em volta como se estivesse perdido. — Eu estou procurando aquela tábua do arquiteto do palácio. Aquela que diz respeito ao telhado. Você sabe onde ela está?

A última vez que trabalhamos em alguma coisa relacionada aos arquitetos tinha sido há um ano. Felizmente, eu mantinha os registros bem organizados. Em alguns minutos, encontrei a que ele queria.

Ele deu uma rápida olhada e concordou com a cabeça:

— É essa mesmo. Muito bem, Keren. — Soltando um longo suspiro, ele se acomodou atrás de sua mesa. — Uma pequena parte do telhado do palácio está danificada e o assunto precisa ser resolvido rapidamente. Este pedaço do telhado sustenta a parte sul dos Jardins Suspensos.

— Os Jardins Suspensos? — Eu arfei, e meus olhos se arregalaram. — O senhor já os viu?

— Só de longe, olhando por cima das paredes que os cercam.

Daniel, que já tinha caminhado pessoalmente pelos caminhos arborizados daqueles jardins muitas vezes, assentiu lentamente.

— Não importa quantas vezes eu os visite, sua beleza nunca deixa de me surpreender. O jardineiro-chefe me disse que o grande carvalho por onde a rainha caminha todas as manhãs será danificado se não fizermos os reparos no telhado rapidamente.

Os Jardins Suspensos da Babilônia eram uma das maravilhas do mundo. A lenda era que Nabucodonosor havia construído a maravilha

Tessa Afshar ❖❖ 53

arquitetônica para sua esposa, a princesa Amitis da Média, para remeterem às florestas verdejantes de sua terra natal.

Criar um parque exuberante e frondoso em meio ao sol escaldante e aos implacáveis ventos áridos da Babilônia já seria um grande desafio. Mas Nabucodonosor decidira construir o seu jardim no telhado de seu palácio.

Um proprietário médio considerava-se abençoado por não ter vazamentos em seu telhado quando as chuvas vinham. Ir tão longe a ponto de construir um parque em um telhado superou a imaginação, sem mencionar a habilidade, da maioria. Destemido, o rei babilônico construiu uma fundação de abóbadas arqueadas com tijolos cozidos e as impermeabilizou com betume. Sobre esses tetos abobadados, os arquitetos carregaram terra o suficiente para sustentar as raízes de imensas árvores e arbustos floridos e para acomodar os canos de irrigação feitos de barro que regavam as plantas.

Não era provável que eu alguma vez visse um lugar tão exótico como a Média, mas se ela se assemelhasse à verdura exuberante dos Jardins Suspensos, deveria ser um lugar encantador.

De maneira proficiente, como era usual, Daniel ditou uma carta ao arquiteto e outra ao construtor. Assim que ele terminou, ele colocou o turbante e pegou sua bengala, se preparando para ir ao palácio. Eu comecei a trabalhar numa nova tábua de barro, sabendo que Daniel gostava de guardar cópias de sua correspondência.

Para minha surpresa, ele levantou uma mão, me parando.

— Você pode fazer isso mais tarde. Você gostaria de vir comigo ao palácio?

Eu me levantei rapidamente da cadeira.

— Ao palácio?

Ele me ofereceu um largo sorriso.

— Sim, Keren.

Eu passei as mãos pela minha túnica desbotada e engoli em seco.

— Eu adoraria.

Pela primeira vez na minha vida, andei numa carruagem de um cavalo, agarrando-me à barra de bronze à minha frente enquanto Daniel manuseava habilmente as rédeas. O veloz cavalo preto, com joias douradas brilhando ao longo da sua crina e cauda, galopou pela estrada estreita em um ritmo acelerado, fazendo meu corpo subir e descer como um esquife abandonado nas ondas de um mar tempestuoso. Quando chegamos, ao atravessar as portas duplas do palácio do sul, minha barriga tinha se movido para algum lugar próximo à minha garganta.

Apesar dos pulos, eu tinha conseguido segurar a bolsa de tábuas de Daniel, que ele tinha confiado a mim para mantê-las seguras.

— Venha — disse ele, jogando as rédeas para um menino que apareceu misteriosamente com um arco.

O que mais eu poderia fazer? Eu fui.

Meu queixo chegou até meus joelhos quando passamos por dois pátios pavimentados com azulejos de azul escuro. Era como se um artesão tivesse capturado o céu noturno e o espalhado sobre a terra como um tapete. Piscinas quadradas de águas claras cintilantes sob a luz do sol ocupavam o centro de cada pátio. Flores em vasos acenavam preguiçosamente com a brisa.

O palácio sul ficava à beira do Eufrates. O escritório de Daniel, para onde ele me conduziu, tinha um teto alto de tijolos, e a luz entrava pela ampla janela com vista para as margens de seixos do rio. Após um gesto de comando seu, um escriba de manto comprido correu para o meu lado e me livrou das tábuas.

— Você encontrará duas cartas na bolsa, LuSalim — explicou Daniel. — Elas já estão seladas e precisam ser enviadas. De imediato, está bem?

LuSalim inclinou-se e sua cabeça tocou seus joelhos. Se essa era a maneira adequada de mostrar respeito ao meu mestre, eu lhe devia várias centenas de cúbitos em cumprimentos.

Daniel acenou ligeira e dignamente com seu queixo, sinal que eu tinha aprendido a reconhecer como um convite a segui-lo, e me posicionei atrás dele. Um longo corredor conduzia a um amplo cômodo aberto com tetos abobadados, cada curva fundindo-se numa outra, formando uma tecelagem contínua de abóbadas. Revestindo as paredes havia centenas de prateleiras, embelezadas com marfim, ouro, prata, alabastro e filigrana. Mas não foi isso que chamou a minha atenção. Nessas prateleiras repousavam milhares de tábuas e cilindros de barro. De pé, paralisada no meio do cômodo, pude ver que alguns eram muito antigos, contendo escrita suméria.

Eu engasguei.

— Essa é...?

— A biblioteca. Sim. Nela existem registros que datam até de mil anos atrás. — Daniel bateu sua bengala nos ladrilhos antes de apontar sua

Tessa Afshar ❖ 55

ponta esculpida em direção a uma escada. — Você pode contemplar as maravilhas dela mais tarde, Keren. Primeiro, temos que subir.

Tive de arrancar meus pés do chão para subir as escadas estreitas. No entanto, minha mente permaneceu naquele lugar extraordinário, e eu me perguntava se me permitiriam passar uma ou duas horas entre aquelas fascinantes prateleiras.

Eu pisquei assim que cheguei no topo da escada, com um clarão de luz do sol me cegando por um momento. A princípio, presumi que Daniel me tinha levado ao telhado. Minha respiração se transformou quando percebi meu engano.

O canto dos pássaros enchia o ar e o cheiro de algo doce e exótico fazia cócegas nos meus sentidos. Eu estava em um caminho ladeado por pequenas árvores frutíferas. Rosas cor-de-rosa e sálvia roxa cresciam entre aglomerados de hortelã. Uma cortina de ervas balançava preguiçosamente na brisa ao lado de grandes círculos de álios.

Mesmo o solo seguia numa suave ondulação, no topo da qual se erguia um carvalho solitário que parecia ter cem anos, uma maravilha em si, dado que o local tinha sido construído menos de duas décadas antes. Dei alguns passos em frente, inalando o cheiro de um mundo verdejante que não pertencia à Babilônia e definitivamente não pertencia a um telhado.

— É de tirar o fôlego — sussurrei.

Daniel inclinou-se em sua bengala.

— Eu queria que você visse tudo isso. Para ter essa memória no seu coração. Para entender o que Deus quis dizer quando prometeu, Serão como um jardim bem regado, e não mais se entristecerão. Sempre que você estiver padecendo ou preocupada, sempre que você estiver tentada a desistir, quero que você se lembre deste lugar. Deste jardim bem regado. Pois esta é a promessa do Senhor para você, Keren. Um dia, esta será a sua vida, embora viva como cativa agora.

Eu me virei, perfazendo um círculo lento, e olhei ao meu redor, absorvendo não só a beleza inegável do lugar, mas sua impossibilidade. Um jardim numa terra árida. Colinas verdes em um telhado. Água que flui para cima em vez de para baixo. Flores desabrochando onde nada além de vigas e tijolos deveriam estar. Essa era a promessa de Deus. Nenhuma terra árida poderia deter sua mão. Um jardim me esperava, mesmo para uma cativa como eu.

CAPÍTULO SEIS

*O Senhor Deus disse: "Vejam como
as mulheres de Jerusalém são vaidosas!
Andam com o nariz para cima,
dão olhares atrevidos e caminham com
passos curtos, fazendo barulho com os
enfeites dos tornozelos."*

Isaías 3:16, NTLH

Já era tarde quando voltei do palácio. Assim que terminei de copiar as cartas da manhã, peguei minha túnica limpa e fui para a casa de banhos. Trabalhar para Daniel tinha me colocado numa posição única dentro da casa. Ele me tratava mais como uma jovem sobrinha do que como uma empregada. A senhora também me concedia privilégios incomuns, como o uso livre da luxuosa casa de banhos ou, como esta noite, o convite para me juntar à família para a refeição noturna.

Ainda assim, eu os chamava mestre e senhora, um lembrete verbal de que, embora eles me tratassem como família, eu não era exatamente igual a eles. Eu me banhei rapidamente e vesti a túnica limpa, mais uma também de lã fina da cor de lama seca. Torcendo meu longo e liso cabelo em tranças, encaixei-as no topo da minha cabeça, em uma imitação barata de um dos penteados elaborados da senhora. Nós íamos receber convidados naquela noite e eu queria parecer apresentável.

Talvez fosse por causa do meu lugar estranho nesta casa, o lugar não--exatamente-igual, o lugar sempre-um-pouco-fora-do-ritmo, que me esforçava tanto para me encaixar. Eu trabalhei em meu penteado o máximo que pude e ajustei a minha túnica para cair modestamente sobre os meus tornozelos. Depois das críticas de Jared às minhas roupas simples, eu vinha me sentindo especialmente pouco à vontade com a minha aparência. Finalmente, tive que admitir que não havia mais o que eu pudesse fazer para melhorar a minha vestimenta e me encaminhei para a sala de jantar.

A família tinha convidado Deborah, a noiva de Johanan, assim como seus pais e sua irmã mais nova para o jantar. Eu tinha encontrado Deborah algumas vezes, uma menina doce cuja beleza primorosa estava em desacordo com o sorriso tímido que se alargava cada vez que Johanan se aproximava. Ela estendera aquele sorriso também a mim e falou comigo sem os ares duros que poderia ter assumido com alguém que ocupava um lugar tão duvidoso na casa.

A irmã de Deborah, Zebidah, por outro lado, nunca tinha nos visitado antes. Ela nos surpreendeu de algum modo.

Embora a beleza marcante de sua irmã lhe faltasse, ela não tinha nada de sua timidez.

A sua silhueta, que gozava de mais curvas do que o Eufrates e o Tigre juntos, estava exposta de tal forma que todos os jovens em nossa companhia tiveram dificuldade em não reparar. Eu era uma garota e eu reparara.

Sua bonita túnica com sua estampa pintada e seu xale com franjas bem amarrado revelavam muito mais do que minha velha túnica, mesmo sendo a minha tão fina. Os olhos castanhos de Zebidah tinham sido habilmente realçados com kohl, suas pálpebras cintilavam azuis graças a uma aplicação generosa de lápis-lazúli em pó. Eu nunca tinha visto uma mulher tão... feminina. Suas tornozeleiras tilintavam delicadamente enquanto ela sentava em um dos bancos da mesa.

Parecia-me, enquanto eu a observava com fascínio, que Zebidah representava tudo o que um homem poderia desejar em uma mulher. A julgar pela maneira como os jovens sorriam para ela como bebês, eles pareciam concordar comigo.

A sala de jantar da casa de Daniel tinha uma estreita mesa de madeira com pés em forma de garra e vários bancos retangulares projetados para serem compartilhados. Zebidah me fitou asperamente quando me sentei ao lado dela no banco.

— O que você está fazendo? — chiou ela, não tão alto a ponto de causar uma comoção, mas o suficiente para expressar seu descontentamento.

As minhas costas ficaram tensas.

— Sentando.

— Aqui? Você não deveria estar brincando com caniços, ou tábuas empoeiradas, ou estar fazendo o que quer que você costuma fazer?

Eu fiquei vermelha.

— Eu fui convidada.

Jared deve ter ouvido nossa conversa. Ele estendeu sua mão para mim.

— Venha sentar do meu lado, Keren. — Para minha alegria, seu olhar admirador mudou para um fulminante quando se dirigiu a Zebidah. — Nesta noite, ela é uma convidada, assim como você.

Uma de suas sobrancelhas perfeitamente desenhadas subiu.

— Perdão. Não estou acostumada a comer com criados.

Eu me movi silenciosamente para o outro lado da mesa para me acomodar ao lado de Jared. O espaço ao lado dele era estreito, não deixando nenhum espaço entre nós. Meu quadril pressionou contra o dele, e nossas pernas se conectaram, joelho à coxa, através do fino linho e lã de nossas túnicas. Por um instante, nós dois congelamos.

Então Jared respirou fundo e, com um movimento abrupto, se mexeu tão rápido que quase derrubou Johanan do banco. Eu mesma desviei para o lado oposto, de modo que metade do meu corpo passou a pairar sobre a borda. O ar entre nós parecia estalar e chiar.

Felizmente, ninguém percebeu. Zebidah manteve todos distraídos, nos entretendo com um fluxo aparentemente interminável de comentários espirituosos. Ela se dirigia a Daniel pelo seu nome babilônico, Beltessazar, como se estivesse em uma festa palaciana, e não participando de uma reunião familiar.

Sobre a mesa, funcionários colocaram pratos fumegantes abastecidos de perna de carneiro cozida em chalotas e vermelhas beterrabas, guarnecido com alho-poró e alho moídos, juntamente com um ensopado de cordeiro escaldado com cevada e legumes. Os babilônios cozinhavam este prato no leite. Como a lei judaica proibia a mistura de carne com leite, Manasseh ajustou a receita para a nossa casa. Seja qual foi o seu método, o cordeiro emergiu tão tenro e delicioso como qualquer prato que os babilônios pudessem produzir.

Silenciosamente, passei os biscoitos de farro que foram servidos com o cordeiro para Jared. Ele pegou o cesto, com cuidado para evitar meus dedos. Limpando a garganta, tentei pensar em algum comentário inteligente que pudesse quebrar o constrangimento excruciante que tinha

Tessa Afshar ❖ 59

surgido entre nós como um muro. Mas eu me senti tão espirituosa quanto uma casca de noz.

— O carneiro está delicioso.

Jared grunhiu.

Ele esfarelou um biscoito de farro delicadamente sobre seu cordeiro como os babilônios faziam, conseguindo evitar derrubar migalhas em seu colo. Limpei furtivamente as migalhas abundantes que se espalhavam sobre a minha túnica.

— O cordeiro não está suculento? — Eu tentei de novo. — As ovelhas chegaram da fazenda do senhor Daniel esta manhã.

Outro grunhido recebeu meu brilhante esforço para conversar. Mergulhei o pão no rico guisado e enfiei-o na boca. Naquele momento, tinha gosto de lodo do canal para mim. Virei-me para o outro lado do perfil impassível de Jared, e meu olhar fixou-se em Zebidah enquanto ela nos brindava com a história de um conhecido cortesão cuja peruca havia caído sobre suas sandálias quando ele se curvara diante do rei.

Em comparação com a sua hilária anedota, a minha primeira visita aos Jardins Suspensos e à antiga biblioteca do palácio me pareceu insípida até para meus ouvidos. A maioria das pessoas não achavam as bibliotecas tão empolgantes como eu.

Felizmente, os músicos entraram na sala, empurrando suas harpas enquanto se alinhavam contra a parede. Pelo menos suas canções me salvaram de continuar comparando minhas tediosas conversas com as observações divertidas de Zebidah.

CAPÍTULO SETE

*Por que será, então, que este povo
se desviou? Por que Jerusalém persiste
em desviar-se? Eles apegam-se ao
engano e recusam-se a voltar.*

Jeremias 8:5, NVI

JARED

No caminho para casa depois do trabalho, Jared passou pelo templo de Inanna, a popular deusa mesopotâmica da guerra e do sexo. Suas sacerdotisas exerciam grande poder e não eram conhecidas por sua castidade. O choque desacelerou seus passos quando reconheceu um rosto familiar na multidão de adoradores. Zebidah!

Ele se perguntou se deveria tentar tirá-la dali e decidiu que era melhor não. Ela parecia uma participante entusiasta. Ele duvidava que ela fosse apreciar a sua interferência. Se ela chamasse os guardas, ele estaria em apuros. Nenhum babilônio entenderia a antipatia de um israelita por uma de suas divindades favoritas.

Suspirando, ele decidiu deixar para falar com Johanan sobre isso. Ele se perguntou se Deborah sabia das tendências de sua irmã para adorar os deuses da Babilônia. Ele duvidava. As duas irmãs eram como peixes e aves, tinham muito pouco em comum.

A decisão de Zebidah de adorar uma das divindades prolíficas da Babilônia não deveria chocá-lo. Mesmo antes de serem postos em cativeiro, o povo de Judá já flertava com deuses de seus vizinhos. Um ou outro ídolo reluzente por vezes atraía a atenção deles e afastava seus corações do Senhor.

A Babilônia tinha sido a bifurcação na estrada. O local da decisão.

A labuta no cativeiro havia despertado alguns dos judeus de seus sonhos morais. Um pequeno remanescente tinha visto a sua destruição como um apelo ao arrependimento. Um convite para procurar os caminhos antigos do Senhor.

Outros optaram por mergulhar mais fundo nos modos de vida da Babilônia. Hoje mal se podia distingui-los dos outros habitantes daquela terra. Eles foram lentamente sendo absorvidos pelo mundo ao seu redor.

Perdidos, para sempre.

Por carinho a Deborah, ele se entristecia que Zebidah tivesse escolhido estar entre eles.

Assim que ele chegou em casa, seu pai o procurou.

— Você conheceu Zebidah?

Os olhos de Jared se arregalaram.

— Zebidah?

— Ela é a irmã mais nova da moça que está prometida ao filho de Daniel.

— Que estranho que o senhor a mencionou! Eu estava pensando nela agora pouco. — Ele se perguntou se seu pai também tinha visto a moça no templo de Inanna.

O Senhor Hanamel sorriu.

— Você estava, é? Uma saborosa iguaria, ela.

Jared deu um passo cauteloso para trás, surpreso com o entusiasmo de seu pai.

O sorriso de seu pai se alargou, fazendo-o parecer um lobo.

— Ela seria uma boa esposa para você, eu decidi.

Jared se sentiu arrebatado.

— Esposa?

— De nada.

— Pai, não!

— O que você quer dizer com não, seu ingrato?

— Primeiramente, eu a vi adorando no templo de Inanna esta noite.

— E então?

A boca de Jared se abriu. Ele estava ciente das atitudes relaxadas de seu pai quando se tratava de fé. Ainda assim, ele achou chocante que mesmo um homem como seu pai considerasse a adoração de Inanna aceitável.

— O senhor não pode estar falando sério — disse ele, com a voz forte.

— Claro que estou. A moça é encantadora. Encantadora! Você teria sorte se ela olhasse para você duas vezes. Além disso, seu pai é um comerciante rico. Com dinheiro o suficiente para um dote aceitável nesses bolsos. Sem mencionar que o casamento com ela nos tornaria parentes do grande Belsazar, o preferido do rei. — O pai revirou os olhos.

O calor serpenteava o peito de Jared, vertendo para suas bochechas. Rangendo os dentes até a mandíbula doer, ele se recusou a expelir as palavras que dançavam na ponta de sua língua. Anos vivendo com seu pai lhe ensinaram autocontrole. Ele sabia que se arrependeria de falar impetuosamente. Este novo esquema que estava surgindo na cabeça de seu pai tinha que ser recebido com uma resposta ponderada.

— Vá e se troque — ordenou o senhor Hanamel. — E seja rápido.

— Por quê?

— Eles vêm jantar conosco, é por isso. E é melhor você conquistá-la, ou vou fazer com que se arrependa.

— Zebidah está vindo?

— Junto com seus pais.

Em seu quarto, Jared arrastou uma túnica limpa sobre a cabeça e enfiou os pés em um novo par de sandálias. Amarrando um cinto de prata na cintura, notou que seus dedos tremiam e tentou acalmá-los.

Seu pai nunca aceitaria Keren como sua nora, independentemente de sua lealdade, seu brilhantismo, sua coragem, sua bondade, sua piedade. Mas ele estava disposto a abrir os braços para o jeito idólatra de Zebidah por causa de seu dote. O amargor da náusea subiu por sua garganta ao pensar nisso.

Durante o jantar, sentado em frente a Zebidah, ele ficou surpreso ao perceber que estava desfrutando de sua companhia. Ele tinha que reconhecer uma coisa: a moça era encantadora. Apesar de si mesmo, ela o fez rir, absorto em suas histórias divertidas. Ela inclinou-se em direção a ele para sussurrar algum comentário tolo, e a força dela o atingiu como um martelo. A pura força de sua sensualidade, um amálgama de seu perfume almiscarado, seu olhar ousado e a intimidade calorosa de sua atitude, envolveu-o e carregou-o.

Ele inalou bruscamente, inclinando-se para longe.

Ela ajustou seu xale conscientemente, revelando mais curvas a cada movimento treinado. Algo em Jared ficou frio.

Tessa Afshar ❖ 63

Ele pensou em Keren, que, com um único sorriso, o fazia sentir calor até a medula dos ossos. Soltando o ar, ele deixou o domínio da sensualidade se afrouxar. Dissolver.

Zebidah podia fazê-lo rir. Ela podia encantar seus olhos. Ela podia até enganar seu corpo por alguns instantes. Mas Zebidah e o seu dote podiam saltar no Eufrates, no que lhe dizia respeito. O seu coração conhecia uma verdadeira mulher. E Zebidah simplesmente não se comparava a ela.

CAPÍTULO OITO

*Pois o Senhor é bom e o seu amor
leal é eterno*; a sua fidelidade
permanece por todas as gerações.*

Salmos 100:5, NVI

Duas vezes por semana, Daniel nos ensinava as escrituras antes de partir para o palácio. Ele começou as aulas cedo, me forçando a levantar uma hora antes do meu horário habitual. Mesmo sonolenta, eu ainda assim não perdia um momento de sua envolvente explicação. Até Johanan e Jared, com todas as suas novas responsabilidades, davam um jeito de assistir às aulas de Daniel.

O mestre saudou-nos com uma bênção hebraica. A antiga língua do meu povo, o hebraico, estava enraizada no meu próprio sangue, e eu sentia que cada sílaba distinta fluía sobre mim feito bálsamo.

Como sempre, Jared e Johanan tinham se instalado um ao lado do outro, embora eu sentisse que tinha algo diferente neles naquela manhã. Um silêncio moderado que parecia pesado. Eles se sentaram, as cabeças inclinadas, os ombros caídos, os lábios achatados, sem perceber o resto de nós.

— O seu amor leal resiste eternamente. — Daniel começou, não se preocupando em nos introduzir um prefácio. Ele tinha o hábito de fazer isso, de nos mergulhar, sem preâmbulo, nas profundezas. — De onde é esse?

— Crônicas? — disse eu, com as sobrancelhas arqueadas.

---

* Nota do tradutor: na tradução do versículo para o inglês, "endures forever", que pode ser traduzido para "resiste eternamente".

— É um salmo, não é? — Abel se ajeitou na cadeira. — Aquele que repete a mesma frase várias vezes.

— Não, é aquele salmo curto. — Jared levantou o queixo. — Eu lembro. É aquele que diz para servir ao Senhor com alegria.

— Isso mesmo — respondeu Daniel.

Nós três nos inclinamos para frente.

— Qual? — dissemos em uníssono.

— Todos vocês três estão certos, na verdade. Esta é uma frase que se repete nas escrituras. Repetidamente, Deus nos recorda desta verdade, porque não quer que a percamos. O amor leal do Senhor resiste eternamente. Daniel esperou um instante. — Resistir. Uma palavra forte. Uma palavra para apertar os dentes e suportar a dor. Uma palavra de força no meio das tempestades. Pensamos em dificuldades quando pensamos em resistência. Seu olhar pousou em Johanan, permaneceu, suavizou-se e mudou-se para Jared como uma carícia. — Mas às vezes, quando Deus sussurra resista, ele não está falando de dor. Ele está falando de amor. Seu amor por vocês resiste.

Um raio de luar perfurou a sala através da única janela e assentou-se sobre Daniel como um manto. Ele sorriu e continuou:

— O cuidado de Deus por vocês neste cativeiro resiste. O calor em sua voz enquanto ele os guia resiste. Sua afeição terna enquanto ele olha por vocês resiste. A sua companhia, o seu abrigo, a sua provisão, a sua ajuda, o seu conselho resistem.

Jared e Johanan estavam sentados agora, com as costas retas, bocas relaxadas, como se as palavras de Daniel tivessem derramado força em suas colunas, enquanto, ao mesmo tempo, esvaziavam as palavras amargas que haviam sido trancadas em seus lábios.

Ocorreu-me que Daniel tinha escolhido este sábio específico de propósito. Ele tinha um talento profético alarmante. Sonhos e visões vinham a ele, às vezes revelando os mistérios do futuro distante e, outras vezes, falando de uma necessidade presente.

Daniel aproximou-se.

— Deus quer que seus corações aprendam a resistir também. Resistir no amor. Amá-lo mesmo quando ele parece ausente. Amá-lo quando ele o tenha ofendido ou desapontado. Amá-lo quando sentir que ele não o protegeu.

— Essa não é uma tarefa fácil — disse Jared, com a voz tênue.

Daniel ajustou na cintura o cinto de filigrana.

— Não. Mas também não é fácil ser cativo e, ainda assim, viver como se fosse livre. Podem ocupar altos cargos, mas como cativos serão ridicularizados, desafiados, insultados, ignorados. Trabalharão mais duro e melhor do que os outros e ainda descobrirão que, por vezes, a sua recompensa é uma bronca que não mereciam. Outros que estão abaixo de vocês subirão mais alto, e terão que engolir o gosto acre da injustiça. Se vocês não aprenderem a se apoiar no amor resistente de Deus, com o tempo, poderão se tornar escravos da amargura. E essa é uma escravidão muito pior do que meramente ser cativo na Babilônia.

Jared limpou a garganta.

— Certamente você nunca se sentiu assim, meu senhor?

— Meus companheiros e eu vivemos nossa parcela de dificuldades. Vocês conhecem a história dos meus três amigos, Hananias, Misael e Azarias.

Eu sorri. A história dos três homens conhecidos pelos babilônios como Sadraque, Mesaque, e Abede-Nego tinha se tornado uma de minhas favoritas.

— Eles foram lançados em uma fornalha em chamas — disse eu—, porque se recusaram a adorar a imagem de ouro que o rei Nabucodonosor havia criado.

O próprio Hananias tinha nos contado a história durante o jantar uma noite, enquanto nós o enchíamos de perguntas: "Como foi andar num inferno e não ser queimado? O quarto homem nas chamas falou com eles? Como se sentiram quando saíram da fornalha?" Hananias não tinha muitas respostas. Sua memória do tempo que passou nas chamas era nebulosa.

— Eles não fizeram nada de errado — disse Daniel. — Ainda assim, eles enfrentaram a morte. — Ele inclinou-se para a frente. — Sua geração também enfrentará sua própria fornalha de fogo neste reino. E cada um de vocês deve lidar com suas próprias provações pessoais.

Um arrepio correu pela minha espinha, como um físico pressentimento de um fogo ardente que se dirigia em minha direção.

Daniel olhou para nós, um por vez, com uma expressão séria.

— É por isso que vocês devem aprender a resistir. Resistir ao fogo, porque o amor de Deus por vocês resiste. Confiem nos seus planos para vocês, meus filhos e minha filha. — A mão dele passou por cima da minha cabeça. — Deixem que ele dê a vocês a força para suportar as chamas.

Embora a exortação de Daniel tenha terminado em uma nota de esperança, com um lembrete da confiança de Deus, não pude deixar de sentir a inquietação que suas palavras forjaram em mim. O quase desastre no rio tinha me ensinado que a vida era imprevisível. O fogo de Daniel era uma sombra que pairava sobre cada um de nós, uma chama que podia arder sem o menor aviso.

Depois que ele fechou nosso momento com outra bênção, tentei me livrar da estranha inquietação e me forcei a me concentrar nos deveres práticos do dia. A atividade mundana era a cura para todos os medos que me perseguiam.

— Nossos envelopes estão acabando — me disse Daniel enquanto os rapazes conversavam silenciosamente no canto.

Um aspecto peculiar do uso de tábuas de barro para correspondência era que você não poderia simplesmente enrolá-las e selá-las para manter seu conteúdo privado. Nós tínhamos que fazer finos recipientes de barro em que as tábuas pudessem repousar durante a viagem. Estes recipientes eram chamados de envelopes e frequentemente quebravam no momento em que eram recebidos. Por essa razão eles estavam sempre acabando.

— Vou até o rio — disse eu —, para coletar lama para uma fornada. Os minúsculos depósitos minerais no rio produziam o melhor barro para tábuas e envelopes.

Daniel deu pancadinhas na mesa com sua bengala.

— Eu esqueci de lhe dizer que Hanun está doente e não pode acompanhá-la. Nada sério, Mahlah me assegurou. Mas você terá que esperar para ir até o rio. Não gosto de pensar em você sozinha nas suas margens. Especialmente depois do que aconteceu.

Jared limpou a garganta.

— Eu posso acompanhá-la, meu senhor. Eu ainda tenho uma hora antes de voltar ao trabalho com o engenheiro-chefe. Além disso, será uma oportunidade para inspecionar o fosso oriental.

Na Babilônia existiam várias poderosas fortalezas. A cidade estava cercada por uma fileira dupla de muralhas defensivas, intercaladas por torres de vigia com ameias. Além delas, tinha sido cavado um profundo fosso, que cercava a parede externa. Alimentado pelo Eufrates, o fosso proporcionou à Babilônia aquilo que a sua topografia plana não conseguiu: uma defesa imbatível. No entanto, como qualquer outro corpo de água na Babilônia, ele estava sujeito a assoreamento e obstrução e, portanto, estava sob a alçada dos supervisores dos canais.

Daniel sorriu, dando seu consentimento, e Jared e eu partimos para o rio. O crepúsculo pálido iluminou nosso caminho enquanto caminhávamos em silêncio, embora perguntas girassem dentro da minha cabeça mais rápido do que um dos redemoinhos do Tigre.

Houve um tempo em que eu não teria me contorcido antes de perguntar a Jared qualquer coisa que me viesse à mente. Mas tanta coisa tinha mudado nos últimos meses. O que tinha sido fácil e natural agora tinha saído de mim e deixado no lugar um constrangimento tortuoso que transformava meu estômago em uma piscina de ácido.

Limpei a garganta e me lancei como um búfalo nas águas rasas.

— Está tudo bem com você e Johanan?

— Vai ficar. — Eu pensei que Jared iria deixar por isso mesmo, meu rosto pressionado firmemente contra a porta fechada de seus segredos. Uma pedra pesou no meu estômago.

Como se estivesse sentindo meus pensamentos, ele me mostrou seu velho sorriso, com suas bochechas cheias de confiança. — Nós fomos repreendidos pelo engenheiro encarregado dos supervisores do canal. Eu chamei a atenção dele para algumas preocupações e Johanan me apoiou. Em vez de nos agradecer, ele nos censurou publicamente. O nosso orgulho foi um pouco ferido. Nada de que não possamos nos recuperar.

Eu me lembrei das palavras de Daniel, advertindo que, neste mundo cativo, encontraríamos insulto e desafio. De certa forma, trabalhar para Daniel era um privilégio. Eu tinha sido poupada da severidade fria de responder aos mestres babilônios.

— Eu sinto muito — disse eu. — Eu pensei que você estava feliz com o seu trabalho.

Jared encolheu os ombros.

— Feliz o suficiente. — Ele evitou uma pilha de cacos partidos. — Não me vejo supervisionando canais pelo resto da minha vida.

— O que você se vê fazendo?

— Esse é o problema. Eu não sei. Aqui estou eu, com a cabeça cheia de mais conhecimento do que a maioria das pessoas consegue receber em duas vidas e ainda me sinto perdido. Como se Deus quisesse algo além para mim. Algo... diferente disto.

— Você contou a Daniel sobre isso?

Ele assentiu.

— O que ele disse?

— Que não encontrou o caminho para o seu próprio chamado até que quase foi morto. Nabucodonosor nunca o teria posto no comando da Babilônia se não o tivesse colocado numa posição impossível primeiro. Exigindo que os sábios lhe dissessem o seu sonho antes de o interpretar!

— E você acha que o seu mestre não é razoável.

Jared sorriu.

— É verdade. Daniel teve que enfrentar uma montanha, não os montículos que me irritam. Ele se apegou a Deus, como sempre o faz, esperando não só salvar a si mesmo, mas também poupar a vida dos seus amigos. Ele nunca pensou que a espada apontada para sua garganta abriria as portas para seu futuro. Ele é um administrador dotado, do tipo que só surge uma vez numa geração. Mas ele não saberia disso se Deus não tivesse permitido que a morte lançasse sua sombra sobre ele primeiro.

— Parece uma maneira difícil de encontrar sua vocação.

— Eu disse a mesma coisa. — Jared riu.

Eu me fazia perguntas semelhantes sobre o meu futuro. A maioria das mulheres conhecia sua vocação no nosso mundo. Nós fomos feitas para casar e ter filhos. Para cuidar dos nossos filhos e ajudar os nossos maridos. No entanto, graças aos fios inesperados da minha vida – a formação incomum que recebi do meu avô, as dívidas devidas do meu pai, a minha educação na casa de Daniel – fui educada mais como escriba do que como esposa. Só que, como mulher, as minhas competências não seriam bem-vindas da forma convencional. Eu me perguntava se eu seria uma ajudante de Daniel para o resto dos meus dias.

A ideia de ser esposa e mãe parecia mais um tormento do que uma esperança. Eu poderia ter essas coisas. Mas não com Jared. Não queria apenas ser uma esposa. Eu queria ser a esposa de Jared. Um vento sufocante surgiu com força repentina, grudando minha túnica em meu corpo. Com uma sacudida autoconsciente, eu puxei o tecido que marcava meu corpo, para desgrudar de minha pele.

Jared parou de repente.

— Eu tinha esquecido. — Ele colocou a mão dentro da bolsa que carregava e dela puxou um tecido dobrado. — Para você — disse ele.

Eu parei, perplexa. Ele empurrou o tecido na minha direção até eu o pegar. Era da minha cor preferida, o azul claro de um céu de verão. Desdobrando-o, encontrei um xale da lã mais macia que há, franjado com borlas de prata ao longo de suas bordas.

— O que é isto? — Segurei o elegante xale, perplexa.

— Um presente.

— Da sua madrasta? — perguntei, confusa, pensando que talvez uma de suas madrastas tivesse decidido me dar um de seus velhos trajes. Mas o tecido parecia novo.

— Não é da minha madrasta — disse ele, parecendo ofendido. — Que tipo de presente seria esse? É um presente meu. Eu comprei para você.

Jared pegou o xale dos meus dedos trêmulos e o levantou, abrindo-o. Suas grandes mãos o pegaram pelos cantos e, por um instante, a lã azul bateu no ar como as asas de um pássaro exótico. Então, ainda de frente para mim, ele o envolveu em meus ombros e puxou as bordas para a frente. Suas mãos permaneceram na minha cintura, sobre o xale e minha túnica, o calor delas afundando até chegar em meus ossos.

Os dedos de Jared puxaram suavemente as extremidades do xale, me aproximando dele. Senti meu sangue aquecer em minhas veias. Jared inclinou sua cabeça. Eu conseguia ouvir sua respiração, desperta e lenta. Seus lábios se aproximaram até quase tocarem os meus.

Uma carruagem passou atrás de mim, suas rodas grandes se mexendo em um pouco de lama, o som me assustando, e eu dei um meio passo à frente. E eu me aprofundei ainda mais nos braços de Jared. Por um instante eu congelei, minha pulsação explodindo, ossos se tornando líquidos onde meu corpo encostava no dele.

Jared exalou como se tivesse esquecido do ar que estava preso em seus pulmões, e esse som quebrou o feitiço entre nós. — Eu não posso! — sussurrou ele, com a voz aflita, e saltou para longe, mãos, lábios e membros separando-se de mim em um ímpeto confuso.

Eu segurei o xale pouco antes de cair no chão e envolvi-o firmemente em volta de mim, sentindo a ausência das mãos suaves que me abandonaram e dos lábios macios que não beijaram os meus.

— É lindo — falei roucamente, tentando soar como se nada de extraordinário tivesse acontecido entre nós. — Obrigada.

Jared passou uma mão por seus longos cabelos, e eu notei com satisfação que aqueles dedos treinados pelas espadas estavam tremendo. De maneira quase inaudível, ele disse:

— Você merece, e muito mais.

Essa foi a última coisa que ele disse antes de me deixar de volta em casa e sair correndo para se apresentar no trabalho. Eu me agarrei ao xale que ele tinha comprado para mim, comprado com o seu próprio dinheiro suado, e tentei não sonhar com o calor das suas mãos na minha cintura.

E falhei miseravelmente.

CAPÍTULO NOVE

O rancor é cruel e a fúria é destrutiva, mas
quem consegue suportar a inveja?

Provérbios 27:4, NVI

Naquela noite, o pai de Jared, o senhor Hanamel, veio para o jantar. As joias em suas orelhas e em seus dedos brilhavam quando ele se sentou ao lado de Daniel. Tudo em Hanamel me lembrava uma pedra: os lábios achatados, a mandíbula dura, o olhar frio. O coração insensível.

Certa vez, perguntei a Daniel por que o senhor Hanamel havia se saído tão bem na Babilônia, apesar de ter sangue real. Muitos membros dos diferentes ramos da família real sofreram grandes perdas sob Nabucodonosor.

Dos três reis que governaram em Judá durante a longa invasão pela Babilônia, o primeiro, Jeoiaquim, um vingativo assassino de profetas que queimou o pergaminho de advertência de Jeremias, morreu antes do fim do primeiro cerco de Jerusalém, seu corpo arrastado e jogado para fora dos portões da cidade. Seu filho, Jeconias, rendeu-se à Babilônia após apenas três meses de governo, fato que provavelmente lhe salvou a vida. Ele estava até agora desfrutando da hospitalidade do rei, em cativeiro, em algum lugar da Babilônia. O último rei de Judá, Zedequias, que mudava de alianças tão rapidamente como uma princesa real muda de roupa, tinha visto os seus filhos serem alinhados diante dele e condenados à morte um por vez, antes de ele ser cegado e levado acorrentado. Todos os nobres de Judá que tivessem qualquer indício de lealdade a Zedequias haviam sido massacrados. Mas o senhor Hanamel sobreviveu ao abate da família real.

Daniel tinha apenas me dito que o senhor Hanamel tinha feito um serviço para o rei e se recusou a expandir a sua explicação. O que me deixou para tirar as minhas próprias conclusões.

Havia dois tipos de nobreza judaica que prosperaram na Babilônia. De um lado, havia homens como Daniel e seus amigos, que, tendo sido levados de sua terra natal em sua juventude, serviram nossos senhores enquanto se apegavam a Deus. Esses homens usavam a sua influência para ajudar o nosso povo.

De outro lado, houve aqueles que tiveram sucesso na terra do nosso cativeiro, mas à custa dos nossos compatriotas. Eles revelavam segredos. Traíam a confiança. Pisavam nas costas dos caídos para se levantarem. O senhor Hanamel tinha esse tipo de nuvem escura pairando sobre ele, embora ninguém jamais ousasse acusá-lo abertamente.

Eu o observei enquanto se sentava na cadeira como um potentado, alisando meticulosamente a mesa com a borda de seu guardanapo. Como se fosse possível encontrar uma partícula de poeira nos móveis de Mahlah!

— Como está o seu Joseph? — perguntou Daniel. — Ele deve estar com quase sete anos.

— Deus me amaldiçoou com uma criança estúpida respondeu Hanamel friamente.

— Certamente não! — Daniel parecia chocado. — Eu o vi recentemente, no mês passado. Parecia brilhante como um dia de verão. Ora, ele até citou um trecho da escritura hebraica que Jared havia lhe ensinado.

— O rapaz não consegue falar sequer uma frase em aramaico sem gaguejar dez vezes. Esqueça o hebraico.

O rosto sereno de Mahlah se pôs inexpressivo. Daniel abrangeu a mão da esposa com a sua. — Uma tribulação de crianças — disse ele com um sorriso fácil.

— Ele já tem idade suficiente para superá-la. O menino simplesmente se recusa, apesar de todos os meus esforços para corrigi-lo.

— Ah. Mas você e eu somos homens da corte, Hanamel. Somos treinados para questões sofisticadas do mundo, não para assuntos de crianças. Elas precisam de um tipo diferente de especialização. Azarel é uma maravilha em tais assuntos. Ora, ele ajudou Johanan a superar uma aflição semelhante.

— Ele conseguiu?

— De fato. Na verdade, tenho uma proposta para você. Com Johanan e Jared parando de frequentar a casa das tábuas, Abel passa muito tempo sozinho. Ele ainda precisa de dois anos de treinamento. Seria uma grande ajuda para mim se você mandasse o Joseph para a casa das tábuas. Azarel pode facilmente dividir o seu tempo entre os dois rapazes. E estou certo de que Abel desfrutará da companhia do pequeno companheiro. Ele sempre foi o mais jovem na casa das tábuas. Ele vai apreciar a oportunidade de brincar de irmão mais velho para variar.

A conversa parou por alguns instantes quando um funcionário entrou com bandejas de bebidas. Como regra geral, com a refeição da noite, bebíamos cerveja fraca servida com canudos longos para evitar que as cascas de cevada flutuassem para a superfície. As uvas não cresciam no clima severo da Babilônia, tornando o vinho e as passas extremamente caros. Mas em homenagem a Hanamel, Mahlah serviu vinho, que seria tomado em copos esculpidos em alabastro fino decorados com prata.

Hanamel tomou um gole e apertou os lábios, como se tivesse achado o conteúdo desagradável.

— Vou pensar na sua oferta, Daniel.

— Obrigado, Hanamel. Na verdade, considere permitir que Joseph fique conosco por três meses. Assim Azarel terá mais tempo para trabalhar com ele.

— Três meses, você diz? Morando aqui?

— Por minha conta, é claro.

Mais um gole, este sendo maior.

— Eu te aviso quando decidir.

Eu vi a mão de Jared se fechar em um punho firme. Eu sabia que ele desejava tirar Joseph da sombra de seu pai. A oferta de Daniel foi uma resposta às suas orações. Mas só se o senhor Hanamel aceitasse.

A conversa voltou-se para o trabalho de Jared e Johanan como supervisores do canal, e rimos quando Johanan admitiu ter caído no rio no seu primeiro dia enquanto tentava impressionar os seus companheiros com a sua destreza.

— Você deve estar satisfeito com a realização de Jared — disse Daniel a Hanamel. — É raro para um jovem da idade dele alcançar tal posição.

— O que há para ficar satisfeito? — zombou Hanamel. — Supervisor de canal! Na idade dele, eu era um cortesão adequado, comendo regularmente à mesa do rei.

O sorriso de Daniel desapareceu.

— Aqueles eram tempos diferentes, Hanamel.

Uma outra época.

— Se você diz. No entanto, você era mais jovem do que o meu filho quando chegara a sua elevada posição. Você não precisa atenuar as falhas dele para mim. Elas estão diante de mim em todos os momentos.

Jared ficou pálido. Embora esta estivesse longe de ser a primeira vez que Hanamel menosprezara seu filho na nossa presença, nunca era fácil.

Eu puxei meu novo xale para perto de mim, acariciando a lã macia. O que eu realmente queria era acariciar as costas de Jared, envolvendo meus braços em volta dele e nunca mais soltar. Sem dúvida, tal escândalo teria facilmente derrubado Hanamel de sua garupa real. Que prazer teria sido assistir. Sob a proteção da toalha de mesa, estiquei-me para dar um rápido aperto tranquilizador no punho de Jared.

❊ ❊ ❊

Uma semana depois, Jared chegou à casa de Daniel na hora do jantar. Agarrado em seu braço estava seu irmão mais novo, Joseph. O senhor Hanamel decidiu permitir que ele ficasse na casa de Daniel e Mahlah durante três meses.

— A esposa mais nova do meu pai está grávida — compartilhou Jared enquanto desfrutávamos do nosso ensopado de legumes e lentilhas. — Ele tinha perdido as esperanças de ter outro filho. Agora ele está convencido de que ela lhe dará um.

— Parabéns! — disse Mahlah, que sempre se animava quando ouvia a notícia de um bebê por vir.

Johanan resmungou:

— Mais um irmão mais novo. Meus pêsames a você.

Abel deu um tapinha em seu ombro, nos fazendo rir.

— Eu fui abençoado com este aqui. — Jared passou um dos braços em volta do irmão mais novo. — Tenho certeza de que outro trará ainda mais alegria. — Entregando a Joseph um pedaço de pão, ele acrescentou: — O importante é que esta notícia convenceu meu pai a se separar de Joseph por alguns meses. Com uma nova criança chegando, seu foco mudou.

Abel inclinou-se para Joseph.

— Bom, seja qual for o motivo, fico feliz que você está se mudando para cá. Vamos mostrar a estes dois palhaços do que são feitos irmãos mais novos, não é?

Joseph se retorceu quando se tornou o foco da atenção de todos.

— S-s-s-sim. — Seu rosto enrubesceu quando ele gaguejou na simples palavra.

Mahlah inclinou-se para o rapaz.

— Boa resposta. Agora me diga, por que a sua tigela está vazia?

Quando Joseph percebeu que ninguém o puniria ou o diminuiria nesta casa porque ele gaguejava, a linha tensa que se formara em suas costas se afrouxou.

Observando-o, Jared sorriu com prazer. Eu me inclinei, me aproximando de seu ouvido.

— Você é um bom irmão mais velho. — Ele se retorceu com os mesmos movimentos inquietos de Joseph e, embora ele não fosse um garotinho, eu achei igualmente cativante.

✷ ✷ ✷

Passou-se um mês até que Johanan e Jared se juntassem a nós novamente na casa das tábuas. Um festival celebrando Marduque, o deus da cidade da Babilônia, proporcionou-lhes um dia livre. Após a aula de Azarel sobre literatura suméria, eles decidiram espairecer com um pouco de prática de espada, enquanto Joseph permaneceu na casa das tábuas para receber aulas especiais de Azarel.

Eu sentia meu rosto quente enquanto caminhávamos até o arsenal. Eu raramente falava com Jared nos últimos tempos, apanhando apenas breves vislumbres dele durante as orações matinais. Ele nunca permanecia comigo, saindo correndo para alguma tarefa assim que Daniel nos abençoava para o dia. Quando ele podia, vinha jantar conosco, para passar tempo com Joseph. Mesmo nesses dias, muitas vezes tinha que sair mais cedo.

— O que acham de usarmos espadas de verdade hoje? — sugeriu Jared.

Eu franzi a testa. Esta era uma nova faceta para meu velho amigo. De nós quatro, ele era geralmente o mais cauteloso, pensando em todas as suas decisões com cuidado. Jared e Johanan às vezes usavam espadas de verdade, mas apenas quando estavam sozinhos. Eles nunca incluíam Abel ou eu, uma vez que nós dois não tínhamos a habilidade nem a experiência que eles tinham.

Abel saltou no ar.

— Sim! — Ele odiava as nossas espadas de treino feitas de madeira.

Eu encolhi os ombros. Eu já tinha usado espadas de verdade enquanto praticava exercícios básicos sozinha. Eu me sentia familiarizada o suficiente com o peso do metal e com como equilibrá-lo para entrar na disputa com esses homens de ombros largos.

— Eu consigo acompanhar — disse eu, tentando soar confiante.

Jared me entregou a espada mais leve do arsenal, com uma lâmina grossa de bronze.

— Comigo — disse ele, e eu sorri.

Johanan pegou uma espada de dois gumes, com uma lâmina que brilhava por conta do óleo fresco, e entregou outra a Abel.

— Vocês dois — ele apontou a ponta da arma para Abel e para mim —, mantenham uma boa distância e se atentem ao jogo de pernas.

Abel riu.

— Você tem medo de mim, é?

— Estou falando sério— alertou Jared. — Nós quebramos todo tipo de regras quando usamos espadas de madeira. Você não pode fazer isso com estas. Preste atenção na distância em que vocês estão. Um erro e você não vai ganhar apenas um hematoma. Você vai precisar de agulha e linha.

Jared me conduziu por uma simples rotina de aquecimento, lâminas para cima, para baixo, em ângulo, joelhos dobrados, empurrando para a frente, movendo-se para trás e começando de novo. Finalmente, estávamos prontos para batalhar.

Equilíbrio e ritmo exigiam todo o nosso foco. Para bloquear os ataques de Jared, eu tinha que observar cada movimento dele e manter distância suficiente para que a ponta da minha espada não se aproximasse demais dos dedos de Jared.

— Alto! — Johanan gritou e todos demos um passo atrás. Ele correu para o canto do pátio e eu me dei conta da razão pela qual ele tinha parado a prática. Deborah e sua irmã, Zebidah, tinham aparecido sem avisar.

As bochechas de Johanan ficaram rosadas da cor das flores da primavera quando ele encarou sua noiva, me fazendo sorrir. Zebidah caminhou lentamente em nossa direção, com suas curvas bamboleantes, sua apertada túnica vermelha e dourada acentuando cada movimento.

Ela apertou os dedos delicadamente contra seu nariz, uma velha saudação babilônica.

— Salve, Jared — disse ela, deixando o resto de nós de fora.

Jared acenou com a cabeça. Johanan se dirigiu a nós, com os dedos enrolados com os de Deborah.

— Terminamos por hoje?

Eu estava prestes a guardar a espada quando Zebidah falou.

— Não, por favor! Estava gostando de vê-los treinar. Continuem mais um pouco.

Depois de um aceno sorridente de Deborah, Johanan pegou sua espada novamente, e eu enfrentei Jared mais uma vez. A maneira como Zebidah sorriu com desdém para mim me deixou determinada a provar minhas habilidades. Eu podia não andar de salto alto nem sacudir os quadris como um tamborim. Mas eu sabia como segurar uma espada.

Enfrentei Jared e, mais uma vez, começamos com a rotina de exercícios básicos antes de entrarmos em combate. De vez em quando, Zebidah gritava uma palavra de encorajamento com uma risada tilintante, e os olhos de Jared deslizavam em sua direção. Eu dei um pequeno passo à frente, e depois outro, determinada a manter a sua atenção em mim.

Determinada a manter sua atenção distante dela.

Eu estava de costas para Abel e Johanan. Zebidah disse algo que eu não entendi. Jared sorriu, sua atenção vacilando e se distanciando de mim. Dei um passo determinado em direção a ele, me esquecendo do aviso de Johanan sobre manter uma distância segura. Esquecendo que eu empunhava uma espada de verdade.

Levantei a ponta bem alto, apontando para o rosto de Jared, com a intenção de afastar seus olhos vagantes de Zebidah e de volta para mim.

Atrás de mim, Johanan tropeçou.

Seus pés desequilibrados o levaram para trás e ele colidiu comigo. A força do seu corpo, pesado com músculos e armaduras, me fez balançar para a frente. Espada ainda levantada, apontada para o rosto de Jared.

Eu tinha violado as regras. Chegado perto demais. Não havia distância segura entre nós. Meu corpo inclinou-se na direção de Jared.

Espada de bronze estendida, desimpedida.

CAPÍTULO DEZ

Nas profundezas lamacentas eu me afundo, não tenho onde firmar os pés. Entrei em águas profundas; as correntezas me arrastam.

Salmos 69:2, NVI

Na confusão daquele breve e congelado momento, não tive tempo de mudar de direção. Nenhuma chance de virar a espada. Ela foi impulsionada em seu caminho em direção ao rosto de Jared com a força do corpo de Johanan somada ao do meu braço.

A ponta de bronze encontrou o olho esquerdo de Jared.

No último momento, eu consegui puxar o braço para trás, o suficiente para impedir que a espada entrasse completamente em seu crânio. Mas era tarde demais para proteger completamente Jared.

A lâmina perfurou sua íris de cor âmbar.

Tudo entrou em suspensão. Jared congelou, para além da dor, além da reação.

Lentamente, sua mão viajou para seu rosto, cobrindo os olhos. O sangue jorrava entre os dedos, misturando-se com o líquido pálido que fluía sobre sua bochecha.

Ele gritou, um som torturado de angústia para sempre tatuado em minha mente. Caindo sob seus joelhos, inclinou-se, debruçado.

As irmãs gritavam. Johanan saltou para o lado de seu amigo, dizendo seu nome repetidamente. Mahlah correu para o pátio e parou ao lado de Jared.

— Mande chamar o senhor Daniel — gritou ela, dirigindo-se ao vigia no portão, pela primeira vez perdendo a calma. — Diga para ele trazer o médico do palácio. Diga para ele se apressar.

Eu me inclinei e vomitei, soltando a espada ensanguentada dos dedos débeis.

— Venha, meu querido — murmurou Mahlah para Jared. — Vamos levá-lo para dentro, onde você pode se deitar.

Jared não parecia ouvir ou entender. Ele choramingou quando Mahlah pegou seu braço e o levantou, Johanan estava do outro lado. Os dedos manchados de sangue escondiam seu olho de mim. Mas eu não precisava ver a lesão para saber o que eu tinha feito.

Eu gemi e caí de joelhos. Se os céus tivessem me ferido naquele momento com um raio ou uma praga duradoura, eu teria ficado grata. Grata por parar o tormento de me dar conta do que eu tinha feito.

Qualquer fio pálido de esperança a que eu pudesse me agarrar desapareceu quando o médico do palácio chegou. Os gritos de Jared devem ter percorrido todo o caminho até os Jardins Suspensos enquanto o médico tratava dele.

Finalmente, Mahlah emergiu, deixando Daniel em vigília no leito do enfermo. Apenas um olhar para o seu rosto sem cor e eu sabia.

Eu desmoronei, meu rosto na terra, sem conseguir emitir palavras, lágrimas nem orações.

— Venha — disse Mahlah e tentou me levantar.

Eu balancei a cabeça.

— Você não pode ficar aqui, Keren. O pai dele chegará a qualquer momento. Ele não pode lhe encontrar.

Ele quereria me matar, ela quis dizer. Eu levantei minha cabeça, uma louca esperança tomando conta de mim.

— Deixe-o! Por favor, senhora. Deixe que ele faça o que quiser.

— Eu disselevante-se! — gritou ela e me puxou com uma força que eu não suspeitava que ela tivesse. Antes que eu me desse conta, ela havia me arrastado para a casa de banhos e me colocado sentada em um canto escuro.

Com os joelhos pressionados contra o meu peito, eu me agachei, tremendo violentamente. Mahlah molhou uma toalha e passou por meu rosto e por meu pescoço, com os dedos trêmulos. Nossos corpos sabiam que o mundo havia mudado e não tinha como voltar atrás.

Tessa Afshar ❖ 81

— Ele vai morrer? — perguntei, com os dentes batendo.

— O médico acha que não.

Eu engoli bílis, amarga.

— Ele ficou cego?

Silêncio.

— De um olho. O outro... pode ser salvo.

— Pode? — Eu fiquei chocada. A espada só tinha perfurado um olho.

— Se a ferida não se tornar pútrida e se espalhar.

Eu senti como se alguém estivesse torcendo minhas entranhas e gemi desamparada, um animal selvagem preso em uma armadilha da qual nunca poderia escapar.

O som de gritos penetrou na porta fechada da sala de banhos. Uma voz furiosa berrava.

Hanamel.

Através da névoa que pairava sobre a minha mente, compreendi as palavras do senhor Hanamel.

— Onde está ela? Onde você a escondeu?

Ouvimos passos rápidos em nossa direção, portas batendo, se abrindo e fechando. A voz de Daniel tentando trazer sensatez. Mais gritos. Passos que se aproximaram da porta da casa de banhos.

Mahlah me pressionou contra a parede.

— Quieta! — sussurrou ela, seu rosto perto. — Nem um pio. Nem um movimento! Certo?

Eu acenei com a cabeça, chocada em perceber sua ferocidade incomum. Mahlah saltou em direção à porta. A única lâmpada, no meio do cômodo, que me escondia nas sombras, revelava a sua silhueta. Ela soltou o cabelo e desamarrou o canto do xale, fazendo parecer inequivocamente que estava se preparando para um banho.

A porta se abriu com força. Hanamel estava na soleira.

A visão de Mahlah, seu cabelo em desordem e xale desfeito, aparentemente silenciou quaisquer palavras que ele quisera gritar. Mahlah se compôs para a postura real que ela tinha aperfeiçoado. Embora ela permanecesse modestamente vestida, a indignação em seu rosto acusou o homem de mil indiscrições.

— Senhor Hanamel! Eu devo atribuir esta intrusão à sua compreensível inquietação. Agora, se não se importa? — Ela gesticulou com os dedos para que ele fosse embora.

Hanamel deu um passo apressado para trás e logo a senhora fechou a porta na sua cara atônita. O choque de sua invasão não intencional à privacidade de Mahlah deve tê-lo abalado, pois seus passos recuaram mais silenciosamente do que haviam chegado, e logo ouvimos o portão da frente se fechando.

A senhora voltou para o meu lado.

— Ele vai voltar, Keren. Você deve permanecer escondida até que ele se acalme.

— Posso ver Jared? Por favor?

— O pai dele providenciou tudo para que ele fosse levado para casa. Eu sinto muito. Ele já foi. — Ela amarrou o cabelo apressadamente na nuca e retirou o xale. — Venha.

Paralisada, tropecei atrás dela enquanto ela me conduzia à sala de Daniel.

Eu fiquei de pé e assisti enquanto ela tirava a esteira e os cobertores dobrados de dentro do baú. Ela fez a minha cama com as próprias mãos, enquanto eu, sem oferecer ajuda, permaneci imóvel, lágrimas escorrendo quentes e salgadas pelo meu queixo.

A senhora me encaminhou suavemente para a cama e, depois de desamarrar as minhas sandálias, encostou os meus ombros no colchão de lã.

— Pobre menina. Tente descansar — sussurrou ela enquanto puxava o cobertor sobre meu corpo trêmulo.

Eu me encolhi de lado e não respondi.

Fina e curvada como uma velha adaga assíria, a lua brilhava frugalmente no momento em que escapuli da sala de Daniel. Já tinha ido à casa de Jared uma vez, quando paramos lá para buscar provisões antes de uma viagem improvisada ao campo com o mestre Azarel.

Apesar de toda a altivez de Hanamel, a casa tinha metade do tamanho da casa de Daniel, um lembrete de tijolo e argamassa da posição cativa de seus habitantes, e não de suas grandes linhagens.

Naquela visita memorável, há mais de um ano, não permitiram que eu entrasse. Mas enquanto eu esperava no pátio estreito, Jared se pendurara de uma janela para jogar um bolo de tâmaras na minha direção e, através das persianas abertas, tive um vislumbre de seu quarto. Eu ainda me lembrava da localização exata.

Já se passava da meia-noite quando eu cheguei à casa. Um zimbro espinhoso ficava de sentinela do lado de fora da parede do pátio. Subi, arranhando meu rosto e meus braços na negra escuridão.

A distância era muito grande do tronco até a parede. Mas um longo ramo pairava sobre a borda. Eu rastejei ao longo de sua magra extensão, torcendo para que não quebrasse com meu peso, e me soltei no topo da parede.

Com um rápido balanço dos meus quadris, eu estava pendurada sobre o pátio, me segurando com a ponta dos dedos. Soltei muito rápido e pousei nas pedras com um baque. Meu pé torceu de maneira estranha debaixo de mim, e eu engoli um grito enquanto a dor subia pelo lado da minha perna. Mancando, fui até a janela do quarto de Jared. Vi com alívio que as persianas tinham sido deixadas abertas.

Outra escalada, outra descida e me vi no quarto que sempre sonhei visitar. Alguém tinha deixado uma pequena lamparina acesa sobre uma mesa.

Em uma cama de penas, uma figura imóvel estava deitada, ataduras enroladas firmemente sobre um olho.

Na penumbra, pude distinguir as suas feições. A pele sob seu olho esquerdo estava inflamada e vermelha, gritando comigo em irada acusação. Em contraste, todas as outras partes dele tinham o tom branco-osso, como se toda a cor de seu corpo tivesse se lixiviado naquela pequena área em sua bochecha.

Sua cabeça estava imóvel em seu travesseiro babilônico, um delicado retângulo de marfim apoiado por quatro pernas esculpidas. Eu caminhei na ponta dos pés para o seu lado e me ajoelhei. Se a minha entrada tinha perturbado seu sono, ele não mostrava nenhum sinal. Seu peito subia e descia em um ritmo uniforme e constante. Eu me vi contando cada respiração, agarrando-me aos números como se eles fossem a vida.

Talvez eu tenha feito barulho, minha túnica farfalhando enquanto o observava. Ou talvez a minha própria presença tenha o perturbado, como uma sombra escura que perseguia os seus sonhos. Seu olho não ferido se abriu de repente. E se alargou quando me viu, e por um instante um véu de pânico se instalou em suas feições pálidas.

— Jared! — A minha voz emitiu um murmúrio. Eu olhava para ele como um peixe moribundo, meus lábios se movendo sem som.

— O que você está fazendo aqui? — perguntou ele friamente. Pela primeira vez desde o dia em que o conheci, notei a semelhança de Jared com seu pai.

— Eu... Eu tinha que te ver.

— Vá embora.

Eu me endireitei.

— Jared, por favor!

— Eu disse para você ir, Keren! Não quero que ele te encontre aqui.

Eu me aproximei.

— Está doendo?

Ele levou a mão em direção ao curativo, com os dedos pairando no ar antes de caírem de volta na cama.

— Vá embora! — sussurrou ele com uma súbita veemência que tornou as palavras mais nítidas do que um grito. — Vá embora!

Ficando de pé, dei vários passos para longe.

— Eu gostaria que tivesse sido comigo.

Ele ficou parado.

— Por que, Keren?

— Não foi minha intenção te machucar.

— Por que você foi tão descuidada com a minha vida? — Uma risada amarga parecia rasgar sua garganta. — Mas então, nós dois sabemos a resposta, não é? Agora saia, antes que te encontrem aqui.

— Por favor, me perdoe — implorei.

— Eu, te perdoar? — Ele fechou seu olho. — Você me arruinou.

CAPÍTULO ONZE

*Assim diz o Senhor: "Seu ferimento
é grave, sua ferida, incurável."*

Jeremias 30:12, NVI

JARED

A dor atravessou sua órbita ocular e penetrou na sua cabeça. O chão, o teto, as paredes e tudo o que era o mundo giravam a partir da intensidade dela, de modo que ele mal conseguia respirar. Era como se a ponta da espada de Keren repetidamente voltasse a perfurá-lo, cem vezes por dia.

Aquele momento o assombrava. Aquele lampejo irredimível de metal, de agonia, de sangue e de perda. A irreversível decisão de Keren.

Pensar em Keren o fez franzir a testa. Como em um sonho, ele se lembrava do rosto dela, aqui, no seu quarto, ajoelhada ao seu lado.

Não foi um sonho, ele percebeu.

Ela tinha dado um jeito de entrar no quarto dele em algum momento da noite. Que tola ela foi. Se o seu pai tivesse a flagrado aqui, ela teria se visto cega num instante, tal como ele, graças ao antigo Código de Hamurabi, a lei que ainda governava na Babilônia. Seu pai estava clamando por justiça desde que descobriu a razão do acidente.

"Olho por olho! Olho por olho!"

Não é um código religioso, sujeito à graça. Mas uma lei inquebrável. Uma punição implacável.

Então lhe ocorreu que ela o tinha visto. Assim, indefeso na sua cama. Fraco, cego e feio. Ele ordenou que ela fosse embora, lembrou, incapaz de suportar a ideia de que ela o estivesse vendo tão limitado.

Partido.

Outra lembrança veio assombrá-lo. Seu rosto contorcido, suas mãos estendidas em súplica. Me perdoe.

Ele lembrou das palavras e sentiu o calor se espalhando por seu rosto. Ele lhe recusou o único consolo que poderia ter lhe oferecido.

Outra apunhalada de dor o levou à beira do esquecimento, mas não o deixou cair em seu conforto. Quando passou, a dor deixou para trás algo frio e duro.

Por que ele deveria consolá-la? Ela tinha lhe roubado a vista. De futuro e esperança. Ele nunca mais seria completo. E ela era a única pessoa que ele pensava poder confiar com a sua vida! A única pessoa com quem ele se sentia totalmente seguro.

Ela tinha o traído.

As palavras de seu pai reverberaram através dele, uma nova ferida que doía tanto quanto a órbita vazia em sua cabeça. Você está arruinado. Não serve para nada.

Era o que ele era. Uma ruína.

Por que ele deveria perdoá-la? Keren tinha chegado muito perto com sua espada amaldiçoada porque estava com ciúmes de Zebidah.

Outro lampejo de memória o assombrou por um momento. Keren mancando para a janela.

A tola. Será que ela machucara o pé subindo para o quarto dele? Será que tinha torcido o tornozelo? Ele esperava que alguém tivesse notado e cuidado dela.

Ele fez uma careta. O que lhe importava?

Outra lança de dor perfurou sua cabeça, fazendo-o gemer. Fazendo-o esquecer tudo, só não da sua miséria crescente.

CAPÍTULO DOZE

*Ai de mim! Estou ferido! O meu ferimento
é incurável! Apesar disso eu dizia: Esta é a
minha enfermidade e tenho que suportá-la.*

Jeremias 10:19, NVI

Daniel me encontrou em sua sala, agachada no canto do quarto, aninhada na parede. Eu encontrava consolo no toque frio do tijolo, a única coisa sólida em um mundo que tinha se transformado em um mar tempestuoso.

Ele se ajoelhou na minha frente.

— Venha, menina. Hora de comer.

Olhei para ele, repreendendo-o sem palavras. Como poderia ele imaginar que comida tivesse algum apelo?

Ele compreendeu a minha advertência silenciosa. Sem comentários, ele me deixou e logo voltou trazendo uma xícara.

— Sem comida, então. Mas você tem que beber algo.

Eu abri a boca e deixei que ele despejasse algo quente e doce por minha garganta. Ele me cobriu com um cobertor e ajeitou os cantos dele, prendendo-os contra a parede atrás de mim.

— Hanamel está reivindicando o Código de Hamurabi. Ele diz que Jared quer justiça.

Eu olhei para ele, sem compreender.

— Olho por olho. Ele está ameaçando levar sua queixa ao rei.

A compreensão começou a surgir.

— Jared merece — disse eu, com os olhos cheios de lágrimas. Eu senti aquelas lágrimas fazerem cócegas em meus dois olhos, escorrerem de duas pálpebras, e observei o meu mestre através de duas lentes. Todas as coisas que eu tinha roubado de Jared. — Eu devo isso a ele. Por favor, me leve ao senhor Hanamel para que eu possa pagar a minha dívida.

— Keren, não é hora de tomar decisões precipitadas. Precisamos dar tempo para que Jared se cure. Coração, corpo e alma. Tempo para os ânimos se acalmarem. Por enquanto, você deve permanecer aqui. Não saia da casa. Nem sequer pise no pátio. Hanamel mandou homens vigiarem a minha casa e a do seu pai.

— Meu pai? — perguntei, abalada. — O senhor contou para ele?

— Contei. Os seus pais estariam aqui agora, mas não queríamos chamar a atenção de Hanamel. Sua ira só aumentaria se ele pensasse que tinham vindo lhe consolar.

Pensei no mar de tristeza que eu tinha trazido à minha família e cobri meu rosto com as mãos.

— Por favor, me leve ao senhor Hanamel para que ele possa fazer o que quiser.

— Não! Eu não permito isso, Keren. Temos que esperar. O senhor Hanamel ainda pode mudar de ideia. Prometa que cumprirá a minha vontade.

Eu deixei minhas mãos caírem.

— Eu ceguei meu melhor amigo.

— Eu sei. E sinto muito. Foi um terrível acidente. Agora temos que fazer tudo o que estiver ao nosso alcance para trazer cura a todos os envolvidos.

— Não há cura para Jared.

— Existem muitas formas de cura. Inclusive mais importantes do que um olho. — Ele colocou um pergaminho no meu colo. Ele estava envolto em filigranas de prata. — Estas são as profecias do profeta Jeremias. Eu estou esperando esta cópia há um ano. Ela chegou hoje de um parente de Baruque, o escriba que as transcreveu originalmente. Leia-as enquanto espera.

Eu coloquei o pergaminho no chão ao meu lado.

✲ ✲ ✲

As horas espiralavam-se umas nas outras, tornando-se confusas e indistinguíveis. Perdi a noção de dia e noite enquanto me escondia na sala de Daniel, as palavras de Jared ecoando em minha mente. Você me arruinou. Agora ele queria que eu ficasse cega. Como uma faca na minha carne, essa exigência se torcia e retorcia. Eu tinha que sair desse quarto. Eu tinha que pagar a minha dívida a Jared! Mas Daniel não permitiria.

Quando ele voltou para me ver, eu pulei para me pôr de pé. Sem me preocupar com uma saudação, gritei:

— As nossas próprias escrituras exigem-no! Se alguém ferir seu vizinho, como ele fez, será feito com ele, fratura por fratura, olho por olho, dente por dente.

Daniel nem sequer piscou. Suave como manteiga, ele respondeu:

— Moisés também disse Não te vingarás nem guardarás rancor contra os filhos do teu próprio povo, mas amarás o teu próximo como a ti mesmo. Este não é o Código de Hamurabi, Keren. É a palavra de Deus e sempre vai prover graça.

— Eu sabia que não deveria tentar superá-lo no que diz respeito à escritura — disse eu amargamente, desmoronando de volta contra a parede.

Daniel agachou-se diante de mim, com a túnica bordada se amontoando em seus joelhos.

— Eu vi Jared esta manhã. Ele parece melhor. Mais forte. A ferida não se tornou pútrida, o que significa que ele não perderá a visão do outro olho.

Eu sacudi minha cabeça em um aceno.

— Ele me disse que não tem vontade de buscar vingança contra você, Keren. Ele nunca quis. Ele não está reivindicando o Código de Hamurabi.

— Não está?

— De modo algum. Isso é obra o pai dele.

Um pequeno peso saiu do meu peito. Eu me senti como se tivesse passado de um afogamento num oceano para um afogamento numa piscina. Mas eu ainda estava me afogando.

✥ ✥ ✥

Naquela noite, Johanan entrou no meu quarto, com aspecto desarrumado e pálido. Ele se sentou no chão, com as pernas esticadas.

— A culpa também é minha — disse ele. — Se eu não tivesse tropeçado, se não tivesse batido em você, isso não teria acontecido.

A sua miséria me tirou da minha.

— A culpa não é sua — disse, com a minha voz calorosa. — Se eu tivesse mantido a distância adequada, você poderia ter batido em mim e eu ainda teria conseguido desviar a espada.

Ele gesticulou com a mão, desdenhando.

— Mesmo se você tivesse os reflexos de uma gazela, uma batida forte a teria empurrado longe demais, rápido demais. Eu partilho, sim, essa culpa.

Apertei meus joelhos contra o peito.

— Você o viu?

Johanan assentiu.

— Ele está melhor. O ferimento está cicatrizando bem, graças a Deus. Temos rezado por ele noite e dia.

Eu também estive rezando, embora duvidasse que a confusão das minhas súplicas desesperadas contasse para alguma coisa.

— São boas notícias.

— Keren. — Johanan inclinou-se para mim, com os ombros como uma barra rígida. — Você tem que sair daqui.

— Sair? — Eu me dei conta de que Daniel e Mahlah provavelmente queriam se livrar de mim. Eu tinha trazido problemas para sua casa. Hanamel não era um homem de deixar de lado suas queixas facilmente. — Claro. — Eu me levantei e me virei para reunir as minhas coisas. — Vou sair de sua casa imediatamente.

Johanan piscou. Ele levantou uma das mãos.

— Não da nossa casa! Da Babilônia. Você tem que sair da Babilônia. Hanamel vai abordar o rei no final da semana para apresentar a sua queixa. Você pode ser presa em poucas horas depois disso.

Senti o sangue sendo drenado do meu rosto.

— É um direito dele.

— Ouça-me, Keren. Quando eu era criança, eu vi cegarem uma pessoa. Eu... Eu nunca vou me esquecer. — Ele engoliu em seco como se o ar tivesse se tornado muito fino. — Você não vai sobreviver.

O meu sorriso era amargo.

— Pode ser uma melhoria para o que sinto agora.

Johanan se levantou rapidamente.

— Isso é irritante!

A sua veemência me pegou desprevenida.

— Perdão?

— Este poço de autopiedade em que você está se chafurdando.

Eu enrijeci.

— Isso se chama remorso. Contrição. Arrependimento.

— Todas essas coisas apontam para Deus, o que você não parece estar fazendo. Pare de pensar apenas em si mesma e escute. Como você acha que eu me sentirei sabendo que o meu erro custou a um amigo a visão dele e a outra, a vida dela? Não posso suportar esse peso.

— Quem está pensando apenas em si mesmo agora? Nada disto é culpa sua! — gritei.

Ele golpeou com a mão em frente ao meu rosto, ignorando as minhas palavras.

— Você tem que sair da Babilônia.

— Como Jared se sentirá quando descobrir que eu fugi? — A minha voz oscilou. — Ele se recusou a me perdoar, Johanan. Você não pode crer que ele queira que eu escape a todas as punições.

— Escapar às punições? — Johanan aproximou seu nariz do meu. — Estou tentando mandá-la para longe da Babilônia. Longe da sua família. De seus amigos. De seu povo. Banindo-a de tudo o que é caro para você. Há poucas punições tão dolorosas. E se Jared não ficar satisfeito, eu contarei a ele onde você estará e ele mesmo pode ir te buscar de volta.

Senti como se alguém tivesse arrancado a minha espinha das minhas costas. Com uma trepidação, caí no chão.

— Banimento?

Johanan passou uma mão em seu cabelo. Ele assentiu uma vez.

— É a única maneira de te salvar. Estou tentando organizar tudo agora.

— Para onde?

— Eu te direi assim que tiver certeza. — Ele se ajoelhou e agarrou minhas mãos. — Keren, eu acredito que Jared um dia te perdoará. Eu acredito com todo meu coração. Ele só precisa de tempo para lembrar.

— Lmbrar do quê?

— De quem você é. A sua amiga mais querida.

Eu tirei as minhas mãos das dele. A minha espada tinha cortado tudo o que uma vez me ligara a Jared.

O que Johanan disse sobre o remorso tinha me afetado. Depois de anos estudando as escrituras com Daniel, fiquei surpresa com o quão pouco delas eu conseguia me lembrar. O luto as tinha apagado da minha mente como uma inundação que se erguia sobre as areias da minha memória, apagando as palavras que antes me confortavam e me guiavam.

Pela primeira vez, peguei o pergaminho que Daniel havia confiado à minha guarda. As profecias de Jeremias, filho do sacerdote Hilquias. Àquela altura, eu não tinha apreciado a generosidade de Daniel ao deixar comigo o seu novo livro. Ele já possuía um pergaminho contendo uma pequena seleção das profecias de Jeremias. Mas ele queria pôr as mãos na coleção completa desde que eu o conhecera.

E agora, tendo finalmente recebido o pergaminho, ele o deixara comigo, como um convite que não foi aberto.

Lentamente, desenrolei o papiro novo e fresco. Minha mão escorregou e o pergaminho se desenrolou mais longe do que eu pretendia. Meus olhos caíram sobre as palavras hebraicas:

Apesar disso eu disse: "Esta é a minha enfermidade e tenho que suportá-la".

Senti um nó na minha respiração. Senti como se o próprio Senhor tivesse colocado estas palavras nas minhas mãos. Como se ele quisesse que eu soubesse que compreendia a minha aflição. E ele estava me dizendo que tinha de suportar este fardo. Esta dor. Que tenho que aprender a resistir. Como Jeremias o fez.

Continuei a ler e a frase seguinte me fez largar o pergaminho.

Eu perdi minha casa.

CAPÍTULO TREZE

*O meu futuro está nas tuas mãos;
livra-me dos meus inimigos e
daqueles que me perseguem.*

Salmos 31:15, NVI

— Média? — Eu arfei. — Isso... isso é do outro lado do mundo!
— Não é tão longe assim. — O lábio de Johanan voltou-se para cima. — Do outro lado da cordilheira de Zagros, certamente. A rainha da Babilônia é da Média. Ecbátana, a capital dos Medos, é famosa pela sua beleza.

Em um ímpeto repentino, me lembrei da minha visita aos Jardins Suspensos e de como pensei que nunca veria uma terra tão exótica como eles.

— Quem é este Hárpago?

— Ele é um nobre na corte de Astíages, rei dos Medos. Ele viaja para a Babilônia frequentemente e é assim que o meu pai o conhece. Na verdade, ele já foi um convidado em nossa casa outras vezes. Esta sua visita vai ser curta. Ele veio entregar alguns dos belos cavalos da Média à rainha como presente de aniversário de seu irmão. — Johanan endireitou uma tábua de barro na mesa de seu pai. — Ele é um bom homem, Keren. Ele não vai te maltratar.

— O senhor Daniel...

— Não pode saber. Quando descobrirem que você se foi, Hanamel certamente culpará o meu pai. Ele tem que ser inocente de qualquer delito quando for interrogado. E se ele não souber a sua localização, não poderá revelá-la.

Eu baixei a cabeça.

— Ele vai pensar que retribuí a sua bondade abandonando o meu trabalho. Eu posso não ser uma escrava, mas eu lhe devo o meu serviço por toda a minha vida.

— Ele vai querer que você esteja em segurança, Keren. Ambos os meus pais vão querer. Eles aprovariam este plano, eu te garanto, ou eu não seguiria com ele.

Tentei engolir apesar do nó inchado na minha garganta. Johanan queria me mandar para uma terra distante com um homem que eu nunca tinha visto. Para além de algumas palavras básicas, eu não sabia nem falar a língua. Em todos os meus anos de estudo, de todas as línguas em que sabia navegar, eu nunca tinha pensado em aprender medo.

— Eu serei uma escrava?

— Não! Uma criada, como foi aqui. Quando falei com Hárpago, ele me assegurou que você estará livre para partir, se quiser.

— Como eu poderia ser útil para ele?

Johanan tamborilou no topo da mesa com dois dedos. — Você vai servi-lo como serviu ao meu pai, presumo.

— Será um desafio, considerando que não falo medo.

— Escribas com um conhecimento fluente de acadiano são procurados, mesmo na Média. Você logo aprenderá a língua deles. Além disso, Hárpago fala aramaico.

— Quando é que ele parte da Babilônia?

Johanan hesitou por um instante.

— Amanhã.

Eu estava sentada em meu canto favorito. Com esse último pronunciamento, eu saltei, ficando em pé.

— Amanhã? Você está louco?

— Depois de amanhã, Hanamel tem uma audiência marcada com o rei. Você tem que ter partido antes disso.

— Mas... mas, Johanan! Eu nem vi meus pais desde que feri Jared! Daniel não permite que eles cheguem perto deste lugar. Você quer que eu vá embora sem me despedir deles? Sem... — Eu me engasguei, pensando em seus braços, que eram como parreiras, me agarrando com amor.

Johanan levantou uma das mãos.

— Temos que te tirar desta casa sem sermos notados. Eu vou mandar uma mensagem para seus pais para que nos encontrem fora dos muros da cidade. Você pode falar com eles antes de se juntar ao comboio de Hárpago.

— Como vou conseguir escapar daqui sem ser vista?

— Com um pouco de perspicácia.

Naquela noite, Daniel e Mahlah vieram me dar boa noite e rezar por mim, um hábito que tinham estabelecido desde o acidente. Sabendo que esta poderia ser a última vez que os veria, me sentei muda de tristeza, uma faixa apertada de dor esmagando meu peito. A incerteza do meu futuro assumiu uma nova realidade, como a escuridão total da noite que vem depois de um pôr do sol sangrento.

Eles podiam não saber do plano de Johanan, mas Daniel e Mahlah estavam cientes das intenções do senhor Hanamel. A testa de Daniel recentemente estava sempre retorcida, com permanentes rugas. Mesmo a expressão geralmente imperturbável de Mahlah estava mais vazia do que serena, como se ela tivesse puxado uma cortina para se esconder atrás.

— Keren, isto não vai desaparecer. O senhor Hanamel ainda está espumando pela boca.

Eu concordei com a cabeça. — Eu arruinei o filho dele. É compreensível.

— Jared não está arruinado! — Daniel expeliu um suspiro exasperado e virou de costas para mim. Ele permaneceu imóvel por um longo tempo. Em seguida, erguendo seus ombros, ele me encarou novamente. — Nosso grande ancestral, Jacó, tornou-se aleijado. Pelas mãos do anjo do próprio Deus. Essa enfermidade nunca o impediu de cumprir a vontade de Deus para a sua vida. Eu não chamaria Jacó de ruína. Jared está cego de um olho. Mas os planos do Senhor para a vida dele permanecem firmes como sempre. Isso parece uma ruína?

Eu balancei a cabeça. Daniel via o mundo através de uma lente única. Ele sabia sobre sonhos antes que os partilhassem com ele. Ele tinha visto seus amigos entrarem em uma fornalha de fogo e emergirem inteiros. Ele tinha falado com um anjo e vislumbrado mistérios futuros. A sua percepção da vida tinha sido moldada por essas coisas. O resto de nós, meros mortais, padecíamos com as flechas de fogo que o mundo lançara contra nós e nos afundávamos em derrota. Ele sempre encontrava o seu caminho para a esperança.

Eu ia sentir falta deste homem.

Seus olhos se estreitaram.

— Os planos de Deus para você também não foram derrotados, Keren.

— Ele esfregou suas mãos com vigor repentino. — De modo algum.

96 ❊❊❊ O PRÍNCIPE OCULTO

Na verdade... — As linhas em seu rosto se suavizaram. — Na verdade, você me lembra de mim mesmo.

— O senhor?

Mahlah olhava para seu marido com uma estranha serenidade.

— Eu tinha dezessete anos quando Nabucodonosor me levou na primeira onda de cativos para a Babilônia. Jovem e cheio de planos gloriosos para a minha vida. Nenhum deles incluía viver num palácio cheio de ídolos. Quando o resto dos meus conterrâneos foram autorizados a permanecer em Judá, eu tive que navegar por meu caminho servindo um rei gentio. Eu pensei que o meu futuro fosse ser um desastre. Ainda assim, o Senhor guiou os meus passos até aqui. Ele pretendia que eu estivesse aqui neste momento da nossa história.

— Ele — continuou Daniel — também tem um plano em especial para sua vida, Keren. Eu sempre o senti. O seu caminho para esse chamado pode ser difícil. Por vezes, extenuante. Mas confie em mim quando digo que seu erro não destruiu a capacidade de Deus de cumprir vontade dele em sua vida.

Ele colocou as mãos na minha cabeça, acompanhadas pelos dedos macios de Mahlah, e eles oraram por mim. Antes de partir naquela noite, Daniel inclinou-se e, pela primeira vez desde que nos conhecemos, me beijou no topo da minha cabeça. Mahlah me envolveu com os braços trêmulos, os olhos cintilando à luz da lamparina.

Enquanto eu os observava partir, refleti sobre a convicção de Daniel de que Deus ainda tinha um plano para minha vida. Eu desejara ser esposa e mãe. Mas esse desejo tinha criado suas raízes em Jared e por isso eu não o tinha regado. Por que deixar crescer um desejo que nunca poderia ser realizado? Eu presumira que Deus me queria ajudando Daniel pelo resto da minha vida. Agora isso também tinha sido tomado de mim. Não me restava nenhum propósito.

✳ ✳ ✳

Embora a maioria dos babilônios jogasse seu lixo nas ruas, uma pequena parte dos residentes da Babilônia mantinha hábitos mais meticulosos. Na casa de Daniel, por exemplo, recolhíamos o nosso lixo num velho cesto grande com tampa e, uma vez por semana, levávamos para fora da cidade. Na hora do jantar, Johanan disse a seu pai que poderia esvaziar o lixo na manhã seguinte, uma vez que a colina usada como monte de lixo estava em seu caminho. Embora esta não fosse uma tarefa geralmente atribuída a ele, Johanan tinha o hábito de oferecer ajuda na casa e, por isso, sua sugestão não levantou suspeitas. Na manhã seguinte, antes de todos despertarem, Johanan entrou na sala do senhor Daniel e lançou um lençol esfarrapado para mim.

— O que é isto?

— Seu disfarce.

Segurei minha trouxa de pertences contra minha barriga enquanto Johanan enrolava o lençol em volta de mim frouxamente, me cobrindo da cabeça aos pés. Ele então me fez sentar, espremida como uma bola apertada, cabeça enfiada nos joelhos, braços juntos um contra o outro, me tornando o menor possível.

Envolvendo-me em seus braços, Johanan me pegou no colo e me levou para fora do quarto como se eu fosse um monte de tecido velho.

Meu corpo protestou contra esse passeio desconfortável, mas não tanto quanto quando Johanan me enfiou na cesta de lixo, adicionando outra carga de lixo fedorento sobre minha cabeça. O cheiro de ossos de peixe podres e entranhas quase me sufocou, e eu chiei.

— *Psiu*! — ordenou Johanan em um sussurro alto.

A cesta foi levantada e colocada na parte de trás de um pequeno carrinho de mão de duas rodas, que mal a acomodava. Se Johanan desse um solavanco com ele, acabaria me jogando junto com o lixo na rua. O que poderia não ser um final ruim, considerando o fedor que me rodeava. Meus braços estavam tão apertados em volta de mim que eu não conseguia soltá-los nem um pouquinho para cobrir meu nariz. Desamparada, tentei puxar o ar para dentro de meus pulmões enquanto Johanan começava a arrastar o carrinho. Pareceu fazer sentido que eu deixasse a casa do meu senhor, escondida com o lixo.

Eu estava tonta e dolorida no momento em que passamos pelos azulejos azuis do Portão de Ishtar, e emergimos para a rua que o rei tinha chamado Aibur-shabu, "o inimigo nunca passará." Outro passeio chocante nos levou ao monte de lixo, onde, para meu alívio eterno, Johanan jogou o conteúdo da cesta suavemente no chão, e eu saí rolando para fora. Mãos ajudaram a desembaraçar o lençol à minha volta. Eu pensei que eram de Johanan. Mas quando tirei o cabelo dos meus olhos, pude ver dois amados rostos um momento antes de ser engolida em abraços.

Minha ima e meu aba.

CAPÍTULO CATORZE

"Porque sou eu que conheço os planos que tenho para vocês", diz o Senhor, "planos de fazê-los prosperar e não de lhes causar dano, planos de dar-lhes esperança e um futuro".

Jeremias 29:11, NVI

Eu me agarrei a eles como uma lesma inarticulada, minhas lágrimas se misturando com as suas. Depois de um longo e silencioso abraço, eu me afastei.

— E meu avô?

A minha mãe balançou a cabeça.

— A caminhada é longa demais para ele, Keren. Seu avô não pôde nos acompanhar.

Apertei uma mão trêmula sobre a boca para silenciar os prantos que queriam irromper. Meu avô! Sair sem conseguir vê-lo quase partiu o meu coração. E com sua saúde frágil, isso significava que eu talvez nunca mais o veria.

— E não podíamos trazer os outros — acrescentou meu pai. — Isso poderia ter feito os vigias do senhor Hanamel desconfiarem de que estávamos indo te encontrar. Inclusive, tivemos que sair separadamente para despistá-los.

Eu concordei com a cabeça.

— Sou grata por ver vocês dois. — Voltando-me para Johanan, acrescentei: — Obrigada por tornar isso possível.

Johanan esfregou sua nuca.

— Eu não fiz nada de mais. Vou providenciar para que alguém leve e traga cartas entre vocês. Se tudo der certo, este exílio será de curta duração. O senhor Hanamel esquecerá de sua vingança, e você poderá voltar para nós discretamente.

— Por favor, Deus! — Exclamou minha mãe, enquanto me puxava de volta para seus braços.

— Estou fedendo — adverti.

A minha mãe sorriu.

— Eu não esquecerei tão cedo a visão de você rolando com o lixo. Venha. Vamos lavá-la no rio para que o seu novo mestre não fique tentado a te tornar uma guardadora de porcos.

O olhar horrorizado do meu pai me arrancou um sorriso, embora meu coração se sentisse como uma pedra afundando sob as ondas. Minha mãe e eu nos esgueiramos para a margem do rio e fizemos o nosso melhor para tirar o cheiro de lixo mofado. Voltei tremendo e molhada, mas pelo menos cheirando a humanos e não a peixes mortos.

Nós corremos em nossas despedidas finais, pois Johanan pedira para que eu me apressasse. Eu ainda estava chorando quando navegamos em direção ao leste para nos encontrarmos com o comboio de meu novo mestre. Pouco antes de chegarmos ao nosso destino, Johanan empurrou seu carrinho de mão para o lado da estrada.

— Eu tinha esquecido. Tenho uma coisa para você. — Ele me entregou um pequeno saco que tilintava. — Não é muito. Mas poderá ajudá-la em uma situação de crise.

— Não posso aceitar a sua prata.

— Pela minha paz de espírito, você deve. Seria uma loucura te enviar à Média com os bolsos vazios. Se precisar de ajuda, me escreva. Farei tudo o que estiver ao meu alcance para te ajudar.

Eu balancei a cabeça.

— Eu já lhe devo, Johanan. Eu nunca conseguirei lhe retribuir.

— Besteira. Você é como uma irmã para mim. — Ele estalou os dedos. — Você também precisará disso. — Ele resgatou um grosso tecido dobrado, que ele tinha escondido embaixo de uma prateleira estreita no carrinho de mão.

— O que é isto?

— Meu manto de inverno antigo. Em Ecbátana faz muito mais frio do que na Babilônia. Mesmo agora, no final da primavera, você achará as noites frias.

Eu dei um passo atrás.

— Não, Johanan. Fique com o seu manto. Eu tenho o meu xale.

— Ele dificilmente te esquentará durante a primavera. Lá neva no inverno, às vezes até os joelhos, ouvi dizer.

— Até os joelhos? — chiei. Eu nunca tinha visto neve nas planícies planas e arenosas da Babilônia, embora os antigos babilônios afirmassem que uma vez, nos dias de sua juventude, houve uma tempestade que cobriu a cidade com um manto branco. Os flocos tinham derretido no dia seguinte e nunca mais voltaram.

Johanan empurrou o pano cinza em minha direção.

— É por isso que você precisa deste manto. Além disso, eu tenho um novo.

Considerando as circunstâncias, eu não podia me dar ao luxo de me agarrar aos restos do meu orgulho. Eu congelaria nos picos cobertos de neve de Ecbátana. Recebi a lã grossa dobrada e coloquei-a debaixo da minha trouxa lamentavelmente pequena.

— Eu também tenho algo para você. — Ofereci a Johanan a tábua de barro que tinha feito para ele, bem embrulhada em seu fino envelope. — Um presente de casamento adiantado.

Eu tinha trabalhado naquela tábua por mais de um mês, desde que o noivado de Johanan e Deborah tinha sido formalizado. Era uma cópia do Shemá, escrito em hebraico, e pintado com detalhes em ouro e prata. Daniel tinha me permitido fazer alguns trabalhos a mais no palácio para poder arcar com as despesas da tinta.

Ainda bem que ela estava pronta antes do acidente, ou eu não teria nada a oferecer a Johanan agora. Nos últimos dez dias, eu fui completamente imprestável, com minhas mãos tremendo mais do que as do meu avô.

A expressão inescrutável de Johanan desmoronou quando ele abriu o envelope, e por um momento seus olhos brilharam à luz do sol nascente.

— É linda, Keren.

Eu entreguei um rolo de papiro para ele. Nele faltava um selo, uma vez que eu não tinha um. Em seu lugar, eu simplesmente o enrolei com força e amarrei cuidadosamente com um pedaço de fita azul.

— Este é para Jared. Johanan pegou o rolo. — Ele provavelmente vai jogá-lo no fogo, sem nem o ler. Mas eu tinha que tentar. Dê para ele quando achar que ele consegue... suportar olhar para um presente meu. — A minha voz tremia mais do que as minhas mãos. Esperava que Johanan atribuísse o presente à minha batalha contra a culpa e não suspeitasse dos meus verdadeiros sentimentos por Jared.

Este provavelmente era o meu maior castigo. Ser forçada a ir embora sem ver Jared uma última vez. Senti algo em mim se desmanchar com esse pensamento, como uma trança se desfazendo. Abaixando minha cabeça, escondi minhas lágrimas de Johanan.

Então, forjando um sorriso no meu rosto, eu disse:

— Vamos? É melhor eu não me atrasar para encontrar meu novo mestre.

❊ ❊ ❊

O porte atlético de Hárpago gritava treinamento militar. Mas algo na formalidade requintada com que ele nos cumprimentou caracterizou-o como um cortesão, além de um guerreiro.

Curvei-me como Daniel me havia ensinado, dirigi-me a ele como senhor e tentei mostrar a influência de Daniel nos meus modos. Esperava que ele perguntasse sobre a minha formação ou testasse os meus conhecimentos. Em vez disso, ele simplesmente perguntou em um aramaico com bastante sotaque:

— Você sabe cavalgar?

— Não, mestre.

O canto de sua boca fina desviou-se para cima.

— Você vai aprender. Nós deixamos uma mula para você.

Ele sinalizou para um de seus homens trazer uma mula marrom com as patas dianteiras brancas para meu lado. Eu nunca tinha notado o quão grandes eram as mulas. Agora, de pé ao lado de uma e sabendo que eu teria que montá-la até outro reino, a besta parecia enorme. Johanan esfregou o pescoço da mula. Ela colocou o rosto sobre o ombro de Johanan e bateu nele suavemente.

— Ela é amigável.

— Você acha? — perguntei esperançosamente.

— Fique longe de seu traseiro, mostre a ela que você não está com medo, e vocês vão se dar bem.

— Talvez eu tenha um pequeno problema com essa parte de não estar com medo.

Hárpago, que estava sussurrando com um dos seus homens, se aproximou de nós.

— Meus homens estão prontos. Partiremos daqui a pouco. É hora de vocês se despedirem.

Por um instante, senti uma onda de pânico. Hárpago tinha sete homens cavalgando com ele. Eu seria a única mulher no meio deles. Lancei um olhar alarmado para Johanan. Talvez eu devesse me arriscar com o pai de Jared. Pelo menos eu conhecia os males que me aguardavam em casa. Esta fuga para o desconhecido me parecia inteiramente imprudente.

Como se estivesse lendo meus pensamentos, Johanan inclinou-se para a frente e curvou suas mãos. Sem pensar, coloquei meu pé nas juntas de seus dedos, e ele me jogou sobre as costas da besta. Agarrando as rédeas, ele entregou o couro gasto em minhas mãos.

— O Senhor cuida de ti, Keren. Vou te escrever assim que puder.

Impotente, vi o cordão final da minha antiga vida sendo cortado quando Johanan se afastou, sua silhueta alta desaparecendo na curva da estrada que levava à Babilônia.

Eu estava agora verdadeiramente sozinha.

Hárpago ajustou as tiras na sua sela de feltro e, agarrando a cernelha de seu cavalo, montou nele com um grande salto. Ele se sentou no alazão com o conforto de alguém que já tinha passado incontáveis horas nas costas de um cavalo.

Embora eu não soubesse cavalgar, Azarel havia nos educado, eu e meus colegas, nos fundamentos das raças de cavalo. O cavalo do meu novo mestre era um niseano, a raça mais apreciada em todo o mundo. Só os verdadeiramente ricos podiam pagar por eles.

Os magníficos cavalos niseanos foram criados e treinados pelos medos durante séculos. O mundo inteiro clamava pelos corcéis da Média, muitos dos quais encontraram o seu caminho para a Babilônia. Mas a linhagem dos niseanos, mais alta, mais rápida e mais forte do que seus primos menores, conseguira o maior preço.

Hárpago guiou o seu cavalo ao lado da minha mula. Sem palavras, ele ajustou as rédeas em minhas mãos.

— Você sabe falar algo em medo? — perguntou ele.

— Não, meu senhor. — Para deixar claro, acrescentei: — Nem uma palavra. — Eu estava torcendo que ele ficasse tão desapontado com essa notícia que me mandasse de volta para casa.

Em vez disso, ele apontou para o céu e me disse palavra meda para ele. Ele corrigiu a minha pronúncia e me ensinou a palavra para cavalo.

Tessa Afshar ✴✴✴ 103

Eu estava aprendendo a palavra para nuvens quando começamos nossa jornada em direção à cidade de Ecbátana.

Hárpago viajava de maneira simples, sem as carroças de malas que eu tinha visto outros cortesãos puxarem. Ele tinha um comboio de mulas para o seu equipamento, que ele prendera com um bom colchete sobre a Estrada Real. Pouco antes do pôr do sol, a estrada dividiu-se e nós continuamos pela via que conduzia a nordeste, para o caminho da cordilheira de Zagros. Quando paramos para passar a noite, eu me sentia tonta de exaustão. Por horas, saltei sobre a sela como um saco de maçãs velhas, parando apenas quando o Hárpago fazia pausas curtas para os animais descansarem.

Seus homens tiraram das malas tendas simples e montaram uma pequena para mim ao lado de uma maior para Hárpago. Ele viajava como um soldado, eu me dei conta. De maneira prática e simples. Com a minha trouxa enfiada debaixo de um braço, me arrastei para a minha tenda e, pela primeira vez em dez dias, caí num sono profundo e sem sonhos.

A dor me despertou de manhã. Todos os músculos, articulações, ossos e sardas doíam. Gemendo, peguei minha trouxa para procurar uma toalha. Franzi a testa quando notei um rolo grande de papiro. Arquejei de horror. Era o novo pergaminho de Jeremias, o que Daniel tinha adquirido recentemente.

Eu devia ter colocado por engano na minha trouxa na noite em que fiz as malas. Como eu pude ter sido tão descuidada? Fiquei aliviada ao notar que sua leve capa prateada tinha protegido o papiro de ser danificado.

Um pequeno recorte estava enfiado numa costura da capa prateada. Com curiosidade, soltei-o e reconheci imediatamente a escrita de Daniel. Quando é que ele escondeu este bilhete dentro do meu amontoado de coisas? Então eu me dei conta. Daniel provavelmente sabia que eu estaria indo embora!

Minha filha, Keren,

*Que as palavras do profeta lhe acompanhem na
sua jornada. Que possam servir de recordação
do nosso amor por você. Apegue-se a Deus e deixe
que ele te guie. Lembre-se, ele não te abandonou,*

*e nós tampouco. Onde quer que o seu caminho lhe
conduza, saiba que o nosso Deus salvaguarda um
futuro e uma esperança para você.*

Pressionei com força a nota sobre meu coração e senti o peso do terror desaparecer lentamente.

CAPÍTULO QUINZE

"Se formos atirados na fornalha em chamas, o Deus a quem prestamos culto pode livrar-nos, e ele nos livrará das suas mãos, ó rei. Mas, se ele não nos livrar, saiba, ó rei, que não prestaremos culto aos seus deuses nem adoraremos a imagem de ouro que mandaste erguer"

Daniel 3:17-18, NVI

JARED

Enquanto todos dormiam, Jared escapuliu de sua própria casa como um ladrão. Cansado dos acessos de raiva de seu pai, de suas incessantes exigências de vingança e de suas amargas ameaças, Jared ansiava por algumas horas de calma. A ira de seu pai só servia para manter sua perda constantemente diante dele.

Para adicionar insulto à injúria, o senhor Hanamel proibiu Daniel e seus filhos de visitarem Jared, fechando a única fonte de sanidade em sua vida, que estava virada de cabeça para baixo.

Como um pombo-correio, ele se dirigiu ao único lugar que lhe oferecia conforto. Na escuridão da madrugada, ele foi até a casa de Daniel.

Ele esperava não encontrar Keren por acidente. Ele não estava pronto para vê-la. De acordo com seu pai, o senhor Daniel a havia escondido em algum lugar de sua casa, recusando-se a trazê-la para fora, mesmo quando o próprio rei o exigia. Embora ele estivesse aliviado em saber que ela estava a salvo das garras de seu pai, ele não desejava encontrá-la.

Perversamente, enquanto o criado sonolento o acompanhava até a sala de Daniel, ele sentiu uma forte pontada de decepção ao encontrar o quarto vazio, sem nenhum vestígio de Keren à vista.

Daniel o envolveu em um abraço caloroso assim que ele entrou na sala.

— Como você está? — perguntou ele.

— Melhor, agora que estou aqui.

— Como está a dor?

Jared encolheu os ombros.

— Às vezes suportável. Às vezes... — Ele encolheu os ombros novamente.

— Só se passaram três semanas. Temos que dar tempo ao tempo. Estamos rezando por você.

— Sim. — Era difícil explicar a um homem como Daniel que a dor tinha corroído as raízes da fé; ela tinha devorado o tecido da esperança.

— Você está escondendo Keren? — As palavras escaparam antes que ele pudesse repensá-las.

— Não.

Jared sentiu um frisson de inquietação.

— Não?

— Eu sei o que seu pai está pensando. Mas ela não está aqui, Jared. Os homens do rei já revistaram toda a casa.

Um fragmento de dor se contorceu na têmpora de Jared e ele estremeceu. — Estou contente que ela está a salvo do meu pai.

Daniel permaneceu em silêncio.

— Ela está a salvo?

— Eu não sei onde ela está.

— E os pais dela?

Uma rápida sacudida de cabeça. — Ela não está com eles.

Jared esfregou sua têmpora. — Onde ela pode estar?

— Eu não sei. Mas o meu palpite é que ela deixou a Babilônia.

Jared afundou lentamente em uma cadeira.

— Deixou a Babilônia?

— Enquanto seu pai tiver sede de vingança, ela não estará segura aqui.

— Mas para onde ela foi? Ela não conhece ninguém além de vocês e a família dela.

Daniel tocou o cervo esculpido na ponta de sua bengala, que estava encostada em sua mesa de trabalho.

— Acho que isso significa que ela está entre desconhecidos.

— Ela está sozinha?

— Eu não disse isso.

— Quem foi com ela?

— O Senhor, nosso Deus.

Um som estranho escapou da garganta de Jared. Ele apontou para o tapa-olho que cobria sua cavidade ocular oca.

—Aquele que permitiu isso, você quer dizer.

Daniel lhe olhou com uma mirada firme.

— O mesmo.

— Isso não é muito reconfortante, Daniel.

— Eu te disse que um dia você enfrentaria sua própria fornalha ardente. Se você quer sentir o gosto da segurança, você tem que começar onde Hananias, Misael e Azarias começaram.

— E por onde é isso?

— "Mesmo que ele não o faça..."

Jared balançou a cabeça, confuso.

— Eu não entendo o que o senhor quer dizer.

— Naquela manhã, quando eles foram arrastados perante o rei, disseram a ele que o nosso Deus poderia salvá-los de suas mãos. Mas eles não pararam por aí. Eles continuaram. "Mesmo que ele não o faça", disseram eles, pendurando suas vidas no gancho de uma possível decepção.

— Onde você traça a linha para Deus, Jared? — continuou Daniel. — Sua fé permanece forte, mesmo que ele não leve embora essa dor? Mesmo que ele não restaure sua independência, sua força, sua saúde? Você ainda vai escolhê-lo, mesmo que? Escolhê-lo todos os dias?

Daniel pegou sua bengala.

— Porque, se você quer segurança, então você tem que resolver-se com seus mesmo-ques.

Jared engoliu em seco. O problema de passar tempo com Daniel era que, por vezes, você levava um tapa em vez de ser mimado.

SEGUNDA PARTE

Ecbátana

CAPÍTULO DEZESSEIS

*Quando Jacó acordou do sono, disse:
"Sem dúvida o Senhor está neste
lugar, mas eu não sabia!"*

Gênesis 28:16, NVI

Nas encostas altas das irregulares montanhas da cordilheira de Zagros, vi a neve pela primeira vez na minha vida. Como a lã de mil cordeiros, ela cobria as prateleiras cinzentas de rochas e transformava suas bordas afiadas em algo macio e imaculado.

Cavalgando pelas passagens nas montanhas enquanto subíamos cada vez mais alto, passei meu tempo aprendendo medo e memorizando o livro de Jeremias. Eu me vi encolhida nas dobras do velho manto de Johanan, grata pelo seu calor enquanto o nosso percurso nos levava a elevações geladas. Minha carne treinada na Babilônia, acostumada a altas temperaturas na primavera, estremeceu para encontrar o que parecia ser as profundezas do inverno.

Aos poucos me familiarizei com Hárpago e seus homens. Eles tratavam os seus cavalos como amigos e, quando o terreno permitia, apostavam corridas amistosas uns contra os outros. Eles mantinham as crinas dos animais cortadas, mas todas as manhãs penteavam seus longos topetes com tanta ternura, você pensaria que estavam trançando as tranças de um amor, enfeitando as crinas com fitas de cores vivas. Os cavalos deles tinham mais fitas do que eu jamais tivera.

Embora os homens me ignorassem na maior parte do tempo, depois de alguns dias eles começaram a me estender uma civilidade distante, beirando a gentileza. Eles me ofereceram uma parte do coelho assado e do pão seco em vez de esperarem que eu os pegasse por mim e me acompanharam na minha primeira volta na floresta.

Meu corpo, pressionado em seu limite pela atividade desconhecida das longas viagens diárias, ficava tão exausto no final do dia que, pela primeira vez desde o acidente, comecei a dormir bem à noite. Até os meus pensamentos ficaram mais claros.

Jared nunca estava longe da minha mente. Mas lembrar dele não me paralisava mais. O que eu descobri foi que, embora a cura para meu coração despedaçado ainda estivesse muito longe, eu poderia seguir com a minha vida. Eu não me sentia feliz. Nem um pingo de alegria. Mas eu conseguia funcionar.

Demoramos três semanas para chegar nas terras pertencentes aos medos. Até lá, eu tinha feito as pazes com minha mula e até aprendi a desfrutar de seus constantes pedidos por afeto. Como uma criança, o animal demandava por carinho a cada minuto.

À medida que entramos na Média, as planícies cresciam verdejantes com florestas e seu ar brilhante e nítido. Então, as árvores deram lugar a uma grama em formato ondulado. Campos de trevos e alfafas pontilhados de flores silvestres e riachos rasos se estendiam diante de nós até onde os olhos podiam ver. Não me admira que a rainha de Nabucodonosor sinta falta de sua casa. Os Jardins Suspensos eram inspirados neste lugar verdejante de colinas e rios.

No nosso último dia, os prados se transformaram em pomares rebentando em flores rosas e brancas à medida que nos aproximávamos da capital da Média, a antiga cidade de Ecbátana.

A cidade foi construída sobre uma colina suave no pé do Monte Alvand. Eu pensava que as duas fileiras de muros e o fosso profundo da Babilônia eram uma defesa imponente. Ecbátana ostentava sete paredes concêntricas que envolviam o coração da cidade. Cada circuito de paredes enormes tinha sido construído de tijolos de barro a alturas gradualmente elevadas, de modo que os topos de todas as sete paredes eram visíveis ao aproximar-se.

Foi uma recepção dramática, especialmente porque as muralhas de cada parede tinham sido pintadas de uma cor diferente: branco para a mais próxima da estrada, depois preto, seguido de escarlate, azul e laranja. As duas últimas muralhas eram cobertas em prata e em ouro. Parei minha

112 ✦✧✦ O PRÍNCIPE OCULTO

mula por um momento e observei enquanto nos aproximávamos do primeiro conjunto de portões.

Uma aldeia tinha surgido nos arredores da cidade para acomodar agricultores, artesãos, empregados e outros residentes que não podiam pagar os preços das casas caras construídas dentro da cidade propriamente dita. As pessoas comuns poderiam facilmente se abrigar dentro de Ecbátana se inimigos decidissem atacar. Com sete muros e uma montanha para os proteger, os residentes da capital meda devem se sentir seguros, de fato.

Enquanto passávamos pelos portões e depois por sete diferentes grupos de guardas, percebi que meu novo mestre era um homem de maior influência do que eu imaginara. Os guardas o tratavam como realeza. Até mesmo sua grande casa de pedra e tijolos de barro ficava à vista do teto abobadado do palácio, como se proclamasse o valor de meu mestre junto ao rei.

Após a nossa chegada, Hárpago me entregou à sua mulher, que me entregou a uma governanta que me entregou a uma criada chamada Aryanis.

Aryanis me encarou boquiaberta por um longo momento antes de desatar a falar, rápida como fogo, em medo. Eu tinha aprendido muitas palavras nas últimas três semanas. Mas as habilidades de conversação ainda me faltavam.

— Você fala aramaico? — perguntei.

Ela franziu a testa e balançou a cabeça.

— Com fome? — perguntou ela, fazendo movimentos de comer com os dedos.

Eu reconheci a palavra. Antes que eu pudesse responder, minha barriga fez um barulho que não envergonharia uma leoa. Esfreguei meu abdômen e respondi:

— Um pouco.

Aryanis sorriu e fez sinal para que eu a seguisse. Na cozinha, ela encheu duas tigelas com caldo, pegou um pedaço de pão fresco e me levou a um canto onde nos sentamos para comer. Um cheiro de carne de carneiro e cebola subiu da tigela, me assegurando que o conteúdo não corromperia uma judia.

Quando terminamos nossa refeição, Aryanis me apresentou aos outros funcionários antes de me conduzir a uma estreita alcova que se projetava para fora da sala de estar formal.

— Você dorme aqui. Ao meu lado. — Ela encostou a mão em seu peito.

Com alívio, acenei com a cabeça. Eu estava com receio da ideia de dormir sozinha nesta casa grande, rodeada de estranhos. Ela me entregou uma esteira fina e um par de cobertores velhos.

Quando fiz a cama ao lado da que já estava esticada na pequena alcova, pensei no meu antepassado Jacó. Ele também tinha viajado para longe de casa. Na mais profunda selva, ele deitou a cabeça sobre um travesseiro de pedra e descobriu que não estava sozinho. O próprio Deus tinha estendido a sua escada dos céus à terra, para que os seus anjos pudessem subir e descer entre os solitários e os que tiveram seus corações partidos. Naquele lugar abandonado, Deus tinha prometido a Jacó:, Eu estou com vocês e os protegerei aonde quer que vão.

Eu bati levemente no chão ao lado da minha cabeça.

— Ponha o pé da sua escada bem aqui, meu Senhor. Fique comigo e me proteja.

✳ ✳ ✳

Eu acordei com um par de grandes olhos verdes me encarando. Eu corri para me levantar, surpresa, e exalei quando percebi que meu observador era apenas um menino. Ele pressionou um dedo contra os lábios. Suas roupas eram estranhas, mais adequadas para uma caminhada na selva do que para usar na casa de um elegante cortesão.

Consegui me desembaraçar dos lençóis. Percebendo que Aryanis já tinha se levantado e arrumado a cama antes de sair, comecei a dobrar meus próprios cobertores. O menino se sentiu em casa no meu colchão, como se fosse a sua cadeira pessoal.

Eu levantei uma sobrancelha.

— Por favor, sente-se — disse eu em aramaico, sem esperar que ele entendesse.

Ele se encostou na parede e esticou as pernas, cruzando os pés nos tornozelos e comentou, enquanto se contorcia na esteira em busca de um local mais confortável:.

— Um pouco irregular.

— Você fala aramaico!

Ele empurrou seu queixo para baixo.

— Você se move devagar, garota.

114 ✳✳✳ O PRÍNCIPE OCULTO

Antes que eu pudesse perguntar quem ele era e por que ele tinha um problema com a minha velocidade, Aryanis abriu a cortina que dividia a alcova do cômodo maior. Espiando o menino, ela explodiu em uma rápida saraivada em medo, a maioria do qual eu perdi. Claramente, ela não apreciava a sua presença e, com a mesma clareza, o menino sabia disso. Ele disparou para fora da alcova, evitando facilmente a vassoura que Aryanis segurava erguida.

Quando ele estava longe o suficiente para estar fora do alcance de Aryanis, ele parou.

— Viu? Eu disse que você é muito devagar. Agora tenho de esperar mais pelo meu cavalo. Ele vai estar desdentado até você ficar pronta. — Antes que eu pudesse perguntar que conexão terrestre eu poderia ter com seu cavalo, ele desapareceu. Eu o flagrei saindo por uma janela, ágil como um gato.

— Quem é ele? — perguntei para Aryanis.

Ela mordeu o lábio.

— Problema. — Entre as suas palavras e gestos, entendi que eu deveria tomar banho e trocar de roupa antes de ir ver o mestre.

Se Hárpago tinha uma casa de banhos interior, eu obviamente não estava convidada a utilizá-la. Em vez disso, Aryanis levou-me ao poço, onde íamos buscar água. Amarrando um lençol em um canto do jardim, ela me entregou o jarro de água e um pedaço de sabão. Apontando para um barril oval raso com bordas pontiagudas em cada extremidade, ela fez um movimento de sentar-se. Esta deveria ser uma banheira meda, me dei conta.

Na minha viagem pelos desfiladeiros das montanhas, soube que os medos, tal como os seus parentes persas, consideravam o banho em rios e riachos de má educação. Em vez disso, os banhistas deveriam tirar água e levá-la para seu local de banho, para que sua sujeira não poluísse a fonte. Nas últimas três semanas, eu não tinha conseguido me lavar decentemente, não enquanto estive na companhia de oito homens. Agora tentava me dobrar na estreita banheira de madeira e esfregar a poeira de longas viagens do meu cabelo e da minha pele. A minha túnica também precisava de uma boa lavagem, e fiz o meu melhor para esfregá-la, embora o resultado final não teria alcançado os padrões exigentes de Rachel.

Colocando a túnica que eu tinha trazido comigo, pendurei minhas roupas pingando no varal. Adicionando algumas gotas da preciosa água de rosas ao meu cabelo molhado, penteei os emaranhados grossos e os trancei em uma simples trança em forma de corda que descia minhas costas.

— Ah. Bom — disse Hárpago quando cheguei ao seu aposento. — Você está cheirando melhor.

Eu senti um calor subir por meu pescoço. Graças ao meu modo de transporte saindo da casa de Daniel, eu não cheirava exatamente como uma guirlanda de lírios quando conheci Hárpago. Três semanas de viagens intensas devem ter se somado a meu aroma.

O próprio Hárpago tinha trocado suas simples calças de equitação e túnica acolchoada para trajes formais. Sua longa túnica vermelho-cornalina tinha mangas largas adornadas com pregas estreitas, e outra trama de pregas delicadas pendia do seu quadril esquerdo até o chão. Seu cabelo e sua barba tinham sido enrolados e ungidos com perfume, e finalizados com um chapéu abobadado de feltro. Ele parecia um cortesão por completo.

Estudei o seu cômodo, que era muito menor do que o de Daniel, contendo uma fração dos livros e pergaminhos a que estava habituada a procurar. Sua mesa parecia decepcionantemente vazia. Eu me perguntava como é que conseguiria encontrar trabalho suficiente para ocupar as minhas horas nesta sala deprimente e mal abastecida. Por que exatamente Hárpago concordara em assumir as despesas de alimentar e abrigar uma escriba se ele tinha tão pouco uso para uma?

CAPÍTULO DEZESSETE

*Não morrerei; mas vivo ficarei para
anunciar os feitos do Senhor.*

Salmos 118:17, NVI

JARED

Jared tentou pegar o copo e falhou, seus dedos derrubando a taça. A pálida cerveja dourada se espalhou sobre a mesa do almoço. Ele arfou e recuou enquanto o líquido escorria da borda para o chão.

Seu pai praguejou. O único escravo atormentado que servia o almoço fez o possível para limpar a bagunça, mas o dano já tinha sido feito. A cerveja escorreu pelo colo de seu pai, fazendo o homem xingar mais alto.

— Se você não consegue comer como um homem civilizado, saia da minha frente.

— Deixe-o e-e-em paz! — gritou Joseph. — Ele não c-c-consegue evitar.

Todos os olhos se voltaram para seu irmão, geralmente quieto como um rato. Seu pai tinha tirado-o da casa de Daniel por puro rancor. Até voltar para casa, a gagueira de Joseph tinha sido reduzida a um lapso ocasional.

— O que você me disse? — disse senhor Hanamel, se levantando lentamente.

Joseph engoliu em seco. — Eu disse que ele não c-c-consegue evitar.

O coração de Jared se derreteu com a coragem que o menino precisou ter para defendê-lo.

— Saia da minha frente! — rugiu seu pai. — Saia da minha casa! Não quero você perto de mim. Não quero você debaixo do meu teto. Você não é meu filho!

Empalidecendo, Joseph levantou-se e saiu da sala. Jared deslizou para fora de sua cadeira e o seguiu. No meio do corredor, ele alcançou o menino e o puxou para um abraço apertado.

— O que deu em você?

— É errado, o qu-qu-que ele faz.

— Eu sei.

Os grandes olhos castanhos encheram-se de lágrimas. — O que eu v-v-vou fazer, Jared?

— Vou levá-lo para a casa de Daniel. Você pode ficar lá. Pensando bem, Joseph, esta é a melhor coisa que poderia ter acontecido. A vida nesta casa não é boa para você. Mahlah vai cuidar bem de você. E eu vou tentar visitá-lo quando puder.

Eles caminharam juntos até a casa de Daniel, seus passos lentos, mais por conta de Jared do que por Joseph. Como ele esperava, Daniel e Mahlah acolheram seu irmão de braços abertos. Pelo menos agora Joseph estava a salvo da tirania de seu pai.

O caminho de volta para casa mostrou-se mais lento do que a caminhada até lá. Duas vezes, Jared tropeçou em um buraco que não tinha visto e se esparramou ignominiosamente na terra. Ele pensara que ter a visão de um olho significaria que ele poderia funcionar da mesma forma que antes, mesmo que ele não se parecesse com um homem inteiro. Tristemente, ele estava enganado.

Pequenos acidentes serviam para lembrá-lo continuamente de sua perda. Ele continuava esbarrando em paredes, especialmente em seu lado cego, calculando mal a distância. Volta e meia, especialmente quando estava com pressa, ele tentava alcançar um objeto e agarrava o ar. Ele perdera a velocidade e a precisão de que se orgulhava.

Mesmo cavalgar tinha agora um aspecto ameaçador. Ele não conseguia discernir, com qualquer precisão real, sua distância do objeto à sua frente e havia chegado perto de colisões desastrosas várias vezes.

Esgueirando-se pela porta do pai quando chegou em casa, ele foi diretamente para o seu quarto. Afundando-se na única cadeira em seu quarto, ele se inclinou para limpar a sujeira que se juntara em sua túnica quando ele caiu. Ele viu que ele tinha rasgado um buraco tão grande como um dedo.

Com uma mão em punho, ele bateu em cima da mesa já marcada. Nem o barulho estridente nem a dor em sua carne ajudaram a banir o peso da frustração. Ele respirou fundo, tentando limpar sua mente. Tentando encontrar um caminho através do labirinto que se tornara sua vida.

Ele tinha duas histórias para viver. Na primeira, Deus salvara seu olho. Na segunda, Deus tinha tomado seu olho. Ambas eram verdadeiras. Deus permitiu que a espada de Keren tirasse a visão de seu olho esquerdo. E, no entanto, Deus também protegeu a visão de seu olho direito. O médico lhe avisara que muitas vezes, com este tipo de lesão, o dano se alastrava para ambos os olhos, causando cegueira total. Até a morte era uma ocorrência comum.

Duas histórias, ambas verdadeiras.

Cabia a ele a história que escolhia viver todos os dias. O olho perdido ou o olho salvo. O homem cego ou o que vê. O Deus que o abandonou ou o Deus que o salvou.

Ele sabia qual história o seu pai estava vivendo.

Jared apertou seu punho. Ele não se transformaria em seu pai. O seu mundo tinha se tornado duro. Seu coração não tinha que seguir o mesmo caminho.

Pegando um punhado de objetos díspares, ele os alinhou em sua mesa. Um copo, um jarro de água, um sapato, uma ânfora de perfume, um pente, uma fivela de cinto de prata. Com movimentos rápidos, ele tentou agarrar cada um deles. Metade das vezes, ele falhou. Ele alinhou os objetos novamente. Na segunda vez, ele derrubou o jarro, derramando água em seus sapatos.

Na terceira vez, ele conseguiu errar menos objetos, mas à custa da velocidade.

De novo e de novo, ele alinhou os objetos. Depois da vigésima tentativa, ele notou que, se movesse a cabeça de um lado para o outro, seu olho direito poderia compensar a visão que faltava ao esquerdo.

Animado com essa descoberta, ele foi até o celeiro e pegou seu cavalo. Era pouco antes da hora do jantar e as ruas estavam no momento mais cheio do dia. Depois de seu último quase desastre na estrada, ele não tentou andar de novo, com medo de causar danos aos outros. Suas mãos ficaram úmidas de suor enquanto ele dirigia a fera.

Lembrando-se de mover frequentemente a cabeça de um lado para o outro, ele se arrastou até chegar ao canal principal antes de voltar para casa. Por algum milagre, ele não havia quebrado nada, exceto talvez seu

Tessa Afshar ✴✴✴ 119

orgulho, que se ressentia da lentidão de seu ritmo. Ele estava cavalgando como um velho. Mas ele estava cavalgando. E a velocidade poderia sempre ser melhorada.

CAPÍTULO DEZOITO

*Esteja sobre nós a bondade do nosso
Deus Soberano. Consolida, para nós,
a obra de nossas mãos; consolida
a obra de nossas mãos!*

Salmos 90:17, NVI

— Como imagino que você tenha presumido, eu não tenho muita utilidade para você. Não como assistente. — Hárpago indicou sua pequena caixa de pergaminhos com um de seus dedos bem cuidados.

Minha boca ficou seca.

— No entanto, eu tenho uma tarefa em mente para você. Uma situação um tanto... delicada.

Minha boca ficou ainda mais seca.

— Eu quero que você dê aulas a um menino.

Um alívio me fez esmorecer. Isso não me parecia tão ruim. — Seu filho, meu senhor?

— Um jovem pastor.

Eu nunca conseguira treinar meu rosto para esconder minhas emoções. Sem dúvida, Hárpago percebeu o choque em meu rosto. Os pastores raramente eram alfabetizados. Para um aristocrata se interessar pela educação de um deles, era algo que beirava a excentricidade.

— Um jovem pastor?

— Seu pai, Mitrídates, é um dos pastores reais. — A manga larga de seu manto flutuava como a vela de um navio enquanto ele movia o braço.

— Seu filho, Artadates, é inteligente. Ele vai aprender rápido. E eu lhe dei um bom incentivo para estudar muito.

Tive uma lembrança repentina do menino de olhos verdes que tinha se apossado da minha esteira mais cedo naquela manhã.

— Por acaso, o bom incentivo que você mencionou é um cavalo?

— Ora, sim! Como é que você sabia? Eu prometi ao menino que vai poder escolher o seu próprio cavalo no meu estábulo se aprender bem as suas lições. Como ele é tão louco por cavalos quanto outros meninos de sua idade, ele ficou interessado em estudar.

Não querendo denunciar o menino, me mantive em silêncio.

— Ele esteve aqui, não esteve? — Hárpago apertou seus lábios. — O menino tem uma propensão a esquecer instruções quando elas se mostram inconvenientes para ele. Eu tentei fazê-lo compreender que ele não deve vir a esta casa se eu não o tiver chamado. Receio que a sua audácia possa ser sua ruína.

Eu guardei essa informação no fundo da minha mente.

— O que você gostaria que eu ensinasse a Artadates, meu senhor?

— Eduque-o como os filhos da aristocracia são educados.

Um pouco de saliva entrou no meu pulmão e eu tossi.

— Ele fala aramaico, embora não saiba escrever. Eu quero ele falando perfeitamente fluente, como se fosse para a corte. Além disso, ensine a ele matemática e alguns conhecimentos básicos de acadiano.

— Vocês devem ter ovelhas muito inteligentes na Média — disse eu, me perguntando se as ovelhas aqui respondiam melhor ao acadiano do que ao medo.

Hárpago me encarou.

Eu mordi meu lábio. Na verdade, a minha curiosidade tinha levantado sua monstruosa cabeça e estava implorando para ser satisfeita. Por que Hárpago queria que eu ensinasse acadiano antigo a um jovem pastor? Exceto por escribas e homens preocupados com o funcionamento das nações, era uma habilidade inútil.

— Uma coisa.

— Sim, senhor?

— Presumo que trabalhar para um homem como Beltessazar te ensinou alguma discrição, apesar das evidências em contrário?

Eu fiquei vermelha com a merecida reprimenda.

— Alguma, senhor — disse eu.

— Eu não quero que ninguém saiba disso. Você me entende?

— O senhor quer que eu ensine o menino em segredo?

— Precisamente.

— Não em seus aposentos, então?

— De maneira alguma. Eu preparei uma pequena cabana fora da cidade para esta finalidade. Todo dia de manhã, depois de tratar das minhas cartas, você vai encontrar com Artadates na cabana e instruí-lo até a tarde.

— Quando você voltar para casa — prosseguiu o senhor—, procure por Aryanis. Designei-a para te ensinar a nossa língua. Quanto mais rápido você aprender medo, menos você se destacará.

Ele se inclinou para pegar uma cesta debaixo de sua mesa. Nela, ele tinha empilhado várias tábuas de madeira cobertas de cera, um par de instrumentos de escrita feitos de bronze, uma faca para afiar caniços, um molde para criar tábuas de barro, um pote de tinta e um rolo grosso de papiro.

— Artadates vai te mostrar onde você pode encontrar caniços e um bom barro. Eu suponho que você saiba criar suas próprias tábuas e cilindros?

— Sim, meu senhor.

— E, Keren? Não encha a cabeça do rapaz com histórias do seu Deus. Ele foi ensinado a honrar nossos deuses. Você compreende?

Eu inclinei a cabeça. Os medos reverenciavam Mitra, o deus da luz e da verdade, como sua principal divindade. O senhor Hárpago tinha dito deuses, no entanto. Meus ouvidos judeus eram sensíveis à diferença, e eu me perguntei quais deuses o menino havia aprendido a adorar.

Com um aceno de mão, meu mestre me dispensou. Eu estava prestes a lhe perguntar como eu deveria localizar meu aluno quando ele se virou, fazendo as pregas em sua túnica voarem como uma nuvem de trovão levada pelo vento.

— Eu tinha me esquecido de mais uma coisa que quero que você ensine a Artadates.

Parei e virei-me para receber esta instrução final. Eu estava esperando um tópico exótico, como sumério antigo. Parecia inteiramente adequado a esta estranha missão, especialmente porque os sumérios tinham duzentas palavras diferentes para descrever ovelhas. Nem mesmo poesia babilônica teria me surpreendido. Mas eu tinha subestimado a capacidade de Hárpago de me chocar.

—Você sabe lutar com espadas, eu fiquei sabendo. Ensine ao menino a arte das espadas.

O sangue foi drenado de meu rosto.

— Espadas, senhor?

Hárpago assentiu.

— Ele tem a capacidade de um atleta nato, mas não a técnica. Ensine a ele os rudimentos. Melhore o seu condicionamento físico no geral. Ajude-o a desenvolver boa forma, ritmo, escolha de momento, distância.

Eu quase não consegui controlar a vontade de começar a rir histericamente. Ele queria que eu ensinasse escolha de momento e distância?

— Não acho que eu seja a pessoa para lhe ensinar a arte das espadas, meu senhor.

As pregas de sua manga flutuaram no ar novamente, como se apagassem minhas palavras.

— Besteira. O filho de Beltessazar me contou do seu pequeno acidente. Estas coisas acontecem. Você deve superar.

Estas coisas acontecem? Ele estava maluco? A minha boca abriu-se e fechou-se como uma carpa prateada presa numa rede de pescadores. Finalmente, consegui grunhir:

— Não posso ensinar ao menino a arte das espadas, meu senhor.

— Você pode e você vai. — Hárpago abaixou a cabeça como um javali pronto para atacar. — Caso contrário, é melhor você arrumar sua trouxa e sair da minha casa.

Eu lhe ofereci um pouco mais da minha imitação de carpa prateada.

— Meu senhor, não poderia um de seus homens...?

— Não! — Ele passou uma mão por seu cabelo perfumado. — Há uma dúzia de homens a quem eu poderia ter dado a tarefa, até agora. Diversos professores mais qualificados do que você para o instruir. Mas eu não posso arriscar. Você é uma forasteira. Posso confiar que você não terá outros laços. Outros ouvidos a quem você poderia informar. Tem que ser você. Você tem que resolver os emaranhados em sua mente, menina. Artadates está ficando grande demais para continuar vagando pelas planícies como pastor. Nesse ritmo, ele ficará atrás demais de seus pares para conseguir recuperar o atraso. Ensine-lhe a lutar com espada. Além disso, a arte do arco e flecha. A mão dele veio repousar pesadamente sobre o meu ombro. — O menino precisa da sua ajuda. Você vai ajudá-lo?

Esta era a minha ruína. Este grito de socorro, nu de pretextos.

Hárpago estava ansioso por seu jovem pastor; eu podia ver isso. E embora eu não entendesse por que lhe parecia tão importante que o menino fosse educado como o filho de um aristocrata, eu compreendia o desespero que vazava por aquela mão e afundava em meus ossos.

— Sim, senhor Hárpago. Eu vou ajudá-lo.

CAPÍTULO DEZENOVE

*Mas, quanto a você, ele encherá de riso a sua
boca e de brados de alegria os seus lábios.*

JÓ 8:21, NVI

JARED

Johanan olhou para ele como se ele tivesse enlouquecido. — Eu não posso fazer isso, Jared! Sinto muito.

Jared apertou a espada de treino firmemente no punho de seu amigo.

— Você pode. Pense nisso como uma recomendação médica. Eu não posso me adaptar à minha cegueira sem prática.

— Não poderíamos praticar beber cerveja ou cortar cordeiro assado com nossas facas?— Johanan resmungou.

— Eu posso fazer essas coisas sozinho. — Ele levantou a espada e encontrou seu corpo se ajustando à lembrada antiga posição. — Vamos começar devagar para vermos o que eu consigo fazer.

Jared não revelou que sua própria barriga estava agitada com uma onda de náuseas. Ele estava ignorando o clamor do medo, que exigia que ele se afastasse dessa tolice. A última vez que ele esteve neste mesmo lugar, ele perdera a visão de um olho. Jared agarrou sua espada de madeira com mais força.

— Comecemos! — gritou ele e se lançou para frente.

Ele tentou se lembrar de mover a cabeça de um lado para o outro para aumentar sua percepção, para atacar com confiança. Mais importante ainda, resistir à hesitação que começara a perseguir seus passos.

Eles tinham diminuído a velocidade de seus movimentos para metade do que costumava ser em suas partidas usuais. Ainda assim, ele se viu falhando, golpe atrás de golpe. Ele não conseguia medir as distâncias com a mesma precisão fácil que antes ele fazia naturalmente.

Ele se esforçou, recusando-se a desistir.

A atividade física estava começando a desenferrujar seus músculos em desuso. Fazia mais de um mês que ele não se exercitava. Depois de uma hora, ele pediu o fim da tortura. Ele encostou-se à parede para firmar as pernas vacilantes. Enxugando o suor do rosto com o canto de uma de suas mangas, ele se viu sorrindo. Ele sentiu que tinha melhorado ligeiramente.

— Posso estar cego de um olho, mas pelo menos a minha espada não estava tremendo. — Ele apontou sua espada de treino para a arma ainda instável de Johanan.

— Minha espada era a parte mais estável de mim — disse Johanan, com expressão benigna. — Todo o resto estava tremendo muito mais.

Os dois homens começaram a rir muito, até se precisarem se curvar, com as mãos nas coxas, ofegantes.

— Eu vou aceitar sua oferta do cordeiro assado e cerveja agora.

— Acho que não consigo cortar nem queijo macio com estas mãos.— Johanan balançou a cabeça.

Acha que estamos velhos demais para pedir à sua mãe que corte nossa carne para nós?— Jared levantou uma sobrancelha.

Eles se inclinaram de tanto rir novamente. Essa alegria fácil, cutucando sua fraqueza sem julgamento, afrouxou algo pesado que tinha se assentado como uma viga de jugo nos ombros de Jared.

CAPÍTULO VINTE

O Senhor Soberano é a minha força; ele faz os meus pés como os do cervo; ele me habilita a andar em lugares altos.

Habacuque 3:19, NVI

Hárpago tinha me dito para me encontrar com Artadates na porta do sétimo muro. Encontrei o menino encostado nas muralhas brancas, de braços cruzados, vagarosamente estudando as multidões. Os olhos verdes se arregalaram ligeiramente quando pousaram em mim.

— Finalmente, você chegou.

Ele era um menino bonito, com a pele impecável bronzeada por passar horas intermináveis ao sol e um nariz reto com narinas curvas. As sobrancelhas fortes, que se curvavam distintamente como uma asa de corvo acima do olho esquerdo, lhe davam uma aparência de águia.

— Você já escolheu o seu cavalo dos estábulos do senhor Hárpago? — perguntei enquanto passávamos pelo portão.

— Sim!

— Qual?

Artadates lampejou seu conjunto de dentes perfeitos.

— O alazão alto.

— Você quer dizer cavalo do próprio senhor Hárpago? O niseano?

O menino assentiu com entusiasmo.

— Ele mesmo. Ele é lindo, não é?

Eu tentei não rir.

— É o cavalo pessoal do mestre. Eu duvido que ele se separe dele, ainda que você comece a escrever em aramaico imaculado com a mão direita e resolva um problema aritmético com a esquerda enquanto canta uma canção acadiana em tom perfeito. É melhor você mirar em um objetivo mais realista.

— O que significa isso, realista?

— Significa razoável. Sensato. — Eu levantei uma sobrancelha para ele. — São.

— Ah. Entendi agora. Você quer dizer pequeno. Mas se você mirar na coisa realista, então você só terá a coisa realista. Já eu, planejo algo melhor.

— Conseguir um inestimável cavalo niseano do senhor Hárpago não é um plano, Artadates. É uma fantasia.

— Você acha?

— Sim.

— Você está errada.

Nós estávamos descendo o morro, deixando Ecbátana para trás, Artadates nos guiando. Embora significativamente mais baixo do que eu, ele mantinha um ritmo ligeiro, de modo que eu tive que esticar meus passos para acompanhar.

— Então me convença — disse eu.

Ele encolheu os ombros.

— O senhor Hárpago é um homem de palavra. O que ele promete, ele cumpre. Você pode confiar nele.

— Claro. — Na Média e em sua nação prima, a Pérsia, falar a verdade e cumprir suas promessas eram os principais valores de um homem. A palavra de Hárpago dava a ele maior garantia do que qualquer documento legal.

— Então. Hárpago me disse que se eu estudasse muito e me saísse bem, poderia ter qualquer cavalo de seu estábulo. Ele não disse exceto o niseano. Ele disse qualquer cavalo. Talvez ele não quisesse dizer qualquer cavalo. Mas foi isso que ele disse. Agora ele deve honrar sua palavra. É esse o meu plano. O que você acha?

— Sorrateiro.— Eu ri.

Eu me perguntei se Artadates conseguiria convencer Hárpago com esse argumento quando chegasse o momento de apresentar o seu caso. Estudei o sorriso encantador; os olhos brilhantes e inteligentes; a postura confiante e tive de admitir que ele tinha uma chance.

Artadates tinha razão. O meu pensamento tinha sido pequeno demais no que dizia respeito a ele. Eu tinha que ajustar as minhas expectativas em relação a ele.

— Primeiro, você tem que aprender a ler e escrever em aramaico.

O menino encolheu os ombros. — Você ensina. Eu aprendo.

— Onde você aprendeu a falá-lo tão bem?

— O senhor Hárpago me contratou para lavar o muro de pedra do lado de fora da sala de aula de seu filho. Ele estava recebendo aulas particulares de aramaico na época. — Artadates nos levou para fora da estrada principal e para um caminho de terra batida. — Quando terminei de limpar a parede — continuou ele —, Hárpago me mandou pintá-la. Então ele não gostou da cor e me fez pintá-la novamente. Depois disso, ele queria flores. Eu trabalhei do lado de fora daquela sala de aula por bastante tempo.

— Você aprendeu aramaico apenas de ouvi-lo?

— Não sei ler e escrever, no entanto.

— Quantos anos você tem? — perguntei.

— Dez. E você?

— Dezessete.

— Você é casada?

— Não. E você?

Artadates sorriu.

— Eu ainda sou jovem demais. Você está ficando velha, garota. É melhor encontrar um homem.

— Entre você e o mestre Hárpago, acho que já tenho que lidar com companhia masculina suficiente.

Artadates nos levou por outra via e apontou. Macieiras desenhavam um caminho para uma modesta cabana de tijolos de barro. Flores brancas e rosas derramavam suas pétalas sobre nós com a brisa enquanto percorríamos o caminho.

Eu me dei conta de que esta não era uma cabana comum. Estávamos a caminho de uma casa de tábuas. E eu era a professora.

Como em um sonho, eu me lembrei da primeira escritura que Daniel tinha citado para mim:

> *O Soberano Senhor é a minha força!*
> *Ele faz os meus pés como os do cervo; ele me*
> *habilita a andar em lugares altos.*

Pensei nos altos lugares para os quais Deus vinha me conduzindo. Desde o dia em que me afastei da Babilônia, eu estive literalmente subindo a alturas que eu nunca tinha experimentado, até que o ar rarefeito puxou meus pulmões e me fez ofegar. Agora eu dormia nos pés de montanhas imponentes.

Muito mais do que isso, Deus me pedira para ascender a lugares impossíveis da vida. Lugares difíceis e estranhos demais para eu poder ter alguma vez sonhado com eles. Um novo país. Uma nova língua. Um novo mestre. Uma nova casa de tábuas. Só que desta vez, eu estava entrando não como aluna, mas como professora.

Durante três anos, Daniel tinha me treinado para estas alturas e eu não sabia disso.

— Ele me habilita a andar em lugares altos — sussurrei enquanto entrava.

Os únicos móveis na cabana de um cômodo eram uma mesa marcada por anos de abuso, duas cadeiras bambas e um baú de madeira. Entregando a Artadates uma das tábuas de cera, me assentei e comecei a lhe ensinar o alfabeto aramaico.

Eu encontrei nele um aluno disposto com uma mente excepcionalmente rápida. Suas perguntas mostravam um profundo entendimento. O seu maior dom, no entanto, era a sua capacidade de se concentrar inteiramente na tarefa em questão, raramente se distraindo.

Quando o sol já tinha viajado para o meio do céu, sinalizando a chegada do meio-dia, parei a aula.

— Está na hora de uma pausa — disse eu. — Você consegue ir para casa comer e voltar dentro de uma hora?

Artadates mostrou seu sorriso fácil e tirou um pequeno pacote do bolso de sua capa.

— Não precisa. A minha mãe embalou comida. — Desembrulhando o pedaço de linho, ele revelou uma fatia de pão, um quadrado de queijo de ovelha macio e um punhado de estragão e hortelã.

— Você veio mais preparado do que eu. — Acenei com a cabeça em aprovação, desejando ter pensado em pedir um lanche a Aryanis. Hárpago me deixou tão perplexa com o seu pedido naquela manhã que eu tinha partido de sua casa atordoada.

— Você não tem comida?

Eu balancei a cabeça.

— Está tudo bem. Vou preparar sua próxima aula enquanto você come.

— Um estômago vazio não serve para nada.

Tessa Afshar ❀❀❀ 131

Artadates encarou seu banquete com uma expressão desamparada. Então, com um pequeno encolher de ombros, ele partiu o pão em dois. Metade dele saiu um pouco maior. Usando uma faca de ferro, ele cortou o queijo mais igualitariamente e, empilhando algumas ervas por cima, colocou os dois bocados nos pedaços de pão cortados ao meio. Ele pegou a metade menor e me ofereceu.

Tocada pela sua generosidade, aceitei a oferta.

— Obrigada, Artadates. É muita gentileza sua.

Depois de murmurar uma bênção, eu estava prestes a dar uma mordida quando os dedos do menino enrolaram meu pulso.

— Não — disse ele.

Eu tentei não rir. Claramente, ele tinha pensado melhor na sua caridade. Colocando o pão e o queijo de volta em seu lenço, empurrei-o em direção a ele.

Minhas sobrancelhas devem ter subido até a linha do cabelo quando Artadates empurrou a metade maior do pão em minha direção.

— Você é maior do que eu. Você come este.

— Bem... — Por um momento, achei difícil falar. — Err. — Limpei a garganta. — Artadates... acho que essa é a oferta mais cortês que eu já recebi. — Empurrei o pão maior de volta para ele e puxei a metade menor para mim. — No entanto, você é um menino em fase de crescimento. Insisto que você fique com essa.

Enquanto eu comia o meu delicioso repasto, comecei a compreender o estranho interesse de Hárpago pelo menino. Ele era uma criança notável.

Também me ocorreu outra possibilidade. Parecia provável que este rapaz fosse, na verdade, filho de Hárpago. Não de sua esposa, que lhe deu um filho três anos mais velho que Artadates. Nem mesmo de uma concubina. Mas uma criança que nascera da esposa de outro homem.

Tal indiscrição explicaria o desejo de Hárpago por manter segredo, bem como a sua determinação em educar o menino. Não que o parentesco com Artadates fizesse alguma diferença para mim. Eu achava que ele merecia o meu tempo e as minhas aulas, independentemente do que os seus pais tinham feito a portas fechadas. Eu poderia ter sido encarregada de muitas tarefas muito menos dignas e agradecia a Deus pela oportunidade de abençoar esta brilhante criança.

Depois de terminarmos a nossa refeição, Artadates levantou-se e apontou para um canto sombrio do cômodo. Eu me virei para seguir o seu dedo bem quando um raio de sol rompeu a escuridão. Encostadas na parede estavam várias espadas de treino de madeira, alguns arcos e uma aljava cheia de flechas.

— Espadas. — Exalou meu aluno, encantado.

— Espadas — expeli, aflita.

— Agora? Hárpago disse que eu deveria aprender.

Caminhei lentamente até o canto onde o Hárpago nos tinha deixado as provisões de armas. Em vez das espadas, alcancei um dos arcos. Ele tinha sido feito em dimensões mais diminutas do que um arco regular, claramente com uma criança em mente. Examinei-o de perto. Apesar de seu tamanho, o arco tinha sido bem-feito, usando um composto de materiais que o tornavam flexível e poderoso. Julguei o peso e o comprimento adequados ao meu aluno.

— Você sabe usar isto?

— Eu sou o melhor!

— Ainda preciso ver isso. Quem te ensinou?

— Meu pai. Um pouco.

— Vamos ver o que você sabe, pode ser?

Eu poderia não ter uma pontaria certeira, mas depois de três anos na companhia de arqueiros fervorosos, eu sabia tudo sobre a postura, a posição e o ponto de ancoragem de um bom arqueiro. Peguei os dois arcos e a aljava de flechas, um protetor de polegar feito de chifre e uma das tábuas de madeira.

Examinando os terrenos à nossa volta, escolhi uma das macieiras, depois mudei de ideia e dirigi-me para uma que estava mais próxima. É melhor sermos cautelosos na nossa primeira tentativa.

Colocando a tábua de madeira contra um galho, entreguei a Artadates o arco menor e o protetor de polegar.

— Tente acertar aquela tábua.

Artadates mordeu o lábio e apontou para a macieira.

— Isto é o seu realista? — Antes que eu pudesse me opor, ele caminhou até a árvore, pegou a tábua e caminhou além da primeira macieira que eu tinha considerado, até chegar à parede que contornava o perímetro da cabana. Ele posicionou a tábua sobre a parede e voltou até chegar onde eu estava.

Eu cruzei os braços. A distância era grande demais.

— Você terá que recolher suas flechas — avisei. — Onde quer que elas aterrissem.

Tessa Afshar ❖ 133

Ignorando o meu aviso, o meu aluno mirou. A primeira coisa que notei foi que, em contraste com o local original, ele tinha colocado habilmente a placa onde o sol não interferiria em sua visão.

Também pude constatar que ele não tinha recebido instrução adequada. Ele tinha posicionado os pés muito afastados, o quadril virado para a frente, torcendo a parte superior do corpo sem o equilíbrio adequado. Ainda assim, ele conseguiu acertar a flecha no canto da tábua, o que eu não esperava.

Ele olhou para mim triunfante.

— Isto é realista!

Eu aplaudi.

— Eu vou ter que ajustar a minha definição dessa palavra quando se trata de você. Venha comigo. — Eu o levei até a parede sul da cabana. Pressionando seus ombros e costas em direção aos tijolos, eu disse: — Tente novamente. Só que, desta vez, mantenha seus ombros e costas junto à parede. Perna direita atrás, perna esquerda para a frente.

Passamos alguns instantes corrigindo a sua postura enquanto eu explicava a razão por que cada ajuste era necessário:

— Estenda o braço esquerdo como um pilar de gesso. Reto e firme. Braço direito no nível dos seus lábios. Muito bem, arme até chegar ao lóbulo da orelha.

Artadates praticou o seu aramado enquanto eu reposicionava a tábua. Desta vez, a flecha voou com facilidade fluida, aterrissando mais perto do centro. Com um aceno de aprovação, ajustei os dedos médio e anelar do menino contra o polegar.

— Está sentindo o sangue se acumulando na ponta dos dedos? Bom. Agora, quando der um passo à frente, mantenha o ombro esquerdo e as costas alinhados com a parede.

Ele olhou para mim pensativamente e, após um momento de concentração, soltou a flecha. Ela aterrissou no centro exato da tábua. Assim como a segunda e a terceira. Ele me deu um sorriso confiante e levantou o arco novamente. Eu podia ver que seu braço esquerdo estava começando a tremer com a tensão.

— Agora chega — disse eu gentilmente. — Esgotar sua mão vai causar problemas a longo prazo. Vamos trabalhar seu fortalecimento todos os dias. Lembre-se, você nem sempre estará de pé enquanto atira. Às vezes, você se ajoelha ou descarrega suas flechas das costas de um cavalo em movimento. Temos que trabalhar sua força e precisão para que possa dominar cada posição.

Artadates baixou seu arco e me olhou com um olhar que me remeteu a algo próximo à adoração.

— Acho que vou gostar de você.

CAPÍTULO VINTE E UM

*Mas tu, Senhor, és o escudo que me
protege; és a minha glória e me fazes
andar de cabeça erguida.*

Salmos 3:3, NVI

JARED

A dor chegou para ele, perfurando sua órbita estéril e invadindo sua cabeça. Jared estava deitado na cama, tentando não contrair um único músculo. Ele descobriu que, se ficasse bem parado, a batida diminuía um pouco, tornando-se um martelo em vez de uma série de pedreiros batendo em seu crânio.

Depois de semanas lutando contra dores de cabeça que vinham sem aviso – às vezes atacando com uma brutalidade de dentes afiados que lhe roubavam os sentidos, chegando como o punho inesperado de um pugilista, e às vezes quase benignas, toleráveis, até que se voltavam contra ele e se tornavam cruéis novamente –, ele tinha aprendido algumas lições.

Ele aprendeu que sofria com a dor em três períodos diferentes. No presente, como ela o perseguia, agarrando-se ao seu corpo. Isso era o mais simples de entender, o sofrimento do corpo.

Mas a dor presente também se conectava a dores anteriores, noites em que chorou de vergonha porque não suportava o tormento. A dor agora pode não ter a mesma sensação daquela, pode ser mais fraca e mais tolerável, porém ela mantinha o medo sobre ele, sempre lembrando-o de que poderia ser brutal novamente. Cada derrota passada vinha visitá-lo com cada nova dor, amplificando seu poder.

Mas então tinha o futuro, de certa forma o tormento mais poderoso, pois a cada episódio de dor recorrente, surgiam as perguntas, exigindo respostas: *E se esta é a minha vida agora? E se eu nunca for curado? E se eu piorar? E se eu nunca puder trabalhar ou ser útil para alguém?*

Sua cama havia se tornado um verdadeiro campo de batalha. Uma luta contra três monstros que voltavam de novo e de novo, dia ou noite, sozinhos ou acompanhados, indiferentes à conveniência ou necessidade, por vezes durante horas, por vezes estendendo-se ao longo de dias.

Uma simples verdade tinha surgido, levantando-se da tempestade, para se tornar a rocha que era maior do que a dor. Maior do que o medo. Maior do que as perguntas não respondidas.

Ele escolheria se apegar a Deus.

"O amor de Deus por vocês resiste", Daniel tinha dito. "Deus quer que seus corações aprendam a resistir também. Resistir no amor. Amá-lo mesmo quando ele parece ausente. Amá-lo quando ele o tenha ofendido ou desapontado."

Em meio à dor, às decepções de sua vida, à natureza crônica desta besta imóvel e aos terrores ligados a ela, ele decidira se apegar a essa verdade.

Eu escolho confiar em você, Senhor. Eu escolho acreditar em você. Eu escolho amar você.

Era preciso cada pitada de valor em sua alma para permanecer fiel a essa determinação.

Houve momentos em que sua fé era uma concha cheia de água na ardente conflagração da dor. Ela não servia de nada e a dor surgia gritando com vitória presunçosa. Ultimamente, porém, ele tinha notado que quanto mais se mantinha firme, recusando-se a ceder, menos desânimo o dominava. A dor estava começando a perder seu poder sobre sua alma, se não sobre seu corpo.

Imóvel em sua cama, ele se envolvia na batalha agora familiar, lutando contra a dor em sua cabeça com um punho diferente: o punho da fé. O punho da confiança.

Ao fazê-lo, ele sentiu uma mudança em sua alma. Onde seu corpo se enfraqueceu, seu espírito começou a se fortalecer.

Pela primeira vez desde o acidente, sentiu um vislumbre de esperança para o seu futuro. Mesmo que o pior acontecesse, Deus cuidaria dele.

— Mas tu, Senhor, és o escudo que me protege; és a minha glória e me fazes andar de cabeça erguida.

Ele sussurrou as palavras de Davi repetidas vezes, até que o sono finalmente o consumiu.

CAPÍTULO VINTE E DOIS

*Os meus olhos fraquejam de tanto
esperar pela tua promessa, e pergunto:
"Quando me consolarás?"*

Salmos 119:82, NVI

— Por que ele me faz estudar essa língua detestável? — Artadates pressionou as costas contra a cadeira, bufando. — Eu quero ser um general! Eu nunca vou usar acadiano!

Eu não podia culpar o menino. O acadiano era uma velha língua desajeitada que ninguém mais falava. A sua história está na raiz da sua influência persistente. Após os longos séculos de domínio assírio na região, seguido pelo relativamente jovem mas deslumbrante reinado dos babilônios, o acadiano tinha crescido seus tentáculos profundamente na estrutura administrativa de cada terra poderosa na área. Você precisava do acadiano para ter acesso a registros anteriores. E ele se tornou um sinal de civilização, um sinal de superioridade.

Na verdade, o acadiano era a língua dos escribas e oficiais. Mesmo Nabucodonosor, que tinha sido criado como um príncipe amado e preparado para governar, tinha apenas uma familiaridade com a língua escrita, o suficiente para saber se alguém tentasse enganá-lo.

Eu encolhi os ombros. — Talvez um dia você a ache útil no campo de batalha, seu Generalato.

— *Bah*! — Meu aluno cruzou os braços e olhou, revoltado, para a tábua de barro.

— Eu vejo o alazão galopando cada vez mais longe. — Fiz um movimento flutuante com os dedos.

— Ele é um cavalo niseano. Ele é fluente em medo. Aquele cavalo é esperto demais para falar acadiano.

O menino tinha trabalhado duro o dia todo. Pude ver que ele precisava de uma pausa na monotonia do estudo.

— Que tal uma prática de espadas? — sugeri, tentando conter o pavor que sentia.

Ele pulou de seu assento tão rápido que os pássaros que se reuniam do lado de fora da janela voaram em uma explosão barulhenta.

Eu tinha elaborado um plano temporário para ensiná-lo a arte das espadas. Pensar em me aproximar daquelas coisas amaldiçoadas ainda fazia meu estômago se revirar. Mas a minha estratégia tornou a ideia mais tolerável. Eu me pus ao lado de Artadates, com os dedos dos pés alinhados, e comecei a demonstrar o aperto correto no punho, progredindo para o equilíbrio adequado. Nunca o enfrentando. Nunca estando diante dele, apontando a minha arma para o seu corpinho robusto. Em vez disso, treinava-o lado a lado, passando pelos movimentos, corrigindo seus erros.

Quando lhe ensinei um simples movimento de combate, Artadates lançou-se com o entusiasmo de um filhote de leão. Mesmo a natureza repetitiva do exercício não o intimidou. Por uma hora inteira, ele ficou dobrando o joelho enquanto avançava, levantando a espada de madeira, apontando e recuando.

Mas eu sabia que o menino não se contentaria com exercícios que lhe ensinassem competências básicas. Ele iria querer treinar. Aprender a enfrentar um oponente com habilidade. E isso era uma coisa que eu não lhe podia oferecer.

Apesar de todas as minhas precauções, naquela noite fui assombrada por pesadelos.

Repetidamente via o rosto de Jared, uma mão cobrindo o olho, sangue jorrando entre os dedos. O eco de seus gritos me cercou até que eu acordei, ofegante, tremendo e enjoada.

Eu me desenrosquei dos cobertores encharcados e me arrastei para fora do pequeno recanto que compartilhava com Aryanis, sentindo que não conseguia respirar naquela escuridão opressiva. Com os pés descalços, fui até o jardim e me sentei na varanda.

Aquele momento terrível não me abandonaria. O horror dele não me libertaria.

Afundei minha cabeça nas minhas mãos e me perguntei de novo como poderia superar o que tinha feito ao meu melhor amigo.

Inesperadamente, uma memória fraca de Daniel se inseriu em meus pensamentos angustiados, como uma gota de perfume espirrando na água. Eu podia ouvir o timbre quente de sua voz, sentir seu conforto aveludado.

Resistir ao fogo, porque o amor de Deus por vocês resiste. Confiem nos seus planos para vocês... Deixem que ele dê a vocês a força para suportar as chamas.

— Senhor, não sei como suportar este fogo. Dê-me a força para suportar as chamas!

De alguma forma, clamar a Deus ajudou. Ajudou a aliviar a carga de culpa insuportável. Passei o resto da noite rezando por Jared. Orações reais, não as ofertas tristes, chorosas e cheias de culpa que eu tinha conseguido fazer até agora. Em vez disso, rezei pelo amigo que amava. O homem que eu adorava. Rezei pelo seu bem-estar. Por sua fé. Por seu futuro. E, pela primeira vez desde o acidente, me perguntei se os planos de Deus para Jared poderiam sobreviver à devastação que eu lhe tinha causado.

❊　❊　❊

Algumas manhãs depois, logo após eu ter pegado o meu almoço a caminho da cabana, Hárpago me chamou.

— Precisamos de você no palácio.

Olhei para ele boquiaberta.

— Meu senhor?

— O escriba sênior está de cama com febre. Vários de seus assistentes estão com a mesma doença. Maldito azar. A delegação lídia chegou para trabalhar em um novo tratado. O que significa que há cartas e documentos que exigem a experiência de escribas estudados. Estamos em falta de mão de obra e o rei está de mau humor.

— Você quer que eu sirva ao palácio real? — Minha voz falhou em um som estridente na última sílaba.

Escribas mulheres não eram completamente inexistentes na Mesopotâmia. Mas eram muito raras e, na maioria das vezes, serviam a outras mulheres. Era mais provável encontrar um cavalo capaz de voar do que uma escriba mulher na corte. Em todos os meus anos trabalhando para Daniel, ele tinha me levado ao palácio uma vez e, nessa ocasião, apenas me mostrara a biblioteca e os jardins. Os medos eram tão conservadores quanto os babilônios quando se tratava de suas mulheres.

Hárpago nem sequer piscou.

— Vamos escondê-la numa sala dos fundos.

— Senhor Hárpago, eu nunca trabalhei em uma competência do tipo. Não saberia por onde começar em relação aos procedimentos.

— Você pode escrever as cópias. — Cada documento real era copiado pelo menos uma vez, para que um registro da transação pudesse ser mantido por ambas as partes. — Você certamente fazia cópias para Beltessazar.

Eu roí uma de minhas unhas curtas.

— Muitas — admiti.

— Isso vai dar conta.

Pelo menos ele não me fez ir ao palácio com a minha túnica velha e fina. Em vez disso, ele pediu a ajuda de sua esposa. Com alguma ajuda apressada da criada da senhora, meu cabelo foi solto de sua longa trança e arranjado de forma mais formal, enfiado em rolos largos contra meu pescoço enquanto eu gania com os pinos afiados que raspavam meu couro cabeludo. Sem pedir licença, a criada me despiu da minha túnica esfarrapada.

A esposa de Hárpago me deu uma das suas túnicas mais simples de lã azul-escura, com uma capa curta e atraente que pendia dos ombros como mangas soltas.

Eu fui despachada em cima da mesma mula que tinha me trazido da Babilônia. Apertando os lados da besta com as minhas pernas e segurando firme pela minha vida, segui rapidamente atrás do alazão de Hárpago em direção ao palácio.

Tendo vivido na Babilônia a maior parte da minha vida, eu não era estranha às maravilhas e à grandeza. Mas o palácio de Ecbátana trazia uma sensação diferente das óbvias riquezas da Babilônia. O edifício, diminuto em comparação com o palácio de Nabucodonosor, oferecia uma elegância mais sutil, com paredes de pedra cinza clara e um teto abobadado delicado no centro que era tão excepcionalmente maravilhoso, à sua maneira, quanto os Jardins Suspensos. Pórticos e colunatas davam a todo o edifício uma sensação de leveza e, como a maioria das colunas era revestida de ouro ou prata, fosse pelo sol ou pela luz de velas, todo o lugar brilhava como se alguém tivesse derrubado uma colônia das estrelas e plantado na terra.

Na Babilônia, cada milímetro verde era uma maravilha adquirida pela força da guerra com os elementos. Na cidade de Ecbátana, com o seu clima ameno e chuvas abundantes, os jardins cresciam exuberantes com pouca ajuda das mãos humanas. Agora, no auge da primavera, o palácio vestia um manto verdejante de todos os tons de verde. Flores vermelhas e brancas espalhavam seu perfume com tamanha abundância que, por um momento, eu parei como se embriagada, estupefata pela beleza extravagante de tudo aquilo.

Nos dias que se seguiram à minha chegada, descobri que Hárpago tinha nascido num dos mais proeminentes clãs da Média e era parente do próprio rei. Não muito tempo atrás, ele havia comandado o exército medo em uma vitória decisiva contra os lídios, ajudando a acabar com uma guerra de cinco anos. Como resultado, todos os militares do lugar olhavam para ele com admiração e, às vezes, com adoração absoluta.

Por conta de sua posição elevada no palácio, nós fomos recebidos com reverências e batidas no peito de soldados e igualmente de civis. Pegando-me pelo cotovelo, ele me conduziu através de uma porta banhada a ouro.

Tive uma impressão estonteante de um hall de entrada coberto de azulejos prateados antes de ele me guiar por um corredor estreito. Aqui, os azulejos de prata pareciam ser como tijolos de barro comuns e as portas banhadas a ouro como cedros expostos. Pela simplicidade do nosso entorno, eu sabia que devíamos estar mais perto de onde as abelhas operárias do palácio tinham feito sua casa.

Levando-me a um cômodo estreito e sem janelas, ele me mandou sentar à mesa que ocupava o comprimento de uma parede. Um homem careca e sem barba que parecia sobrecarregado entrou, com tábuas de barro empilhadas nos braços. Ao me ver, ele tropeçou em seus passos e quase deixou cair seu fardo montanhoso.

— Aqui está a ajuda que te prometi, Axarys — disse Hárpago.

Um pequeno sopro de ar escapou do peito do homem, seguido por outro. E outro.

— Mas... Mas... meu senhor!

Eu mirei-o com um olhar divertido, estranhamente confortada pela reação de Axarys. Pelo menos não fui a única alarmada com a perspectiva de ter que servir no palácio.

— Ela trabalhou para um dos mais altos oficiais da Babilônia. Eu creio que a achará adequada. Mantenha-a aqui, longe da vista, e deixe-a tratar das cópias acadianas.

Axarys me lançou um olhar feroz. Finalmente, incapaz de suportar o peso de seu fardo imponente, ele depositou a pilha sobre a mesa ao meu lado. Sem dizer uma palavra, ele pegou uma tábua.

— Copie isso — disse ele e, curvando-se apressadamente diante de Hárpago, saiu.

Hárpago sorriu e seguiu-o, me deixando com meu trabalho. Procurei e encontrei tábuas de barro frescas e caniços em uma prateleira e me pus a trabalhar. Cuidadosamente, estruturei o texto proporcionalmente ao tamanho da tábua, garantindo que a inscrição estivesse centralizada e agradável aos olhos. Uma hora depois, quando Axarys voltou, eu tinha completado a cópia.

— Deixe-me ver. — Ele estendeu a mão e eu deslizei minha tábua em direção a ele sobre a mesa. Ele examinou o meu trabalho por um momento. Sobrancelhas finas arqueadas. Trazendo o original para perto, ele começou a comparar os dois documentos.

Lentamente, ele se endireitou.

— Vejo que você sabe o que está fazendo.

— Eu sei fazer uma cópia.

Ele assentiu. Com dedos hábeis, ele puxou mais cinco tábuas da pilha sobre a mesa.

— Comece a trabalhar nestes. Vou te trazer tábuas de barro frescas.

Perdi a conta do número de documentos que copiei naquele dia. Assim que terminava uma pilha, Axarys chegava com um novo lote. À noite, eu sentia que tinha dado um mau jeito no pescoço, meus dedos estavam formigando, e meu estômago tinha algumas questões com a maneira como eu tinha o negligenciado.

Ao ver Axarys voltando, tentei não fazer uma careta. Encontrando suas mãos vazias, respirei aliviada, torcendo para que ele tivesse vindo me dispensar.

— Você fez um trabalho maravilhoso hoje — disse ele com um sorriso. — Os escribas estão parando por hoje. Mas queremos convidá-la para juntar-se a nós para o jantar. É o mínimo que podemos fazer para agradecer seus serviços.

— Oh! — Eu me pus de pé. — Juntar-me aos outros escribas? — Senti uma onda de prazer com o convite.

Embora nos últimos três anos eu tivesse desfrutado de muitas horas agradáveis com amigos queridos, nunca tinha vivido o companheirismo de colegas. Ser incluída em um encontro de escribas significava uma aceitação que transcendia o meu gênero e a minha juventude.

— Eu adoraria aceitar — disse eu melancolicamente. — Mas meu mestre, sem dúvida, desejará que eu volte para casa com ele.

— Senhor Hárpago já deu sua permissão — disse Axarys com o tom de um homem acostumado a supervisionar detalhes.

Atordoada, me vi seguindo Axarys pelo estreito corredor familiar com as paredes de tijolos de barro. Ele parou em frente a uma porta de cedro simples e abriu-a.

E foi assim que cheguei a conhecer o rei.

Mas estou me antecipando.

CAPÍTULO VINTE E TRÊS

*Você comerá do fruto do seu trabalho,
e será feliz e próspero.*

Salmos 128:2, NVI

Uma dúzia de escribas estavam sentados em volta da ampla mesa retangular no centro do cômodo. O zumbido da conversa parou quando seus ocupantes viraram para nos encarar, copos congelados no ar, mãos paralisadas, palavras abandonadas pela metade. Em suma, como um poderoso mágico, transformei os homens daquele cômodo em estátuas vivas. Mas era um feitiço que eu não sabia quebrar.

Ajustei a pequena capa sobre os ombros e dei meio passo para trás em direção à porta.

— Esta é Keren — disse Axarys. — Escriba do senhor Hárpago. Ela terminou todas as cópias acadianas hoje.

O silêncio se estendeu por um momento. Um magro eunuco sentado no canto bateu com o copo na mesa e começou a bater palmas. Para meu espanto, todos os escribas se juntaram a ele, até que o lugar explodiu com sua ovação.

Axarys ergueu as mãos.

— Abram espaço. Abram espaço. E deem um copo de vinho a ela.

Encontrei-me sentada ao lado do magro eunuco enquanto alguém colocava um cálice cheio de vinho rubi na minha mão.

— Meu nome é Spitamas — disse o eunuco. — Considere-me seu amigo. Você tem que saber que salvou os nossos pescoços. Nós devemos muito a você.

Eu dei uma risada.

— Apenas fiz algumas cópias.

O pequeno eunuco baixou a voz e se aproximou:

— O rei ficou em péssimo estado quando descobriu que talvez não conseguíssemos produzir os registros reais em tempo hábil. Ele teria considerado uma humilhação perante os lídios, saiba você. Um sinal de que ele preside uma corte inferior. — A cabeça de Spitamas oscilou para a direita e para a esquerda. Ele se aproximou ainda mais e sua voz baixou para um sussurro. — O rei ameaçou... — Ele passou um dedo por sua garganta.

— Não!

Ele assentiu com a cabeça sombriamente.

— Se não tivéssemos conseguido. — Ele encolheu os ombros. — Sem o escriba sênior e vários assistentes, não tínhamos esperança de ter sucesso. Você nos salvou. Se alguma vez pudermos retribuir o favor, é só nos dizer.

— Foi um prazer.

Spitamas completou a minha taça ainda cheia. Os escribas começaram a passar todos os pratos na mesa em minha direção. Embora estivesse com fome, eu cuidadosamente selecionei apenas pão e legumes, adicionando uma colher de marmelo cozido, na esperança de evitar pratos que poderiam quebrar as leis dietéticas de Israel.

A conversa rapidamente se tornou técnica, dissecando frases nas traduções acadianas. Eu me vi envolvida em vários pontos, uma sensação tão estranha como agradável. Trabalhar para Daniel significava que eu permanecia sempre como estudante. Aqui, eles me tratavam como uma especialista confiável.

Uma ligeira comoção à porta chamou-me a atenção. Dois dos guardas reais entraram, seguidos por Hárpago e um homem que eu não tinha conhecido. Ele não precisava de nenhuma apresentação. Enquanto todos se esforçavam para se levantar dos seus lugares, tive um momento para estudar o potentado que governava a Média.

Astíages.

Linho bordado e lã farfalharam a seus pés quando ele entrou na sala. O diadema dourado em sua testa e as joias em seu peito e adornando seus dedos brilhavam à luz da lamparina. Ele era tão perfumado, aristocrático, protegido e enfeitado como você esperaria que um rei fosse.

Mas antes de me ajoelhar e abaixar a cabeça como os outros escribas, eu reparei em uma expressão em seu rosto que não esperava encontrar em um rei. Ele examinava cada sombra, cada ângulo, cada figura curvada com uma estranha suspeita, como se esperasse que um tigre se revelasse das sombras e o atacasse.

— Eu vim parabenizá-los — anunciou o rei, com uma voz entediada, enquanto avançava pela sala.

Axarys inclinou-se mais, com a testa tocando o chão, e respondeu por todos.

— Vivemos para servir, senhor.

— Hárpago me disse que vocês tiveram ajuda. Quem é este novo escriba? Gostaria de agradecê-lo pessoalmente.

Eu quase caí de cara no chão. Axarys deve ter sentido o mesmo. Aqueles pequenos sopros de ar que eu estava começando a reconhecer escaparam de seus lábios. Sem dizer uma palavra, ele apontou na minha direção.

O olhar do rei seguiu o dedo trêmulo que conduzia em minha direção. Mantive a cabeça inclinada, tentando derreter no chão, uma estratégia que claramente falhou já que uma mão suada enganchou sob meu queixo e puxou.

Eu me esqueci de respirar enquanto olhava para o rosto do rei. Aquele que ameaçou os seus escribas com a morte, caso se mostrassem insatisfatórios em suas funções.

Os olhos do rei se arregalaram ligeiramente.

— Bem. — Ele deixou a língua assentar nessa palavra, esticando-a como se estivesse tocando uma nota em uma harpa. — Entendi por que você guarda esta para si, Hárpago. — Ele riu da sua própria brincadeira.

Hárpago curvou-se suavemente.

Os dedos do rei soltaram o meu queixo. De uma bolsa, ele tirou duas moedas de prata e estendeu-as para mim.

— Em sinal de apreço pelo seu trabalho hoje.

Espantada, levantei a palma da mão para receber o inesperado sinal de reconhecimento.

— Veja — disse ele —, sou mais generoso do que Hárpago. Você deveria vir trabalhar para mim.

Engoli em seco, incapaz de pensar numa resposta adequada.

— Meu senhor já tem as mulheres mais bonitas em sua casa — falou Hárpago lentamente —, e os escribas mais talentosos em sua corte. Certamente ele não pode invejar uma funcionária que não é nem um nem o outro?

Astíages riu.

— Muito bom. Nem um nem o outro. Não. Suponho que ela não seja. — Para meu alívio, ele virou as costas e saiu.

Eu esperava que aquela fosse a última vez que me encontrasse cara a cara com o rei. Como muitas das minhas esperanças, esta também não adiantou de nada.

*   *   *

De manhã, Hárpago me ditou uma carta curta e me liberou com um aceno. Antes de partir, tentei devolver o vestido azul escuro de sua esposa com sua linda capa. Mas ele me disse para guardá-lo, para caso eu precise dele outra vez.

Eu me perguntei se Hárpago seria tão generoso se fosse sua túnica que ele estava dando e esperava que sua esposa não se ressentisse com uso livre de seus pertences. Ou comigo por recebê-los.

Felizmente, ela parecia muito animada quando a encontrei naquela tarde. Ela também usava uma túnica nova com mangas largas e plissadas. Presumi que Hárpago tivesse recompensado sua generosidade com uma roupa mais elegante.

Eu não tinha tocado na prata que Johanan me emprestara, determinada a guardá-la para emergências. Agora, tendo ganhado um pouco da minha própria prata graças a Astíages, finalmente comprei um rolo de papiro e, depois de fazer um pote de tinta preta, me sentei para escrever as minhas primeiras cartas para casa. Escrevi uma carta para meus pais, outra para meu avô e outra para Johanan.

Tentei não chorar enquanto lhes dizia o quanto sentia falta deles.

Mas as minhas lágrimas escorriam e se misturavam com a tinta.

CAPÍTULO VINTE E QUATRO

*Você será como um jardim bem regado,
como uma fonte cujas águas nunca faltam.*
Isaías 58:11, NVI

JARED

Era quase como nos velhos tempos. Jantar na casa de Daniel com o seu melhor amigo sentado de um lado e Joseph do outro.

Só que não era nada como nos velhos tempos.

A noiva de Johanan, Deborah, junto com sua irmã, se juntaram a eles para a refeição. Zebidah, que havia sido posta por Mahlah em frente a Jared, ficou vermelha, virando o rosto para olhar para qualquer um que não fosse ele. Depois de muita inquietação, ela trocou de lugar com a irmã, dizendo que a almofada era muito dura.

Jared recebeu a mensagem. Se alguma vez ela esteve interessada por ele, o desejo tinha certamente minguado. Ela não suportava nem olhar para o rosto dele, não com aquele sinistro tapa-olho de couro preto.

Uma parte de Jared suspirou aliviada. A atenção que Zebidah lhe dava sempre causara um constrangimento intenso nele. Outra parte dele sentia o gosto da grande rejeição que estava subentendida nas ações de Zebidah. Ela era como um sinal do que todos os outros sentiam. Pelo mundo, longe do porto seguro de seus amigos mais próximos, ele deveria esperar uma enxurrada diária de ombros frios, rostos virados e constrangimento aflito.

Esta era a sua vida agora. Era melhor fazer as pazes com ela.

Ele pulou quando, sem dizer uma palavra, Deborah se levantou de seu lugar e se sentou ao lado dele. Sorrindo, ela olhou nos seus olhos sem vacilar.

— Você está muito elegante com esse tapa-olho, Jared. Está me lembrando um dos poderosos guerreiros do rei Davi, ou um general de uma terra exótica. Se eu não fosse uma mulher quase casada, eu pensaria em cortejá-lo.

A linha rígida das costas de Jared relaxou lentamente.

— Ei! — interrompeu Johanan. — O que sou eu? Salsa seca?

— De modo algum, querido — assegurou-lhe Deborah com o seu sorriso doce. — Você também é muito bonito.

— Só não é um guerreiro poderoso de uma terra exótica — disse Jared com um sorriso.

Depois que os criados retiraram os pratos do jantar e o entretenimento musical terminou, Daniel pediu um momento privado com Jared. Em sua sala, Daniel se acomodou atrás de sua mesa.

— A verdade é que... — Ele indicou quatro pilhas de tábuas de barro na mesa diante dele e outra montanha de papiros na prateleira atrás dele. — Estou me afogando. Nos últimos três anos, Keren aprendeu a antecipar todas as minhas necessidades. Agora... — Ele encolheu os ombros.

Jared acenou com a cabeça. Afinal de contas ela tinha gerido o lugar tão bem que Daniel ficara dependente de sua ajuda.

Ele sabia como Daniel se sentia. Perdê-la o fez perceber o quanto ele tinha começado a contar com a sua amizade. O seu encorajamento. O seu calor. Jared rangeu os dentes.

Os dedos de Daniel roçaram em um envelope de barro, removendo uma fina camada de poeira.

— Eu estava pensando que você poderia me ajudar.

— Eu?

— Não permanentemente, é claro. Sei que isto não lhe conviria. Mas enquanto estiver se recuperando fisicamente, você consideraria me ajudar? Você tem formação e conhecimento. Quatro horas por dia?

A ideia de deixar a sua casa cada vez mais deprimente durante várias horas por dia, para não falar de voltar a sentir-se útil, fez com que ele quisesse aplaudir. E ele poderia ver Joseph todos os dias!

— Minhas dores de cabeça...

— Você pode descansar quando elas vierem. Pode trabalhar no seu próprio ritmo. — Daniel ergueu as sobrancelhas tentadoramente. — Eu ofereço um salário justo!

— Eu faria isso de graça.— Jared riu.

Tessa Afshar ✦✦✦ 151

— Não, você não vai. — Daniel esfregou as mãos. — Esplêndido. Estou ansioso por ter um pouco de ordem por aqui. — O sorriso de Daniel desapareceu quando ele se inclinou para a frente. — Seu pai não ficará satisfeito.

Jared massageou sua nuca. O senhor Hanamel receberia qualquer oferta de Daniel como uma afronta.

— Verdade.

— Pode ser que não precisemos, é claro. Mas quero que você saiba que, assim como Joseph, você sempre terá uma casa conosco. Você é como um filho para Mahlah e para mim, Jared. Você vivendo conosco seria uma bênção.

Uma sensação estranha se espalhou pelo peito de Jared. Um calor que chegou até sua garganta e se transformou em um caroço do tamanho de uma noz que tornava as palavras impossíveis. Seu único olho foi acometido por uma película de umidade.

✻ ✻ ✻

Johanan insistiu em acompanhar Jared na volta para casa, uma oferta que ele não recusou. Embora cavalgar estivesse se tornando mais fácil, encontrar seu caminho nessa noite nublada oferecia um desafio maior. Eles passaram esse tempo falando sobre o casamento de Johanan e sua alegria com a perspectiva de Deborah se mudar para a casa de seu pai.

Eles estavam construindo um complemento à casa na parte de trás, onde o casal teria seus próprios pequenos aposentos. Johanan esperava que o edifício e o mobiliário estivessem totalmente prontos até o casamento, em seis semanas.

Do lado de fora da casa, Jared parou no pequeno estábulo, onde entregou seu cavalo ao criado solitário. Johanan amarrou o seu próprio cavalo em um pilar de pedra e acompanhou Jared até o pátio vazio. Ele não seria bem-vindo mais adentro e só chegou até ali porque a hora tardia significava que era improvável que ele encontrasse qualquer um dos residentes. Jared despediu-se calorosamente de seu amigo, sabendo que Johanan o tinha acompanhado o mais longe possível para garantir o seu bem-estar.

Em seu quarto, ele acendeu uma lamparina e congelou. No centro de sua cama estava um rolo de papiro, amarrado ordenadamente com um pedaço de fita azul.

Franzindo a testa, ele desatou o laço e desenrolou o pergaminho. Seu coração parou por um instante ao ver o nome. Por um momento, ele considerou esmagar o delicado papiro em seu punho e lançá-lo pela janela aberta.

Apesar da súbita onda de raiva, ele se viu sentado em sua cama, com o rolo de papiro no colo. *Abra*. Seu polegar traçou a tinta na superfície fibrosa da carta. Contra a sua vontade, começou a ler.

> *A Jared, filho do senhor Hanamel, de Keren-happuch, filha de Asa:*
>
> *Que o Senhor lhe abençoe.*
>
> *Algumas semanas atrás, o senhor Daniel me levou aos Jardins Suspensos. Você já os viu várias vezes, mas foi a minha primeira visita. Fiquei admirada com a beleza. O senhor Daniel me disse que queria que eu tivesse essa memória no meu coração para que pudesse compreender a promessa de Deus.*
>
> *Daniel disse: "Sempre que você estiver padecendo ou preocupada, sempre que você estiver tentada a desistir, quero que se lembre deste lugar. Deste jardim bem regado. Pois esta é a promessa do Senhor para você. Um dia, esta será a sua vida."*
>
> *Eu quero lhe passar essa promessa, Jared. A sua vida será como os Jardins Suspensos, apesar do que eu fiz. Beleza e força que crescem em um terreno impossível. Deus pode fazer isto, pois a sua redenção ultrapassa em muito o meu pecado.*
>
> *Vou deixar a Babilônia amanhã. Não vou sobrecarregá-lo pedindo novamente o seu perdão. Escrevo apenas para dizer que você merece uma vida plena. E eu acredito que o Senhor vai lhe abençoar com uma. Que você não mais padeça, meu amigo.*

Jared enrolou a carta e colocou-a cuidadosamente sobre a mesa ao lado dele. Pela segunda vez naquela noite, ele sentiu a estranha sensação em seu peito, o nó do tamanho de uma noz em sua garganta e a confusa cortina de umidade em seu olho.

CAPÍTULO VINTE E CINCO

*"Sei que podes fazer todas as coisas;
nenhum dos teus planos pode ser frustrado."*

Jó 42:2, NVI

Depois de dois meses na casa do senhor Hárpago, Aryanis conseguiu cravar o suficiente da língua meda em meu cérebro para que eu pudesse ter uma conversa sem soar como uma criança.

Minha vida tinha se estabelecido em uma rotina familiar. Leves tarefas de escriba no início da manhã com o senhor Hárpago, seguido pelo meu momento com Artadates, terminando com uma fortuita lição de vida e língua meda de Aryanis.

Mas o conforto da minha rotina estabelecida deparou-se com uma surpresa inesperada.

Certa manhã, cheguei no chalé e encontrei-o vazio. Normalmente, Artadates me esperava na porta, já me lançando uma série de perguntas.

Tínhamos adquirido o hábito de mover a nossa mesa para o ar livre para desfrutarmos do ar fresco enquanto trabalhávamos. Comecei a arrastar a mesa em direção à sombra de uma macieira, me perguntando o que poderia ter acontecido com meu aluno geralmente pontual.

Ao ouvir o som de patas, protegi os olhos contra o sol. Artadates frequentemente caminhava até a cabana, embora ocasionalmente pegasse emprestado a montaria de seu pai para que pudesse praticar arco e flecha a cavalo. Esta manhã, ele tinha vindo a cavalo. Mas ele não vinha sozinho.

Cavalgando junto dele, sentado à sua frente, estava um menino que eu nunca tinha visto.

Estudei meu aluno enquanto ele saltava das costas da égua com a graça natural de um atleta dotado. Certa vez, ele me disse que seu pai o havia levado para sua primeira cavalgada uma semana após seu nascimento e eu acreditei nisso. Era raro ver alguém tão à vontade montado em um cavalo.

Mas hoje, meus olhos estavam colados no estranho que permaneceu na égua, sem fazer nenhum esforço para desmontar. Ele parecia ter a mesma idade do meu aluno, embora suas roupas ricas o marcassem como membro da nobreza. Mordi o lábio, sabendo que Hárpago não ficaria feliz em saber da amizade de Artadates com um rapaz da aristocracia. E pior ainda, ele o trouxe para a nossa cabana! Acima de tudo, o meu mestre valorizava a discrição quando se tratava desta criança.

Artadates acenou para mim.

— Quem temos aqui? — perguntei.

— Este é Tigranes. Eu o encontrei a caminho da cabana. Ele machucou o tornozelo e não consegue andar direito. Tigranes, esta é a minha professora, Keren.

O rapaz me deu um aceno régio.

— O que aconteceu com o seu tornozelo, Tigranes?

— Meu cavalo tolo, foi isso. Depois de apenas ver uma serpente rastejando, ele relinchou e me jogou no chão — disse o menino revoltado. — Aquele desertor covarde nem sequer teve a decência de voltar para me buscar. Ele me deixou no chão com o tornozelo torcido e me abandonou.

— Ele estava mancando quando o encontrei — explicou Artadates. — Parecia errado deixá-lo lá.

O que explicava por que ele ignorou todas as advertências de Hárpago sobre manter a cabana um segredo e decidiu trazer o menino para cá em plena luz do dia. Artadates não era de deixar alguém necessitado para trás.

— Eu acho que o melhor é te levarmos para casa imediatamente, Tigranes — disse eu, na esperança de reduzir os danos. O menino provavelmente nem se lembraria de como voltar a este lugar.

Tigranes baixou os ombros.

— Eu esperava poder descansar um pouco. — Sua voz parecia tensa. — Foi uma manhã tão longa e eu gostaria de um pouco de água. Seus olhos castanhos me fitavam despertando compaixão.

— Por favor, ele pode ficar, Keren? — Artadates saltou na ponta dos pés.

Incapaz de resistir ao duplo apelo, ajudei o rapaz a descer do cavalo e levei-o a uma das nossas cadeiras. Enquanto ele bebia do meu copo e devorava a última migalha de pão e queijo que eu tinha trazido para o almoço, tentei descobrir mais sobre o nosso convidado inesperado. O rapaz se mostrou escorregadio, respondendo tão vagamente a todas as perguntas que, quando terminou, eu não sabia mais sobre ele do que quando comecei. Claramente, isso exigia uma habilidade. — Tigranes — disse eu. — Esse não é um nome medo. Você deve ser babilônio. — Eu sabia muito bem que o rapaz não vinha da Babilônia. Nem suas vestes, nem seu discurso ou nome indicavam qualquer conexão com a terra do meu cativeiro.

— Claro que não! —se opôs ele. — É um nome armênio.

— Ah! Você vem da Armênia. E o seu pai deve ser... um vendedor de perfumes?

O menino sentou-se reto, toda a encenação de fraqueza esquecida. — Vendedor de perfumes! Fogos e relâmpagos! O meu pai é o rei.

Fomos todos silenciados por esta confissão. Tigranes empalideceu, perturbado por sua própria revelação. Que o menino falara a verdade, não duvidei nem por um instante. Eu percebi, no entanto, que esta revelação tinha uma série de consequências infelizes para ambas as partes.

Se Tigranes era filho do rei da Armênia, isso significava que ele estava hospedado no palácio. Eu por acaso sabia que o rei da Armênia não estava visitando Astíages naquele momento.

O que significava que Tigranes era um refém.

Manter jovens reféns não era uma prática incomum entre as casas reais. A Armênia estava sob o jugo da Média e era obrigada a pagar um tributo anual aos seus conquistadores. Para garantir que o processo decorresse sem problemas, um dos filhos do rei residia como convidado permanente de Astíages.

Esses reféns recebiam rigoroso ensino, para que pudessem voltar para casa devidamente treinados para seus cargos. Um rapaz como Tigranes não deveria estar andando a cavalo fora dos portões da cidade. Ele provavelmente nem sequer era autorizado fora dos muros do palácio.

— Imagino que muitas pessoas estejam procurando por você neste exato momento, príncipe Tigranes.— Eu cruzei os braços.

O menino encolheu os ombros.

— Possivelmente.

Artadates encostou-se na mesa.

— Por que eles estão procurando por Tigranes?

— Porque ele é um refém.

Artadates assobiou.

— Você estava fugindo?

— Eu estava dando um passeio.

Eu soltei um longo suspiro sofrido.

— Temos que te devolver para o palácio. Além disso, você tem que prometer que não falará de Artadates, de mim ou deste lugar a ninguém.

— Eu não vou — disse o menino, se alegrando —, se você não me levar de volta.

— Você pode esquecer isso. Você retornará sim — disse eu, minha voz endurecendo. — Além disso, até onde você vai chegar mancando e sem nenhum cavalo? Vamos tentar te levar escondido de volta para o palácio. Como você vai explicar a sua ausência depende de você. Só não nos mencione.

— Está bem — disse o menino. — Se você me deixar ficar por mais uma hora.

Artadates, que vinha estudando essa troca de barganhas com interesse, aplaudiu.

— Parece um pedido razoável. Ele pode ficar, por favor?

Era raro que meu aluno pudesse aproveitar da companhia de outro rapaz da sua idade. Nenhum que tivesse os privilégios de ser instruído, pelo menos. Ele estava faminto por companhia.

— Uma hora — disse eu.

Claro que tive que dar tchau às minhas aulas planejadas para aquela manhã. Artadates desafiou o príncipe a uma competição de arco e flecha sentados. Eu sabia que meu aluno estava se segurando, fazendo concessões por conta da lesão de Tigranes. Quando o príncipe acertou um tiro no centro do alvo, Artadates se dedicou ao jogo, e os meninos terminaram a competição empatados. Eu me perguntava do que Artadates seria capaz, caso recebesse formação e prática adequadas, como o seu novo amigo claramente tinha recebido.

Os rapazes discutiram os méritos da égua de Artadates. O animal, embora não fosse puro-sangue como o alazão que ele ansiava, ainda assim tinha todas as qualidades de um bom cavalo medo, com um peito poderoso e linhas elegantes.

— Ela é útil. Mas não é nenhum cavalo de guerreiro — admitiu Artadates.

— Pelo menos ela não corre ao primeiro sinal de perigo — disse o príncipe armênio, bufando.

Quando nossa hora chegou ao fim, eu esperava que os meninos esperneassem, implorando por mais tempo. Em vez disso, eles mantiveram a sua parte do acordo sem objeções. Artadates pulou sobre o cavalo e, recolhendo o freio, enfiou-o sob o cobertor de feltro. Usando as pernas para manter a égua quieta, ele estendeu o braço para ajudar Tigranes a subir diante dele enquanto eu levantava o menino.

O príncipe armênio me olhou com uma carranca feroz.

— Sinto muito. Eu te machuquei? — perguntei.

— Uma mera garota, me machucar? Fogos e relâmpagos! É apenas irritante ser levantado até a sela por uma mulher, como um bebê chorão.

Nós tínhamos um cobertor velho na cabana. Fui buscá-lo para que o nosso convidado pudesse envolver a lã castanha à sua volta, escondendo as suas roupas elegantes dos olhos curiosos. Eu sinalizei para ele remover seus brincos de ouro e bagunçar suas tranças perfeitas. Agora os meninos pareciam dois pastores comuns.

Artadates empurrou a égua para a frente, mantendo o ritmo lento o suficiente para eu acompanhar a pé. Eu estava preocupada em devolver o refém de Astíages ao palácio sem que ninguém desse uma de espertinho. Para meu espanto, o príncipe armênio me levou a um portão no jardim, que os agricultores usavam para a entrega de alimentos.

— Não fica trancado durante o dia — disse ele com um sorriso satisfeito. — Não é como se houvesse um exército à nossa porta. Eles só protegem o lugar depois do pôr do sol.

— O que você vai dizer a eles?

— Que eu caí. Foi o que aconteceu.

— Fora do palácio.

Ele encolheu os ombros.

— Eles não precisam estar a par de todos os detalhes.

Permiti que os rapazes se despedissem em privado. Eles provavelmente nunca mais se veriam. Mas tinha sido um dia memorável para ambos.

Os acontecimentos da manhã me colocaram um dilema. Devia denunciar a visita do príncipe a Hárpago ou proteger Artadates da censura do meu mestre? No final, decidi contar a Hárpago sobre o refém do rei. Eu suspeitava que o seu motivo principal para as muitas regras em que insistia era manter Artadates seguro. Se a minha falta em revelar sobre a visita inesperada do príncipe colocasse o meu aluno num perigo imprevisto, não me perdoaria.

Quando descrevi os acontecimentos da manhã ao meu mestre, o sangue foi drenado de seu rosto. Depois de um longo silêncio, ele disse: — Você não pode parar a mão do destino. — Sem mais uma palavra de explicação, ele se afastou.

Eu não acreditava no destino. Os propósitos de Deus, no entanto, eram uma realidade a que eu me agarrava. Embora não conseguisse compreender as estranhas palavras de Hárpago, senti uma urgência de rezar por Artadates. Depois de dois meses passando a maior parte das minhas horas despertas com ele, ele tinha conquistado um lugar em meu coração. Na ausência de familiares e amigos, eu tinha despejado minhas afeições no menino e encontrei nele uma criança fácil de amar. Ele se tornara muito mais querido para mim do que um simples aluno.

Eu me recolhi cedo para a cama, sabendo que Aryanis chegaria mais tarde por conta de suas tarefas na cozinha naquela noite. Eu tinha acabado de desenrolar o meu pergaminho de Jeremias quando um som suave chamou a minha atenção.

— Artadates! — Eu arfei quando o menino deslizou em minha direção com os pés descalços e silenciosos.

Ele encostou o dedo nos lábios para me calar e assentou-se ao pé de minha esteira.

— Você sabe que não pode ficar aqui!

Ele encolheu os ombros.

— Eu vim te trazer um presente. — Ele colocou em minha mão um objeto redondo coberto por um lenço esfarrapado.

— Para mim?

Ele assentiu com entusiasmo. Antes que eu tivesse a chance de abrir o lenço e inspecionar o conteúdo, suas mãos desataram o nó para mim, revelando um lampejo de massa dourada.

— Tem recheio de nozes. A minha mãe fez dois para mim. Guardei um para você. Ela é a melhor cozinheira de toda a Média!

Eu sentia um cheiro tentador de manteiga, fermento e mel. Espantada, eu balancei a cabeça.

— Mas por quê?

— Para te agradecer. Por deixar Tigranes ficar hoje. E por ajudá-lo a regressar.

O menino deu um tapinha desajeitado na minha mão e correu brincalhão para o escuro antes que eu pudesse reconhecer minha gratidão.

CAPÍTULO VINTE E SEIS

*Olho por olho, dente por dente,
mão por mão, pé por pé, queimadura
por queimadura, ferida por ferida,
contusão por contusão.*

Êxodo 21:24-25, NVI

JARED

Depois de ler a carta de Keren pela segunda vez, Jared começou a se fazer uma pergunta que nada tinha a ver com o conteúdo do pergaminho.

Quem entregara a carta ao seu quarto?

Porque, presumivelmente, a pessoa que tinha trazido esta carta tinha a recebido da própria Keren. Em sua mensagem, ela dizia que estava deixando a Babilônia. Mas antes de sua partida, Keren entregou aquele pergaminho a alguém. Fazia sentido que essa pessoa também soubesse do seu paradeiro.

Será que ele queria saber o paradeiro dela?

Jared batia a ponta do papiro na palma da mão enquanto considerava a questão. Ele não tinha nenhuma intenção de ir atrás da garota. Nem mesmo de ficar cara a cara com ela. Mas ele precisava garantir que ela estava segura. Saber se ela tinha encontrado refúgio. Daniel tinha dito a ele semanas antes que suspeitava que Keren já havia deixado a cidade. No entanto, a carta indicava que ela estava deixando a Babilônia amanhã. O que quer dizer que Daniel tinha se enganado em relação ao momento da viagem de Keren ou que esta carta era antiga.

Após uma investigação cuidadosa, Jared descobriu que ninguém na casa tinha conhecimento do mensageiro que tinha entregado o pergaminho de Keren em seu quarto. Parecia que tinha surgido do nada.

Então ele lembrou que a janela de seu quarto estava aberta. Lembrou também que Johanan tinha entrado com ele pelo pátio. Tinha permanecido por um tempo quando Jared lhe deu boa noite e entrou pela porta da frente.

Ele levara alguns instantes para percorrer todo o corredor escuro e entrar no seu quarto. Poderia Johanan ter colocado a carta lá em tão pouco tempo?

Ele caminhou até o pátio e, de pé ao lado da janela aberta, olhou para dentro. Ele percebeu rapidamente que o seu amigo não teria que ter entrado no quarto. Como um atirador preciso, ele poderia ter lançado a carta pela janela e a visto pousar na cama.

Alguém tinha que ter ajudado Keren a sair da casa de Daniel há tantas semanas, quando ela desapareceu como fumaça e deixou o senhor Hanamel amaldiçoando furioso e frustrado. Daniel e Mahlah não estavam envolvidos nesse resgate.

Com um súbito lampejo de clareza, Jared percebeu que seu amigo tinha sido a fonte da fuga de Keren. Em vez de se sentir traído, ele só sentiu uma onda de alívio. Com Johanan no comando da fuga de Keren, ele poderia pelo menos saber que ela estava segura em algum lugar longe das muralhas da Babilônia e da ira de seu pai.

Aquela raiva, como se revelou, acabou explodindo na cara de Jared não muito tempo depois. O senhor Hanamel recusou-se a sequer considerar a ideia de Jared trabalhar para Daniel.

— Você é quem está sempre reclamando do custo de alimentar a mim e ao meu cavalo — disse Jared com os dentes cerrados. — Até que eu possa voltar a trabalhar como supervisor de canal, esta é a solução perfeita.

— Nada que envolva esse homem é a solução perfeita! Se ele não tivesse se intrometido, a garota já teria recebido a sua justa punição.

A voz de Jared ficou ameaçadoramente silenciosa. — O senhor Daniel não teve nada a ver com o desaparecimento de Keren.

— Não seja tolo. Claro que ele teve.

— Além disso — continuou Jared, como se seu pai não tivesse falado —, não quero que Keren seja punida. E estou lhe pedindo que abandone esta perseguição.

O pai deu um passo ameaçador para frente.

— Olho por olho, dente por dente. — Ele bateu o pé. — Você está louco se acha que vou permitir que aquela garota se livre sem que pague sua dívida comigo.

Jared ignorou o familiar discurso de seu pai.

— Vou começar a trabalhar para o senhor Daniel pela manhã.

— Se você fizer isso, nem considere voltar à minha casa! — Cuspe voava da boca de Hanamel enquanto ele gritava, sua ameaça seguida por uma série loquaz de maldições.

CAPÍTULO VINTE E SETE

"Assim diz o Senhor ao seu ungido: a Ciro, cuja mão direita seguro com firmeza para subjugar as nações diante dele e arrancar a armadura de seus reis, para abrir portas diante dele, de modo que as portas não estejam trancadas."

Isaías 45:1, NVI

Certa tarde, assim que cheguei em casa percebi que eu tinha esquecido meu xale azul na cabana. Eu teria deixado lá, mas ele tinha sido o presente de Jared. Aquele que ele tinha comprado com seu dinheiro suado. Aquele que ele havia enrolado em meus ombros com suas mãos gentis.

Eu não me separaria dele nem por uma noite. Suspirando, coloquei minhas sandálias e saí novamente, percorrendo a estrada principal que atravessava os sete portões de Ecbátana, passando pela aldeia circundante e serpenteando pelos caminhos que levavam à cabana. Eu achei que tinha deixado o xale no encosto da minha cadeira. Não o encontrei lá, virei-me para o baú onde guardava o material escolar e suspirei de alívio quando vi algo azul surgir.

Minhas sobrancelhas se curvaram quando peguei o xale. Uma das espadas de prática estava faltando no baú. Eu mesma tinha guardado ali, logo depois da nossa lição daquela tarde.

Um ruído inesperado me fez congelar onde estava. Tinha alguém lá fora!

A cabana e a terra onde estava pertenciam ao senhor Hárpago. Um muro baixo abrangia a propriedade, marcando-a como privada, claramente desencorajando pessoas de fora. Ele não permitia que ninguém além de Artadates e eu entrasse no local. Quem quer que estivesse sussurrando lá fora não tinha o direito de estar nesta terra.

Esquecendo-me da espada desaparecida, aproximei-me na ponta dos pés dos fundos da cabana, onde as vozes pareciam mais altas, e encostei o meu ouvido na parede. Consegui distinguir as vozes de dois homens, falando baixinho.

— Ele nunca mais fica em casa! — disse um deles.

— Você sabia que esse dia chegaria. Ele não é um menino qualquer. Você está criando um príncipe de sangue real. Ele deve ser educado adequadamente. Um dia, ele vai ter que ocupar o seu devido lugar.

— Mas, meu senhor, ele é meu filho!

— Você o criou como um filho, você e sua esposa. E vocês o amam, eu sei. E por esse amor, vocês devem cuidar dele e criá-lo com liberdade, Mitrídates.

O som de um choro abafado atravessou a parede.

— Nós o chamamos de Artadates. Mas lembre-se do seu verdadeiro nome. — Ele é Ciro, filho e neto de reis.

Desgrudei minha orelha da parede e engasguei. Eu conhecia a voz que tinha dito essas últimas palavras. Pertencia ao meu mestre, Hárpago. E o homem a quem ele chamou Mitrídates só poderia ser o pai do meu aluno, o pastor real.

Ou o pai adotivodele, como eu já suspeitava.

Só que eu estava errada.

Hárpago não era o pai biológico do meu aluno. Não se o menino era filho e neto de reis!

Nenhuma dessas revelações teria o poder de me fazer ficar ali, paralisada como uma corça assustada. O que me transformou numa estátua foi um nome. Pois o meu aluno não era Artadates.

O seu nome legítimo era Ciro.

Um nome com o qual eu tinha alguma familiaridade.

Franzi a testa, tentando me lembrar das passagens que uma vez estudei sob a tutela de Daniel. O profeta Isaías tinha mencionado um rei chamado Ciro por seu nome em várias profecias sobre o meu povo. Ele foi a única pessoa que não era da linhagem de Israel a ser chamada ungido de Deus em nossas sagradas escrituras. Pedaços da profecia vieram a mim como fragmentos de um mosaico mesopotâmico.

Assim diz o Senhor ao seu ungido: a Ciro,
cuja mão direita seguro com firmeza
para subjugar as nações diante dele...

"Ele é meu pastor,
e realizará tudo que me agrada."

As profecias prediziam que Ciro iria reconstruir Jerusalém e estabelecer uma nova base para o nosso templo destruído. E libertaria os exilados.

Poderia o Ciro de Isaías ser o mesmo menino que eu vinha ensinando há mais de dois meses? Poderia o jovem pastor que sentava em um cavalo como se tivesse nascido para isso e soltava flechas como um guerreiro ser o rei que um dia libertaria meu povo?

Era mesmo possível que a criança que tinha partilhado o seu pão comigo poderia um dia tornar-se o governante que libertaria o meu povo da sua escravidão?

Que sonho rebuscado tudo isso parecia! Que desfecho impossível que eu, tendo sido expulsa da minha casa pela magnitude do meu pecado, me encontraria agora como tutora daquele que Deus escolheu como salvador do meu povo!

E, ainda assim, eu não conseguia abalar esta convicção crescente. Não conseguia me convencer de que o nome se revelaria uma mera coincidência.

Eu desabei na cadeira, me esquecendo dos dois homens que conversavam do lado de fora. Pensei apenas no menino que eu tinha vindo a amar.

Quando a porta se abriu, saltei com um grito.

— Pensei ter visto você entrar — disse Hárpago.

— Eu tinha esquecido o meu xale. — Levantei o pedaço azul de tecido que ainda segurava com os dedos trêmulos.

— Você ouviu?

Não fingi ignorância.

— Sim, meu senhor.

Hárpago acenou com a cabeça. Eu percebi que, já que ele tinha me visto entrar no chalé, ele poderia ter interrompido a conversa com Mitrídates. Claramente, ele queria que eu ouvisse suas revelações.

— Mas, senhor — disse eu —, como pode Ciro...

Hárpago cortou-me apressadamente.

— Você nunca deve falar esse nome em voz alta! Ele nos põe a todos em perigo.

Encostei a mão ao peito, tentando abrandar a batida do meu coração.

— Como pode Artadates ser filho de reis?

— Vou lhe contar a história dele. Primeiro, você deve prometer manter cada palavra protegida em segredo. A vida do menino está em jogo, assim como a sua e a minha.

Eu sacudi minha cabeça em um aceno.

— Eu jamais colocaria a vida de Artadates em perigo, meu senhor.

— Eu sei. Percebi que você desenvolveu um carinho pelo menino. — Hárpago começou a andar. — Talvez eu deva começar a nossa história com o pai do rei, Ciaxares. O nosso povo chama-o de Ciaxares, o Grande, pois depois de um governo forte e de, para muitos, um cerco bem-sucedido, ele passou a ser conhecido como o rei mais capaz que tivemos. Sendo abençoado com vida longa, seu reinado durou várias décadas. Enquanto isso, Astíages esperava e esperava por sua vez no trono.

— Ah— deixei escapar.

Ele parou.

— Você começou a entender? Talvez a espera tenha sido grande demais. Talvez ele tenha nascido com uma natureza possessiva. — Hárpago balançou um dos braços. — Seja qual for a razão, Astíages sempre foi extremamente ciumento de sua coroa.

Eu me lembrei do olhar estranho no rosto do rei na noite em que o conheci. A maneira como ele examinava cada sombra com uma suspeita intensa.

— Astíages não tem filho homem. Sua filha mais velha, Mandane, era uma bela princesa em idade de casar quando Astíages teve um sonho que o perturbou muito.

Tendo morado na casa de Daniel, não me eram estranhos os sonhos dos monarcas e o poder que eles podiam exercer. O sonho de Nabucodonosor quase custou a vida de Daniel, antes que Deus intercedesse. Eu acenei com a cabeça indicando minha compreensão.

— Convocando os magos, Astíages exigiu uma explicação. Os magos disseram a ele que o seu sonho falava da grandeza futura da descendência da sua filha. Em vez de celebrar este bom presságio, o rei começou a se preocupar. E se esse neto inconcebível crescer para ser grandioso, mas às custas de Astíages? E se ele lhe arrancasse o seu reino?

— Ele temia uma criança ainda não nascida?

— Exatamente. — Hárpago percorria uma linha reta da parede traseira até a porta da frente. — A solução de Astíages se provou simples.

Ele casou Mandane com o príncipe herdeiro persa, Cambises.

Eu balancei a cabeça, sem entender como esse casamento ajudava Astíages a se sentir seguro.

— Os persas respondem a nós, tendo sido conquistados pelos medos anos atrás. Mas eles têm se incomodado com suas correntes. Seu poder e sua independência têm crescido, o que têm preocupado Astíages. O seu reino fica muito ao sul para que possamos controlá-lo completamente. Ao impor Mandane a Cambises, Astíages matava dois coelhos com uma cajadada só. Assegurava o bom comportamento dos persas. E ele presumiu que a grandeza do neto seria então problema de outros. Deixe que o rei persa lide com um neto poderoso. Eles vivem longe demais para serem um problema para nós. — Hárpago se sentou em uma cadeira e fez sinal para que eu também o fizesse. — Essa estratégia funcionou por um período. Mas, a pedido de Astíages, Cambises enviou sua esposa grávida com uma delegação persa à Média, para que ela pudesse homenagear seu pai real.

— O rei teve outro sonho enquanto ela estava aqui? — supus.

Hárpago me lançou um olhar surpreendido.

— Exatamente. Este sonho revelou-se mais terrível. A criança no ventre de Mandane um dia governaria muitas nações, incluindo a Média.

Apesar da frieza do ar, eu senti o suor encharcar minha testa.

— O rei insistiu que Mandane permanecesse em Ecbátana até que ela desse à luz a seu bebê, alegando a superioridade de nossos médicos em relação aos da Pérsia. A princesa obedeceu, é claro. O que mais poderia ela fazer? Em poucos meses — continuou Hárpago —, ela deu à luz um menino saudável. Cambises veio para o nascimento. Ele permaneceu tempo suficiente para segurar seu filho nos braços. Quando recebeu uma mensagem urgente de Ansã sobre um ataque iminente de uma das tribos da montanha, Cambises teve que se apressar para casa.

O senhor prosseguiu com a narrativa:

— Astíages se recusou a dar permissão para sua filha voltar com o marido, declarando que ela estava fraca por conta do parto. Ele insistiu que ela permanecesse em Ecbátana para um longo descanso, até que ela estivesse totalmente recuperada. Mandane me disse que se sentia mais como uma refém do que como uma filha mimada. Mas, novamente, ela não tinha outra escolha. Nem como filha, e nem como princesa que devia lealdade ao rei da Média. Em uma cerimônia apressada, ela e seu marido nomearam seu filho Ciro, homenageando o pai de Cambises em vez do de Mandane. O príncipe beijou sua pequena família e deixou sua esposa aos cuidados de seu sogro, antes de voltar para Ansã.

Eu me inclinei para a frente.

— Então aquele bebê era neto de dois reis: Astíages, o medo, e Ciro, da Pérsia.

— Exatamente. — Hárpago baixou a cabeça e também sua voz. — É aí que começa a minha parte na história.

No mesmo tom baixo, Hárpago me contou o resto da sua história, as suas palavras tão vivas que me vi viajando no tempo e experienciando cada cena como se a tivesse vivido...

CAPÍTULO VINTE E OITO

*Embora tramem o mal contra ti e façam
planos perversos, nada conseguirão.*

Salmos 21:11, NVI

Hárpago curvou-se diante do rei, surpreso por ser a única pessoa presente na sala de audiência. Ele sentiu um formigamento de mau pressentimento subir sua espinha. Tudo, desde o tom sombrio da boca de Astíages até o tom púrpura em sua pele, avisava seu visitante de uma calamidade iminente.

Mas nada poderia ter preparado Hárpago para o que Astíages exigiu.

— Quero que a criança seja morta — cuspiu o rei.

Confuso, Hárpago manteve sua expressão branda.

— Aquela criança, senhor?

— O pirralho de Cambises. Eu o quero morto — disse o rei, sua impaciência tornando sua fala pouco clara.

Por um instante, Hárpago ficou congelado, certo de que ele tinha entendido mal a intenção do rei.

— Você quer dizer seu neto, senhor? O bebê da Mandane?

— A quem mais eu poderia estar me referindo?

Hárpago não sabia como responder. Como líder militar, ele matara sua parcela de homens. A guerra era um assunto complicado. Ele tinha visto mulheres e crianças sofrerem e morrerem. Mas o pensamento de assassinar um bebê de seu próprio povo lhe deu calafrios.

E não qualquer bebê.

O bisneto de Ciaxares, o monarca mais admirado que já governara esta nação! Apenas pensar nisso parecia uma traição.

Hárpago hesitou de nervosismo. Ele não poderia cometer um crime tão baixo, nem mesmo a mando de seu rei. No entanto, desobedecer significava morrer. Ele enxugou um rastro de suor da testa.

— O senhor deseja que eu mate seu neto, meu rei? — Ele disse as palavras com cuidado, devagar, na esperança de chocar Astíages com a simples brutalidade do que planejava.

Não funcionou.

— É claro que devemos fazer com que pareça um acidente. Não quero uma horda de persas batendo à minha porta.

— Que tipo de acidente?

— Ele ainda não anda nem engatinha, por isso não podemos encenar uma fuga de carruagem. As nossas opções são limitadas.

Nossas opções. Uma náusea agitada surgiu na barriga de Hárpago. Ele não queria fazer parte de qualquer plano que Astíages tivesse traçado. Ele não queria qualquer participação neste nós ou nosso ou nossa vilania.

O rei continuou, sem perceber o desagrado que obscurecia os pensamentos de Hárpago:

— Minha filha insiste que a criança durma com as janelas abertas, acreditando que o ar fresco a fortalecerá. Isto funciona a nosso favor. Podemos roubar a criança do berço depois que a ama de leite a alimentar à noite. Enviarei à mulher o vinho da minha própria mesa como um presente. Nele conterá um pó especial que fará com que ela durma pesadamente.

— Quem consideraria o desaparecimento de uma criança do berço como um acidente, senhor?

O rei levantou um dedo.

— É uma tragédia, Hárpago. Um cão selvagem entrou no quarto pela janela aberta e agarrou o bebê. Algumas gotas de sangue no berço, um ou dois punhados de pelos de cachorro e o avistamento de um cão selvagem rondando o palácio vários dias seguidos. Ora, eu mesmo tive um vislumbre dele esta manhã mesmo — zombou o rei.

Hárpago sentiu a garganta apertar. Ele massageou a ponte de seu nariz.

— Meu senhor rei, sou seu humilde servo.

— Bom.

— E como seu humilde servo, aconselho que considere cuidadosamente este grave passo que está prestes a dar. Pense no sofrimento de sua filha.

— *Bah*! Ela pode ter outros filhos. Pense em meu trono, homem. Os meus sonhos não mentem. Aquele bebê inocente deitado pacificamente nos braços de sua mãe, dentro de alguns anos, arrancará meu reino de mim! — Ele bateu com o punho na palma da mão. — Eu digo não! Digo nunca! O menino tem que morrer. E você é quem deve fazê-lo.

Hárpago curvou-se suavemente.

— Às suas ordens, senhor.

Ele sentiu seu sangue se agitando, cada batida uma acusação em seu peito. Se ele cometesse essa atrocidade, como poderia olhar nos olhos do próprio filho, o robusto menino de três anos que brincava sobre sua casa e olhava para o pai com admiração venerável? Tudo o que ele valorizava – honra, verdade, bondade – rebelava-se contra um ato tão desprezível.

Depois que o rei o liberou, ele começou a pensar nos rudimentos de um plano perigoso. Em vez de ir para casa, dirigiu-se para a modesta casa ocupada por Mitrídates, um dos pastores reais. Foram necessárias várias batidas antes que o homem atendesse a porta. Na dura luz da manhã, ele olhou para o visitante com olhos vermelhos. Reconhecendo Hárpago, ficou de queixo caído.

Puxando uma mão contra sua túnica manchada, ele se curvou de modo desajeitado.

— Perdoe-me, mestre. Nós não estávamos esperando companhia.

— Minha esposa me contou sua triste notícia — disse Hárpago. — Lamento a sua perda.

O queixo do pastor balançou.

— Sua senhora é muito gentil. Ainda não contamos a ninguém. Mas ela veio ontem à nossa porta, trazendo de presente pão e queijo, logo depois de ter acontecido. Ela pensou que iria celebrar um nascimento conosco. — Lágrimas riscaram o rosto corado. — É que somos tão velhos, você vê. Que milagre foi descobrir que a minha mulher estava grávida. Nunca conheci tanta alegria. E agora, o bebê está morto. Nós só tivemos uma respiração com ele, antes que ele se perdesse de nós.

Hárpago parou, congelado por um momento. Não há volta, se ele colocar esta ideia em movimento. Não há como desfazer esse enredo. Ele ajeitou os ombros.

— Mitrídates, acredito que tenho uma solução para o seu problema.

CAPÍTULO VINTE E NOVE

Clamo ao Deus Altíssimo, a Deus, que para comigo cumpre o seu propósito.

Salmos 57:2, NVI

Olhei para o meu mestre com olhos surpresos.
— Artadates sabe?
— Ele não sabe. Os únicos pais que ele conhece são Mitrídates e a sua esposa.
— Mas...
— Sim. Nós precisamos contar a verdade para ele. Um dia. Por enquanto, ainda o considero muito novo. — Hárpago tirou seu chapéu redondo como se o peso dele fosse muito grande. — Um deslize e todos nós estaremos sujeitos à vingança de Astíages.
—Você, principalmente — pensei e percebi que tinha falado em voz alta. Ele se recostou em sua cadeira.
— Agora entende por que eu acolhi de bom grado a oportunidade de trazer você a Ecbátana. O menino merece uma educação.
— Os pais dele sabem que seu filho está vivo?
Hárpago balançou a cabeça.
— Eu não poderia arriscar. O rei tem espiões por todo lado. Cartas podem ser interceptadas. Além disso, se soubessem, reuniriam os seus exércitos e estariam aqui antes que Astíages tivesse tempo de terminar o jantar. Seria um massacre. Um que eles iriam perder. O exército da Média é muito maior, sem falar que é melhor equipado, embora eu não tenha dúvidas de que eles possam fazer um ataque poderoso contra nós. Nenhum dos dois reinos se beneficiaria dessa guerra.

— Por que você mesmo não poderia entregar o menino aos pais?

— Não posso simplesmente partir para a Pérsia sem o consentimento expresso do rei. Os meus movimentos são uma questão de Estado. Astíages me impede de me aproximar de Ansã há dez anos. Mandane nunca mais voltou a Ecbátana desde que perdeu o filho. Astíages deseja garantir que eu nunca fique cara a cara com ela. Ele teme que eu possa, em um lapso, contar a ela o que ele fez. Ele sabe que nunca concordei com a sua decisão.

— Você não poderia ter enviado o menino para Ansã com o pastor?

— Mitrídates e sua esposa o adoram. Se eu os enviasse nessa longa viagem, não estou certo de que eles iriam encontrar o caminho para os pais legítimos da criança. A tentação de mantê-lo para si pode ser grande demais. — Hárpago colocou a mão cansada sobre o topo da cabeça. — Digamos que eles resistam à tentação de ficar com o menino. Imaginemos até que, por algum milagre, eles evitassem todos os perigos enquanto viajam sem o benefício de guardas e chegassem a Ansã sem serem vítimas de bandidos ou de animais selvagens. Como vão Mandane e o seu marido acreditar nas afirmações de um pastor de que esta criança não é outra senão o bebê que supostamente perderam há dez anos?

— O senhor poderia escrever uma carta para eles.

— Por que o rei e a rainha da Pérsia deveriam aceitar a palavra de um general medo acima das reivindicações do próprio pai de Mandane? Seria uma grande intriga política. — Hárpago se levantou e começou a andar novamente. — Mil vezes já decidi enviar o menino para lá. E mil vezes eu reconsiderei. Talvez se eu tivesse conseguido devolvê-lo anos atrás, este não seria um dilema tão grande. Agora, parece tarde demais. Cambises e Mandane não tiveram outros filhos. Quando Cambises se tornou rei após a morte de seu pai, alguns anos atrás, eles nomearam seu sobrinho como herdeiro do trono. Enviar a criança para aquela confusão emaranhada sem ninguém para vigiá-la a colocaria em grave perigo. Um possível pretendente ao trono? Quantas adagas apontarão para a garganta dele, você imagina?

Eu não tinha como contestar o seu raciocínio. No entanto, o custo parecia alto demais. Ele salvara a vida de Ciro. Mas ele não tinha conseguido recuperar a identidade ou o lugar de direito do menino.

— Você entende agora por que eu a proibi de encher a cabeça dele com conversas sobre sua religião? Ele já é um forasteiro. Criado na Média. Se ele chegar em casa adorando alguma divindade judaica, ele não terá chances de chegar ao trono. Eu garanti que ele venerasse Aúra-Masda, o deus dos persas, prestando também homenagem ao deus medo.

Eu mexia repetidamente em meu xale azul que repousava sobre meu colo. Espontaneamente, as palavras do profeta Isaías vieram a mim: Eu o convoco pelo nome e concedo-lhe um título de honra, embora você não me reconheça. Deus havia previsto esse momento. Ele sabia que eu me sentaria aqui e teria as mãos atadas. A minha boca amordaçada. Incapaz de contar ao rapaz sobre as maravilhas do único Deus verdadeiro. Ciro cumpriria a vontade do Senhor sem o conhecer.

— Você acredita que ele ainda tem chance de ascender ao trono? — perguntei.

— Por enquanto, tudo o que podemos fazer é tentar mantê-lo em segurança — disse Hárpago. — Você conheceu Astíages. Notou alguma coisa familiar nele?

— Familiar, senhor?

Hárpago fez um sinal para seu rosto. Franzindo a testa, tentei recordar o meu breve encontro com o rei. Engasguei ao perceber o que preocupava Hárpago. O rei tinha os mesmos olhos verdes-floresta de Ciro. Pior ainda, acima de seu olho esquerdo sua sobrancelha forte se curvava distintamente como uma asa de corvo em sua ponta. A semelhança era sutil. Você poderia não a notar se fosse uma observadora casual como eu. Mas o próprio rei não ignoraria essa estranha semelhança.

Finalmente me ocorreu por que Hárpago queria manter o menino longe do palácio a qualquer custo.

Um barulho repentino na porta fez com que eu me pusesse rapidamente de pé. O assunto da nossa discussão estava à porta, com a boca aberta. Eu presumi que ele tivesse ouvido a nossa conversa.

Mas ele bateu na testa com a palma da mão e ofegou.

— Fogos e relâmpagos! Agora você está tentando ensinar acadiano a ele? Hárpago caminhou em direção ao menino.

— O que você está fazendo aqui, Artadates? Você deveria estar em casa.

O menino encolheu os ombros.

— Vim praticar. A professora disse que a minha letra parece com formigas bêbadas.

Algo na desculpa do menino me cheirava mal. Notei a maneira como ele se encostava ao batente da porta e percebi que o malandrinho estava escondendo alguma coisa.

— O que você tem aí? — Apontei para o seu lado.

— Uma porta.

— Ao lado da porta.

Artadates deu um suspiro. Sem dizer uma palavra, ele arrastou a espada de treino de onde a havia enfiado entre seu corpo e o batente e a ofereceu a mim.

— Eu estava apenas trazendo de volta.

— E por que você pegou isso?

— Para treinar, é claro. — Ele lançou um olhar afiado para Hárpago e não disse mais nada. Eu percebi que ele não queria reclamar na frente do meu mestre sobre a minha indisposição de envolvê-lo em uma luta propriamente dita.

Em um tempo diferente, em uma vida diferente, eu estaria me curvando perante este menino e lhe oferecendo a minha lealdade. Em vez disso, ele ficou lá em trajes de pastor e defendeu minha honra com seu silêncio.

Aceitei a espada de madeira e guardei-a organizadamente no baú.

— Agora vamos logo — disse eu, cansada. O nó bagunçado das revelações de Hárpago estava queimando um buraco na minha barriga. — Sua mãe provavelmente está preocupada.

— Ela está acostumada a seus hábitos fugidios — disse Hárpago. Ele mexeu na cabeça do menino e lhe deu um pequeno empurrão para fora da porta. — Nós mesmos precisamos voltar para casa. Logo os portões da cidade serão fechados.

Andei atrás de Hárpago, a minha mente com um turbilhão de perguntas. Então eu me dei conta. As palavras de Artadates vinham me incomodando, embora eu não pudesse determinar por que, exatamente. Agora eu me lembrava. Se não fosse pela névoa de choque que os segredos do meu mestre tinham induzido na minha mente, eu teria percebido imediatamente.

Mais cedo, Artadates dissera: "Fogos e relâmpagos!". Estas foram as palavras de Tigranes no dia em que visitou a cabana várias semanas antes. E agora, elas ocupavam um lugar tão confortável na língua de Artadates que voavam sem que ele percebesse.

Eu sabia o que isso significava. Engoli, com a garganta seca. Meu aluno estava passando tempo com Tigranes. Eu me recusava a lutar com ele. Então, ele tinha encontrado um companheiro de brincadeira que preencheria o vazio.

Tessa Afshar ❋ 175

O neto de Astíages e Ciro encontrou o filho de um rei para fazer amizade. E, no processo, ele encontrou uma maneira de entrar no palácio de um homem que havia planejado seu assassinato dez anos antes.

Eu me perguntei mais uma vez sobre Artadates, este príncipe escondido.

Mais do que o filho dos reis, ele poderia ser também o libertador prometido do meu povo? O Ciro anunciado pelo profeta Isaías?

Deus tinha chamado seu Ciro de pastor. Sempre assumira que a palavra era simbólica. Uma metáfora para um rei que lideraria e protegeria o povo de Deus. E se, como Davi, este Ciro tivesse o seu início como verdadeiro pastor? Passeando pelos campos, guardando cordeiros e dormindo sob as estrelas?

Os profetas tinham previsto que o cativeiro do meu povo duraria setenta anos. Isso colocava Ciro na idade certa. Daqui a trinta e cinco anos ele poderia ser um guerreiro experiente e ainda jovem o suficiente para liderar exércitos.

Ou ele poderia ser o pastor mais culto que já viveu.

Coloquei um pé na frente do outro enquanto subia a colina em direção a Ecbátana. Eu sabia o que o meu coração dizia. Sabia até a medula dos meus ossos.

O meu Ciro e o pastor de Deus eram a mesma pessoa.

Esta foi a razão pela qual Deus me trouxe aqui, até esta terra longínqua. O meu desterro na Média não foi apenas uma punição pelo meu pecado contra Jared. Deus tinha me trazido aqui para Ciro. E para meu povo.

Daniel tinha razão o tempo todo. Havia um plano especial para minha vida.

Longe de destruir o propósito de Deus para mim, a espada que tinha tomado o olho de Jared, como o peixe de Jonas, me engoliu apenas para me vomitar nas margens da terra onde eu deveria estar.

CAPÍTULO TRINTA

Mas para o Senhor isso ainda é pouco.

2 Reis 3:18, NVI

JARED

—Onde ela está, Johanan? — Jared pressionou a carta de Keren contra o peito de seu amigo.

Johanan colocou a espada de treino que acabara de pegar de volta na prateleira.

— Na Média — respondeu secamente.

— Média? — Jared nunca tinha considerado que Keren poderia ter fugido para tão longe.

— Você está louco?

Johanan respirou fundo. — Você pode buscá-la de volta, se quiser. Ela me fez prometer que eu te diria para onde ela foi, caso você quisesse castigá-la. Ela só concordou em ir quando eu lhe assegurei que você não queria reivindicar o Código de Hamurabi.

— O Código de Hamurabi? Você está louco!

— Então por que você está com raiva?

— Porque a Média é uma terra estrangeira com... com... pessoas estrangeiras. Ela não conhece ninguém lá. Ela nem fala a língua deles!

— Ela já aprendeu, nesse tempo. Você sabe como ela é com línguas.

— A questão é que ela está sozinha — gritou Jared. — Por que você demorou tanto tempo para me dar aquela carta?

— Você estava doente, no início, e em nenhuma condição de se preocupar com ela. Quando você começou a melhorar, sua raiva cresceu. Não queria que você simplesmente rasgasse o pergaminho antes de ler sequer uma palavra. Tive que esperar até você se acalmar.

— Entendo.— Jared suspirou.

— Eu sei que você está preocupado com ela. Mas na Média ela está a salvo da vingança do seu pai. Não passa um dia sequersem que o senhor Hanamel tente uma nova audiência com o rei, na esperança de incomodá-lo para uma busca mais ampla. Se ela tivesse permanecido no território babilônico, provavelmente já teria sido presa.

Jared ficou quieto.

— Eu sabia que ele estava furioso. Mas eu não fazia ideia de que o meu pai continua a perseguir a vingança com o rei.

— Ele nunca desistiu. Tive que levá-la para longe daqui.

— Preciso ver o rei antes que meu pai o faça.

— Pode esquecer essa ideia. Nabucodonosor tornou-se mais retraído e evasivo nos últimos meses.

Jared balançou a cabeça.

— É quase impossível para um homem comum sem conexões reais com a corte obter permissão para uma visita real — insistiu Johanan. — Isto nos ajudou de certa maneira, uma vez que impediu o seu pai de poder conversar com o rei uma segunda vez. Mas o senhor Hanamel pode em breve obter permissão para uma segunda audiência, dados seus laços reais. Você, por outro lado, seria mais provável que lhe crescessem um par de asas e voasse.

Jared agarrou uma espada.

— Primeiro, nós treinamos. Você vai desejar que você tivesse um par de asas quando ver o quanto melhorei.

— Oh, por favor! Precisamos?— Johanan resmungou.

— Sim, precisamos. Penso melhor quando tenho as mãos ocupadas.

— Você pode pensar o quanto quiser, Jared. Mas algumas coisas são simplesmente impossíveis.

— Para você e para mim, talvez. — Ele lançou um sorriso. — Mas isso é uma coisa fácil para o Senhor.

CAPÍTULO TRINTA E UM

"Moabe tem estado tranquila desde a sua juventude, como o vinho deixado com os seus resíduos; não foi mudada de vasilha em vasilha. Nunca foi para o exílio; por isso, o seu sabor permanece o mesmo e o seu cheiro não mudou."

Jeremias 48:11, NVI

Apertei a borda da minha espada de madeira contra o pescoço de Artadates. Uma respiração chocada saiu assobiando de seus lábios. Após uma breve hesitação, ele saltou para longe. Joguei a arma no chão e cruzei os braços.

— Você estaria morto agora, se eu fosse um guarda do palácio — disse eu, mantendo minha voz baixa.

— Como você me encontrou?

— Você não é tão difícil de seguir. — Silenciosamente, pedi desculpas a Deus pela mentira. Na verdade, achei um desafio considerável acompanhar o seu ritmo. — A questão mais imperativa é: o que você está fazendo entrando de fininho no palácio?

— Só estou me divertindo um pouco.

— Se divertindo um pouco? — Cuspi as palavras. — Se divertir um pouco é ir colher maçãs. Ou aproveitar uma longa caminhada no campo. Ou um bom passeio num cavalo bem treinado. Isto... — Apontei para a pedra que ele conseguiu tirar da base do muro do jardim. — Isto é o que faz com que cabecinhas sejam separadas de seus pescoços magros.

Artadates esfregou o pescoço magro.

— Longas caminhadas no campo? Fogos e relâmpagos! Lembre-me de nunca tentar me divertir quando você estiver por perto.

— Onde ele está?

— Onde está quem?

Bati meu pé.

— Onde está o seu amigo principesco, o refém do rei Astíages com quem você anda se juntando escondido?

Artadates fez uma careta. Sem palavras, ele apontou para a parede.

— Lá dentro em algum lugar.

Antes que eu pudesse responder, a cabeça do referido refém apareceu através do buraco criado pela pedra solta que Artadates tinha removido.

— Uh-oh — murmurou ele quando me viu.

— Agora você pode sair daí.— Cerrei os dentes.

O príncipe armênio sorriu e deslizou com a agilidade de um lagarto. Ele tirou uma folha seca da bochecha enquanto se endireitava, batendo em sua túnica para tirar a lama.

— Vim ver o que estava fazendo você demorar — disse ele a Artadates.

Meu aluno apontou para mim.

— Cuidado, ou ela fará com que você faça longas caminhadas no campo e aprenda acadiano.

— Fogos e relâmpagos! — Tigranes arfou, como se eu tivesse ameaçado enforcá-lo no cadafalso.

— Vocês dois estão em apuros. Vocês vão desejar uma aula de acadiano quando eu terminar aqui. O que vocês estão fazendo entrando e saindo de fininho do palácio?

— Não fizemos nada de mal — disse Artadates. — Estamos apenas treinando com nossas espadas. Praticar com você não é suficiente, Keren. Para aprender, preciso de um parceiro adequado.

Cada palavra acalorada de cautela e correção evaporou na explicação de Artadates. Porque o menino diante de mim não era, de fato, Artadates. Ali estava Ciro, um príncipe que um dia lideraria exércitos em direção à Babilônia. Ele precisava aprender a usar uma espada. E ele tinha razão. Os meus exercícios diários, embora vigorosos, não eram suficientes.

— Bom, vocês não podem fazer isso no palácio — expliquei. — Vocês serão pegos e punidos. — Para não mencionar, possivelmente reconhecidos.

— Vocês também não podem praticar na cabana. O senhor Hárpago nunca concordaria com isso.

Os meninos gemeram em uníssono, soando como um coro descontente.

— Precisamos encontrar um local escondido para vocês dois — disse eu, ignorando seus gemidos. — Onde vocês não serão descobertos por ninguém.

Comemorações receberam meu novo pronunciamento. Antes que eles ficassem muito entusiasmados, eu segui em frente.

— Apenas três vezes por semana — adverti. — Tigranes, você deve garantir que ninguém o siga quando sair do palácio. E Ciro, você não voltará a vir a este lugar. Entendido?

— Quem é Ciro? — Artadates olhou para mim, com o rosto ingênuo cheio de curiosidade.

O calor manchou minhas bochechas.

— Apenas errei na hora de falar. Eu quis dizer você, Artadates. Agora, você conhece algum lugar abandonado que podemos usar? Um lugar que ninguém poderá achar acidentalmente. Você conhece esta área melhor do que Tigranes ou eu.

Artadates sorriu lentamente.

— Conheço o lugar perfeito.

✳ ✳ ✳

Quando voltei para casa, encontrei uma pilha de cartas à minha espera. Johanan manteve sua promessa e encontrou uma maneira de me enviar uma sacola cheia de missivas da minha família. Nada de Jared, claro. Sabia que não deveria esperar uma resposta dele. Ainda assim, saber disso não tinha me preparado para a pontada de desapontamento que torcia na minha barriga.

Abri primeiro a carta do meu avô e olhei para as linhas vacilantes no papiro e chorei ao me lembrar dos dedos trêmulos que as tinham feito.

As minhas lágrimas viraram risadas enquanto lia sobre o meu irmão, que, na sua pressa frenética de se preparar para o seu trabalho nas docas, tinha acidentalmente derrubado um pote de tinta vermelha do meu avô da mesa. Mas quando ele abaixou em seus joelhos para recuperar o pote virado, ele ficou confuso. O pote de tinta tinha desaparecido. Depois de garantir que nenhuma tinta tivesse sido derramada no tapete precioso da minha mãe, ele deu de ombros e correu para o trabalho.

Uma hora mais tarde, quando a minha mãe foi pegar os seus caniços de cestaria, tinha uma surpresa reservada para ela.

Para criar seus cestos, ela mergulhava os caniços em uma banheira de água por uma hora para torná-los flexíveis o suficiente para serem usados. Naquela manhã, ela descobriu que cada caniço tinha sido tingido de um delicado tom diferente de rosa!

Ela sentou-se e olhou para esta maravilha inesperada com preocupação. Tendo prometido cinco novos cestos ao comerciante do mercado, ela chegou à conclusão de que ela e a minha irmã teriam de usar os caniços estragados pelo cor-de-rosa, uma vez que não teriam tempo de embeber e amolecer novos a tempo.

Felizmente, o comerciante gostou tanto da aparência deles que encomendou mais dez. Agora meu irmão estava exigindo uma parte de sua renda, dizendo que ele tinha inventado a cor.

Li todas as palavras que a minha família tinha escrito várias vezes e beijei os seus nomes assinados no papiro. Minha casa parecia a mesma de sempre. Nada de fundamental tinha mudado. Eu ansiava por essa mesmice agora, na minha vida às avessas. Aquela segurança indefinível que apenas a presença dessas pessoas parecia proporcionar.

No entanto, eu também sabia que estava exatamente onde deveria estar.

Lembrei-me de um versículo nos escritos de Jeremias que parecia aplicar-se às minhas circunstâncias atuais. Falando de Moabe, o Senhor queixara-se ao profeta de que, como o mau vinho, a nação se assentara sobre seus resíduos, nunca mudada de vasilha em vasilha.

O sumo de uva tinha que permanecer na sua vasilha original até que seus resíduos se assentassem no fundo. Mas com o tempo, a vasilha tem que ser esvaziada em outra, deixando para trás suas impurezas. O processo é realizado várias vezes, até o vinho envelhecer adequadamente, ficando mais puro a cada esvaziamento.

Esvazie a vasilha rápido demais e o vinho perderá o seu sabor. Mas deixe-o por muito tempo e azedará.

Eu tinha sido como aquela vasilha, instalada na segurança da minha família e da casa de Daniel. O Senhor me manteve ali, firme e inalterada, protegida do mal.

Mas no seu tempo escolhido, Deus esvaziou-me da minha família. Da minha casa. Da companhia dos meus amigos. Da única terra que conhecera.

Ele não me derramou para me destruir. O inverso, na verdade. Se eu tivesse permanecido na Babilônia, teria me tornado como Moabe, azedada e inútil. Esta grande reviravolta levaria de alguma forma a uma vida frutífera. Eu tinha perdido a vasilha de casa, apenas para encontrar um novo propósito na vasilha da Média.

Com ternura, enrolei as cartas e amarrei-as com pedaços de fita antes de colocá-las na pequena prateleira que Aryanis e eu partilhávamos. Hárpago me encontrou enxugando as lágrimas das minhas bochechas.

— Saudades de casa?

— Sim, meu senhor.

— Sinto muito por isso. Como está o progresso do menino?

— Excepcionalmente bom. Senhor Hárpago... — Eu hesitei. Eu não tinha contado a ele das profecias sobre Ciro. No entanto, eu tinha vindo a confiar neste gentio que mantinha a vida do menino em suas mãos. Talvez tivesse chegado o momento de lhe dizer o que eu sabia. — Posso lhe contar algo curioso? Em segredo?

Ele fez sinal para o jardim e, pegando o pergaminho de Jeremias, eu o segui. Uma pequena vinha crescia no fundo do terreno, onde um antigo banco de pedra tinha sido amaciado por visitantes durante longos anos. Hárpago sentou-se no banco enquanto eu permaneci de pé diante dele, meus olhos baixando.

— O meu povo, como você sabe, senhor, vive no exílio. A nossa pátria está em ruínas. Mas há várias profecias que falam do fim do nosso cativeiro. De acordo com os nossos profetas, uma pessoa nos libertará da escravidão à Babilônia.

— Sim, sim. — Hárpago cruzou as pernas. — Estou certo de que essa pessoa existe.

— O nome dele é Ciro.

Hárpago congelou.

— O nome de quem?

— O nome deste salvador vindouro. Este rei gentio que um dia derrotará o Império da Babilônia. O nome dele é Ciro.

— É dito isso na profecia?

— Sim, meu senhor. Ele é chamado de Ciro na profecia. Mais interessante para o senhor, talvez, outro dos nossos profetas escreveu isto. — Desenrolei o pergaminho de Jeremias. Encontrando a passagem apropriada,

Tessa Afshar ❖❖❖ 183

traduzi-a para Hárpago. — "Assim diz o Senhor: o Senhor incitou o espírito dos reis dos medos porque seu propósito é destruir a Babilônia."

— O quê? — Hárpago pôs-se de pé.

— Os reis dos medos, senhor. Este Ciro, que um dia deve derrotar a Babilônia e libertar o meu povo, é um rei dos medos.

Hárpago empalideceu.

— Isto está dito aí? — Ele apontou para o pergaminho de Jeremias. Ele não tinha perdido o ponto saliente das minhas revelações. Juntando as duas profecias, ficava evidente que, um dia, um homem chamado Ciro se sentaria no trono da Média. Hárpago voltou a afundar-se no banco. — Você contou algo sobre isso ao garoto?

— Não, meu senhor.

Ele assentiu.

— É melhor continuar assim, por enquanto. Ele ainda é uma criança. Ele não precisa carregar o peso de profecias em seus ombros, caso você esteja errada.

Fechei os olhos.

— Ou caso eu esteja certa.

CAPÍTULO TRINTA E DOIS

*Pois tu, Senhor, abençoas o justo;
o teu favor o protege como um escudo.*

Salmos 5:12, NVI

JARED

Jared considerou pedir a Daniel para marcar uma reunião com Nabucodonosor, mas pensou melhor depois. Dada a situação espinhosa que seu pai havia criado, quanto mais ele mantivesse Daniel longe do assunto, mais seguro estaria seu mentor caso as coisas dessem errado.

Ele não conseguia pensar em outra maneira de ter uma audiência com o rei, no entanto. Ele sentia como se estivesse tentando abrir uma pesada porta de bronze com uma pena. Tirando a ideia de entrar de fininho no palácio, e provavelmente ser morto, ele estava sem ideias.

Então, para seu espanto, ele recebeu uma carta da corte, que Daniel lhe entregou.

Segurando um pequeno cilindro de barro, Daniel girou-o em entre o polegar e o indicador.

— Eu não sabia que você tinha conexões no palácio.

— Eu também não. — Jared pegou o cilindro da mão de Daniel. Quebrando o selo e o envelope externo, ele leu a mensagem rapidamente. Seu queixo caiu.

Meses antes, ele tinha enviado uma carta a um dos escribas reais de Nabucodonosor. Ele pensara que a missiva tinha se perdido nas poderosas bobinas da burocracia que era a corte real e tinha se esquecido por completo de seu conteúdo. Depois do acidente, grande parte da vida normal escapara de sua memória. Consumido pela perda e dor que havia sofrido, nunca mais tinha pensado na carta.

Agora aquela mensagem esquecida e o incidente que tinha instigado a sua composição pareciam abrir a porta impossível que ele procurava.

Ele tinha sido convocado para ir à corte!

Claro, ele só tinha conseguido uma audiência com um escriba real, o que estava muito longe de ser um encontro com o rei. Mas ele conseguira colocar o pé na porta de entrada do palácio. E Deus, que tinha usado uma carta velha e esquecida para o levar até ali, poderia levá-lo pelo resto do caminho.

— Bem? — perguntou Daniel.

Jared sorriu.

— Vou à corte para me encontrar com um dos escribas reais.

— Qual deles?

— Aqui não diz.

— Você não está encrencado, está?

— Espero que não. — O sorriso de Jared se alargou. — Acredito que fui convocado a respeito de um assunto relativo à nova ponte.

— Aquela que o rei ama como um filho recém-nascido?

— Essa mesmo.

Com a idade de cinquenta e sete anos, Nabucodonosor governava a Babilônia há trinta e dois anos. Ele passara sua juventude forjando conquistas militares, culminando na vitória deslumbrante contra o famoso exército do Egito em Carquemis. Embora algumas batalhas e lutas ainda ocupassem a atenção do rei babilônico, nestes anos do meio de seu governo, ele havia voltado a maior parte de sua atenção para a reconstrução da Babilônia. Daniel tinha dito certa vez a Jared que o que mais orgulhava o rei eram essas realizações, de suas grandes obras públicas, incluindo a reconstrução das fortificações da Babilônia e a ampliação do palácio real e do templo de Marduque.

Mais recentemente, os engenheiros de Nabucodonosor haviam concluído uma grande ponte sobre o Eufrates. O rei, de acordo com Daniel, tinha uma profunda afeição por esta nova e maravilhosa estrutura, construída a seu pedido, ligando a antiga e a nova Babilônia com uma grandeza impressionante.

Esta ponte, esperava Jared, lhe ofereceria acesso à presença do rei.

Ele voltou ao seu quarto para vestir um traje mais formal, ajustando a franja larga em um dos ombros. Dando uma olhada rápida no espelho de prata para garantir que seu tapa-olho não estivesse desalojado, Jared foi para os estábulos.

Ele estava hospedado na casa de Daniel há semanas, já que seu pai o havia dispensado sumariamente de estar debaixo de seu teto. A calma que encontrara ali – trabalhar para Daniel de manhã, passar as tardes com Joseph, esforçar-se para recuperar o seu equilíbrio físico com exercícios e terminar todas as noites com as mãos de Daniel em sua cabeça, rezando – ajudara com a sua dor. Embora as dores de cabeça nunca o tivessem deixado completamente, elas diminuíram em número.

Ele sentia a lentidão do processo de cura e restauração raspando sobre ele. Ele descobriu que a paciência, a qual nunca lhe chegara facilmente, era aprendida em incrementos calmos. Ele só podia esperar que uma dor de cabeça não o atingisse agora, já que ele estava prestes a embarcar para esta importante reunião.

Embora ele não fosse tão ágil em seu cavalo como antes fora, ele transpôs seu caminho através das movimentadas vias da cidade com nova confiança. No palácio, um dos guardas levou Jared a um cômodo arejado cujas paredes estavam cobertas do teto ao chão em ricas tapeçarias egípcias.

Um homem baixo, magro e sem barba ergueu os olhos por detrás de uma mesa de ébano.

— Jared, supervisor de canal e filho do senhor Hanamel, eu presumo?

Jared inclinou a cabeça e apontou para o tapa-olho.

— Não sou mais supervisor de canal, receio.

— Ah, sim. Eu soube do seu acidente. Uma tragédia.

Jared encolheu os ombros.

— Estou me acostumando.

O escriba acenou, indicando a cadeira de frente para a mesa.

— Eu sou Urshanabi, o escriba sênior do rei.

Escriba sênior! Jared ficou atordoado por sua simples carta ter aberto a porta a uma personalidade tão alta.

Urshanabi colocou uma pequena tábua de barro sobre a mesa diante dele. Jared reconheceu seu próprio selo, agora quebrado.

— Uma carta e tanto — disse o escriba sênior.

— É precisa. — Jared alinhou os pés e tentou não se mexer. A última vez que tentou explicar o que tinha visto, foi severamente repreendido.

Tessa Afshar ❖ 187

Urshanabi se recostou.

— A princípio, quando um dos escribas me trouxe sua mensagem para revisar, eu a ignorei. A sua alegação parecia pouco crível.

— A princípio? — Jared ergueu as sobrancelhas.

— Os detalhes que você incluiu. Agarraram-se a mim e não deixaram de me incomodar. Diga-me. Como você percebeu o problema com a nova ponte? Ninguém mais tinha percebido, nem mesmo os nossos melhores engenheiros.

— Quando servia como supervisor de canal me foi atribuída a área do rio em torno da ponte. Reparei que os meus homens tinham dificuldade em aproximar-se das estacas. As correntes eram poderosas demais. Os trabalhadores eram frequentemente jogados às margens. Finalmente, eu mesmo entrei no rio, com a intenção de verificar o nível de sedimentação. Sou um bom nadador e esperava me sair melhor do que os nossos homens.

— Você conseguiu?

— Sim. Não havia muita sedimentação. Mas, no processo, notei que a direção da corrente permaneceu persistente, batendo contra a mesma parte da costa que sustentava as estacas da ponte. Quando mergulhei, notei que a saliência de pedra sobre a qual as estacas tinham sido construídas não se estendia até o leito do rio. Na verdade, era bem fina. E a corrente estava comendo a base de barro por baixo. Eu já podia ver a erosão.

— Foi quando você soube que a ponte estava falhando?

— Eu suspeitava disso naquele momento. Mas queria confirmar as minhas descobertas. Fiz alguns cálculos com base naquilo que pensava que a ponte deveria pesar e percebi que estava em perigo de colapso. A menos, é claro, que movêssemos as estacas mais para trás.

— Por que você não relatou suas descobertas ao engenheiro-chefe que lidera os supervisores de canal?

Jared olhou para Urshanabi com um olhar imperturbável. Ele não tinha intenção de ser um dedo-duro. A verdade é que, após consultar Johanan, eles tinham contatado o supervisor em conjunto. O homem tinha dado neles uma bronca, tratando-os tão mal que nenhum dos dois esqueceria tão cedo. Ele acusou Jared de deixar o poder subir à cabeça, pensando ser qualificado para criticar a nova ponte do rei.

— Entendo — disse Urshanabi com um aceno lento. Depois de anos de experiência na corte, ele deve ter aprendido a interpretar o silêncio, além das palavras. — Você ficará feliz em saber que enviei meu melhor engenheiro para dar uma olhada.

— O que ele encontrou?

— Aquilo que você alega. A nova ponte corre o risco de desmoronar. Talvez não hoje ou amanhã. Mas daqui a um ano ou dois.

— Melhor descobrir agora, quando ela pode ser reparada.

— De fato. O senhor rei está ciente do seu serviço. Ele me pediu que lhe oferecesse o que quisesse.

Jared respirou fundo.

CAPÍTULO TRINTA E TRÊS

*Prepara-se o cavalo para o dia da batalha,
mas o Senhor é que dá a vitória.*

Provérbios 21:31, NVI

—Você precisa de calças — me informou Artadates depois que terminamos nossas aulas matinais.
— Calças? — Franzi a testa. — Por que eu precisaria de calças?
Homens medos usavam calças até os tornozelos sob suas túnicas longas e estreitas. As pregas nas laterais das suas vestes permitiam a eles a liberdade de se moverem com facilidade. Suas mulheres, no entanto, não eram conhecidas por essa prática.
— É mais fácil cavalgar assim. — Ele apontou para a minha túnica babilônica surrada. — Essa coisa vai rasgar ao meio quando você montar num cavalo. Se você vai aprender a cavalgar, vai precisar de calças.
—E u não tenho a intenção de aprender a andar a cavalo. Eu montei uma mula da Babilônia até aqui e já foi ruim o suficiente.
Artadates colocou as mãos na cintura.
— Se você quiser acompanhar Tigranes e eu, vai precisar cavalgar. Tigranes vai me ensinar tiro com arco de verdade, montando um cavalo a galope. Você vai querer ficar à toa, sentada dentro da cabana, enquanto partimos para a selva sozinhos?
— Fogos e relâmpagos! — exclamei.— Onde é que vou conseguir um par de calças?
Artadates se inclinou, rindo.
— Você não sabe costurá-las?

— Não, não sei.

— Pensei que as garotas deveriam saber essas coisas.

— Não esta garota. Eu sei acadiano.

— Entendo por que você não é casada. Você provavelmente também não sabe cozinhar.

— Você estaria certo sobre isso.

— Minha mãe cozinha melhor do que os *chefs* da corte da Armênia. Eu sei, porque Tigranes me contou quando provou a comida dela. O meu pai está sempre sorrindo na hora do jantar.

— Posso não saber cozinhar. Mas sei como se organiza um exército.

Artadates congelou. Sem dizer uma palavra, ele puxou a cadeira para mais perto.

— Isso é muito melhor do que acadiano.

— Você sabe quem era Ciaxares?

— Bem, eu nunca o conheci, se é isso que você quer dizer. Mas ele era o pai do rei.

Eu concordei com a cabeça.

— Ele era um grande general. Até ele subir ao trono, os exércitos da Média eram organizados de acordo com suas tribos. Os homens pertencentes a cada tribo apareciam e lutavam juntos em uma poderosa confusão, soldados de infantaria e cavalaria todos misturados. Ciaxares pôs fim a essa prática. Em vez disso, ele arranjou o exército em destacamentos organizados, dividindo-os por armamento. Arqueiros em um grupo, lanceiros em outro, e assim por diante. Isso permitiu que ele usasse cada braço de seu exército estrategicamente, aumentando seu controle da batalha.

Artadates olhava para mim com adoração.

— Você estava escondendo o ouro de mim. Você sabia todas estas coisas maravilhosas e nunca me contou.

Cruzei as pernas. Na verdade, já estava esgotando meus conhecimentos militares. Enquanto os rapazes estudavam guerra, tática, estratégia e história militar, eu estava ocupada trabalhando para Daniel. O meu domínio do tema era lamentavelmente limitado. Mordi o interior da boca. Tínhamos que arranjar um instrutor adequado para esta criança a que eu chamava Artadates, mas que não era Artadates afinal.

Ele me cutucou.

— Você ainda precisa de calças.

* * *

— Meu senhor?

Hárpago ergueu os olhos da sua tábua de barro.

— Sim?

— É um assunto delicado.

Ele jogou as mãos ao ar.

— O quê? Você quer que eu vá buscar penas de avestruz e abane sua cara?

— Você tem um par de calças velhas que eu possa usar? — Apertei os lábios.

Ele ergueu as sobrancelhas, aguardando uma explicação.

— Para montar a cavalo. Artadates deseja praticar tiro com arco enquanto cavalga, e eu preciso acompanhá-lo.

Hárpago recostou-se em sua cadeira.

— Nesse caso, você precisará de mais do que calças. Você precisará de um cavalo.

— Isso também seria útil.

O canto da boca de Hárpago levantou-se.

— Você não sabe andar a cavalo.

— Artadates planeja me ensinar.

— Mesmo? Bem, tente não quebrar o pescoço.

— Quão difícil pode ser? Já sei montar uma mula.

Hárpago suspirou.

— Que bárbara que você é. — O gosto dele por cavalos chegava a profundidades que eu nunca tinha entendido. — Vou providenciar para que você possa usar uma égua gentil. Tente não arruiná-la.

Eu lancei a ele um olhar sombrio, incapaz de fazer promessas.

— Quanto às calças, vou pegar uma do meu filho. Aos treze anos, ele está mais próximo do seu tamanho do que eu. Embora ele já seja mais alto do que você — disse ele com orgulho.

Um dos criados aproximou-se da porta e curvou-se.

— Um mensageiro do rei, meu senhor. — Ele colocou um pequeno envelope de barro com um selo escarlate na frente de Hárpago.

— Ele está esperando uma resposta?

— Não, senhor.

Hárpago liberou o criado e, quebrando o selo e o envelope, extraiu a tábua que estava dentro dele. Suas sobrancelhas arquearam, pensativo.

— O rei pede que eu a leve à corte amanhã.

Eu franzi a testa.

— Seu escriba sênior está doente de novo?

— Ele diz que sim.

— Ele diz? — perguntei, alarmada.

— Eu acho que você... o intrigou.

Apertei a barriga, tentando aliviar a súbita pontada de dor intensa. Eu preferiria dançar com um furacão a intrigar um rei. Seres humanos imprevisíveis com poder ilimitado não deveriam desempenhar nenhum papel na vida de qualquer pessoa sã.

Ao senhor Daniel, governante da província de Babilônia, da sua serva Keren:

Você se perguntará, sem dúvida, como é que esta carta chegou à sua mesa. O amor, descobri, pode abrir um caminho, mesmo através de rios e montanhas. Além disso, os serviços de mensagens secretos não são tão escassos como eu temia.

Não passa um dia sem que eu sinta falta do senhor e da senhora Mahlah.

O senhor tinha razão, mestre Daniel. Deus tem um propósito para mim. Este banimento também serve à sua vontade.

Embora não possa revelar onde estou, posso lhe dizer que encontrei aquele que Isaías chama de pastor do Senhor. Aquele que um dia libertará o nosso povo. O nome dele o senhor já conhece, embora eu não o tenha inscrito nesta carta.

Ele é apenas um menino. Uma criança extraordinária. Mas se eu estiver certa, ele crescerá para governar.

Reze por mim, Daniel. Reze para que eu não lhe falhe com o menino. Reze para que eu não falhe com Deus.

Envio para ao senhor as minhas orações e o meu coração.

CAPÍTULO TRINTA E QUATRO

"Eu sou o Senhor, o Deus de toda a humanidade. Há alguma coisa difícil demais para mim?"

Jeremias 32:27, NVI

JARED

Um impulso rápido como um raio e Johanan se pôs desarmado, sua espada deitada inutilmente a seus pés.

— Como você fez isso? — clamou ele, respirando em rajadas curtas.

— Tenho tido mais oportunidades de treinar desde que comecei a trabalhar para o seu pai. — Jared sorriu.

Johanan recuperou sua espada do chão, esfregando o pulso dolorido com cuidado.

— Eu acho que você está melhor do que era antes do acidente. Você está certamente mais impiedoso.

— Quando perdi a visão do olho esquerdo, me tornei hesitante a cada passo. Prudente demais, para evitar erros. Eu tenho lutado contra esse instinto há meses. A experiência pode ter me tornado um pouco mais feroz do que antes.

Limpando a nuca com um pano, Johanan balançou a cabeça.

— Você vai me dizer como foi sua entrevista com o rei, ou você está planejando terminar o trabalho e me matar com suspense agora que você me feriu com sua espada?

Jared riu. Seu encontro com Urshanabi finalmente levou a uma audiência com o rei babilônio naquela manhã.

— Eu implorei a Nabucodonosor que perdoasse o crime de Keren para que ela pudesse voltar para casa impunemente.

— E?

— O rei me chamou de nobre e disse que poucos estariam dispostos a usar sua recompensa real para ajudar outra pessoa. Ele é bastante sábio para um gentio babilônio.

— E? — clamou Johanan, exasperado.

Jared encolheu os ombros.

— Ele aceitou o meu pedido.

Johanan expeliu um longo suspiro.

— Ele aceitou?

— Isso não é tudo. — Jared tilintou a recheada bolsa de tecido que o rei lhe tinha atirado antes de o liberar. Afrouxando as cordas, ele deu a Johanan um vislumbre dos xelins de prata dentro dela.

Johanan arfou. — Isso deve equivaler ao salário de um ano.

— Talvez dois, considerando o que eu ganhava como supervisor de canal.

Passando a mão pelo cabelo desgrenhado, Johanan encostou-se à parede.

— É difícil acreditar que você conseguiu mesmo garantir o perdão de Keren.

— Você alguma vez duvidou?

— Todos os dias!

— Eu também!

Os dois amigos começaram a rir alto. Aquele riso tinha apenas um pequeno tom de histeria nele.

Bem naquele momento, o velho servo de Daniel, Hanun, passou por ali.

Ele franziu a testa, dando uma volta para manter-se longe deles.

— Loucos! — murmurou ele. — Toda a geração deles.

Jared e Johanan começaram a gargalhar.

— Vou escrever uma carta a Keren para informá-la das boas novas — disse Johanan, ainda sorrindo. — Ela deve estar ansiosa para voltar para casa.

— Como ela vai viajar? — Ele estava fazendo o possível para parecer despreocupado. — Hárpago virá à Babilônia em breve?

— Duvido. Suponho que ela se juntará a uma caravana de algum tipo. É provável que haja outros viajantes a caminho da Babilônia.

— Uma caravana? Quer que ela viaje com estranhos? — Jared ficou de pé. — Você sabe o que pode acontecer com uma mulher sozinha em uma jornada tão longa?

— Você tem uma ideia melhor?

Jared rangeu os dentes, recusando-se a responder.

CAPÍTULO TRINTA E CINCO

Pois me livraste da morte.
Salmos 56:13 NVI

Apesar de praticar diariamente, levei semanas para aprender a andar a cavalo com competência. Encontrei em Artadates um professor surpreendentemente dedicado. Ele era gentil em suas correções, generoso com seus elogios e extremamente exigente.

Como sua professora, durante meses eu tinha exigido o melhor dele. Agora que ele estava no meu lugar, eu tinha que respeitar seus pedidos sem reclamar, sabendo que a minha própria atitude viria a me assombrar quando ele se tornasse meu aluno novamente algumas horas depois.

Demorou alguns dias até que ele me permitisse montar no cavalo. Em vez disso, ele me treinou para ter a postura certa primeiro.

— Você tem vários maus hábitos para quebrar. Desfaça essa corcunda, por exemplo. Costas retas — disse Artadates, com as mãos apoiadas na cintura. — Cabeça erguida. Não como se fosse pegar flocos de neve com a boca. Guarde o queixo para dentro.

— Eu nunca vi flocos de neve, muito menos os peguei com a minha boca— retorquiu Keren.

— Para alguém que sabe tanto, você não sabe de muita coisa.

Quando finalmente me foi permitido montar no cavalo, meu professor não me permitiu realmente andar.

— Eu estava certa de que você tinha me dito que iria me ensinar a andar a cavalo — disse eu, tentando não mostrar minha exasperação. — Não a sentar no cavalo.

— Você vai poder andar quando souber sentar corretamente. A sua postura deve estar em harmonia com o seu cavalo.

Para dar ao menino seus devidos créditos, ele de fato fez de mim uma boa cavaleira. É claro, eu não fazia ideia, enquanto me arrastava na égua gentil de Hárpago, de que a instrução rigorosa de Artadates um dia salvaria a minha vida.

* * *

O meu aniversário veio e sefoi sem ninguém para lembrá-lo. Outros aniversários também passaram. O da minha mãe. O do meu irmão mais velho. E o de Jared.

Eu me mantinha tão ocupada quanto o meu corpo podia suportar para que estas recordações de casa não me afogassem numa areia movediça de luto. Descobri que o esgotamento físico que vinha depois de longas horas de equitação era uma panaceia eficaz para as saudades de casa. Eu ficava simplesmente cansada demais para sentir.

As minhas aulas de equitação estavam sendo interrompidas pelo menos uma vez por semana, graças ao rei. Sob um pretexto ou outro, ele pedia a minha presença no palácio. Alguns dias, ele permitia que eu me juntasse ao resto dos seus escribas, e depois disso ele encontrava uma desculpa para parar e ficar lá.

Mais frequentemente, ele exigia a minha presença em sua câmara de audiências. Ele me pedia para escrever uma carta na presença de dignitários estrangeiros e depois dizia que até escribas dele eram mais bonitas do que as senhoras reais que ocupavam a corte dos outros. Eu estremecia de vergonha, sabendo que ele me usava como meio de insultar, mas eu estava impotente para repudiá-lo.

Hárpago ia sempre comigo nestas ocasiões, tentando me proteger dos dedos errantes do rei, que tinham uma tendência de girar no meu cabelo ou a ficar no meu ombro. Penso que a presença do meu mestre desencorajava Astíages de ir mais longe. Seus olhos viajavam com muito mais ousadia do que aquelas mãos atarracadas e adornadas. Às vezes ele olhava para mim como um homem sedento olha para uma tigela de melões gelados e doces.

Eu sempre voltava para casa dessas visitas encharcada de suor e sentindo um pouco de náusea. Como um homem tinha o poder de me fazer sentir suja com o seu mero olhar não deixava de me mistificar e chocar. Em casa, eu tinha meia dúzia de pessoas em quem podia confiar. Aqui, eu tinha que suportar sozinha o peso desta estranha violação.

Certa tarde, eu estava voltando para casa de outra destas audiências no palácio, e meus punhos tremiam de frustração. Eu ia em direção a meu recanto, com a intenção de me trocar das minhas vestimentas de ir ao palácio para poder ir até a cabana e passar o resto da tarde com Artadates. Mas Aryanis me parou no meio do caminho.

— Você tem uma visita.

Eu olhei para ela, perplexa.

— Tenho? — Então, imaginei que deveria ser Artadates.

— Onde está esse menino? — grunhi.

Aryanis sorriu.

— Se é isso que você chama de menino na Babilônia, gostaria de me mudar para lá. — Ela apontou um polegar em direção ao jardim. — Está esperando por você junto às rosas.

— A audácia desse menino! — murmurei, irritada, enquanto me encaminhava para o local que Aryanis havia indicado.

Uma coisa era Artadates entrar de fininho na casa. Mas vir me visitar abertamente quebrava todas as regras que Hárpago tinha estabelecido. Os meus passos desaceleraram. Contudo, Aryanis teria reconhecido Artadates e o teria expulsado. Então sobrava o príncipe armênio. Misericórdia! Aquelas crianças seriam o meu fim. De repente, minha boca ficou seca com uma premonição. Tigranes não viria me procurar abertamente a menos que algo tivesse dado errado.

Comecei a correr em direção ao jardim. Meus pés pararam subitamente quando avistei o visitante.

Mesmo estando de costas para mim, eu o reconheci. Já tinham se passado seis meses desde a última vez que eu o tinha visto. Seis meses de arrependimentos e solidão. Seis meses de saudades dele.

Minha respiração parou quando me dei conta do porquê ele ter vindo. Johanan tinha prometido que revelaria o meu paradeiro a Jared caso ele decidisse exigir o castigo. Olho por olho.

Essa era a dívida que eu tinha com ele. Uma que eu pretendia pagar. Meus lábios se separaram e por um momento me vi incapaz de respirar. Forcei meus pés para a frente. Mesmo eu não tendo feito nenhum som, Jered pareceu alertado da minha presença e se virou. Um remendo de couro preto e convexo cobria seu olho esquerdo. Por um momento não pude ver mais nada, meu olhar cativo àquele pedaço de couro.

Àquela cobertura inadequada para o meu pecado.

Então, minha visão deslizou, e eu percebi o resto dele e franzi a testa com surpresa. A última vez que eu tinha visto Jared, ele estava pálido e doente, deitado desamparado numa cama. Mas o homem que estava diante de mim estava musculoso e bronzeado do sol. Tudo sobre ele, exceto aquele tapa-olho intransigente, gritava saúde.

Seus longos cabelos tinham sido puxados para trás em uma trança rígida, amarrada à submissão por uma tira de couro. Em seu quadril pendia um cinto de espada vazio. Ele devia ter deixado as suas armas com os guardiões, entrando na casa desarmado como sinal de paz. Apesar da bainha vazia e da aljava, ele parecia mais um guerreiro do que o jovem estudioso de que eu me lembrava.

Engoli o nó duro na garganta e forcei os joelhos a dobrarem-se até cair aos seus pés.

— Você veio reivindicar o Código de Hamurabi.

— O Código de Hamurabi? — grunhiu ele e cruzou os braços.

— É seu direito.

— Não estou interessado neste direito. — Ele rangeu os dentes.

— Eu não entendo. Então, por que está aqui?

— Por favor, você pode se levantar? — Ele acenou com o braço para mim. — Eu não posso falar com você enquanto você ocupa essa pose ridícula.

Eu tinha certeza de que minha cara estava mais rosada do que as pétalas de rosa que nos rodeavam. Lentamente, me endireitei. O choque inicial de vê-lo aqui em Ecbátana começou a diminuir, me deixando tremendo em reação.

— O que você está fazendo aqui? — perguntei, totalmente confusa.

— Johanan te enviou uma carta explicando.

— Eu não a recebi.

Ele encolheu os ombros.

— Provavelmente eu viajei mais rápido do que o mensageiro e cheguei antes da carta de Johanan.

Fiquei parada e, por um momento, absorvi a visão dele. Algo tinha acontecido com Jared nos meses que se passaram desde a última vez que tínhamos nos visto. Para além do tapa-olho. Da cegueira.

As mudanças físicas eram sutis. Os ombros estavam ligeiramente mais largos, o peito maior, as pernas mais musculosas. Mas eu senti a mudança mais forte em seu rosto. As características permaneciam as mesmas: os mesmos contornos, os mesmos ângulos, os mesmos lábios e nariz e sobrancelhas.

Só que tudo parecia mais duro, como se a suavidade da inocência tivesse ido embora. Isso também tinha sido minha culpa.

— Você mudou — disse eu, antes que eu pudesse me deter.

— Você também — comentou ele.

Eu tinha me esquecido que ainda estava usando meus trajes de ir ao palácio, com meu cabelo enfiado em rolos largos contra o meu pescoço, a túnica de lã azul-escura com a sua delicada capa esvoaçando na brisa da montanha.

— Acabei de voltar do palácio — expliquei.

— Do palácio?

— O rei solicita os serviços de um escriba adicional, às vezes.

— Você conseguiu subir no mundo. — Sua voz trazia um leve indício de amargura.

— Dificilmente. Ele é um bufão cobiçante, mais interessado em me usar como um meio de humilhar seus visitantes do que aproveitar qualquer trabalho real que eu poderia fazer para ele. Preferia mil vezes o meu trabalho para o mestre Daniel.

— Cobiçante? Ele te fez mal? — Seus lábios mal se moviam enquanto ele cuspia as palavras.

— De modo algum. — As minhas mãos tremulavam no ar entre nós. — Jared. Por que você está aqui? Em Ecbátana? Nesta casa?

— Eu vim te buscar, é claro. Você pode voltar para casa.— Ele encolheu os ombros.

— Para casa? — Fiquei surpresa.

Jared acenou com a cabeça, concordando.

— O rei concedeu-lhe o perdão. As exigências do meu pai para a sua punição foram negadas.

Eu senti como se alguém tivesse arrancado minha espinha e me afundei no chão em uma pilha sem nervos.

— Eu estou perdoada? — Nem nos meus sonhos mais loucos, não esperava que isto acontecesse. Conhecendo o pai de Jared, eu achava que ele era incapaz de perdão. E considerando que ele tinha a lei do seu lado,

Tessa Afshar ❖ 201

presumi que o meu exílio duraria enquanto ele vivesse, no mínimo. — Mas como?

— Você tem que agradecer à nova ponte por isso. — Resumidamente, ele me contou como tinha descoberto a fragilidade da estrutura. — O rei sentiu que estava em débito comigo por ter salvado o seu projeto favorito da destruição, sem falar em salvá-lo da vergonha de seu colapso público. — Ele levantou um ombro, indiferente. — Quando ele me ofereceu uma recompensa, pedi a sua liberdade.

— Você usou seu benefício real para ganhar meu perdão?

Sua mandíbula endureceu.

— Pelo bem da nossa velha amizade.

Eu concordei com a cabeça, atenta ao aviso contido nas palavras afiadas. Ele podia não querer que eu fosse punida, mas ele não tinha me absolvido. A nossa amizade era coisa do passado. Eu tinha perdido seu afeto, tão certamente quanto ele tinha perdido seu olho.

— Você pode voltar para sua família. Ao seu trabalho com Daniel. Eu estou aqui para te acompanhar de volta para casa.

Por um momento, eu me senti tonta de alívio e alegria. Eu poderia ir para casa! Ver meu avô, abraçar minha mãe e meu pai. Servir a Daniel. Deixar Astíages e seus olhos errantes para trás.

Então a verdade apareceu. Eu posso ter sido libertada do julgamento da lei. Mas eu não tinha sido liberada da missão de Deus. Levantando-me, eu balancei a cabeça.

— Eu não posso voltar para casa — sussurrei.

CAPÍTULO TRINTA E SEIS

Apesar disso, esta certeza eu tenho:
viverei até ver a bondade do Senhor
na terra. Espere no Senhor. Seja forte!
Coragem! Espere no Senhor.

Salmos 27:13-14, NVI

JARED

A dor veio como um dragão rugindo naquela noite enquanto ele estava deitado em seu quarto apertado na estalagem. Ele foi agarrado pelas garras implacáveis da agonia, incapaz de se mover.

Ele tinha se esforçado demais, percorrendo os caminhos da cordilheira de Zagros, pressionando o guia que havia contratado a um ritmo urgente. A sombra de uma leve dor seguira cada passo seu, ficando cada vez mais escura e ameaçadora, pois ele escolhera não dar ouvidos aos sinais de alerta que batiam em sua cabeça. Ele devia ter descansado por um dia. Devia ter ido mais devagar.

Em vez disso, ele se esforçou mais, com a intenção de chegar o mais rápido possívela Ecbátana. Ele não conseguia explicar sua pressa nem mesmo para si mesmo. Que diferença faria mais uma semana?

Então se viu cara a cara com Keren. Ele pensou que estaria preparado para vê-la. Imune ao antigo encantamento.

Ele estava errado.

Ela ainda cheirava a rosas. Ainda conseguiu, sem uma palavra, transformar suas entranhas em um labirinto retorcido. Aquela túnica elegante, com a sua capa curta e a lã macia e escura que abraçava seu corpo, foi um choque. Ele nunca a tinha visto vestida formalmente. Ela se ajoelhara aos seus pés, como uma exótica rainha cativa diante de um príncipe conquistador, e pôs a sua vida na palma da mão dele. Seu coração quase explodiu em seu peito.

A mulher o cegara e ele ainda assim se derretia só de vê-la. Isso fazia com que ele quisesse cuspir.

Era apenas uma resposta física estranha. A potência persistente do primeiro amor. Ele havia deixado aquele amor de infância no chão manchado de sangue do pátio de Daniel. Mas o desejo aparentemente levaria mais tempo para ser descartado.

Jered apertou a mão contra a têmpora e gemeu. Durante dias, ignorara as presas de uma leve dor que se mostravam. Desde o acidente, a dor era um visitante comum. Mas com descanso e oração, ele conseguira domar sua severidade. Conseguiu extrair suas presas e conviver com elas.

Mas agora, a exaustão, combinada com o choque de ver Keren e ouvir sua revelação inesperada, transformou-a em um laço inflexível, puxando com força, roubando seu fôlego.

E, para sua consternação, Jared se viu incapaz de orar.

Ele se convencera de que, em seu caminho para a cura, já tinha passado desse nível de sua enfermidade. Em vez disso, diante das presas velhas e venenosas, os medos familiares voltaram com tanta velocidade que o deixaram cambaleando. Ele curvou os lábios e ficou chocado ao se ver zangado com Deus.

Por não o ter curado ainda. Por ter permitido que o pior da dor voltasse.

Neste momento, ele se lembrou da extraordinária revelação de Keren. Este menino poderia ser verdadeiramente o prometido herói do seu povo? Poderia ele um dia acabar com o cativeiro de Judá na Babilônia?

Algo em Jared acreditava na convicção de Keren de que seu Ciro era mesmo o Ciro de Isaías. Mas, então, o que ele deveria fazer? Voltar para casa e deixá-la sozinha cuidando da criança? Deixá-la lidar com todos os perigos que cercam o menino, sem ajuda, exceto de um medo que permanecia muito vinculado ao poder de seu rei?

Durante toda a sua vida, Jared sentiu que Deus tinha uma tarefa especial reservada para ele. Poderia ser este o chamado que ele esperava?

No entanto, aqui estava ele acorrentado à dor, incapaz de cuidar nem mesmo de si, muito menos de uma criança que havia conquistado a inimizade de um rei. Uma bolha de ressentimento subiu em seu peito. Por que Deus permitiria que ele se visse reduzido a um estado tão impotente? Como poderia ajudar alguém quando estava ali deitado, mais indefeso do que um recém-nascido?

Ele tentou se apegar à disciplina que havia aprendido ao longo dos meses. "Mesmo que não me cure, Deus ainda é bom." Eram palavras vazias. Seu coração se recusou a habitá-las. Ele se afastava e zombava, reclamando de seu cansaço.

— Mesmo que você não me cure, eu confiarei em você. — Jared cuspiu as palavras com os dentes cerrados, lutando contra a autopiedade, o medo e também a dor. — Senhor, me ajude! — suplicou ele. Ele pressionou as pontas dos dedos contra a cavidade ocular vazia. Ajude-me a responder dignamente a este caminho de dor. Dê-me a força para me aproximar de ti, em vez de permitir que esta agonia me leve embora na sua maré, separando-nos. Mesmo que a cura me escape, deixe-me encontrá-lo no meio da minha dor.

Um pensamento singular parecia encontrar seu caminho para a superfície de sua mente, como óleo sobre a água, recusando-se a afundar. Se tivesse uma missão na terra dos vivos, teria coragem de a completar. Doente, aflito, fraco, quebrado – não importava. Se Deus o tivesse chamado para ajudar o menino Ciro, então ele daria a Jered a força necessária.

CAPÍTULO TRINTA E SETE

Em sua arrogância o ímpio persegue o pobre.

Salmos 10:2, NVI

Eu observei enquanto Jared amarrava seu garanhão a uma macieira e dirigia-se à cabana. Sua velha caminhada graciosa, com os seus passos galopantes, tinha desaparecido, substituída por uma mais vigilante. Ele dava passos mais curtos, sua cabeça se inclinando para o lado enquanto ele se movia. Com choque, percebi que seu único olho estava tentando fazer o trabalho de dois.

Ele pediu para conhecer Ciro quando eu explicara por que não poderia acompanhá-lo de volta à Babilônia. Quando eu contei sobre o pedido de Jared a Hárpago, ele, inesperadamente, cedeu.

— Você confia nele? — perguntou.

— Confie nele a minha vida.

— Ele não é medo, então não preciso temer que ele seja um espião de Astíages. Pode ser prudente ter um jovem guerreiro do nosso lado. Você acha que ele vai concordar em nos ajudar?

— Estou certa de que ele não vai — disse eu, pensando no sinal na voz de Jared quando ele mencionou nossa velha amizade. — Ele vai querer voltar para a Babilônia. — Ele desejaria livrar-se de mim assim que a sua consciência o permitisse.

Agora, enquanto Jared entrava na cabana, com sua atenção colada a Artadates, eu notei a meia-lua escura sob seus olhos, enfatizada pela palidez de seu rosto, e me perguntei se ele tinha dormido à noite.

Limpando a garganta, apresentei o menino.

— Jared, este é o meu aluno, Artadates. Artadates, Jared é... um velho amigo. — Achei melhor manter a descrição dele, embora eu tenha imbuído as palavras com o calor de história estimada, e não com a fatalidade de um fim.

Artadates sorriu.

— Você tem um amigo?

O canto do lábio de Jared inclinou-se.

— Eu já gosto de você.

Artadates apontou para a espada de Jared.

— Você é bom?

— Eu costumava vencer dela regularmente. — Jared apontou o queixo para mim.

— Não deve ser tão bom assim, então. Ela nem se atreve a me encarar. Apenas me passa exercícios enfadonhos.

Jared me lançou um olhar semicerrado antes de voltar sua atenção para Artadates.

— Essas são palavras provocativas, rapaz. Agora você vai ter que provar suas habilidades.

Artadates saltou, se pondo de pé, radiante. Em pouco tempo, os dois estavam no pomar, empunhando suas espadas de treino. Jared desafiou bastante Artadates para testar a coragem do menino. A julgar pelo seu sorriso, o que encontrou lhe agradou.

Após seu treino de luta, Artadates pediu para examinar a espada real de Jared.

Entregando a arma, punho primeiro, ao meu aluno, Jared disse:

— Você não foi nada mal. Eu posso até ter detectado um lampejo de potencial. O seu pai te ensinou?

— Não. O meu pai é um dos pastores reais, ele não sabe lutar com espadas.

— É isso que você quer ser quando crescer? Um pastor real?

Artadates olhou para cima, levantando sua cabeça do estudo que fazia da lâmina.

— Eu quero ser um general. Um dia, quando eu crescer e for grande como você, planejo conduzir exércitos à vitória.

Jared assentiu em compreensão.

— E o que pensam seu pai e sua mãe dessa aspiração?

Artadates devolveu a espada, o rosto fechado.

— Eles parecem tristes quando eu menciono isso. Eles prefeririam que eu fosse um pastor. É uma profissão nobre, você sabe.

Jared assentiu novamente.

— É mesmo. Mas não é para você?

Artadates olhou para os sapatos. Ele deu uma pequena sacudida na cabeça. O brilho da excitação animando suas feições diminuiu. Eu assisti a esta troca com fascínio. Eu nunca tinha pensado em perguntar ao meu aluno como se sentiam os seus pais em relação aos seus sonhos. Cada dia que ele passava comigo, crescendo em conhecimentos e educação, era um dia em que ele se afastava mais da vida que seus pais adotivos lhe ofereciam. Ele estava se tornando um estranho diante de seus olhos.

A familiaridade da infância permitia que ele habitasse o mundo deles. Mas eles nunca poderiam entrar no seu. Eu podia ter sido útil para educar o menino. Mas, ao mesmo tempo, eu também o fiz superar a única família que ele tinha.

Pela primeira vez, vi que ele se sentia como um estranho em casa, e seu pequeno coração leal estava atormentado pela culpa por essa divisão. O amor ligava-o ao pastor e à sua mulher. Mas ele não podia acabar com a lacuna de compreensão, dos sonhos, da ambição e do desejo que diariamente se colocavam no coração de Artadates, como pedras pavimentando um caminho para um reino desconhecido onde seus pais não o podiam seguir.

Mitrídates e sua esposa foram um par de patos que criaram um cisne como patinho. E agora o cisne tinha crescido o suficiente para reconhecer que ele não pertencia ao seu lago. Eu balancei a cabeça. Todos eles teriam de suportar a dor da separação se Artadates regressasse aos seus pais biológicos.

Que confusão Astíages tinha criado com as suas ambições possessivas. Que emaranhado de fios dolorosos ele havia tecido em torno de sua própria filha e neto, tudo para proteger seu trono.

Afastei esses pensamentos pesados enquanto almoçávamos. Eu tinha embalado bastante pão, ervas, queijo branco e pistaches torrados para dar a Jared também. Estávamos prestes a começar uma aula de gramática aramaica quando ouvi o som de cascos se aproximando. Fiz Artadates sair pela janela de trás enquanto eu ia até a porta.

Hárpago desmontou com leveza de seu alazão. Ao vê-lo, Artadates abandonou seu esconderijo e veio correndo.

— Oh, que beleza! — exclamou ele , acariciando o pescoço do cavalo. — Que campeão entre os cavalos você é.

Hárpago atirou a guia ao menino.

— Você pode dar um passeio curto. Mas cuidado para não cansá-lo. Eu tenho que cavalgar de volta daqui a pouco. — As palavras mal tinham saído dos lábios de Hárpago e Artadates já tinha pulado sobre o niseano e logo trotou para longe em êxtase.

— Meu senhor! Eu não esperava vê-lo por aqui — disse eu.

Antes de me responder, Hárpago avaliou Jared com um olho experiente. Apresentei os homens um ao outro e me perguntei se o meu mestre tinha ido à cabana apenas para encontrar o meu companheiro de infância.

Mas quando Hárpago voltou sua atenção para mim, ele disse:

— O rei pede por você.

— De novo não. — Eu grunhi. — É melhor eu ir para casa trocar de roupa.

— Astíages ficará descontente se demorarmos muito. Podemos ir para o palácio daqui — disse Hárpago. — O que você está vestindo é aceitável.

Com a chegada do outono, o clima ficou frio. Eu finalmente me rendi e gastei uma boa parte do que ganhara com meu trabalho com os escribas num pedaço de lã verde-azul. Por um pequeno valor, Aryanis costurou uma túnica para mim com o tecido.

Mangas largas e compridas no estilo medo mantinham-me quente contra a brisa gelada da montanha, e a lã bem tecida, ajustada na cintura com um cinto, fornecia uma cobertura modesta do pescoço aos pés. Era minha primeira túnica nova em folha. Talvez me ver vestida de maneira tão simples, com o meu cabelo em sua trança habitual, faria o rei parar de me chamar ao palácio a cada capricho seu.

Hárpago dirigiu-se a Jared.

— Você faria a gentileza de me visitar no final desta tarde? Espere por mim na minha casa. Gostaria de discutir sobre Artadates com você. — Suspeitei que ele quisesse pedir a ajuda de Jared com o menino, embora não soubesse exatamente o que tinha em mente. Ao contrário de Daniel, Hárpago não era um homem que abria seu coração facilmente.

Jared inclinou a cabeça.

— Será um prazer esperar pelo senhor.

Assistir a essa troca me deixou desconcertada. Jared tão naturalmente assumiu as boas maneiras da corte. Ele parecia totalmente diferente do jovem provocador que eu conhecera na casa das tábuas.

Hárpago sinalizou para Artadates, e o menino galopou em nossa direção, com sua postura perfeita. Com um floreio, ele pulou do cavalo e entregou as rédeas a Hárpago.

— Obrigado, meu senhor. — O menino levantou a cabeça majestosamente. — Meu aramaico está muito bom, não acha? — Seus olhos brilhavam. — Tenho estudado muito. Escrevo melhor do que os escribas de Astíages.

— É mesmo? — O canto da boca de Hárpago se moveu. — Mantenha esse ritmo e um dia poderá ter um garanhão só seu. Agora, adeus para você. Nós temos que ir.

— Eu gosto do alazão — sugeriu Artadates.

Hárpago revirou os olhos.

— Que surpresa.

✳ ✳ ✳

Como todo mundo na corte, eu passei metade do meu tempo no grande salão do rei vagando, esperando para ser chamada. Era preciso muita paciência para ficar de pé, enquanto os meus joelhos gritavam por uma cadeira e a minha mente se contorcia de tédio.

Naquela tarde, a sala de audiências estava repleta de dignitários estrangeiros de várias terras, cada um com o seu próprio pedido pessoal, muitas vezes começando com um longo e bajulador apelo a Astíages. Passei o tempo contando as colunas, depois contando as caneluras nas colunas, tentando evitar pensar em Jared.

A ordem monótona das visitas reais foi quebrada quando um dos lordes da Média cortou a fila.

— Meu senhor rei! — bradou ele, paralisando o zumbido baixo de conversas. — Um momento do seu tempo, por favor! Uma grande injustiça foi perpetrada contra o meu filho.

A sua mão envolvia o braço de um jovem que, a julgar pela sua estrutura curvada, não queria nada mais do que desaparecer no chão. Puxando-o para a frente, o nobre pressionou o menino à sua frente, onde o rei poderia dar uma boa olhada.

Dadas as bochechas lisas e o sombreamento difuso no lábio superior, o menino parecia não ter mais de treze ou catorze anos.

Sua túnica tinha sido rasgada de um lado, revelando um vergão vermelho irritado. Tendo sofrido de vários como aquele em meus anos de juventude, reconheci a marca instantaneamente como a obra de uma espada de treino.

— Vejam o que lhe foi feito pelas mãos de um jovem pastor

Astíages, que antes se inclinava negligentemente contra o encosto acolchoado de seu trono, sentou-se.

— Um jovem pastor?

— Isso mesmo. Um jovem pastor ousou levantar sua mão contra meu filho. Um senhor de terras! O senhor consegue imaginar tal indignação? Exijo que ele responda por este crime.

O meu sangue transformou-se em gelo.

Eu conhecia o jovem pastor em questão, embora ele não tivesse sido identificado. Aquele miserável deve ter voltado ao palácio, apesar das minhas instruções mais rigorosas.

Astíages ordenou que o menino em questão fosse imediatamente buscado. Eu esperava que ele já tivesse desaparecido a essa hora. Mas um punho se apertou em volta do meu peito quando, alguns momentos depois, vários guardas entraram na sala de audiências, acompanhados por um grupo de meninos. No centro caminhava meu aluno, de costas retas, o queixo mantido em um ângulo orgulhoso.

Lancei um olhar de pânico para Hárpago. Ele olhou para a frente, sua tez cinza.

O rei desceu os degraus do seu trono.

— Qual é o seu nome? — perguntou com sua voz imperiosa.

Um menino mais fraco teria se sentido intimidado. Artadates curvou--se respeitosamente. Mas seu semblante permaneceu calmo.

— Eu sou Artadates, senhor rei, filho de Mitrídates, um de seus pastores reais.

— E você é o autor deste ataque vergonhoso contra o filho de seu senhorio?

— Eu sou. Mas não houve desonra nele. Os meninos me escolheram para ser o líder do nosso jogo. Este aqui... — Ele apontou para o menino. — Não aprovou a decisão. Então lutamos pelo privilégio. Uma luta justa e honrosa, como qualquer um que a viu poderá vos contar. Mas, quando ele perdeu, foi chorar para o pai, que por casualidade estava aqui. Agora, se fiz alguma coisa culpável, me castigue como mereço, senhor.

Os olhos do rei estreitaram-se.

— Você é ousado para um pastor. Quantos anos você tem, menino?

— Dez, meu senhor. — Ele se esticou. — Farei onze em duas semanas.

Hárpago fechou os olhos e engoliu em seco. Astíages não pareceu perceber a importância no calendário. Em vez disso, ele se voltou para o pai reclamante. — E o seu filho? Quantos anos ele tem?

— Treze, meu rei.

— Como é que um pastor de dez anos pode vencer o melhor dos meus jovens lordes?

— Seus olhos pousaram em Artadates novamente e se estreitaram. — Como é que um jovem pastor sabe como empunhar uma espada de treino, para começo de conversa?

Artadates deu de ombros.

— Não é tão complicado girar um bastão.

Tudo sobre ele – a postura orgulhosa, o tom destemido, o toque de humor – estava encharcado de sua típica confiança.

Fechei os olhos e rezei com urgência desesperada. Ele se sairia muito melhor hoje se pudesse, pelo menos uma vez, agir como o humilde pastor que deveria ser.

Artadates, alheio ao perigo que se abatia sobre ele, avançou.

— Eu usei um cajado de pastor por toda a minha vida e não é tão diferente assim.

Astíages olhou para o menino como se estivesse hipnotizado. Ele esticou uma mão em garra e enrolou-a na gola de Artadates para puxá-lo para mais perto dele. Depois de um momento infinitamente longo, a garra se soltou e um dedo enganchou sob o queixo do menino, puxando-o para cima. Astíages estudou aquele rosto, com olhos e sobrancelhas tão semelhantes aos seus; deve ter sido como um espelho que o fez viajar no tempo.

A cabeça do rei ergueu-se abruptamente. Ele procurou através dos rostos no salão até que seu olhar encontrou Hárpago.

CAPÍTULO TRINTA E OITO

*Para tudo há uma ocasião, e um tempo
para cada propósito debaixo do céu:
tempo de rasgar e tempo de costurar,
tempo de calar e tempo de falar.*

Eclesiastes 3:1, 7, NVI

Hárpago permaneceu congelado, seu rosto uma máscara de horror. Embora ninguém mais entendesse o significado dessa troca silenciosa, a fúria crescente do rei era como uma onda imponente que caiu sobre o lugar, impossível de não se perceber. A sala de audiências se pôs imóvel como um túmulo. Até o pai ofendido ficou mudo.

Sem aviso, uma voz interrompeu o silêncio. A voz de um menino.

— Ele está dizendo a verdade, senhor rei! — Tigranes deu um passo à frente e se curvou. — Artadates, quero dizer. — Ele deu mais um passo, até ficar lado a lado com Artadates, e se curvou novamente, desta vez com um belo floreio cortês. — O senhor deve se lembrar que eu sou Tigranes, príncipe da Armênia. Este jovem pastor é o melhor arqueiro de todos nós. O seu manejo de espada é aceitável. Não é tão bom como o meu, mas isso pode ser perdoado, pois sou superior ao resto dos rapazes.

A cada palavra, Tigranes se esgueirava para frente, até que Artadates ficou em sua sombra. Em seu último passo, o príncipe armênio deu um pontapé rápido em Artadates, e o meu aluno finalmente percebeu a intenção do seu amigo. Ele tomou seu tempo para se orientar antes de desaparecer nas sombras. Enquanto isso, Tigranes continuou a tagarelar sobre as proezas de Artadates no cavalo, seguido por um relato detalhado de sua luta com o menino medo derrotado, distraindo o rei com suas descrições exageradas.

— Vá — sibilou Hárpago baixinho. — Encontre o menino e esconda-o. Eu te vejo em casa... Se eu conseguir.

Eu não tive que perguntar o que ele queria dizer. O olhar negro que Astíages lhe lançara dizia tudo. Eu tentei afastar minha crescente ansiedade pelo meu mestre. Por enquanto, todos os meus pensamentos tinham que se centrar em Artadates. Eu tinha que tentar manter o menino a salvo. Ele não tinha ideia do perigo que seguia cada passo seu.

O estratagema de Tigranes funcionou por tempo o suficiente para permitir que Artadates escapasse. Mas eu só tinha uma curta vantagem de tempo. A qualquer momento, o rei ficaria farto da longa história do príncipe armênio e descobriria a ausência do neto que há muito acreditava estar morto.

Enquanto meus pés corriam em direção à estrada principal, me dei conta de que o primeiro ato de Astíages seria colocar guardas extras nos portões da cidade. Eles seriam instruídos a deter qualquer menino que correspondesse à descrição de Artadates. Eu só podia torcer para que Artadates já estivesse partindo. Tanto a casa dos pais dele como a nossa cabana ficavam fora do perímetro das muralhas de Ecbátana. Se ele não tivesse ido já nessa direção, ele provavelmente ficaria confinado dentro da cidade e seria presa fácil para os espiões do rei.

Diminuí o ritmo ao me aproximar da primeira série de portões de Ecbátana, tentando não atrair atenção indevida. Os guardas tinham me visto passar por estes mesmos portões todos os dias durante meses e eram suficientemente familiares para mal me darem uma segunda olhada. Soltei um suspiro aliviado quando me aproximei da muralha final.

O som de uma comoção atrás de mim fez com que eu me virasse. Olhando para trás através dos seis portões abertos, vi que vários soldados reais se reuniam no primeiro, interrogando os guardas. Eu fiz uma careta. Eles estavam mais perto do que eu esperava! Todos os olhos estavam voltados para o destacamento de soldados recém-chegado, e ninguém prestou atenção quando passei pelos portões finais.

Eu corri para a cabana primeiro. Me dei conta, enquanto subia e descia a estrada montanhosa, que Artadates não poderia mais ser protegido da verdade.

Eu teria que lhecontar quem ele realmente era.

Sua ignorância agora o colocava em maior perigo, permitindo que os homens do rei o seguissem com facilidade. Sendo como era, ele talvez teria evitado ir ao palácio se soubesse dos fatos sobre seu nascimento. Mas, ainda assim, contar a ele a história da trama cruel de seu avô significava roubar do menino a pequena infância que lhe restava. Ele teria que enfrentar a ruptura da única família que conhecia. Teria que encarar as mentiras que lhe contaram. Encarar a realidade de que outro pai e outra mãe o amaram. Ansiaram por ele. Choraram por ele.

Nada disso poderia ser evitado. Artadates tinha que saber a verdade. E ele tinha que ser escondido da ira de Astíages.

Cheguei à cabana sem fôlego, apenas para descobrir que estava vazia. Chamei o nome de Artadates para ter certeza de que ele não tinha se escondido em algum lugar por perto. Quando não recebi resposta, dirigi-me para a sua casa.

Mitrídates tinha partido para os campos horas antes. A mulher dele abriu a porta à minha batida. Em todos os meses que eu tinha ensinado Artadates, só tinha encontrado com ela duas vezes. Ambas foram ocasiões tensas. Eu não podia culpá-la. Ela era uma mulher simples que queria manter seu filho próximo. Eu representava tudo o que ameaçava esse desejo. A educação que eu oferecia ao filho abriria portas a uma vida muito diferente daquela que ela podia dar a ele.

— Ele está aqui? — perguntei, sem perder tempo.

Ela empalideceu.

— Pensei que ele estava com você.

Eu balancei a cabeça.

— Astíages sabe. Provavelmente seus soldados estão a caminho daqui agora mesmo.

Ela cambaleou. Sua mão buscou a garganta, apertando, como se ela não pudesse respirar.

— Se o virem, mandem-no para longe de casa. Você entende? Diga para ele se esconder.

— Meu menino! — As palavras saíram quebradas.

A dor em sua voz perfurou o escudo de ansiedade e urgência que me impulsionava. Eu gastei um momento precioso para acolher a pobre mulher em meus braços.

— Sinto muito — sussurrei contra uma bochecha manchada de lágrimas. — Eu vou tentar protegê-lo.

Tessa Afshar ❖ 215

E então sobrevoei o aterro que cercava a pequena cabana, indo para o leste em direção ao nosso esconderijo. Aquele que Artadates tinha encontrado para a nossa prática de equitação. Apesar de ser um belo vale, os habitantes locais evitavam-no, porque anos antes um trágico acidente tinha tirado a vida de três jovens mulheres. Agora, todos acreditavam que o lugar estava amaldiçoado. Os meninos e eu não tínhamos encontrado nada de malévolo no prado. Estando num vale protegido, foi uma solução perfeita para nossa necessidade de sigilo.

Cheguei lá sem fôlego e me inclinei, com as mãos nos joelhos.

— Artadates — sibilei, minha voz fina. Ele devia estar atento esperando por mim, pois logo ele chegou, correndo.

Ele estava sorrindo, aquele menino, desfrutando da sua pequena aventura. O amor inchou-se em meu peito enquanto eu olhava aquele sorriso satisfeito consigo mesmo, que nunca tinha experimentado o medo. E, na esteira disso, raiva, nascida do meu próprio terror. Como ele poderia ser tão descuidado com sua vida?

— Seu moleque! — esbravejei. — Como ousa desobedecer às ordens do senhor Hárpago? Dissemos a você repetidas vezes que evitasse o palácio. No entanto, o que você faz? Na primeira oportunidade, você vai até lá.

O sorriso brilhante esmaeceu. Ele baixou a cabeça.

— Sinto muito, Keren. Tigranes tinha organizado uma competição, entende? Ele tinha dito aos outros rapazes que eu iria vencê-los em todos os jogos. Eu não podia decepcionar o meu amigo, não é? Ele teria ficado constrangido perante todos se eu não aparecesse. As coisas teriam corrido bem se aquele pateta não tivesse corrido para o pai com as suas queixas. — Ele deu um tapinha na minha mão. — Está tudo bem, Keren. Não precisa se preocupar. Tudo está bem agora.

Eu grunhi.

— Tudo definitivamente não está bem.

— Será que o rei está muito zangado por eu ter ganhado daquele tolo? — Ele revirou aqueles olhos verdes, que o haviam traído para seu avô. — Ele deveria me agradecer por isso. O que é que aquele rapaz vai fazer quando um soldado inimigo lhe der uma surra? Correr para casa, para a mãe dele? É melhor compreender agora a sua fraqueza. — O sorriso voltou. — Você deveria ter me visto, Keren! A espada de treino era um raio nas minhas mãos. Deixe-me mostrar para você o que eu fiz...

— Pare, Artadates!

O que eu estava prestes a revelar a esta criança mudaria a sua vida para sempre. Iria assombrar aquele sorriso. Iria roubar dele essa segurança descontraída.

Pensei em adiar esta dolorosa revelação. Talvez eu pudesse encontrar Mitrídates, e ele poderia contar ao menino. Ou até mesmo Hárpago. No entanto, eu sabia, mesmo enquanto considerava cada opção, que elas estavam fora de alcance.

Hárpago poderia até morrer neste mesmo dia por sua traição. Mitrídates e a sua esposa talvez não se saíssem melhor que isso. Em todo o caso, estas eram as mesmas pessoas a quem Astíages enviaria os seus espiões. Eles estariam todos sendo observados. Artadates teria que ficar tão longe deles quanto o sol da lua.

Não. Deus tinha colocado firmemente nas minhas mãos esta dolorosa responsabilidade. Tentei engolir, apesar do nó em minha garganta.

— Artadates, não é tão simples. A sua vida continua em perigo. — Arrastei-o para um matagal de carvalhos e afundei-me com gratidão contra a casca áspera de uma árvore. O chão estava frio; o céu tinha ficado cinzento. Eu estremeci no ar que esfriava.

O garoto instalou-se ao meu lado.

— O pai do menino está muito zangado?

— Eu imagino que sim. Mas é com o rei que estou preocupada.

— Ele está ofendido por eu ter ganhado de um dos seus jovens senhores? Eu balancei a cabeça.

— Ele está ofendido por uma razão diferente. Artadates, preciso te contar uma história. E preciso que você ouça bem, porque ela diz respeito a você.

O menino me olhou com curiosidade enquanto eu desenrolava a história de Mandane e do seu pai. Quando cheguei à parte sobre a exigência do rei de que Hárpago matasse o bebê, a expressão de Artadates mudou, ficando grave e pálida. Ele se afastou de mim, como se estivesse esperando um golpe físico.

Em algum lugar de sua mente brilhante, ele já tinha conectado os pontos. Conectou o interesse incomum de Hárpago por ele. Mas seu coração estava lutando contra essa verdade. Negando-a.

Eu continuei com a história, uma crueldade que não tive escolha a não ser administrar.

Tessa Afshar 217

— Hárpago não poderia fazer aquilo — expliquei. — Ele não poderia matar o bisneto de Ciaxares. Ele não poderia destruir o filho de Mandane. Ele decidiu desobedecer ao seu rei.

Eu baixei a cabeça, incapaz de olhar o menino nos olhos enquanto continuava, empurrando esta lâmina implacável e final no tecido de sua vida.

— Hárpago sabia que Mitrídates e sua esposa haviam perdido seu bebê recém-nascido apenas algumas horas antes. Ninguém mais tinha ouvido a notícia ainda. Hárpago decidiu dar o bebê de Mandane a Mitrídates. Ele não conseguia pensar em outra maneira de salvar a criança. Você é essa criança, Artadates. Você é Ciro. O sangue de reis corre nas suas veias. O teu pai é Cambises, rei da Pérsia, e a tua mãe é Mandane, princesa da Média e rainha dos persas. Esses são os seus verdadeiros pais. E eles não fazem ideia de que você ainda está vivo.

Ciro se levantou, mexido. Sem palavras, ele balançou a cabeça.

Estendi a mão para segurar na dele.

— Eu sinto muito, de verdade.

Ele arrancou os dedos dos meus.

— Não pode ser verdade! Meu nome é Artadates, filho de Mitrídates.

— Você sabe por que Astíages te reconheceu? Porque seus olhos e sobrancelhas são um espelho dos dele.

Ciro ficou paralisado. Ele deve ter se lembrado de olhar para o rosto do rei. Lembrado do formato de seus olhos verdes, da estranha sobrancelha virada para cima.

A verdade quebrou os frágeis muros de negação que ele tentara erguer em torno de seu coração. Lentamente, seu rosto desabou. Camada após camada da dura verdade e suas implicações abriam caminho para sua consciência, até que não havia nada para segurá-lo. Ele caiu de joelhos, tremendo, e ainda se recusou a chorar. Segurei-o com força enquanto ele lutava contra as lágrimas e ganhava.

CAPÍTULO TRINTA E NOVE

*Antes de clamarem, eu responderei; ainda
não estarão falando, e eu os ouvirei.*

Isaías 65:24, NVI

Certa vez, enquanto cavalgava em nosso vale, escapei por pouco de entrar com meu cavalo em um buraco coberto. Artadates e eu tínhamos descoberto que o buraco levava a uma caverna subterrânea. Agora eu tinha ocultado o garoto naquele lugar escondido, extraindo dele a promessa de que não se moveria até que eu fosse buscá-lo.

Pouco antes de as portas da cidade serem trancadas pela noite, dirigi-me para a casa de Hárpago, com a minha mente num turbilhão. E se o meu mestre estivesse morto?

— O senhor Hárpago já chegou em casa? — perguntei a Aryanis assim que cheguei.

— Não. E perdeu o jantar. Não sei quem está mais irritado, a sua mulher ou o cozinheiro. Ele tinha prometido que ia chegar cedo em casa. É o aniversário do filho dele. Estranho! Eu nunca vi ele perder um aniversário. — Ela virou-se para ir embora. Na porta, ela girou de volta. — Quase me esqueci. Aquele seu visitante está aqui outra vez. Aquele que é bonito. Embora ele tenha pedido para ver o mestre desta vez em vez de você.

— Jared! Graças a Deus! — Eu tinha esquecido que Hárpago lhe pedira que voltasse à casa naquela noite. Correndo para o jardim, encontrei-o, mais uma vez, esperando entre as rosas e de costas para mim.

Eu corri por cima das últimas flores do outono como um fugitivo camelo de viagem. O barulho da minha perseguição desesperada deve ter alarmado Jared, que se virou, com uma mão alcançando o seu cinto de espada vazio.

Ele estava vestido para viagens difíceis, suas pernas envoltas nas calças justas preferidas pelos cavaleiros medos, sua túnica curta ostentando mangas compridas e justas. Ele tinha vestido botas de couro e um colete acolchoado sobre a túnica para se proteger dos ventos cortantes da montanha.

— O que aconteceu? — perguntou ele, alarmado com a minha chegada fortuita. — Onde está Hárpago?

Tão sucintamente quanto a minha mente confusa permitiu, contei a ele os acontecimentos daquela tarde.

— E o menino?

— Ele está seguro por enquanto. Mas eu tenho que voltar para vê-lo em breve. Ele estará tentado a ir à procura de Mitrídates, exigindo respostas. E, se ele for, ele será pego em qualquer uma das rede que Astíages está espalhando para ele. — Soltei um suspiro aflito. — Jared, eu sei que isso não é problema seu. Embora eu acredite que este rapaz seja o Ciro de que Isaías falou, estou bem ciente de que posso estar errada. Ele pode ser um garoto comum com um nome extraordinário. De qualquer forma, não posso deixá-lo.

Eu empunhei minhas mãos até que minhas unhas cravaram uma fileira de luas crescentes em minhas palmase continuei:

— Não tenho o direito de perguntar isso, especialmente depois do que fiz...

Antes que eu pudesse terminar, Jared me cortou:

— Eu vou te ajudar.

Meu queixo caiu.

— Eu não acho que você entendeu o que eu...

— Se existe alguma chance de que esse garoto seja quem você pensa que ele é, devemos fazer tudo o que estiver ao nosso alcance para preservar a sua vida. — Ele ajustou uma pulseira cravejada de ferro. — A caminho de Ecbátana, eu senti um senso de urgência. Uma estranha sensação de que eu tinha que me esforçar ou chegaria tarde demais. Foi por isso que cheguei antes do mensageiro que carregava a carta de Johanan. Andei como o vento para chegar aqui. Agora, acho que talvez o espírito de Deus me apressou para que eu pudesse estar aqui a tempo desse perigo. Eu fui enviado para ajudar o rapaz, seja ele quem for.

Meus ombros começaram a descer da altura de minhas orelhas. Eu estava finalmente me dando conta de que Deus tinha agido antes de termos reconhecido a nossa necessidade. Ele tinha enviado Jared a tempo para uma emergência que não sabíamos que estávamos esperando. Uma onda de alívio me inundou. Deus nos preservaria no meio desta fornalha ardente.

— Não tenho palavras suficientes para te agradecer, Jared.

Ele arrancou seu olhar do meu, encarando o chão. Suas botas pareciam muio interessantes.. — Tem algo que você deveria saber. Eu sofro de dores de cabeça. Elas são um mero incômodo, geralmente. Mas às vezes elas me afligem com tanta força que me torno impotente. Incapaz de cavalgar ou mesmo andar.

Senti essas palavras como um golpe no peito. Precisei de toda minha força de vontade para ficar parada. Para não me curvar e me lançar ao chão, em meio às lágrimas.

— Eu sinto muito, Jared! Misericórdia. Eu sinto tanto.

— Eu não digo isso para acumular culpa em sua cabeça. É um aviso. Ter-me por perto pode nem sempre ser útil. Pelo contrário. Se eu for afligido por uma dor incapacitante, serei mais um entrave à sua causa.

— Devemos confiar em Deus, nós dois. Ele te trouxe aqui, assim como ele me trouxe. Obviamente, ele deve achar que estamos de alguma forma equipados para esta tarefa.

— Eu me pergunto sobre seu senso de seleção. De verdade, eu me pergunto. Um rei e as suas tropas estão em busca de uma criança indefesa, e o que o Senhor considera oportuno fazer é enviar uma mulher com mais talento para uma caneta do que uma espada e um supervisor de canal que pode, a qualquer momento, tornar-se totalmente incapaz de realizar até mesmo a tarefa mais simples.

Eu sorri.

— Você recebeu o treinamento de um guerreiro toda a sua vida. E acho que vai descobrir que Ciro pode ser tudo menos indefeso.

Ouvindo um leve som de pés, me virei para encontrar Hárpago se aproximando de nós.

— Onde ele está?

O alívio aumentou quando pus os olhos nele.

— Seguro por enquanto.

Não especifiquei a localização exata de Ciro. Embora Hárpago tivesse sido autorizado a voltar para casa, não podíamos desconsiderar a possibilidade de o rei prendê-lo a qualquer momento. A tortura poderia extrair todo o tipo de informação, mesmo dos homens mais corajosos. É melhor que Hárpago não soubesse muitos detalhes.

— O que aconteceu com o rei? — perguntei.

— Ele exigiu uma reunião comigo em particular. Para minha surpresa, ele disse que estava aliviado que a criança ainda estava viva. Sua decepção em mim por minha desobediência foi superada por sua alegria em conhecer seu neto, ou assim ele alegou. Ele ordenou que eu levasse o menino até ele para que pudesse ter o prazer de conhecê-lo adequadamente.

Eu franzi a testa.

— Você acredita nele?

— Nem por um instante. Aquela velha raposa só quer pôr as mãos na criança. Está na hora de você o levar daqui. Leve-o para casa, para sua mãe e seu pai biológicos.

— Para Ansã?

— Sim. Não podemos mais esperar. O destino me força a agir.

— Ou talvez o Senhor tenha escolhido o momento.

Hárpago sorriu.

— Talvez.

— Você tem um mapa? — perguntou Jared, já um passo à frente de nós.

— Isso significa que vai ajudar o menino?— perguntou Hárpago.

Jared olhou para mim.

— Vou.

Hárpago respirou fundo.

— Eu ficarei lhe devendo. Quanto a um mapa para Ansã, possuo um bom. Na minha juventude, passei um ano na corte persa. Eu tinha que viajar para Ecbátana a cada poucas semanas e fiz meu próprio mapa. É muito detalhado, embora antigo.

— Isso será útil.

Hárpago agarrou o ombro de Jared.

— Estou pedindo muito de vocês. Mas você está numa posição única para nos ajudar a salvar o menino. Sendo um desconhecido, você terá mais liberdade para deixar a cidade e viajar sem entraves. Eu lhe darei três dos meus próprios cavalos. A minha casa está sendo vigiada. Você com certeza será questionado, quando sair daqui. Com os meus cavalos a reboque, pode dizer que é um comerciante de cavalos da Babilônia. Vamos te dar a bagagem de todos para que Keren e Artadates possam partir com poucas coisas.

Jared acenou com a cabeça, concordando.

— Onde vou encontrá-los?

— Vá para o leste até chegar ao cruzamento onde a Estrada do Coração encontra a estrada ao sul. Um agricultor é dono de uma cabana no canto oriental. Ele é leal a mim e irá escondê-lo se os soldados de Astíages estiverem por perto. Pode esperar lá até Keren e o menino chegarem.

— Como eu vou encontrar o caminho até lá? — perguntei.

— Vou lhe mostrar no mapa. Uma vez que se torne fato conhecido que o menino é neto do próprio rei, a sua perseguição será impedida. Astíages não pode se mover abertamente contra uma criança de seu próprio sangue. Isso irá dificultar a perseguição a vocês.

— O senhor pode ajudar a espalhar essa notícia? — perguntei.

— Farei o meu melhor.

Jared franziu a testa.

— O que então? Que tipo de companhia devemos esperar?

— Em vez de uma tropa de soldados, vocês serão perseguidos por bandos menores de assassinos altamente treinados que não hesitarão em fazer trabalho sujo por dinheiro.

Engoli em seco.

— Excelente.

— Uma vez que vocês entrem em território Persa — disse Hárpago —, estarão a salvo. Eles não correriam o risco de serem pegos para além desta fronteira. Mas até lá, todos os seus passos serão perseguidos por sombras da morte.

Jared assentiu casualmente, como se tivesse apenas recebido a tarefa de inspecionar um canal particularmente assoreado.

— E Keren e o menino? Como é que vão chegar até mim sem serem descobertos?

Hárpago virou-se para mim.

— Artadates conseguiu deixar a cidade?

— Sim, meu senhor.

— Bom. Caso contrário, ele teria ficado preso em Ecbátana. — Ele respirou fundo. — A fuga de Keren da cidade exigirá mais discrição. Ela é conhecida como minha criada e compareceu à corte o suficiente para ser reconhecida pelos homens do rei. Se conseguirmos encontrar uma maneira de tirá-la da cidade sem ser descoberta, tenho uma ideia de como ela e Artadates podem viajar o resto do caminho até você sem serem descobertos.

Hárpago fez um sinal para que o seguíssemos até sua sala. Ele pegou um pacote do fundo de um baú. Abrindo o nó sobre o tecido enrugado, ele extraiu uma túnica disforme, cinza e esfarrapada, adornada com sinos de ferro grosseiros.

Eu engasguei.

— Roupa de leprosos! Elas estão sujas? — Dei um longo passo para trás.

— Você quer dizer, se eu as tirei de um leproso? Claro que não. Eu não passei dez anos protegendo aquele menino do perigo para lhe dar lepra com roupas contaminadas. Não. Mandei fazer estas com tecido velho. Sempre soube que poderia chegar o dia em que eu teria que ajudá-lo a fugir às pressas.

Hesitantemente, eu toquei nas túnicas. Mesmo sabendo que eram falsas, eu me encolhi quando meus dedos entraram em contato com o material cinza surrado. Os pequenos sinos foram acionados, tilintando um aviso sinistro ao meu toque.

Ciro odiaria este plano. Mas não tanto como eu.

— Vai escrever uma carta à rainha Mandane, meu senhor? É mais provável que ela confie no senhor do que em dois judeus desconhecidos chegando à sua porta com um jovem pastor a reboque.

Hárpago assentiu.

— Como eu lhe disse, duvido que ela dê muito peso à minha palavra. Caberá a vocês convencerem-na. Você terá que levar a carta, Keren, mas se a encontrarem com você...

— Isso significará a minha morte — completei. — Eu sei.

— Leprosos não são permitidos dentro dos muros de Ecbátana. Portanto, o meu plano só funciona a partir do momento que vocês saírem da cidade. — Ele passou seus dedos inquietos por seu penteado ornamentado e anelado que exigia duas horas de sua criada para deixá-lo perfeito. — Eu não sei como tirar você da cidade, Keren.

Enfiei as mãos dentro de minhas mangas largas até que elas foram engolidas pelo tecido quente. — Eu tenho uma ideia.

Quando terminei de arrumar meus escassos pertences, Hárpago já tinha feito rapidamente vários documentos. Duas cartas pessoais a Mandane e uma nota de venda de três cavalos, que entregou a Jared.

— Caso meus cavalos sejam reconhecidos, isso provará que você não é um ladrão. — Ele removeu um anel com seu selo do dedo indicador e também o entregou para Jared.

— O agricultor para quem eu estou enviando você não sabe ler. Mas ele reconhecerá isto e lhe oferecerá toda a ajuda que puder.

Cuidadosamente, Jared escondeu o anel em uma abertura escondida de seu colete acolchoado. O estofamento servia como a cobertura perfeita para a joia delicada.

Hárpago marcou o mapa para Ansã, garantindo que tanto Jared como eu entendêssemos onde nos encontraríamos. Para mim, ele deu o pacote dos leprosos. Do baú de madeira, ele tirou um pequeno pote. Mergulhando dois dedos na pasta branca dentro dele, esfregou-a em partes da minha mão e do meu braço. Em instantes, eles pareciam leprosos, com pele morta e descascando.

— Seja generosa em seus rostos e ninguém vai olhar para vocês com muito cuidado. Para limpar, use água morna.

— Graças ao Senhor! — Eu me encolhi com a visão hedionda do meu braço.

Enfiando o pote dentro do meu pacote, escondi as cartas incriminatórias para Mandane dentro das dobras da minha velha túnica babilônica. Não era um esconderijo tão eficaz como o do colete de Jared. Uma busca superficial as revelaria. Eu tinha que encontrar uma forma de evitar ser revistada.

* * *

Os portões da cidade se fechavam após o pôr do sol e eram abertos com o nascer do sol. Deixei a casa de Hárpago depois de escurecer, sem fazer nenhum esforço para esconder os meus movimentos. Na quietude da noite, ouvi o murmúrio de um par de pés quietos seguindo meus passos. O meu perseguidor deve ter sido surpreendido ao ver-me aproximar do palácio. Ele permaneceu perto de uma árvore enquanto eu falava meu nome ao guarda e esperava.

Alguns momentos depois, Spitamas, ligeiramente descabelado, correu em minha direção. O magro eunuco e eu construímos uma amizade de algum tipo durante as minhas visitas ao palácio. Ainda assim, ele deve ter achado estranho que eu aparecesse na porta real a uma hora dessas e pedisse por ele nominalmente.

— Tem algo errado? — perguntou ele assim que me viu.

— Preciso da sua ajuda.

Ele assentiu.

— Você a terá. Eu te disse, te devemos as nossas vidas.

Quando entrei no palácio, meu perseguidor furtivo sentou-se ao pé de sua árvore e se acomodou, supondo que eu deveria ter um caso clandestino com o eunuco. Coisas do tipo não eram inéditas nem na Babilônia nem na Média. Dei um suspiro de alívio enquanto seguia Spitamas para dentro do prédio.

✳ ✳ ✳

Pouco antes do amanhecer, encontrei-me entre Spitamas e Axares numa liteira coberta, vestida com um traje de eunuco palaciano, com a cabeça escondida sob as dobras de uma capa. Eu tinha me arriscado, recusando-me a raspar a cabeça para me enturmar melhor com meus companheiros. Por isso a necessidade do vestuário com capuz.

Agora, enquanto nos aproximávamos do primeiro portão da cidade, minha barriga começou a ficar agitada. Será que esse risco calculado traria o machado do carrasco aos nossos pescoços? Os guardas não teriam que me olhar duas vezes para saber que eu não era um eunuco.

Na verdade, não tinha sido mera vaidade que impedira minha mão de passar a navalha em meu couro cabeludo. Foi o pensamento de estar diante da rainha Mandane e seu marido real com uma cabeça careca. Uma cabeça raspada era um sinal de vergonha para uma mulher. Como poderia esperar que o casal real acreditasse em qualquer coisa que eu dissesse se aparecesse como uma donzela em desgraça?

Mas ao verem Axares e Spitamas, os guardas acenaram, nos deixando passar, sem lançarem mais do que um olhar superficial em minha direção, onde eu estava sentada caída, meu pescoço pendurado como se estivesse dormindo, roncando como um porco em seu chiqueiro.

Sete vezes recebemos acenos e nos deixaram passar até eu sair de Ecbátana, as cartas de Hárpago a Mandane amarradas em segurança à minha barriga. Sempre defendi, desde aquela angustiante fuga ao nascer do sol, que os escribas são os melhores camaradas e os amigos mais corajosos. Assim que pudemos virar em um beco escondido, beijei meus companheiros em suas bochechas lisas, pulei para fora da liteira apertada, e comecei minha caminhada em direção às colinas.

CAPÍTULO QUARENTA

*O prudente percebe o perigo e busca
refúgio; o inexperiente segue adiante
e sofre as consequências.*

Provérbios 22:3, NVI

Ciro mostrou-se tão horrorizado como eu esperava quando apresentei o disfarce que eu tinha trazido.

— Você não pode me fazer usar essa coisa. Prefiro ser capturado.

— Isso é bem fácil de conseguir! — Perdi a paciência.

Ele angulou seu queixo, parecendo revoltado, e me encarou de cima. O que foi um grande feito, dado que a cabeça dele só chegava ao meu peito.

— Olha, Jared está nos esperando no cruzamento da Estrada do Coração. Entre aqui e lá, encontraremos um enxame de homens do rei. Cada um deles estará à procura de um menino que se pareça contigo. Assim que chegarmos até Jared, podemos esconder os nossos disfarces, vestir calças e montar nos cavalos que Hárpago enviou.

Ciro piscou.

— Hárpago enviou cavalos?

Eu sorri devagar. No meio de toda a agitação, eu tinha esquecido de lhe dar a boa notícia.

— Acredito que entre eles está um alazão no qual você estava de olho.

— *Meu* alazão?

— Ele é, agora.

Por um instante, seu antigo sorriso brilhou.

— Eu disse que era realista desejar aquele garanhão.

— Você estava certo.

Ciro baixou a cabeça.

— Com alazão ou sem alazão, não posso ir embora sem falar com os meus pais.

— É impossível, Ciro! Todos os seus movimentos estão sendo observados.

O vislumbre revoltado voltou.

— Eu vou vestir seu traje de leproso. Vou até deixar você passar essa pasta repugnante no meu rosto. Mas, primeiro, vou falar com o meu pai.

Eu caí de joelhos diante dele, de modo que estávamos mais próximos de altura.

— Ciro...

— Não me chame assim! Meu nome é Artadates.

— Artadates é o nome que seus pais te deram para protegê-lo. Tudo o que eles fizeram desde o dia em que entraram nas suas vidas foi para te proteger do perigo. Você acha que eles gostariam de expô-lo ao perigo agora?

Ciro permaneceu mudo.

— Você sabe que eles fariam qualquer coisa para mantê-lo seguro. Incluindo te deixar ir. Um dia, você vai poder vê-los novamente. Fazer suas perguntas. Mas esse dia não é hoje. Hoje é o dia em que você faz sacrifícios para poder continuar vivo. Hoje é o dia em que você começa a agir como o soldado que deseja se tornar. O seu primeiro passo como futuro general é dizer tchau. E você deve dizê-lo sem vê-los.

Ciro baixou a cabeça. Seu peito cedeu e começou a tremer. Eu tinha visto aquele menino machucado, cansado, com fome, frustrado e vibrando de emoção. Mas eu nunca o tinha visto chorar. Agora ele cedera a uma tempestade de soluços feios, ranhentos e choramingantes. Envolvi-o com os braços, desejando poder poupá-lo dessa dor terrível.

Eu sabia como ele se sentia. Eu também tivera que abandonar meus pais. Tive que partir para um futuro desconhecido sem qualquer garantia de que voltaria a vê-los. Mas eu já era mais velha e, pelo menos, tinha sido abençoada com um último adeus.

Ciro deu um passo se afastando de mim. Ele varreu as lágrimas de seu rosto antes de estender a mão.

— Me dê essa túnica detestável com os sinos fedorentos. Mas se você contar a alguém sobre isto, vou ter que te estripar como um peixe.

Eu não tinha certeza se ele pensou que ia chorar ou no traje, mas eu descobri que a umidade de suas lágrimas fazia a pasta funcionar ainda melhor, de modo que quando eu terminei meu trabalho, ele estava realmente horrível. Também não achava que ele gostaria que eu compartilhasse essa observação em específico.

Os desprezíveis sinos em nossas túnicas largas tilintavam enquanto caminhávamos para o leste em direção à encruzilhada. Os leprosos não eram bem-vindos na Média, assim como em nenhuma outra nação. Muitas vezes, éramos recebidos por maldições. Ciro e eu fizemos o nosso melhor para evitar as pessoas, atravessando a rua sempre que víamos alguém se aproximando. Ainda assim, mais de uma vez, nos tornamos objeto de uma chuva de seixos e, em uma ocasião dolorosa, algumas rochas de tamanho considerável.

Mas ninguém nos olhava muito de perto. Os nossos disfarces, embora perigosos à sua maneira, revelaram-se igualmente altamente eficazes. Os soldados do rei nos evitavam tão assiduamente como todos os outros.

Quando chegamos à encruzilhada, o sol já tinha começado a se pôr. Orientando-me, apontei para a pequena casa de fazenda situada à beira de um campo marrom.

— É aquela — disse eu, indo em direção à construção.

Vários passos antes de chegar à porta, algo me atingiu com força no peito, me fazendo cambalear. Outro projétil seguiu em rápida sucessão. Eu me inclinei, ofegante.

— Fogos e relâmpagos!

— Saiam da minha terra, escória leprosa! — Algo redondo zuniu pelo meu ouvido, e eu sentia um cheiro de maçãs podres.

— Pare! — exclamei. Eu não ousava falar muito alto o nome de Hárpago, nem mesmo aqui. Consegui capturar a próxima maçã voadora com minha mão. — Somos amigos, não inimigos — disse eu entre os dentes.

Um homem saiu das sombras, fazendo malabarismos com maçãs.

— Não sou amigo de leprosos. Saiam da minha terra, eu disse.

— Eles não são o que parecem! — Jared exclamou em aramaico e saiu correndo das sombras alongadas para ficar ao lado de Ciro. O agricultor levantou o braço para contê-lo.

— Seu tolo! Estes são leprosos. Você não pode voltar para minha casa agora. Nem mesmo pelo bem do mestre vou acolher isso!

Tessa Afshar ❀❀❀ 229

Jared pegou a mão de Ciro e derramou um drible de água do copo que ele segurava. Limpando a pele com um canto de sua capa, ele levantou a mão agora limpa.

— Viu? Isso sai.

O agricultor piscou e inclinou-se para a frente como se não pudesse confiar na evidência dos seus próprios olhos. Jared derramou mais água no meu braço e gesticulou para que eu limpasse a praga cinzenta da minha pele. Com alívio, eu obedeci e levantei o braço saudável.

— Esse era o único jeito de escaparmos. Por favor — expliquei. — Esta terra está exposta demais à estrada. Podemos nos abrigar em seu celeiro antes que alguém nos perceba?

Relutantemente, o agricultor acenou com a cabeça. Resmungando baixinho a cada passo, ele se afastou do grande celeiro com o telhado novo e nos levou a uma construção abandonada cujas paredes tinham mais buracos do que tábuas.

Para mim, a estrutura negligenciada parecia mais acolhedora do que um palácio de ouro. Tínhamos conseguido sair em segurança de Ecbátana. Nós três tínhamos escapado intactos e, o melhor de tudo, estávamos juntos. Dei um suspiro de alívio pela primeira vez no que pareceram ser dias.

✣ ✣ ✣

Saímos da fazenda assim que o sol sonolento iluminou o céu com uma luz fraca e cinzenta. Ciro e eu nos banhamos, usando a água do riacho que corria atrás do celeiro, lavando todos os vestígios de nossa falsa praga leprosa. Hárpago tinha embalado uma velha túnica de equitação de sua esposa para mim, junto com algumas roupas de seu filho para Ciro. Embora não tivéssemos as joias caras, perucas e criados necessários para nos caracterizar como ricos, nossas roupas nos mostravam respeitáveis. Mas os nossos cavalos nos diferenciavam.

Nós montávamos os cavalos que Hárpago dera a Jared, três maravilhosos niseanos, além da antiga montaria babilônia de Jared, agora relegada a agir como um cavalo de carga comum. Viajámos como os anjos nas nossas elegantes montarias. O olhar assombrado começou a deixar o rosto de Ciro depois de começar a andar em seu alazão, cobiçado por tanto tempo. Aquele garanhão trotava como um conquistador, os músculos se tensionavam e se soltavam com um poder inacreditável, mal registrando o peso de seu novo mestre.

Saímos da estrada principal assim que pudemos, cientes de que Astíages provavelmente teria enviado homens para patrulhá-la. Andar pelo vale e pela floresta apresentava muitos riscos. Qualquer coisa, desde uma raiz saliente, uma pedra grande ou até mesmo uma cobra enrolada, poderia significar um cavalo com um membro quebrado. Bandidos eram mais propensos a atacar três viajantes solitários em um prado isolado do que em uma estrada que servia como uma importante via arterial entre o norte e o sul.

A viagem de Ecbátana a Ansã poderia levar até doze dias a cavalo e isso considerando que não tivéssemos contratempos. O desvio retardou o nosso progresso, uma eventualidade que lamentamos ainda que não ousássemos alterá-la. Nós esperávamos passar pelo menos duas semanas na estrada.

Quando chegamos a um bosque denso que proveria abrigo, decidimos interromper nossa jornada pela noite. Ciro mal havia engolido o pão e o iogurte que o agricultor nos dera e já tinha adormecido. Jared e eu revezamos entre dormir e vigiar o entorno. Durante a última vigília de Jared, me vi sem conseguir dormir e rastejei dos meus cobertores para me sentar perto dele.

— Eu nunca te agradeci propriamente. Por ter vindo me buscar para me levar para casa. — Na escuridão, senti o movimento do seu corpo, um encolher de ombros despreocupado. — Por que você veio?

Mais um encolher de ombros.

— Não tenho emprego de verdade neste momento. Viajar para a Média parecia um passatempo agradável.

— Por que você usou seu favor junto ao rei para pedir meu perdão?

Um suspiro pesado.

— Eu te falei. Pelo bem da nossa velha amizade. Por Daniel e Mahlah. Pelos seus pais, que estavam de coração partido. Perdas já tinham sido causadas. Por que adicionar mais?

Talvez a escuridão tenha me dado coragem. O breu da noite, iluminado apenas pelo luar pálido e algumas estrelas que conseguiam escapar da rede de nuvens, nos afundava em sombras profundas. Ele não podia me ver e isso me deu ousadia.

Também, depois de tanta perda, o que poderia importar? O que ele poderia dizer que me machucaria mais?

— Você me amou, em algum momento? — perguntei.

Tessa Afshar ❋ 231

Ele respirou fundo.

— E você?

— Se eu já te amei? Sim. Eu sempre te amei. Como amigo, a princípio. E depois... mais.

Um som forte escapou de sua garganta. Ele tocou em seu tapa-olho de couro.

— Talvez você só achasse isso — disse ele com desdém. Ele me virou seu ombro largo e se recusou a dizer mais alguma palavra.

✳ ✳ ✳

Na manhã seguinte, saímos antes do nascer do sol, confiando na visão noturna superior dos cavalos para nos guiar pelos campos. À tarde, chuvas torrenciais impediram o nosso progresso. Nós nos abrigamos sob a proteção miserável de algumas árvores finas. Dentro de uma hora, estávamos encharcados e morrendo de frio. Mas a chuva não diminuiu, nos obrigando a parar pelo dia.

Depois de uma noite sem dormir, levantamos para encontrar um céu cinzento e sem chuva. Quando tentamos prosseguir, descobrimos que o dilúvio tinha transformado o terreno numa confusão encharcada, intransitável para os cavalos. Em vez de perder mais um dia à espera que os campos secassem, decidimos arriscar o perigo de andar abertamente na estrada durante algumas horas.

Foi o pior erro que cometemos nessa viagem.

Apenas uma hora em nossa jornada, percebemos que tínhamos sido percebidos. A rodovia para o sul era montanhosa em alguns lugares. Em um dia claro, você podia ver a estrada de alguns pontos até a terra elamita. Quando olhamos para trás, esperando não encontrar nada além de estrada, vimos dois cavaleiros, seus corpos brilhando por causa da armadura de metal. Começamos a galopar e os homens fizeram o mesmo. Agora não havia dúvida de que estávamos sendo seguidos.

Agradeci a Deus pelo treinamento rigoroso de Ciro enquanto me inclinava perto do pescoço do cavalo, meu corpo subindo e descendo com o ritmo da marcha da égua. Na curva acentuada da estrada, eu segurei firme em posição sem ter que desacelerar, um truque que Ciro levou dias para me ensinar e um que só os melhores cavalos conseguiam fazer.

Mas mesmo os cavalos niseanos, famosos por sua resistência, só conseguem manter esse ritmo intenso por curtos períodos. A nossa melhor chance de nos esquivarmos nossos perseguidores era voltar para os campos. Nós desviamos para fora da estrada e fomos em uma rota de grama alta. O solo afundava sob os cascos dos cavalos, mas tinha secado o suficiente para suportar um meio galope cuidadoso.

Jared nos levou até uma colina suave e parou. Desmontando, ele apontou para um bosque de árvores do outro lado.

— Você e Ciro, peguem os cavalos e se escondam lá. Eu vou lidar com nossos perseguidores.

— Não! — Eu não conseguia puxar ar suficiente para dentro dos meus pulmões. — Você não pode enfrentá-los sozinho, Jared. Vou ficar e ajudar.

Ele empurrou o rosto para perto do meu.

— Faça o que eu disse!

Eu balancei a cabeça.

— Seu trabalho é manter o menino seguro. Agora faça-o!

Lancei a ele um olhar aflito. Ele tinha razão. Ciro não podia ir sozinho e não podíamos arriscar mantê-lo ali.

Agarrando as rédeas do garanhão de Jared e do cavalo de carga, rodei a minha montaria e dirigi-me para o bosque, Ciro no meu rastro. Desmontando, empurrei os cavalos para dentro da floresta. Isso servia a um duplo propósito. Se os cavalos não tiverem tempo de arrefecer adequadamente após uma viagem difícil, eles podem sofrer espasmos dolorosos ou até desenvolver uma cólica mortal. A caminhada pela floresta ajudaria a arrefecê-los. Além disso, a floresta proporcionaria uma melhor cobertura se os nossos perseguidores conseguissem encontrar o nosso rastro. Apesar de a maioria das árvores ter perdido as suas folhas devido às geadas do outono, elas ainda forneciam mais abrigo do que o campo aberto.

Avistando um bosque de olmos antigos e sempre-vivas de folhas largas, parei.

— Suba — disse a Ciro, apontando para uma sempre-viva com galhos grossos e folhas escuras. — Suba o mais alto que puder e não faça barulho.

Ciro voltou-se para estudar a colina onde tínhamos deixado Jared.

— Eu não quero me esconder como uma criança. Quero ajudar.

— Nós dois queremos. Agora suba.

Ele deve ter sentido a minha frustração com a nossa situação. O meu próprio desejo de voltar para o lado de Jared. Ver-me resistir a esse impulso convenceu-o a fazer o mesmo, embora a julgar pela curva de sua boca, ele estava revoltado com a nossa escolha.

Observei-o subir no tronco para garantir que ele permanecesse escondido de qualquer observador casual antes de amarrar os cavalos em um outeiro ao nosso oeste. Eles apalparam o chão, vapor saindo de suas narinas, como se sentissem meu receio. Eu os acalmei com algumas carícias suaves enquanto colocava seus cobertores sobre eles. Treinados por Hárpago para a batalha, eles sabiam quando se acalmar. Sem mais nada para fazer, voltei para a árvore onde Ciro se escondera, afundei no chão e me preparei para uma espera excruciante.

CAPÍTULO QUARENTA E UM

*O Senhor o protegerá de todo o mal,
protegerá a sua vida.*

Salmos 121:7, NVI

JARED

Jared estava deitado no chão, seu corpo escondido por um manto de folhas secas. Ele tinha posto uma flecha encaixada frouxamente em seu arco, seu polegar já envolto em seu protetor de marfim. Permanecendo perfeitamente imóvel, ele resistiu ao impulso de afastar uma pequena aranha que rastejava por sua manga. Qualquer movimento repentino no momento errado poderia revelar sua posição ao inimigo.

Todos os seus anos de prática nunca tinham posto tão conscientemente sua carne e osso como alvo. Ele tinha treinado para a batalha como era esperado de qualquer filho da nobreza na Babilônia. Mas apontar sua flecha para o peito de um homem era algo completamente diferente. Suor frio se acumulava em sua testa, apesar do frio.

Então ele se lembrou do que aqueles homens fariam com o menino se o alcançassem. Fariam com ela. Ele virou o pescoço para a esquerda. Para a direita. Três dedos apertavam a corda do arco. Ninguém passaria por ele naquele dia. Ninguém iria machucá-la.

As palavras dela voltaram, justo agora, para assombrá-lo. Tinha sido há apenas duas noites? Parecia uma eternidade.

"Você me amou, em algum momento?"

As palavras despertaram nele uma tempestade de raiva. Como ela se atrevia a lhe perguntar isso? Depois do que tinha feito a ele! Como ela se atrevia a tentar desvendar os segredos do seu coração, como se ela ainda tivesse algum direito a eles?

A tempestade morreu em uma morte súbita e outra tomou o seu lugar, enquanto ele lembrava de outras palavras.

"Eu sempre te amei. Como amigo, a princípio. E depois... mais."

Mais.

Extraordinário, o quanto alguém podia derramar em uma palavra. Um mundo de possibilidades. Ele franziu a testa. Possibilidades que foram arruinadas por ela. Se existia alguma profundidade nas suas afeições, ela teria colocado o seu bem-estar acima do seu ciúme irracional. Ela teria o mantido em segurança.

Abruptamente, todo o pensamento parou quando ele observou movimento na base da colina. Ele forçou seu corpo a permanecer totalmente imóvel enquanto esperava. Seu sangue esfriou quando ele viu apenas um homem subir em sua direção. Para onde tinha ido o segundo homem? Teria ele circulado a colina e se dirigido para a floresta? Diretamente a Keren e ao menino?

Em uma decisão relâmpago, ele mudou seu plano. Ele precisava deste homem vivo para poder interrogá-lo. Afrouxando o aperto na flecha, ele abaixou o arco.

Ele mais ouviu do que viu a aproximação do soldado. O homem estava quase em cima dele quando Jared agiu. Ele estendeu sua mão veloz, os dedos enrolados em torno de um tornozelo revestido de couro, e torceu.

Com um breve grito, o homem caiu.

CAPÍTULO QUARENTA E DOIS

*"Farei cicatrizar o seu ferimento e curarei
as suas feridas", declara o Senhor, "porque
a você, Sião, chamam de rejeitada, aquela
por quem ninguém se importa".*

Jeremias 30:17, NVI

Um galho estalou, me fazendo ficar de pé. Eu esperava ver Jared. Em vez disso, um estranho caminhava em minha direção, alto e de ombros largos, com cabelos longos e malconservados, que provavelmente abrigavam muitos piolhos felizes. Ele não se preocupou em levantar a espada que pendia de sua mão quando me viu. Suponho que não se sentiu ameaçado por uma mulher sozinha e desarmada.

Eu arfei e alcancei a espada de treino de madeira que eu tinha pendurado no meu cinto.

Ele sorriu. Alguém tinha arrancado seus dois dentes da frente, transformando seu sorriso numa gruta horripilante.

— Bem, o que temos aqui? — disse ele em medo. — Que divertido. Vou ficar com você até mais tarde. Primeiro, onde está o menino?

Eu levantei a espada e me lancei em sua direção. Ele não estava esperando por isso, pensando talvez que eu tentaria correr na direção oposta. Seu erro funcionou a meu favor. Em algum lugar ao longo do caminho, ele tinha descartado sua armadura; a ponta cega de madeira da minha arma encontrou seu peito e, incluindo meu ombro no golpe, eu o empurrei com força.

Um chiado de ar escapou de seus lábios. Ele parou de sorrir. Entreguei um golpe lateral às suas costelas e levantei a minha espada de treino para outro ataque frontal. Até então, conseguira utilizar o elemento da surpresa. Mas isso só poderia funcionar por um tempo.

Assim que apontei minha arma para sua barriga, o homem se recompôs o suficiente para finalmente levantar sua espada. Ele desferiu tal golpe com seu aço que a ponta da minha espada saiu voando para o chão lamacento. Outro golpe, e outra seção de madeira cortada.

Eu não podia desistir. Levantando minha arma curta e fendida, dirigi-a em direção à têmpora dele. Ele se esquivou com um poderoso impulso que terminou no punho da minha espada de madeira, fraturando-a em dois pedaços inúteis e quase cortando meus dedos com ela.

Seus dedos calejados enroscaram em volta do meu pescoço e apertaram.

— Onde está o menino?

— Que menino?

— Onde ele está? — gritou o homem, apertando com mais força.

Eu avancei em seu rosto, suas mãos, seu braço. Chutando, arranhando e mordendo qualquer coisa que eu pudesse alcançar, fiz o meu melhor para derrotá-lo. Mas era forte demais. Eu não conseguia respirar. Minha visão começou a ficar turva.

Ouvi um zunido, senti um assobio estranho em meu ouvido e, surpreendentemente, o aperto sufocante no meu pescoço se afrouxou. O grande homem caiu aos meus pés como um tijolo.

Tentando inspirar todo o ar que conseguia com a boca aberta, envolvi minha mão em volta da garganta dolorida e olhei para o homem inconsciente. Um pequeno galo vermelho estava subindo no meio de sua testa.

Ciro desceu pelo tronco da árvore e ficou de pé sobre o guerreiro caído, com um estilingue pendurado em seu punho.

— *Bah.* Meses praticando com minha espada, meses suando sobre o meu arco e flechas. E o que eu tenho para lutar contra este monte de banha? O velho e sem graça estilingue.

Eu estava de queixo caído.

— Você o derrubou com uma pedra?

Ele sorriu. — Apanhei algumas boas ao longo do caminho. Perdi os primeiros lançamentos com toda a emoção. Ainda bem que você o manteve ocupado por algum tempo. Esta era minha última pedra.

Eu balancei a cabeça.

— Lembre-me de te contar sobre um rei chamado Davi. Parece que estilingues são boas armas nas mãos da realeza.

Ciro ignorou a minha referência às mãos da realeza e inclinou-se para agarrar a espada do homem. Ele segurou o aço à sua frente como um verdadeiro guerreiro.

— Prefiro ficar com as espadas. Da próxima vez, vou salvá-la com esta.

— Primeiro, me ajude a tirar as calças dele — disse eu, já trabalhando na tarefa desagradável.

Ciro franziu a testa.

— Para quê?

— Precisamos de algo para amarrá-lo.

Demandou algumas manobras pesadas, mas, quando o homem começou a resmungar, nós já o tínhamos amarrado, os tornozelos atados aos pulsos, desamparado como um bebê.

O som de alguém correndo me fez pular, ficando de pé. Empurrando Ciro para trás de mim, peguei a espada de sua mão e assumi uma postura defensiva.

Eu relaxei aliviada quando Jared apareceu correndo por entre as árvores, com sua própria espada pronta. Ele deu uma olhada para o homem no chão e congelou.

— Vim para salvá-los.

Ciro me empurrou para o lado e deu um passo à frente.

— Você pode entrar na fila. Mas, a partir de agora, quero carregar a minha própria espada e o meu próprio arco.

Eu mexi em seu cabelo.

— Você certamente tem o coração de um guerreiro, e a mira de um também. Mas as espadas são uma grande responsabilidade. Permita-me carregar esse fardo por você por mais um tempo.

Enfiei a espada onde costumava ficar a minha arma de madeira. Uma coisa que esta experiência me ensinou: não podia permitir que os meus escrúpulos em torno das espadas me impedissem de estar devidamente armada. Estávamos enfrentando soldados treinados. A minha arma de madeira quase nos matara.

— Onde está o outro homem? — perguntei a Jared.

— Amarrado na colina. Entre os dois, devemos ter armas suficientes para encher um arsenal.

Arrastamos o homem da colina para a floresta para fazer companhia ao seu amigo. Eles estavam fazendo alarido o suficiente para alarmar a vida selvagem até a Pérsia. Sem dúvidas, atrairiam a atenção de outros homens que perambulam pela estrada nos procurando.

Nós rasgamos suas mangas, amordaçando e amarrando suas bocas. Eles ainda conseguiam fazer barulho suficiente para assustar os pássaros. Mas não tanto que pudesse ser ouvido da estrada. Deixando-lhes uma vasilha de couro de água e um pouco de pão, imaginamos que, com perseverança o suficiente, deviam conseguir sair de seus laços em um ou dois dias. Claro, levamos os seus cavalos. Nós éramos misericordiosos, não estúpidos.

— Faz frio aqui, à noite — disse Jared. — Vocês sempre podem se aconchegar em um abraço se sentirem que estão congelando.

Um dos homens de Astíages gritou incompreensivelmente através de sua mordaça.

— O que ele disse? — perguntou Ciro.

Eu envolvi um braço em volta do ombro dele.

— Acho que ele estava te elogiando por sua mira.

Ele sorriu.

— Achei que era isso mesmo. — O rapaz me deu um leve soquinho no braço. — Meus agradecimentos.

— Pelo quê?

— Por não contar para ele onde eu estava escondido. Mesmo ele tendo quase te sufocado até a morte. Você nunca contou.

— Eu tentei falar para ele. Mas aquele idiota estava apertando minha traqueia forte demais.

Ciro riu.

— Não, você não tentou. — Seus olhos verdes ficaram sérios. — Você estava disposta a morrer para me manter seguro.

Naquela tarde, quando paramos pelo dia, Ciro desapareceu por um momento. Quando ele voltou, ele trouxe um punhado de delicadas flores roxas com seis pétalas. No centro de cada pequena flor havia vários estigmas vermelhos.

— Açafrão! — exclamei.

Ele me ofereceu seu buquê.

— Açafrão crocus. Eu colhi para você.

Eu dei uma fungada no tempero luxuoso.

— Torcendo para que eu aprenda a cozinhar?

Ele encolheu os ombros.

— Um menino pode sonhar. Estou ficando cansado de pão velho.

✳ ✳ ✳

Depois de alguns dias abençoados sem grandes acontecimentos, encontramos uma pequena aldeia à distância. Precisávamos repor as nossas reservas cada vez menores de comida e água. Ainda assim, sabíamos que entrar numa aldeia era um risco grande demais. Decidimos que o caminho mais seguro era que eu e Ciro nos escondêssemos com os cavalos enquanto o Jared entrava.

Ele voltou com ovos frescos e pão, frango cozido, romãs e um pote de queijo branco. Fazia muito tempo que eu não comia alimentos frescos. Naquela noite, nós comemos um banquete como a realeza.

Um estômago cheio demais é um fardo terrível quando se está de vigia. Foi preciso toda a minha força de vontade para ficar acordada.

Passei o tempo pensando na minha recente conversa com Jared. Eu tinha ficado desolada com a sua acusação desdenhosa.

Talvez você só achasse isso.

Então, eu me sentei, atingida por uma percepção. Ele não tinha negado!

Quando eu perguntei se ele em algum momento tinha me amado, ele não negou. Em vez disso, ele deixou a minha pergunta sem resposta. Um simples não teria bastado.

O homem tinha usado a sua bênção com o potentado mais poderoso do mundo para limpar o meu nome. Tinha vindo pessoalmente me buscar para me levar para casa. Ele podia sentir raiva de mim. Ele podia me culpar. Mas ele uma vez me amou. E qualquer amor que ele tivesse por mim ainda moldava alguma parte dele.

Peguei uma pedra e virei-a com os dedos inquietos. A sua resposta à minha pergunta tinha sido um desafio. Tinha eu, em algum momento, o amado?

Finalmente entendi por que ele sentia tanta raiva. Ele não podia me perdoar por colocar o meu ciúme acima de seu bem-estar. O meu amor tinha ficado aquém das suas expectativas. Eu tinha traído a preciosa confiança que ele tinha depositado em mim.

Deixei cair a pedra e enterrei minha cabeça nas mãos. Que idiota eu tinha sido.

Então pensei em como o povo de Deus o havia traído com seus flagrantes pecados. Tal como eu tinha feito a Jared. Em resposta, Deus disse,

Tessa Afshar ✳ 241

A sua dor é incurável. Porque a sua culpa é grande. Era a minha vida. A minha verdade. A dor que eu tinha causado era incurável.

Mas a história não tinha terminado aí.

Deus não permitiu que essa ferida fosse a conclusão da nossa história. Em nossa confusão sem esperança, ele havia feito uma promessa. Farei cicatrizar o seu ferimento e curarei as suas feridas. As feridas incuráveis! As causadas pela nossa grande culpa! Mesmo aquelas, ele curaria.

Naquela noite, dei a Deus a ferida incurável que eu tinha criado pelo meu ciúme e fiz uma promessa a mim mesma. Enquanto eu respirasse, faria tudo o que estivesse ao meu alcance para reconquistar a confiança de Jared.

✼ ✼ ✼

A cordilheira de Zagros corre de norte a sul sobre um extenso trecho de terra. O que explica por que as montanhas que abraçam Ecbátana ao norte também cercam Ansã ao sul. Os picos e cumes de Zagros nos vigiavam enquanto caminhávamos em direção a Ansã.

No norte, as colinas se espalhavam em prados e florestas verdejantes. Quanto mais ao sul andávamos, mais quente e seco ficava o clima. A paisagem verdejante da Média, com seus vales ricos em cravo, gradualmente dava lugar a um sertão monótono. O mundo que conduzia à Pérsia era tão árido como a paisagem do norte era verde.

Tínhamos aprendido a lição e evitamos assiduamente a rodovia. Em vez disso, nos mantivemos nos campos que corriam paralelos à estrada e não encontramos outros viajantes. O nosso ritmo tornou-se dolorosamente lento. Longe a nosso oeste, passamos pela antiga cidade elamita de Susã, embora não ousássemos entrar nela. Sabíamos que Astíages teria provavelmente enviado espiões para lá para vigiar a nossa chegada.

Dois dias de viagem ao sul de Susã e as montanhas invadiram o nosso caminho. A única maneira de atravessar a cordilheira aqui era por meio da estrada que havia sido cavada nos penhascos. Embora perto, ainda não tínhamos atravessado para o território persa. Se Astíages tinha preparado uma armadilha para nós, ela estava ali.

Tirando pelo mapa que Hárpago nos tinha dado, não tínhamos conhecimento da área. Não conhecíamos nenhum esconderijo seguro. Voltar para a estrada pareceu estarmos conscientemente entrando em uma cilada. No entanto, não havia outro caminho para Ansã. Nós simplesmente tínhamos que avançar.

A estrada escavada nas falésias de Zagros era estreita e, em partes, traiçoeira. Várias vezes, tivemos que desmontar e conduzir os cavalos a pé, navegando por desfiladeiros profundos e áridos.

Na décima quarta manhã de nossa jornada, acordamos para um dia abafado e começamos a tirar os últimos vestígios de nossas roupas de frio. Jared parecia extraordinariamente quieto, com a tez pálida. Eu sabia, embora ele não tivesse dito nada, que estava com dores.

Naquela tarde, finalmente atravessamos a última das passagens de montanha sem incidentes e nos encontramos em uma selva acidentada. No seu centro, tinha se formado um pequeno oásis de árvores em torno de uma nascente natural.

— Vamos parar por ali — disse Jared. — Os cavalos precisam de água.

Não era o melhor lugar para se defender. Com exceção de um promontório de rochas a leste, a paisagem não oferecia nenhum abrigo real. Pensei que poderíamos dar água para os cavalos na nascente e descansar ali durante uma hora antes de seguirmos para o promontório. As rochas de lá ofereceriam cobertura da estrada, tornando-o um lugar ideal para passar a noite.

Eu conseguia notar que Jared tinha chegado ao fim de suas forças. Ele cambaleou enquanto desmontava, permanecendo em pé apenas porque se agarrava ao cavalo. Corri para o seu lado e ajudei-o até chegar à nascente. O fato de ele não ter recusado minha ajuda me informou da gravidade da dor.

Ciro e eu cuidamos dos cavalos enquanto Jared caiu deitado na sombra escassa de uma árvore. Eu consegui dar a ele alguns goles de água antes de fazer sua cama debaixo da árvore. Sem palavras, ele se arrastou para a cama, os olhos pressionados, a mandíbula travada.

— Vamos passar a noite aqui? — perguntou Ciro enquanto nós dois nos sentávamos para comer. Cortei uma fatia de pão velho e a enchi de queijo de cavaleiro. Jared tinha comprado uma vasilha de couro cheia de leite no povoado onde ele tinha arranjado suprimentos e tinha mantido sob sua sela enquanto nós montávamos. O movimento de seu corpo no cavalo tinha batido o leite em uma coalhada amanteigada conhecida como queijo de cavaleiro. Eu tinha aprendido a gostar do gosto, visto que não tinha outra escolha. Nós quase nunca acendíamos fogueiras, sabendo que a luz poderia servir de farol para quem nos procurasse, o que estreitava as nossas opções alimentares.

— Eu gostaria que a gente se movesse para aquelas pedras depois que Jared tiver tido uma chance de descansar — disse eu, tomando um longo gole de água.

— O que tem de errado com ele? — sussurrou Ciro.

— Ele está doente. Ele precisa dormir. Você acha que consegue revezar a vigília comigo esta noite?

Ciro deu de ombros.

— Agora tenho onze anos. Posso ficar acordado até tarde.

— Quando você fez onze anos?

— Ontem, eu acho. Ou talvez hoje. Não tenho certeza. Eu perdi a conta. — Ele brincava com o pão achatado que tinha enrolado em volta do queijo. — Nós podemos perguntar a esta Mandane de quem me falam. Ela deve saber.

Franzi a testa.

— Ela é uma rainha e sua mãe. Não deve referir-se a ela com desrespeito.

— Ela pode ser uma rainha. Mas ela não é minha mãe.

— Ciro!

— Artadates! — chiou ele.

— Você tem que fazer as pazes com quem você é.

— Você diz que esta rainha pode nem me aceitar como seu filho. Eu não me importo. Tenho uma mãe perfeitamente boa em casa.

Eu vi, na linha apertada de sua boca, que ele, na verdade, se importava. Ele se importava tanto que estava se preparando para a possível rejeição que se aproximava.

Nós dois ficamos em silêncio. Ao longe, ouvi um som que me fez gelar. Cavaleiros.

Subi num sicômoro magro e olhei para a estrada.

Três cavaleiros trotavam firmemente em nossa direção, suas armaduras e espadas brilhando como pingentes de gelo na luz profunda do sol. Eles poderiam ser viajantes comuns. Soldados persas regressando à casa. Mas eu sabia em meu coração que eram homens de Astíages.

Eu me ajoelhei ao lado de Jared.

— Nós temos que ir! Há cavaleiros vindo pelo norte.

Ele abriu os olhos turvos e acenou com a cabeça. Empurrando o cobertor para o lado, ele tentou ficar de pé. Cambaleando, ele caiu pesadamente de joelhos. Eu coloquei um braço sobre sua cintura e puxei. Ele cambaleou novamente e quase nos derrubou, os dois juntos.

Ele poderia ser capaz de mancar por uma parte do caminho, eu percebi, mas ele nunca seria capaz de cavalgar assim.

Se eles nos encontrassem neste lugar aberto, tudo acabaria num instante. Ciro e eu não conseguiríamos nos defender sozinhos contra três soldados treinados.

Rapidamente, amarrei alguns de nossos pacotes juntos e adicionei um punhado de juncos finos de um arbusto no topo. Colocando o manto de Ciro em volta dele, eu ajeitei a figura que se parecia humana na parte de trás do cavalo de carga, esse tempo todo também gritando instruções para Ciro.

— Eu não sou tão gordo — reclamou Ciro enquanto observava minha obra.

— Agora você é.

Jogando um pano de feltro na minha égua, agarrei minha espada e pulei em uma pedra para poder montar. Eu nunca tinha aprendido a saltar na parte de trás de um cavalo como Ciro e Jared faziam.

— Cuide de Jared — disse eu. — Se alguém além de mim se aproximar de vocês, use seu arco.

Ciro deu-me um sorriso feroz.

— Não se preocupe. Vou mantê-lo seguro.

Dei uma última olhada no mapa que Hárpago tinha nos dado antes de galopar para o campo aberto que ficava paralelo à estrada.

CAPÍTULO QUARENTA E TRÊS

*Pois no dia da adversidade ele me guardará protegido
em sua habitação; no seu tabernáculo me esconderá e
me porá em segurança sobre um rochedo.*

Salmos 27:5, NVI

Tínhamos passado por uma curva particularmente acentuada na estrada em nosso caminho para o oásis. Voltei em direção a ela, sabendo que se eu convergisse com a estrada naquele ponto, nossos perseguidores não seriam capazes de ver que eu estava viajando do sul. Se eu conseguisse chegar lá antes deles, do seu ponto de vista, pareceria como se eu tivesse aparecido na estrada do nada. Eles não teriam como saber que eu estava fazendo a volta e concluiriam que eu tinha encontrado uma passagem estreita que dava na rodovia.

Assim que vi a curva, levei os cavalos para a estrada e inverti a direção para o sul, incitando a minha égua a trotar. Só quando ouvi um grito atrás de mim é que me encostei perto do pescoço dela e o cavalo disparou para a frente num galope vertiginoso. Segurei firmemente a guia do cavalo de carga e ele conseguiu acompanhar. Jared tinha o treinado bem.

O sol finalmente tinha se posto, e a escuridão que caía funcionou a meu favor. Atrás de mim, os meus perseguidores viam dois cavaleiros. Uma mulher e um rapaz.

Prendi a respiração ao passar pela selva onde ficava o oásis, rezando para que Ciro tivesse conseguido seguir as minhas instruções. O nó entre meus ombros se desfez quando não vi nenhum sinal de meus amigos perto da nascente.

Meus perseguidores prestaram pouca atenção ao oásis enquanto eu e meu companheiro de arbustos passávamos. Eu só esperava que o mapa do

Hárpago fosse preciso. Pressionei a minha égua para aumentar a distância entre mim e os homens de Astíages.

Os cavalos estavam cansando. Eu precisava chegar ao meu destino logo, ou os homens poderiam descobrir o que eu estava fazendo.

À minha direita, vi um afloramento de rochas. De acordo com o mapa, depois disso, haveria outra curva acentuada na estrada. Diminuí o ritmo para um trote. Eu precisava estar atenta agora. O meu plano poderia dar errado de cem maneiras diferentes aqui.

Enquanto os cavalos navegavam na curva, desaparecendo da vista dos nossos perseguidores por alguns instantes, eu diminuí ainda mais a nossa velocidade. Fazendo uma breve oração, balancei a perna para o lado e pulei.

Rolando, eu caí na terra e parei. Para meu espanto, parecia que eu ainda estava inteira. Confusos, os cavalos quase pararam. Bati em suas ancas com força com o meu chicote, estremecendo ao fazê-lo. Não estando acostumados a tratamento severo, eles decolaram em uma nuvem de poeira.

Sem tempo a perder, arrastei-me para o meio das rochas. Em algum lugar próximo, havia uma trilha de cabras que levava de volta ao oásis. Eu esperava encontrá-la no escuro. Se não, eu tentaria me esconder entre as rochas até o nascer do sol e depois voltaria.

É claro que os nossos perseguidores encontrariam os cavalos muito antes disso e retornariam à minha procura.

Eu escalei cegamente sobre as rochas, rezando para não pisar em uma cobra no meu louco andar tateante. A cada passo, eu me deparava com mais rochas e nenhuma aderência. Meu pé bateu em uma saliência e comecei a escorregar. Caindo de costas, não consegui encontrar nenhum lugar para segurar e desacelerar meu deslize. Finalmente, o meu corpo parou abruptamente na base de uma moita seca. Eu sentia tudo machucado e arranhado. Mas quando me levantei, para meu alívio, não encontrei nenhum osso quebrado.

Foi quando a vi. Uma trilha estreita na base da rocha diante de mim.

Aparentemente, o bom Deus teve de me derrubar do alto terreno para então mostrá-la para mim. Eu não iria discutir com sua metodologia. Grata por ter escapado com o pescoço intacto, comecei a mancar em direção ao oásis e ao promontório de rochas para onde enviara Ciro e Jared para se esconderem.

Quando os encontrei, a lua tinha subido no topo do céu. Caí de joelhos ao lado do Jared.

— Como você está?

— Inútil. — Ele gemeu. Quando falou novamente, sua voz estava áspera. — Você se colocou em perigo para me proteger.

— Apenas uma cavalgada rápida. Agora, temos que movê-lo. Temos que nos esconder na trilha das cabras. Não nos vão encontrar lá, nem à luz do dia. Os penhascos escondem o caminho. Vamos devagar e com calma, está bem?

Não sei como, mas, em algum lugar lá no fundo, Jared encontrou as forças para nos acompanhar até a trilha das cabras. Quando o sol nasceu, estávamos abrigados na fenda de uma grande rocha, escondidos de todos, exceto de cabras. Tínhamos comida, água, forragem para os nossos cavalos, proteção. E nós tínhamos Deus.

✳ ✳ ✳

Depois de um dia de descanso, Jared sentiu-se bem o suficiente para voltar à estrada. Mas decidimos ficar vários dias no nosso esconderijo, caso os nossos perseguidores ainda estivessem patrulhando a estrada na área.

Entediados em nosso abrigo rochoso, decidimos aproveitar o nosso tempo. Jared começou a preparar Ciro para uma visita real. Ele ensinou a ele como curvar-se, dirigir-se ao rei e à rainha, comer à mesa formalmente.

— Seja você um general ou um príncipe — disse Jared, — precisará interagir com a aristocracia. Em ambos os casos, você deve aprender a se enturmar. Estar em casa, seja num palácio ou numa tenda no campo. Fazer amigos, desde soldados comuns a filhos de reis.

Sob a tutela de Jared, Ciro começou a mostrar interesse em assuntos para além de cavalos e da guerra. Ele se viu absorto nos trabalhos da justiça e começou a perceber que a liderança era mais do que mera excitação.

Ele começou a compreender o peso da responsabilidade.

Jared provou ser um brilhante professor – paciente, conhecedor e inspirador. Eu me dei conta, enquanto o observava com admiração, que ele tinha nascido para isso. Mais do que um professor, ele sabia aconselhar. Todo bom rei precisava de alguns homens como Jared ao seu lado. Uma noite, quando chegou a minha vez de ficar de vigia, subi na rocha plana que nos dava a perspectiva perfeita e empoleirei-me no meu local favorito. Ciro já tinha deitado, dormindo antes de sua cabeça tocar os cobertores depois de um dia inteiro de instrução. Eu presumi que Jared faria o mesmo. Para minha surpresa, ele me seguiu.

Ele se acomodou ao meu lado, com um joelho apoiado em seu peito. Por algum tempo, observou as estrelas em silêncio. Então, sem preâmbulo, disse:

— Você salvou minha vida.

— Estou feliz que meu estratagema funcionou.

— Você arriscou seu pescoço para me proteger.

Ele não tinha mencionado a noite da nossa fuga até agora.

— Eu faria de novo — disse eu.

— Por quê?

Eu quis mentir. Para evitar a dor de ter o meu coração jogado na minha cara novamente. Mas eu tinha aprendido minha lição: o amor não prosperava na autoproteção.

— Porque eu te amo. E prefiro morrer a te ver machucado de novo.

Ele deu uma respirada curta, chocado. Se eu estava esperando uma declaração semelhante, foi uma desilusão. Eu estava grata por ele não ter respondido às minhas palavras com uma negação sarcástica, como fez da última vez em que insinuei os meus sentimentos. Em vez disso, ele ficou sentado em silêncio ao meu lado por mais um tempo antes de pular da rocha e desaparecer no escuro.

Eu presumi que ele tinha ido dormir. Mas no final da minha vigília, quando me arrastei para minha esteira, tonta de exaustão, senti-o aproximar-se para colocar um cobertor adicional sobre mim. Sua mão permaneceu por apenas um momento enquanto enfiava as dobras do tecido contra meu ombro.

Forçando minhas pálpebras abertas, vi Jared olhando para mim, suas sobrancelhas arqueadas em intenso pensamento. Eu não conseguia decifrar a expressão estranha que eu peguei em seu rosto. Não era saudade. Eu podia ver isso. Estava mais perto de guerra, pensei. Mas, desta vez, ele não estava em guerra comigo. Só consigo mesmo.

✳ ✳ ✳

Eu tive que sacrificar a minha bela égua e o cavalo de Jared. Parecia um pequeno preço a pagar pela nossa sobrevivência. Claro, Jared e Ciro ainda tinham seus niseanos. Mantivemos também os dois cavalos que tínhamos confiscado dos homens de Astíages. Eu montei o castrado menor, um passeio estranho após os passos suaves aveludados da égua de Hárpago.

Nós usamos a besta maior como cavalo de carga e partimos para a viagem de dois dias que nos levaria a Ansã.

Para meu alívio, navegamos para a capital persa sem mais aventuras. Já nos arredores da cidade, do lado de fora das muralhas, guiamos nossas montarias para o pátio de um alojamento de viajantes. Depois de acomodar os cavalos em estábulos limpos, nos dirigimos para dentro, onde comemos um farto ensopado de feijão e osso, borbulhando quente direto dos fornos.

Paguei ao estalajadeiro por uma segunda tigela. O sabor da comida quente era tão delicioso na minha língua que eu teria pago por uma terceira se não tivesse ficado envergonhada diante dos meus companheiros que pararam em duas tigelas.

Muitos viajantes espalharam suas esteiras no pátio e dormiram sob as estrelas. Nós ostentamos pegando um quarto, onde nos revezamos lavando a sujeira de longas viagens de nossos corpos. Depois que Jared e Ciro completaram suas abluções, eles se dirigiram para os estábulos, onde todos nós planejamos passar a noite, preocupados com a segurança dos cavalos. Os niseanos, principalmente, eram suficientemente valiosos para atrair muitos ladrões.

Quando chegou a minha vez de ter o cômodo para mim, tirei as camadas de sujeira da minha pele, usando jarros de água quente que o estalajadeiro tinha fornecido. Levei uma hora inteira apenas para pentear os emaranhados do meu cabelo. Pensei saudosamente na luxuosa casa de banhos de Daniel enquanto lavava o cabelo numa grande bacia. Quando finalmente me juntei aos meus companheiros nos estábulos, achei-os inquietos demais para dormir.

Tínhamos sobrevivido à nossa jornada de Ecbátana e chegado em segurança a Ansã. Agora teríamos que enfrentar o nosso maior desafio: convencer um rei e uma rainha de que, depois de onze anos, o seu filho perdido estava na verdade bem vivo. Apesar da nossa exaustão, todos nos sentíamos agitados demais para nos aquietarmos.

Quando Jared viajara da Babilônia para Ecbátana, ele tinha levado um jogo de tabuleiro chamado vinte quadrados, um jogo de estratégia e sorte para dois jogadores. Eu tirei o jogo de uma das malas e montei as peças em preto e branco, desafiando Jared e Ciro a jogarem contra mim. O jogo dos vinte quadrados é uma corrida. Seu objetivo é mover todas as sete de suas peças através do percurso e terminar antes de seu oponente.

Passamos o resto daquela noite despejando as nossas energias reprimidas naqueles quadrados. À medida que lançávamos os dados, encontrando o caminho para sair das armadilhas e dos becos sem saída, o riso lentamente substituiu o pavor do dia que viria. Eventualmente, todos dormimos a poucos passos dos nossos cavalos, seguros sabendo que estávamos juntos.

TERCEIRA PARTE

Ansã

CAPÍTULO QUARENTA E QUATRO

*"Será que uma mãe pode esquecer do seu
bebê que ainda mama e não ter compaixão
do filho que gerou? Embora ela possa se
esquecer, eu não me esquecerei de você!"*

Isaías 49:15, NIV

As três pessoas que se aproximaram do palácio em Ansã pareciam totalmente diferentes da tropa esfarrapada que havia chegado aos portões da cidade no dia anterior. Eu tinha vestido minha túnica meda, sua capa curta dançando sobre meus braços enquanto eu caminhava. Jared, parecendo grandioso e misterioso em sua elegância babilônica, usava ornamentos de prata em seus cabelos anelados. Mas de todos nós, Ciro era o que tinha mais se transformado. Eu nunca o tinha visto em outra coisa senão em uma simples túnica ou em roupas de montaria de segunda mão.

Naquela manhã, Jared o arrumara em uma túnica verde-escura, que tinha uma grossa faixa de ouro bordada na bainha. Parecia tão nova que nunca se poderia imaginar que pertencera ao filho de Hárpago. O cabelo de Ciro tinha sido penteado pela primeira vez e suas mechas pretas, onduladas e grossas, estavam suspensas em sua testa por uma faixa de couro adornada que circundava sua cabeça.

Ele insistira em usar suas calças de caça sob suas vestimentos.

— Eu não vou exibir minhas pernas diante de todo o reinado persa quando estiver desmontando — disse ele impetuosamente. — Posso ser um jovem pastor, mas tenho minha dignidade.

Ansã, uma antiga cidade construída pelos elamitas há muito tempo, havia caído sob o domínio persa cem anos antes e servia como sua capital. Ficava a sudeste da Babilônia, mas, por algum truque de topografia, gozava de um clima mais temperado.

Achamos o palácio, como a própria cidade, mais simples que Ecbátana e menor. Mas em todos os lugares havia sinais de crescimento recente. Enquanto a Média, apesar de todas as suas riquezas, parecia ter estagnada, Ansã crescendo-se desenvolvia rapidamente.

Os persas eram geniais por usarem fontes de água subterrâneas a seu favor. Enquanto a área em torno de Ansã parecia seca e estéril graças ao clima sem chuva, a cidade e as suas terras circundantes tornavam-se verdejantes com uma abundância de vinhas, pomares e jardins cuidadosamente planejados.

O selo de Hárpago no anel que ele tinha dado a Jared, bem como na sua carta, nos garantiu a entrada no palácio. Tive um vislumbre de uma piscina longa e rasa, coberta de azulejos azul-turquesa, no centro de um jardim bem cuidado, antes que a guarda nos levasse a uma sala de espera do lado de fora do salão de recepção real.

Tínhamos pedido para nos encontrarmos com a rainha, reconhecendo-a como a nossa mais provável aliada. Se alguém poderia reconhecer as feições de Astíages no rosto de Ciro, seria Mandane, não Cambises.

Eu sentei, me preparando para uma longa espera. Mas o banco de pedra ainda estava frio contra a minha pele quando a porta se abriu e um guarda-costas veio nos buscar. Nós seguimos atrás dele, caminhando os três lado a lado, Ciro reto como uma vareta entre nós, um ligeiro rubor sendo o único sinal que revelava sua turbulência interior. Eu coloquei a mão em seu ombro e senti-o tremer.

Percorremos o auditório retangular, passando pelos rostos curiosos dos cortesãos que ali estavam reunidos. Sobre um estrado baixo repousavam dois tronos de madeira entalhada, decorados com folhas de ouro. O trono maior estava vazio. Uma mulher ocupava o outro.

Eu tive uma visão da pele muito branca e olhos castanhos claros sob uma coroa alta e canelada. Quando o guarda parou, nós três nos curvamos em uníssono como havíamos praticado, uma mão diante de nossas bocas à maneira persa.

Mandane sinalizou para nos levantarmos.

— Vocês têm uma mensagem para mim do senhor Hárpago? — perguntou ela bruscamente em medo.

Eu inclinei a cabeça.

— Sim, minha rainha.

— Devo dizer que o senhor Hárpago escolheu mensageiros estranhos. — Seus olhos se agarraram em Ciro por um momento.

— Por razões além do seu controle, somos os únicos capazes de entregá-la— respondi.

— Você me deixa curiosa. — Ela estendeu a mão.

Jared curvou-se e entregou a carta selada de Hárpago ao guarda-costas. Era uma das duas cartas que ele tinha endereçado a ela. Esta, curta e direta ao ponto, apenas implorava a ela que nos permitisse uma audiência privada, pois tínhamos notícias extraordinárias para transmitir. Difíceis e ainda assim maravilhosas, foi como ele formulara.

Ela leu a breve nota e arqueou as sobrancelhas. Depois de uma breve conferência com o seu guarda-costas encarregado, ela acenou e os cortesãos que esperavam esvaziaram o recinto. Notei a persistente presença de vários guardas em locais estratégicos. Ela estava disposta a satisfazer Hárpago, na medida em que isso não a colocasse em perigo desnecessário. Dado o pai que a tinha criado, eu não podia culpar a sua prudência.

— Agora... — Ela franziu a testa para nós. — Do que isso se trata?

Sempre soubemos que eu teria que ser a porta-voz neste momento. Jared não falava nem a língua meda nem sua língua prima, o persa. E não podíamos esperar que Ciro fosse o defensor de sua própria causa.

Então sobrava eu.

Desde a hora em que me resignara com a necessidade da tarefa, temia que ela chegasse. Como dizer a uma mulher que o seu filho morto vive? Pode parecer uma boa notícia. Mas antes que ela possa sorrir, ela deve lamentar onze anos de perda desnecessária. Batalhar com onze anos de traição.

E antes disso, ela precisa primeiro acreditar na minha história.

— Minha rainha, não há maneira fácil de cumprir esta tarefa.

— Fale logo. Alguém morreu? É o meu pai?

Eu pisquei.

— Não, minha senhora. Ninguém morreu. Muito pelo contrário, na verdade. — Lentamente, contei a ela a história da traição do pai, tal como Hárpago tinha me contado.

Tessa Afshar ⋅⋅⋅ 257

As suas costas enrijeceram quando descrevi a fatídica conversa entre Hárpago e o rei. Eu senti que ela achava que essa troca fosse o fim da minha história. Que eu tinha vindo revelar a participação de seu pai na morte do seu filho.

Suas mãos agarraram os braços de seu trono até que suas unhas ficaram brancas.

— Você acusa meu pai desse crime hediondo?

— Não acuso ninguém, minha senhora. O crime não foi cometido. Pelo menos não como ele esperava.

À medida que a história se desenvolvia, ela ficou tão pálida que eu temi que ela desmaiasse. Chamei Ciro para a frente quando cheguei ao fim da minha história.

— Esta, minha rainha, é a mesma criança que vossa majestade pensou estar morta. Este é o seu Ciro, salvo pela mão do senhor Hárpago.

Ciro permaneceu de pé com uma grave dignidade muito além de sua idade. Ela o estudou por um momento rápido, não o suficiente para realmente vê-lo.

— Que calúnia é esta? — gritou. — Que falácia sem coração você jorra? Como se atreve a estar na minha presença e tecer tais mentiras?

— Senhora, por tudo o que é sagrado, falo a verdade. Eu mesma ouvi o senhor Hárpago conversando com o pastor Mitrídates.

Ela levantou-se.

— Meu filho está morto! E você pensa que pode ganhar vantagens substituindo-o pela bagagem de um pastor em meu seio? Você acha que sou tão tola?

Antes que eu pudesse dizer outra palavra, Ciro avançou, feroz como um filhote de leão.

— Chega! — gritou ele. — Não preciso que você me queira. Tenho uma doce mãe em casa que me adora. Estaria com ela agora se o seu detestável pai não estivesse tentando me matar.

O olhar penetrante de Mandane me deixou e assentou em Ciro. Eu já achava que o rosto dela não tinha sangue antes. Mas, enquanto observava o rapaz, ela ficou ainda mais pálida.

— Venha, Keren. Vamos nos despedir. — Ciro puxou minha mão até que fui forçada a dar um passo para trás.

Eu esperava que a rainha se opusesse. No entanto, ela parecia ter se transformado em pedra e não disse nada.

— Por favor, minha rainha, poderia ao menos ler esta carta do senhor Hárpago? Ele conta a história com as suas próprias palavras. — Eu entreguei, ao seu guarda-costas, a segunda mensagem selada, esta mais longa e contendo os arrependimentos de Hárpago, bem como as explicações.

Mandane pegou a missiva e sussurrou algo no ouvido do homem antes de acenar para que nos afastássemos.

— Onde vocês estão hospedados? — perguntou o guarda enquanto nos acompanhava para fora da sala de audiências.

— Na estalagem fora de Ansã — respondi. Eu não fui enganada pelo seu tom casual. Ele não tinha a intenção de nos deixar ir sem estabelecer como nos encontrar novamente.

— Isso correu tão bem quanto se podia esperar — disse Jared alegremente quando traduzi as palavras da rainha. — Eu nunca imaginei que ela aceitaria nossa história ao ouvi-la pela primeira vez. Ela precisará de tempo para digerir tudo.

— Que tipo de mãe não conhece o próprio filho? — disse Ciro com uma carranca.

— O tipo que é de carne e osso, Ciro. Jared tem razão. Ela precisa de tempo. Tempo para ouvir seu coração falar.

— Aposto que ela nem cozinha. — Ciro fungou. — Bem, estou farto de palácios. Toda vez que entro em um, alguém me acusa de algo ruim que eu não fiz.

Baguncei seu cabelo.

— Vamos dar uma cavalgada.

Ele sorriu.

— Finalmente, alguém deu uma sugestão sensata.

CAPÍTULO QUARENTA E CINCO

*"Assim diz o Senhor, o seu redentor...,
Eu sou o Senhor... que diz acerca de Ciro:
'Ele é meu pastor, e realizará tudo o que
me agrada; ele dirá acerca de Jerusalém:
"Seja reconstruída", e do templo: "Sejam
lançados os seus alicerces"'.*

Isaías 44:24, 28, NVI

— Nós arranjamos uma sombra. — Jared apontou o queixo para dois guardas do palácio descansando em um canto do pátio da estalagem.

— Bom — respondi enquanto jogava um pano de feltro sobre o meu cavalo. Na verdade, eu preferiria me acomodar com o meu pergaminho de Jeremias para desfrutar de uma manhã tranquila o mais longe possível de um cavalo em movimento. Mas eu sabia que Ciro precisava de atividade.

— Por que bom? — Jared franziu a testa para os soldados.

— Se a rainha quer nos manter sob observação atenta, isso significa que ela está interessada nele. Ela não consegue convencer-se a deixá-lo ir. Uma parte dela se pergunta se a nossa história é verdade.

— Ou ela quer fácil acesso, caso decida separar nossas cabeças de nossos pescoços.

— Ou isso. — Eu fiz uma careta.

O estalajadeiro tinha nos falado de um agricultor que abriu a sua terra para cavaleiros e caçadores por uma pequena taxa. Não era longe, felizmente. Assim que chegamos, desmontei e encontrei uma delicada romãzeira onde me recostar enquanto os rapazes saltitavam em suas montarias. Notei que um dos guardas do palácio foi embora discretamente. Para informar sobre as nossas atividades, sem dúvida.

Eu estava meio cochilando quando o som de rodas de carruagens me tirou do meu torpor. A própria rainha estava dirigindo uma leve carruagem de guerra, dois niseanos pretos combinando exatamente puxavam-na em perfeito uníssono. Eu me levantei, surpresa. Eu nunca imaginaria que ela própria viria e tão rapidamente.

Com um movimento hábil, ela puxou os cavalos para uma parada suave a alguns passos de mim. Sem se preocupar em desmontar, ela ficou imóvel como uma pedra e observou Ciro. O menino estava fazendo truques, cavalgando sem as mãos para que pudesse praticar arco e flecha a cavalo.

— Ele é muito bom para alguém tão jovem — disse Mandane sem olhar para mim.

— Ele se acha bastante crescido, especialmente desde que completou onze anos há alguns dias.

A boca dela se estreitou.

— Menino! — chamou ela. — Você, menino! Venha aqui.

Ciro levou o cavalo em nossa direção. Ao ver Mandane, seu sorriso desapareceu. Jared sussurrou algo para ele, e guardando seu arco e flechas, Ciro sinalizou a seu cavalo para trotar em direção à rainha. A linha de suas costas ficou rígida. Sentindo sua tensão, o alazão jogou sua cabeça para o lado. Com agilidade, Ciro reafirmou o controle e parou diante da rainha.

Os dois se encararam, a rainha de sua carruagem e Ciro de cima de seu cavalo.

Eu gesticulei para ele e, após uma breve hesitação, ele desmontou. Eu tomei as rédeas e, sob o olhar atento de um guarda do palácio, amarrei o cavalo a um galho.

Ciro aproximou-se dos garanhões pretos da rainha.

— Bonitos. Nunca vi um par que combina tão bem.

— Notei que seu próprio alazão é muito majestoso.

Ciro sorriu.

— Hárpago me deu. Ele tinha prometido que eu poderia escolher qualquer um dos cavalos do seu estábulo se estudasse muito. — Seu sorriso se alargou. — Este era o cavalo dele próprio. Keren disse que Hárpago nunca o daria, mas ele cumpre suas promessas.

Os olhos da rainha estreitaram-se.

— O que ele queria que você estudasse?

— Muitas coisas. Aramaico. Numeracia. Tiro com arco. Arte das espadas. Ele até me fez estudar um pouco acadiano. Evite-o se puder, minha senhora. É uma língua detestável.

A rainha mudou de medo para aramaico.

— Por que ele fez você estudar acadiano?

Com a mesma suavidade, Ciro mudou seu próprio discurso. — Era o que eu dizia toda vez que Keren puxava sua tábua de barro. Mas pelo alazão, valeu a pena.

— Como conheceu o senhor Hárpago?

Ciro deu de ombros.

— Não sei. Ele esteve sempre presente, desde que eu era pequeno. — Ele hesitou. — Ele até tentou me ensinar persa por um tempo.

Mandane ajustou as rédeas de couro que segurava nas mãos.

— Talvez ele seja seu pai.

O sorriso descontraído no rosto de Ciro desapareceu.

— Só porque a senhora é uma rainha não significa que pode insultar minha mãe.

A mão de Mandane segurou firme as rédeas.

— É exatamente isso que significa, menino! E faz sentido. Ainda mais considerando suas alegações bizarras. — Ela afrouxou a condução e, sem mais uma palavra, virou a carruagem em um semicírculo e galopou em um rastro de poeira.

Ciro fez uma careta para suas costas.

— Essa mulher é pior do que um torcicolo em meu pescoço.

Eu respirei fundo.

— Ela está em uma posição difícil. Ou você é um mentiroso ou o pai dela é.

— Eu vi esse sujeito apenas uma vez. — Ciro cruzou os braços. — E quando o assunto é mentir, eu apostaria nele, todas as vezes.

Jared deu uma olhada em volta.

— Ela saiu apressada.

— Apesar de toda a sua pressa, ela garantiu que dois de seus guardas reais nos fizessem companhia. — Apontei o queixo para os soldados corpulentos que ela tinha deixado à vista.

❖ ❖ ❖

Na manhã seguinte, Mandane mandou me chamar. Sozinha.

Enquanto escovava meu cavalo, Jared resmungava:

— Não gosto disso. Não gosto nada da ideia de você entrar naquele palácio sozinha.

— Eu também não. Mas que escolha temos?

— Podemos dizer não.

Pensei por um momento.

— Ela está presa entre a raiva e a ânsia. Sinto que ela pode estar por um fio. Se eu a ignorar, ela pode estourar.

Jared passou uma mão por seu cabelo e acenou com a cabeça. Enrolando os dedos, ele se inclinou para acomodar o meu pé e jogou-me suavemente nas costas do cavalo.

Ele e Ciro me acompanharam até os portões do palácio. Em vez de me deixar desmontar sozinha, como costumava fazer, Jared veio ficar ao lado do meu cavalo. Antes que eu pudesse falar, suas mãos envolveram minha cintura e, gentilmente, ele me ajudou a descer. Por um longo momento, ele permitiu que suas mãos permanecessem, o calor delas me permeando. Uma grande boiada atravessou desembestada pelo meu peito.

Sua cabeça se inclinou em direção ao meu ouvido, de modo que suas palavras sussurradas agitaram os cabelos em meu pescoço.

— Tenha cuidado. Estarei te esperando. — Levei um momento para me recompor o suficiente para fazer meus pés darem algo parecido com um passo.

A guarda pessoal de Mandane não me levou à sala de audiências como eu esperava, mas a um cômodo menor que dava no jardim. A rainha estava descansando em um recanto perto de uma janela aberta, com o olhar colado às folhas quase mortas subindo em um lindo caramanchão.

— Ele é filho natural de Hárpago? — perguntou ela assim que nos deixaram sozinhas.

Diante da pergunta tão direta, congelei no meio de meu cumprimento. Lentamente, me endireitei.

Eu pensei o mesmo assim que ele me contratou. Presumi que o seu interesse incomum pelo rapaz não poderia significar mais nada. Depois ele me contou a história do nascimento de Ciro.

Seus lábios se apertaram com a menção ao filho supostamente morto.

Tessa Afshar ❖❖❖ 263

— Como sabe que ele não mentiu para você?

— Com que finalidade? Eu não passava de uma criada contratada. Além disso, eu conheci a mãe de Ciro. Ela é uma mulher simples. Muito amorosa e dedicada ao filho. Mas não há nada de fascinante nela. Ciro certamente lhe dirá que ela é bonita. Aos olhos dele, ela pode ser. Na verdade, ela é uma das mulheres mais sem graça que eu conheço. O senhor Hárpago é um homem elegante, com um olho para a beleza. Você não conseguiria me convencer de que ele teria sido tão tentado por ela que esqueceria que ela já tinha um marido.

— Talvez ele tivesse tomado várias, uma noite. Ou ele tem gostos estranhos para mulheres. Ou ele gerou o filho em outra mulher e fez com que o pastor e sua esposa o criassem.

Eu suspirei.

— Minha senhora, já olhou para o menino? Quero dizer, realmente tomou o tempo para *olhar* para ele?

— Os olhos verdes me pegaram, eu lhe concedo. Ao mesmo tempo, a minha linhagem não é a única a dar à luz meninos de olhos verdes.

— Não é só a cor dos seus olhos, ou o formato da sua sobrancelha. — Estudei os pisos de pedra simples, tão diferentes da opulência de Ecbátana. — A senhora quer saber por que eu acreditei no senhor Hárpago? Para além de toda a evidência – o que não é prova, suponho, a menos que o seu coração lhe diga algo diferente?

— Esclareça-me.

— O meu povo, os judeus, tem sido mantido em cativeiro por Nabucodonosor.

— Ouvi histórias de sua rebelião contínua e, por fim, escravização.

Eu concordei com a cabeça.

— O senhor nosso Deus nos fez uma promessa de que, depois de setenta anos, seríamos libertados. Não por nossa própria mão. Mas salvo por um rei dos medos. Um dos nossos profetas nomeou o nosso salvador vindouro. O rei dos medos que um dia nos libertará do jugo da Babilônia chama-se Ciro.

A rainha ficou branca como osso.

— Quando ouvi Hárpago falar com o pastor, ele usou o nome Ciro. Foi a primeira vez que ouvi falar dele. Ele nunca falou o nome em público, temendo que isso pudesse levá-lo a morte, para não mencionar o menino.

Ele não poderia saber o que esse nome significava para mim. Uma judia. Vosso pai, ó rainha, acreditava que seu filho um dia cresceria para ser tão grande que lhe arrancaria o trono. Eu acredito que ele tem razão. Ciro será um dia o rei dos medos. E ele conquistará a Babilônia.

Ela levantou-se.

— Você está louca!

Eu balancei a cabeça.

— Eu simplesmente acredito que Deus é capaz de cumprir suas promessas.

— Você encheu a cabeça da criança com todo esse absurdo?

— Não, minha senhora. Ele não sabe nada disso. — Entrelacei meus dedos. — Vosso pai alguma vez contou dos seus sonhos?

— Não seja tola. Ele nunca os revelaria a mim, entre todas as pessoas.

Eu sabia deles, no entanto. Temos... amigos... no palácio de Ecbátana.

Espiões, presumi.

— Mas o que você está insinuando... do que está acusando meu pai... é monstruoso.

— Sim, minha senhora.

✵ ✵ ✵

Saí do portão do palácio e vi Jared e Ciro encostados numa das colunas caneladas. Eu mal tinha dado meio passo quando me vi envolta nos braços de Jared.

— Pensei que você nunca mais iria sair. — Sua voz era grave. Na minha cintura e nas costas, suas mãos pareciam seguras, como um escudo inquebrável. A decepção rugia como um elefante irado quando ele se afastou de mim.

Ciro inseriu-se entre nós.

— A quem ela insultou desta vez?

Eu ri.

— Hárpago, principalmente.

Jared deu-me um sorriso torto.

— Ela ainda não está convencida, então.

— Só há uma pessoa que poderá convencê-la.

— Quem? — perguntou Ciro.

— Você.

— Fogos e relâmpagos! O que ela quer de mim? Eu não me lembro de ter sido raptado quando tinha uma semana de idade!

— Esperemos que não chegue a esse ponto — disse Jared.

Ciro chutou uma pedra, fazendo-a voar e girar.

— Da minha curta carreira como príncipe fajuto, posso dizer que é muito menos irritante ser filho de um pastor do que filho de uma rainha. Vamos embora para comermos uma tigela grande de ensopado. Toda esta excitação está minando minhas forças. Preciso do meu sustento.

— Eu te dou duas tigelas se você me deixar dormir até tarde amanhã — ofereci. Os longos dias de viagem e a incerteza dos últimos dois dias estavam começando a me cansar. — Eu estou me sentindo como um pano molhado usado para limpar um galinheiro.

O canto da boca de Ciro inclinou-se.

— Você nem parece encharcada.

Tentei dar um pontapé nele. Aquele menino se movia rápido demais.

CAPÍTULO QUARENTA E SEIS

O que eu temia veio sobre mim;
o que eu receava me aconteceu.

JÓ 3:25, NVI

A rainha nos ignorou durante três dias inteiros. Os seus guardas reais nos seguiam por onde quer que fôssemos e não se preocupavam em ser muito discretos quanto a isso. Eu me senti grata pela trégua e passei grande parte do tempo cochilando. As longas horas de cavalgada e as constantes vigílias noturnas tinham agredido meu corpo. O descanso forçado finalmente deu aos meus músculos doloridos a chance de se recuperar.

Durante o dia, Jared cuidava de Ciro enquanto eu me recuperava. À noite, comíamos juntos e tentávamos entender algo da língua persa. Os medos e persas eram raças primas, e suas línguas estavam intimamente relacionadas. Isso tornava mais fácil para Ciro e para mim captarmos suas nuances, embora, para minha surpresa, Ciro já possuísse uma notável fluência na língua de sua mãe.

— Hárpago costumava falar sem parar comigo em persa — explicou ele. — Era para ser o nosso grande segredo. Eu me acostumei a esconder o meu conhecimento da língua.

Jared, que tinha se traído com um toque de emoção calorosa após minha longa audiência com a rainha, retirou-se de volta para sua concha. Qualquer afeição que suas ansiedades tivessem afrouxado foi empurrada de volta para algum buraco escuro em seu coração. Ele permaneceu gentil e educado. Mas ele não deixou mais sair nenhuma evidência dos sentimentos que eu tinha sentido quando ele me segurou naquele dia.

Tendo provado alguns momentos do seu ardor, achei especialmente difícil voltar à sua fria indiferença.

Três dias depois da minha visita privada, Mandane voltou a nos chamar, desta vez pedindo pela presença de todos nós. E ela realmente usou a palavra pedido. Essa foi nova.

— Eu não achava que ela tinha essa palavra em seu vocabulário — disse Jared enquanto Ciro não estava ouvindo.

— Espero que isso signifique que ela está se abrindo para nós.

Ela nos recebeu na mesma pequena sala junto ao jardim onde tinha se encontrado da última vez comigo. Desta vez, ela estava sentada no chão, a barra frisada de sua túnica escarlate espalhada em volta dela em um tapete feito à mão. Ao lado dela, um filhote de leopardo brincava com uma bola de couro que ela jogara para ele.

Ciro esqueceu de se curvar. Saltando para a frente, ele caiu de joelhos ao lado do filhote, a uma distância de um palmo de Mandane. Dois guardas correram para agarrá-lo. Rápido como um relâmpago, Jared deu um passo à frente para proteger o menino caso os guardas se entusiasmassem demais na defesa de sua rainha.

Ela levantou a mão, fazendo todos pararem repentinamente. O único que a ignorou foi Ciro, que se aproximou.

— Aah! Onde a senhora o conseguiu?

— A mãe dele foi morta em uma caçada há algumas semanas. Estou cuidando dele até que tenha idade suficiente para ser solto no parque.

O pequeno leopardo virou os olhos azuis para Ciro e chiou, fazendo todos sorrirem.

— Ele está com fome — disse a rainha e recolheu o filhote nos braços. Alguém encheu um recipiente feito de pele de carneiro com leite e manipulou a borda para servir de mamilo, e o filhote de leopardo agarrou-se avidamente a ele.

Ciro assistiu como se estivesse hipnotizado. Delicadamente, a rainha desenganchou garras afiadas da urdidura e trama de sua túnica.

— Estenda sua mão — disse ela a Ciro.

Ele estendeu sem hesitar. Puxando a vasilha de leite para longe do filhote distraído, ela derramou um pouco da bebida na palma da mão de Ciro. Depois, virou o leopardo nos braços até que ele ficasse de frente para o menino. Sentindo o cheiro de leite, o filhote encontrou o caminho para a mão de Ciro e começou a lambê-lo.

O garoto ficou boquiaberto e começou a rir.

— Isso faz cócegas!

Quando a rainha colocou o leopardo em seus braços, Ciro segurou o filhote com cuidado e ofereceu à rainha um de seus sorrisos irresistíveis.

— A senhora pode não saber cozinhar. Mas isso é quase tão bom.

Os lábios de Mandane se contraíram.

— Quem disse que eu não sei cozinhar?

— A senhora sabe?

— Eu nunca tentei. — Ela fungou.

— Isso significa que não sabe.

Ele fez cócegas na barriga do filhote. O leopardo enrolou as patas no pulso do menino e encostou o nariz nos dedos dele. Ciro jogou a cabeça para trás e riu alto. Algo nesse gesto – os ombros levantados, os olhos verdes brilhantes e estreitos, a sobrancelha de asa de pássaro levantada – capturou Mandane. Ela sentou-se como se estivesse completamente paralisada.

Dor lampejou em seu rosto congelado. Dor, choque, esperança. Então aquilo se tornou um retrato confuso e íntimo demais para assistir e baixei o olhar.

Todos ficaram calados. Todos exceto Ciro, cujas gargalhadas se misturavam com os gritos de gatinho do filhote de leopardo.

— Deixem o menino comigo — disse a rainha. — Vocês podem ir.

Dei um passo apressado para frente.

— Mas, minha senhora!

— Eu disse que vocês podem ir!

Gentilmente, Ciro colocou o filhote de volta no tapete. Levantando-se, se aproximou e apertou rapidamente a minha mão.

— Vou ficar bem.

— Você quer que eu te deixe aqui?

Ele olhou para Mandane por cima do ombro. Algo se passou entre os dois.

— Não vou machucar o menino — disse a rainha. — Você tem a minha palavra. Ele estará seguro comigo.

Ciro apertou minha mão novamente.

Tessa Afshar ⊱⊰ 269

— Vou ficar bem.

✢ ✢ ✢

— O que fazemos agora? — Jared perguntou enquanto nos sentávamos para o nosso jantar de ensopado de cordeiro e marmelo.

— Eu não sei. — Eu mexi na minha comida. O aroma inebriante do marmelo e do alho fresco teria me tentado em qualquer outro momento. Mas com Ciro em uma posição tão precária, a comida tinha perdido todo o seu apelo.

— Ela deu a sua palavra.

Eu concordei com a cabeça.

— Você acredita nela?

— Era a palavra de uma mãe, não de uma rainha. Ele estará seguro. — A linha profunda franzindo a testa me dizia que, apesar da confiança em sua voz, ele tinha sua própria semente de dúvida.

Depois de cuidar dos cavalos, Jared e eu arrumamos nossas camas em um monte de palha limpa nos estábulos novamente. Sem Ciro, algo tinha mudado entre nós. Apesar de estarmos num lugar público, com outros viajantes acomodados nas proximidades do pátio aberto, não pude ignorar a intimidade da nossa situação. Sem Ciro a dormir entre nós, Jared e eu estávamos deitados a um braço de distância um do outro. Uma circunstância que antes seria impensável.

Agitei-me e virei-me, incapaz de dormir. Finalmente, joguei de lado meus cobertores e me levantei, com movimentos silenciosos. Na ponta dos pés, eu segui meu caminho para fora do estábulo, através do pátio, e entrei no jardim de ervas coberto que ficava depois dele. Eu sentei no banco bambo e puxei os joelhos para o peito a fim de afastar o frio.

— Não consegue dormir?

Saltei quando a voz de Jared atravessou as sombras.

— Perdão — falei. — Eu te acordei?

Ele se sentou do outro lado do banco.

— Eu já estava acordado.

— Sua cabeça está doendo?

— Não. Tive pouca dor desde aquela noite no oásis.

— Graças a Deus. — Respirei com alívio.

Ele ergueu um dos cantos da boca.

— Eu tenho uma teoria sobre isso.

— Sobre por que você não teve outro episódio?

Ele assentiu.

— Fiquei cara a cara com o meu maior medo naquela noite. O pensamento paralisante de que eu iria adoecer justamente quando você e Ciro mais precisassem de mim. E foi isso que aconteceu.

Aproximei mais meus joelhos do peito.

— Como isso te ajudou?

— O que eu mais temia aconteceu e todos nós sobrevivemos. Deus abriu um caminho. Ele não precisava que eu mantivesse todos seguros. E mesmo que a minha presença tenha te posto em perigo, ele conseguiu te salvar. Esse medo pairava sobre mim como um dragão selvagem. Naquela noite, Deus arrancou os dentes do temor. — Ele encolheu os ombros. — Sem a sombra dessa ansiedade pressionando contra minha mente, a dor pôde ser domada.

Nós nos sentamos num silêncio que estava longe de ser amistoso. As suas bordas pontiagudas cutucavam e provocavam qualquer paz que eu pudesse ter recuperado daquela noite.

Ele virou para olhar para mim.

— Sim — disse ele abruptamente.

— Sim o quê? — perguntei, confusa.

— Sim, eu te amava.

Meu peito se contraiu e eu mal conseguia respirar.

— Você nunca me disse.

Ele encolheu os ombros. Em algum lugar ao longe, um lobo uivou. Os grilos cantavam. O meu sangue martelava nas minhas têmporas.

— Você era a melhor coisa da minha vida.

Eu queria chorar com a finalidade daquelas palavras. Que eu havia ocupado aquele lugar privilegiado em seu coração um dia. E eu não sabia disso. — Eu sinto muito, Jared.

— Não sentia nada por ela, sabe. Eu a via pelo que ela era. Divertida, atraente. Mas vazia.

Eu baixei a cabeça.

— Ela era tão deslumbrante. E ela tinha os olhos postos em você.

— Meu pai queria que eu me casasse com ela. Eu suponho que ela sabia disso e se sentia um pouco possessiva em relação a mim.

Tessa Afshar 271

Um raio de dor me atravessou. Cruzei os braços em volta do peito.

— Você vai se casar com ela quando voltar?

Ele deu um suspiro e riu.

— Você ainda não entendeu, não é? Claro que eu não vou me casar com ela! Apesar de toda a pressão do meu pai, eu já tinha decidido que não iria. Ela não é nada que eu queira. — Ele ajustou a alça de seu tapa-olho de couro. — De qualquer forma, ela não está no mercado para um noivo caolho. Digamos que estamos igualmente livres um do outro.

Então aquilo se provou demais para mim. O conhecimento do que eu tinha perdido. O amor que eu tinha perfurado com a ponta afiada do meu ciúme. O arrependimento me agarrou até que eu senti que podia sufocar. Eu me levantei e dei um passo para longe.

Jared se levantou ao mesmo tempo, seus movimentos fluidos. Eu queria correr, mas meu corpo não obedecia. Em vez disso, permaneci enraizada ali, tremendo, incapaz de desviar o olhar. Era como se tivéssemos prendido um ao outro, ambos apanhados numa rede que não podíamos arrebentar.

Então Jared deu meio passo em minha direção.

— Keren — falou ele.

Um mundo de anseio sem nome parecia ganhar vida ao som dessa uma palavra. Algo em mim derreteu. A força que me mantinha firme desde que ele chegara a Ecbátana desmoronou. A força de deixá-lo ir.

Ele balançou a cabeça como se pudesse ler os meus pensamentos.

— Não. Não. — Virando-se, ele correu para a escuridão.

Eu caí de joelhos, com o rosto se afundando em minhas mãos. "Ela não é nada que eu queira", ele falou sobre Zebidah. Como é irônico que, pelas minhas próprias mãos, eu tenha tornado verdadeiras essas palavras também sobre mim.

CAPÍTULO QUARENTA E SETE

As esperanças do meu coração se foram.
Jó 17:11, NTLH

JARED

Por que ele não poderia arrancá-la de seu coração? O que tinha nessa mulher? Ele tinha pensado que, depois de vê-la suja e despenteada, cheirando a suor e roupas sujas enquanto viajavam, ela perderia pelo menos seu apelo físico para ele. Em vez disso, ele se viu mais atraído por ela do que nunca.

Sentado ao lado dela naquele banco de pedra dura, ele quase a puxou para seus braços. Mesmo agora, seu coração mudara de ritmo, transformando-se em um tambor pulsante com o simples pensamento de provar aqueles lábios delicados com seus cantos curvados para cima. Ele não conseguia perdoá-la. Mas ele também não conseguia deixar de a querer.

Durante anos, ele quis fazer dela sua noiva. Estimá-la, tendo-a como sua esposa. Agora, quando ele precisava mantê-la a uma distância segura, Deus o tinha atado ao lado de Keren numa cadeia indissolúvel de acontecimentos. O Senhor tinha finalmente dado a ele o chamado que ele ansiava. A tarefa de uma vida. Mas ele não poderia realizá-la sem ela.

Para fugir dela, ele teria de fugir desta missão divina.

Deus, ao que parecia, queria-os unidos, de uma forma ou de outra.

Ele esfregou o pescoço dolorido e levantou-se do canto onde se curvara para poder permanecer ao alcance da voz dos estábulos sem estar muito perto dela. Ele suspirou enquanto voltava para sua cama na palha.

Talvez ele conseguisse descansar por algumas horas antes do nascer do sol, mesmo ela estando ao alcance de seus braços.

Ele sentiu como se tivesse acabado de fechar os olhos quando um pé de botas o empurrou para o lado. A espada de Jared estava apontando para a garganta do homem antes que ele tivesse a chance de mover sua bota novamente.

Um dos guardas da rainha sorriu para ele e ergueu as mãos em um gesto de paz. Jared deixou cair a espada ao seu lado.

— O que você quer? — resmungou ele.

O guarda deu de ombros e disse algo em persa, que Jared não entendeu.

— A rainha pede nossa presença — explicou Keren, se livrando de seus cobertores emaranhados.

✳ ✳ ✳

— O rei deseja conhecer o menino — disse Mandane por cima de seu ombro. Eles tinham sido levados para a câmara informal que tinham visitado antes, e a rainha estava olhando distraidamente pela janela.

De pé ao lado dela, Ciro sorriu. Keren envolveu o menino em um abraço forte.

— Você parece saudável e cheio de energia.

Ele encolheu os ombros.

— Eu disse a ela que, se vou encarar outro rei, quero meus amigos comigo. A última vez que tive uma audiência com um homem de coroa, não me saí tão bem.

Os lábios da rainha estremeceram.

— Suponho que você esteja se referindo ao meu pai.

— Estou me referindo ao fato de que tive que sair correndo de sua grande e pomposa câmara para manter minha cabeça presa ao meu pescoço.

— Meu marido não é esse tipo de rei.

Dois guardas reais apareceram na porta e bateram no peito com os punhos.

— Vivemos para servir! — gritaram em uníssono.

A rainha virou-se para encará-los.

— Sim?

— O rei pede que vá até ele com o menino, minha senhora.

Mandane liderou sua procissão, dois guardas reais atrás dela, seguidos por Ciro, Jared e Keren, seguidos por mais dois guardas. Eles foram anunciados na sala do trono, onde o rei esperava-os.

Cambises estava vestido com roupas de montaria, mais prático do que real na aparência. Ele se levantou para pegar a mão de sua esposa e a levou ao trono menor ao lado dele. A ação, embora cerimonial, mantinha um ar de afeto, confirmado ainda pela forma como Cambises entrelaçou seus dedos com os da rainha em vez de apenar pousar a mão dela em seu braço.

O casamento deles podia ter sido uma transação política, mas Jared pôde ver que eles aprenderam a confiar e amar um ao outro ao longo dos anos.

— A rainha me disse que vocês têm feito algumas afirmações extraordinárias sobre esse menino — falou Cambises em aramaico fluente. Jared suspeitava que a maioria dos presentes na sala do trono não conseguia entendê-lo. Uma tática útil se ele quisesse manter esta conversa privada.

Jared e Keren se curvaram ao mesmo tempo.

— Nenhum de nós estava presente no momento em que esses eventos ocorreram originalmente, ó rei — explicou Jared. — Vossa majestade, sem dúvida, já leu a carta do senhor Hárpago explicando o seu papel nessas circunstâncias infelizes há onze anos. O que posso vos dizer por experiência pessoal é que fomos seguidos desde que saímos de Ecbátana com o menino. Duas vezes, homens tentaram matá-lo. Os dois primeiros soldados usavam o uniforme da guarda pessoal do rei Astíages. Por que um rei iria querer um jovem pastor morto se as afirmações de Hárpago não fossem verdadeiras?

O rei fez um gesto para que Ciro se aproximasse.

— Qual é o seu nome, menino? — Sua voz era surpreendentemente gentil.

— Meus pais me chamaram Artadates, senhor.

— Quem são seus pais?

— O pastor real Mitrídates e sua esposa.

— Mas você não gosta de ser pastor?

A postura de Ciro ficou ainda mais reta.

— Eu amo os meus pais e não me envergonho de ser filho de um pastor. Aprendi muitas boas lições com Mitrídates enquanto cuidava das ovelhas do rei. Mas o senhor tem razão ao dizer que não quero ser um pastor. Se acha que isso significa que eu preferiria ser um príncipe, está enganado, ó majestade. Eu pretendo ser um general e liderar exércitos para a vitória. Não é preciso ser um príncipe para isso.

Mesmo o educado Cambises pareceu perplexo ao ouvir o menino dizer que ele estava errado. Ele mudou de rumo. A sua pergunta seguinte surgiu com menos delicadeza.

— E, no entanto, você afirma ser meu filho, não é?

Ciro franziu a testa.

— Eu tenho onze anos. Não cabe a mim fazer reivindicações tão grandiosas ou contestá-las. Tudo o que sei é que, se elas forem verdadeiras, tenho um par de pais que, embora amáveis e atenciosos, mentiram para mim todos os dias da minha vida. E outro par de pais que, embora amorosos e poderosos, conseguiram me desencontrar por onze anos. E por tudo isso, devo agradecer a um rei. E se tudo o que lhes foi dito é mentira, então, por isso, vocês devem agradecer ao mesmo rei, e talvez ao senhor Hárpago, mas não a mim.

As bochechas de Mandane estavam impregnadas de rosa. Um espasmo de alguma emoção fluiu em seu rosto antes de ela bater o pé. No início, Jared pensou que poderia ser raiva. Então, olhando para seus lábios trêmulos, ele se perguntou se era culpa que a devorava.

O rei deve ter chegado à mesma conclusão. Ele se levantou e virou-se para Keren.

— Você vem armada com mentiras tentadoras, mulher. Mentiras para partir o coração de uma mãe já enlutada. A minha esposa não permitirá que eu te machuque, nem o rapaz que você treinou tão habilmente. Vão embora e sigam com as suas vidas e considerem-se afortunados.

Jared esfregou a nuca quando eles saíram da sala de audiência, Ciro acompanhando-os. Isso não tinha corrido tão bem como ele esperava.

Mandane e sua guarda pareceram surgir do nada, interceptando o caminho deles. Ela encarou Ciro, sem palavras, olhando para o menino como se seus olhos pudessem resolver o enigma que ela enfrentava.

Ela embalou a bochecha de Ciro com uma mão.

— E se eu acreditar em você e tudo for mentira? E se você for um estratagema, como o meu marido acredita? E se o meu coração me engana?

Jared sentiu como se ele tivesse se transformado em pedra. Ele a entendia, esta rainha enlutada. Entendia a sua raiva e o seu medo. Porque o seu próprio coração travava a mesma batalha e caía na ponta da adaga das mesmas perguntas penetrantes.

— Senhora, pode confiar em seu coração — sussurrou ele.

CAPÍTULO QUARENTA E OITO

*"Se você correu com homens e eles o cansaram,
como poderá competir com cavalos?"*

Jeremias 12:5, NVI

Decepção guerreava com alívio enquanto caminhávamos para a estalagem. Eu segurava a mão de Ciro, me recusando a afrouxar meu aperto, mesmo quando ele fez uma tentativa inquieta de se libertar. Eu sabia que ele era velho demais para isso; eu simplesmente não conseguia soltar. Ele permanecia o epicentro de uma tempestade perigosa. Uma tempestade de emoções nos corações daqueles que tinham o poder de destruí-lo.

Como um par de garras, o rei e a rainha sentavam-se cada um de um lado, prontos para apertar com a menor provocação. Os ânimos estavam ardendo. Eu vira nos olhos de Cambises. Raiva quente, ardente, ao pensar que nós estaríamos tentando tirar proveito dos longos anos de luto de sua esposa.

— Você se portou excepcionalmente bem, Ciro — disse eu. — Estou orgulhosa de você.

— Então talvez você possa soltar minha mão.

— Perdão. — Relutantemente, eu soltei-a.

— E talvez você devesse parar de me chamar por esse nome.

— É quem você é.

— Não é, se eles não acreditarem. — Ele encolheu os ombros. — Eu não me importo. Seria muito estranho ter quatro pais, de qualquer forma. Como eu chamaria cada um deles?

Jared bagunçou o cabelo do menino.

— Que tal um passeio?

Ciro acenou com a cabeça.

Eu assisti enquanto eles partiam em uma poderosa nuvem de poeira, galopando como se estivessem sendo perseguidos por bandidos. Jared estava pálido e silencioso desde que saímos do palácio. Comecei a suspeitar que ele estava sofrendo de outra dor de cabeça. Mas ao vê-lo cavalgar, com o seu corpo esbelto quase horizontal contra as costas do cavalo, movendo-se em perfeito ritmo com a forma elegante do animal, percebi que o que o afligia não tinha uma fonte física.

Ansiando por um momento de silêncio, encontrei meu caminho para o jardim de ervas. Um pica-pau-malhado pousou na branca-ursina e começou a bicar, cavando em busca de minhocas. Eu o observei enquanto dançava no ramo, o seu corpo preto e branco se movendo a cada golpe do bico.

Senti uma onda avassaladora de cansaço enquanto observava aquele pássaro trabalhar. — Será que essa missão nunca vai terminar? — eu me perguntei. Parecia que, independentemente do que fizéssemos, não conseguiríamos encontrar um avanço.

Como se em resposta ao meu lamento, a resposta de Deus às queixas juvenis de Jeremias veio a mim com clareza cristalina: Se você correu com homens e eles o cansaram, como poderá competir com cavalos?

Essas palavras me fizeram rir e estremecer ao mesmo tempo. Como uma louca, balancei um dedo para os céus. — Isso não é muito reconfortante, Senhor. Se está me dizendo que o que vivemos até agora não é nada comparado com o que está por vir, talvez eu simplesmente fuja.

O meu dedo caiu inutilmente para o meu lado. — Mas então você provavelmente enviaria um grande peixe para me engolir.

Com um suspiro, me levantei. Deus estava me lembrando de resistir. Confiar nele em meio a tanto desencorajamento. Algo em minha alma se curvou diante desse convite. Amanhã eu sairia da cama e seria corajosa. E eu suportaria o peso do fardo diante de mim.

* * *

Naquela tarde, a rainha voltou a nos procurar. Ela veio velada e sozinha, a cavalo, o que me indicava que ela devia ter saído furtivamente do palácio, para evitar a censura do marido. Obviamente, alguma parte dela sentira uma ligação com o menino. Ciro não tinha revelado muito sobre o seu tempo com ela no palácio, exceto para dizer que ela não era, em suas palavras, tão detestável para uma rainha. Eu entendia a sua hesitação em enaltecê-la. A sua lealdade para com a mãe que tinha o criado opunha-se ao anseio que sentia por Mandane.

— Você quer dar um passeio a cavalo comigo? — perguntou a rainha a Ciro, sem nos incluir no convite.

— Quão bem a senhora sabe cavalgar? — disse ele.

— Melhor que você. — Ela sorriu.

Ciro lançou-lhe um olhar estreito.

— Mesmo? Que tal uma corrida? E é melhor a senhora não cair de cabeça, ou o rei vai mesmo ficar bravo.

A rainha ajustou o seu assento.

— Você vai falar o dia todo, ou planeja de fato montar esse seu bonito niseano?

— Bonito? Ele é um garanhão! Possante. Poderoso. Formoso. Elegante. Mas não bonito!

— Vejo que você tem um bom vocabulário para um jovem pastor.

— Vejo que o seu deixa algo a desejar para o de uma rainha.

Eles ainda estavam implicando um com o outro enquanto trotaram para a antiga fazenda, onde podiam apostar sua corrida sem serem perturbados. Eu me virei para encontrar Jared parado muito perto de mim.

Algo sobre a maneira como ele me observava me fez tropeçar em minhas palavras.

— Você... v-v-viu isso?

— Eu vi. — Ele deu mais um passo em minha direção.

— Ela está ficando cada vez mais a-a-afeiçoada a ele, eu acho.

Mais meio passo.

— Mais do que afeiçoada, eu diria.

Por uma questão de conveniência, ele tinha cortado a barba muito curta porque estávamos viajando. Eu podia ver a linha forte de sua mandíbula através de seus pelos. Eu tinha passado tanto tempo evitando o seu olhar ultimamente que olhar para ele agora veio como uma espécie de choque. Suas feições, esguias e arrebatadoras, suavizaram-se.

Ele estendeu uma mão. Lentamente, gentilmente, seus dedos se enrolaram nos meus. Meus lábios se abriram, mas nenhum som saiu.

— Vamos dar um passeio? — perguntou ele. Sua voz tinha ficado rouca. O som dela passou por mim como uma carícia.

Tessa Afshar ❖ 279

Eu engoli e acenei com a cabeça.

Seu aperto em volta dos meus dedos ficou mais forte. Com uma rápida manobra, ele entrelaçou seus dedos nos meus até que nossas palmas ficaram uma de frente para a outra. O calor da sua pele me invadia através daquele único ponto de conexão e se espalhava.

Eu tropecei atrás dele quando ele começou a andar. Se a ideia dele era darmos um passeio agradável, ela se perdeu em mim. Quando ele parou, eu finalmente tive um momento para analisar o lugar que nos cercava. Ele tinha me levado até uma nascente borbulhante, contida em um bosque de árvores tortas e pequenos juncos.

— Encontrei esta nascente outro dia — disse Jared, me levando para uma rocha baixa e plana. Com um puxão na minha mão, ele nos guiou para nos sentarmos. A rocha oferecia espaço escasso, nos forçando a ficar perto, de modo que nossas pernas e braços roçavam, um contra o outro. Mesmo através da lã macia das minhas calças de montaria, eu podia sentir os fortes cumes de seus músculos ao longo de seu corpo. Um frisson de choque me atravessou.

— Estou contente que a rainha levou Ciro para um passeio — disse Jared. — Além das implicações dessa abertura, nos permite um pouco de privacidade. Eu queria conversar com você.

Pensei na nossa última conversa e estremeci.

— Por isso... — Ele apontou para a carranca em meu rosto. — Eu te peço perdão. Tenho sido duro com você.

Eu balancei a cabeça.

— Eu mereci cada palavra.

A mão de Jared embalou meu queixo e puxou para que eu olhasse para ele novamente.

— Quando eu era um menino, antes de aprender a proteger meu coração contra meu pai, eu corria para ele repetidamente, esperando amor. Às vezes ele me dava, ou alguma versão pálida disso. Uma palavra de elogio indiferente. Um tapinha na cabeça. O suficiente para me fazer voltar para mais. Mas, na maioria das vezes, ele me feria com sua frieza. Sua indiferença. Levei muito tempo para entender que ele não era capaz de me dar o que eu precisava. Quando eu finalmente aceitei essa realidade, uma parte do meu coração se fechou. Eu aprendi a me proteger de ser enganado novamente, para não mais amar alguém que não poderia me amar de volta. Foram as palavras da rainha que me fizeram perceber por que isso... — ele apontou para seu tapa-olho de couro — fazia com que eu sentisse que meus sentimentos por você eram uma ilusão.

— Eu te traí, do mesmo jeito que seu pai.

Ele deu um sorriso triste.

— Você se lembra do que Mandane disse quando estávamos saindo do palácio naquela manhã?

Tentei lembrar das suas palavras.

— "E se eu acreditar em você e tudo for mentira?... E se o meu coração me engana? " — Jared apertou minha mão entre seus dedos. — "E se o meu coração me engana?" Assim que ouvi essas palavras, percebi por que eu não conseguia te perdoar. Senti como se tivesse voltado à minha infância com o meu pai. Eu tinha confiado em você com tudo. E você quebrou minha confiança. Todos os dias, desde então, tenho gritado com o meu coração por me enganar de novo. Por me fazer acreditar que era seguro amar, quando não era.

Lágrimas rolavam pelo meu rosto e passavam pelos meus lábios para pingar no chão rochoso. Elas tinham um sabor salgado e amargo.

— Deus seja misericordioso, Jared. Eu sinto muito.

Ele enxugou minhas lágrimas. Senti os dedos dele tremendo contra a minha pele.

— Não. Eu sinto muito. Eu sinto muito por ter te confundido com o meu pai. Você não se parece em nada com ele. — Sua mão caiu em seu colo. — Eu disse para a rainha o que eu mesmo precisava ouvir. Você pode confiar em seu coração. Quando criança, eu aprendi que o meu coração não era digno de confiança. E, às vezes, ele não é. Mas ele é também o coração que ama o Senhor. — continuou Jared. — O coração que está fixado nele. O coração que aprendeu a ser leal e a escolher bem. — Ele pressionou sua palma da mão, meus dedos ainda entrelaçados com os dele, contra seu peito. — Este coração, embora imperfeito, é digno de confiança. E este coração me diz que o seu amor é verdadeiro.

Um pequeno gemido subiu pela minha garganta.

Jared cobriu nossas mãos entrelaçadas com sua outra mão, ainda pressionada contra seu peito.

— O amor não nos protege de errar. Você errou. Mas o seu amor é digno de confiança.

Os meus lábios tremiam tanto que eu mal conseguia exprimir as palavras.

— Perdoe-me, Jared!

— Sim. Eu te perdoo. — Ele sorriu.

Era a minha vez de me confessar:

— Todos aqueles anos na casa de Daniel, nem filha nem criada, aprendi a me sentir um pouco menos. Um pouco menos do que aceitável. Um pouco menos do que desejável. Zebidah parecia ser tudo o que eu não era. Parecia ter tudo o que eu não tinha. As roupas, as joias, o brilho deslumbrante. Eu não conseguia acreditar que qualquer homem seria capaz de resistir a ela. Eu não podia competir com ela. Eu estava convencida de que te perderia. Nossa amizade, e tudo o que estava florescendo a partir dela. Tudo o que eu conseguia pensar ao enfrentá-lo naquele dia foi meu desejo desesperado de manter sua atenção longe dela. Eu...

Jared encostou um dedo em meus lábios, me interrompendo.

— Você estava certa, sabe? Eu sou como os Jardins Suspensos. Coisas boas crescendo em lugares impossíveis. — Seus dedos tremularam sobre o tapa-olho. — Coisas boas saindo disso. Não apenas dor e perda. Mas fé e força.

— Jared — arfei. O amor por ele me dominou, transbordando, me roubando o fôlego, de modo que me vi sentada como um pintinho faminto, com o bico bem aberto, dificilmente capaz de pensar em uma única sílaba coerente. — Jared, eu te amo com todo o meu...

Os seus lábios pressionaram contra os meus, engolindo a minha última palavra. Seus dedos se enrolaram na minha nuca, inclinando minha cabeça para que ele pudesse explorar meus lábios mais plenamente. O anseio desesperado e reprimido de longos meses encontrou sua fuga naquele beijo, que era em parte conforto, em parte perdão, em parte aceitação e absolutamente, inteiramente amor.

Ele levantou a cabeça e arfou.

Eu passei um dedo por sua bochecha, me sentindo ainda como se estivesse num sonho.

— Bem, temos um problema para resolver — disse ele.

— Por quê?

— Porque eu quero me casar com você, e seu pai está em algum lugar lá. — Ele apontou por cima do ombro para o oeste. — Depois dessas montanhas altas.

— Você quer se casar comigo?

— Eu quero me casar com você desde que você era uma cabeça mais alta do que eu.

Eu dei risada. Ele cortou minha risada com um beijo tão quente e agitado que até meus ossos derreteram.

— Fogos e relâmpagos! — exclamei. Então ele me beijou novamente, seus dedos emaranhados em meu cabelo, e eu esqueci tudo, até mesmo a capacidade de falar.

CAPÍTULO QUARENTA E NOVE

*"Porque eu estou com você
e o salvarei", diz o Senhor.*

Jeremias 30:11, NVI

A rainha começou a sair de fininho do palácio para nos visitar todos os dias depois daquele dia. Ela vinha sempre sozinha. Às vezes, ela ficava por apenas alguns instantes, nem mesmo se preocupando em desmontar. Em outras ocasiões, ela levava Ciro e os dois saíam sozinhos por uma ou duas horas. Eles sempre voltavam corados, olhos brilhantes de emoções que nenhum dos dois nomeavam.

No terceiro dia, Mandane parou de chamá-lo de menino.

Ela tinha trazido o filhote de leopardo, envolto em um cobertor macio.

— Ele adormeceu nos meus braços enquanto eu cavalgava — disse ela. — Agora que acabou de acordar, o que significa que ele vai estar com um humor brincalhão. — Ela entregou o filhote, que agora se contorcia, a Ciro.

— Ele já está mais pesado do que da última vez que o vi! — Ciro o abraçou contra o peito.

— Eles crescem rápido — explicou a rainha. — Em breve, terei que começar a alimentá-lo com carne.

Os olhos do menino se arregalaram.

— Que tipo de carne?

A rainha deu de ombros.

— De carneiro ou cervo, suponho. — Então, aparentemente sem pensar, ela deixou escapar: — Cuidado, Ciro. Suas garras estão ficando afiadas. Vai sair sangue se ele te arranhar.

Nós quatro congelamos. Certamente tinha sido apenas um deslize. Mas ela pegou o hábito e passou a chamá-lo de Ciro depois disso.

* * *

Uma semana depois, tivemos a visita de outro guarda real. Eu sabia dizer pela faixa vermelha na bainha de sua túnica que ele fazia parte do esquadrão pessoal de Cambises. Ele me entregou um pergaminho com o selo do rei.

Examinei a nota curta.

— O rei convidou todos nós para caçar amanhã.

Jared e eu trocamos um olhar. Mandane deve tê-lo convencido a dar outra chance ao menino. Eu me perguntei como ela teria conseguido extrair esse convite dele.

— Num parque real? — perguntou Jared.

A caça tinha se tornado o passatempo preferido da nobreza em todos os grandes reinos do mundo. Na Babilônia e na Média, parques fechados foram desenvolvidos para o propósito expresso da caça. Todos os tipos de animais eram lançados no terreno para o dia da caça. A natureza contida do ambiente e os extensos preparativos de antemão traziam um elemento de segurança para os caçadores.

Embora os persas tivessem parques, descobri que eles os consideravam mansos demais. Além de ser um esporte popular e uma fonte de alimento necessária, a caça era um campo de treino para a guerra. Ela permitia que os jovens aprimorassem todas as habilidades de que precisariam no meio de uma batalha. Por essa razão, os persas preferiam a caça na selva, um processo infinitamente mais perigoso do que a sua versão mais inofensiva num parque humanamente criado.

As caçadas selvagens podiam levar vários dias para serem concluídas e eram imprevisíveis. Ferimentos graves e até mortes não eram inéditas durante uma caçada selvagem.

— Não é em um parque — disse eu, sem expressão.

Jared levantou uma sobrancelha perspicaz.

— Uma caçada selvagem.

Ele entendeu imediatamente as implicações. Se Cambises desejava se livrar do menino que considerava um impostor, uma caçada seria uma oportunidade perfeita para inúmeros acidentes convenientes que podiam lhe acontecer.

Por outro lado, ele também convidou a mim e ao Jared. Se ele quisesse o menino morto, certamente não teria se dado ao trabalho de nos incluir. Uma coisa é arranjar um acidente infeliz para uma única criança, mas não se poderia matar facilmente três pessoas e fazê-lo parecer acidental.

— Temos que aproveitar esta chance — disse Jared. — Ele pode nunca dar a Ciro outra oportunidade.

Eu concordei com a cabeça.

— Diga ao rei que ficaríamos honrados em comparecer — disse eu ao guarda.

Ciro bradou com a perspectiva de sua primeira caçada real. Ele já tinha encontrado sua cota de lobos e cães selvagens enquanto ajudava seu pai a proteger suas ovelhas em pastagens abertas. O seu uso habilidoso do estilingue quando fomos atacados provou sua competência.

Mas uma caçada formal proporcionava um tipo diferente de excitação. O grande número de cavalos presentes significava que você tinha que manter sua montaria sob o controle rígido a todo momento. As presas podiam levá-lo a um terreno perigoso e desconhecido. Uma dúzia de coisas podiam conspirar contra o caçador.

— Embora eu tenha sido convidada, já que sou mulher, presumo que serei relegada à margem apenas para assistir e aplaudir. Graças a Deus você é um caçador experiente, Jared. Você pode proteger Ciro.

Jared encostou sua mão suavemente na minha bochecha.

— Suponho que foi por isso que a rainha providenciou a nossa presença. Agora, pare com as preocupações. Deus tem vigiado aquele menino há onze anos. Ele não vai desistir agora.

✳ ✳ ✳

O sol ainda não tinha nascido quando nos encontramos com o grupo de caça. Uma qualidade sossegada permeava o ar. Até os cães estavam assustadoramente silenciosos onde se reuniam perto de seus donos.

Eu desmontei e me curvei quando a rainha se aproximou de nós.

— Você será capaz de nos acompanhar? — perguntou ela.

— Acompanhar?

Ela inclinou a cabeça.

— Na caçada.

Franzi a testa em incompreensão.

— Vossa majestade realmente quer que eu participe?

Ela deu uma breve risada.

— Muitas princesas persas atiram e cavalgam, assim como os homens. Hoje você verá meia dúzia entre os cavaleiros.

Eu pisquei. Estava começando a gostar muito desses persas.

— Eu consigo acompanhar, minha senhora. — Soei mais confiante do que me sentia.

— Cuide dele. — Tinha um leve tremor em sua voz.

— Ele estará... em perigo?

Mandane viveu em palácios toda a sua vida. Ela sabia qual era o verdadeiro questionamento por trás da minha pergunta velada.

— Meu marido nunca machucaria aquela criança — bufou ela.

Eu respirei aliviada.

— Isso não quer dizer que ele não estará em perigo, como você colocou. — Ela se virou para olhar pela multidão. — Aquele jovem que cavalga o niseano preto chama-se Otanes.

Eu localizei um jovem de olhos semicerrados e porte real.

— Ele é sobrinho do meu marido e o príncipe herdeiro oficial. Sendo da linhagem pasárgada como Cambises, tem muitos apoiadores.

— Ah. — Em outras palavras, embora Cambises talvez não tente ferir Ciro, Otanes e seus apoiadores podem tentar.

— Cuidado com ele — disse Mandane veementemente.

Curvei-me em obediência antes de montar no meu cavalo. — Isso vai ser interessante — falei nervosamente a Jared.

Ele se inclinou de sua sela para enfiar um cacho solto atrás da minha orelha.

— Você é uma cavaleira habilidosa. Tendo enfrentado a natureza durante a nossa viagem a Ansã, você está mais bem preparada do que a maioria para a sua primeira caçada na selva. Quanto a Ciro, tenho pena de qualquer homem que tente atravessar o caminho daquele menino. A mão de Deus está sobre ele.

Eu sorri, me sentindo tranquilizada por esse lembrete.

— Eu amo você. — sussurrei.

— Eu sei. — Ele se inclinou para dar um beijo rápido na minha bochecha.

Ciro revirou os olhos.

— Você sabe que ela não cozinha, não é?

Jared colocou a mão sobre a boca aberta em falsa descrença.

— Você não cozinha?

Fiz uma careta para eles.

— Não. Mas sei soletrar qualquer comida que vocês possam nomear em quatro línguas. O que vamos caçar? — perguntei.

— Cervos. Embora caçadores não desdenhem caças menores se nos depararmos com elas. — Jared apontou para Cambises, que estava lidando com um falcão em seu braço enluvado enquanto acalmava seu garanhão empinado. — O falcão é provavelmente treinado para ir atrás de faisões e perdizes.

— Aquele pássaro é uma beleza — disse Ciro, com seus olhos verdes brilhando.

— Não se distraia quando ele voar — advertiu Jared. — Mantenha os olhos no chão à sua frente. Você não conhece bem esse terreno. Um erro e pode quebrar a perna do seu cavalo.

Para não falar na sua própria, pensei.

O grupo de caça foi organizado por postos, com o rei e a rainha liderando a expedição, o que deixou Jared, Ciro e eu nos fundos. Fiquei grata por este posicionamento humilde. Eu estava me sentindo atrapalhada, com medo de me fazer de boba, apesar dos conselhos de Jared. Pelo menos aqui, ninguém estava me vendo.

Jared, por outro lado, não sentia essas preocupações. Este sempre foi o seu esporte preferido. Ele sentava em sua cela, obviamente em casa neste mundo complexo. Ele era uma visão formidável em seu traje de equitação, com uma túnica curta de couro que enfatizava a extensão de seu peito e calças justas que revelavam os músculos fortes e longos que ele havia recentemente somado a um corpo já em forma.

Desde que chegamos a Ansã, a sua limitação linguística obrigou-o a ter um papel menos visível nas nossas relações. Ele assumiu uma posição oculta, enquanto eu tinha sido empurrada para a frente em virtude das circunstâncias. Nem uma vez ele se queixou. Agora, ele parecia estar à vontade, sabendo o que fazer enquanto eu me sentia perdida.

Em vez de empinar o nariz e se mostrar, ele silenciosamente espalhava o manto de sua força sobre Ciro e eu. Com um aceno encorajador ou uma direção simples, ele gentilmente nos guiou até que começamos a aprender o caminho em torno da etiqueta que se aplicava a várias partes do esporte.

O sol estava baixo ao leste quando nossa pequena cavalgada partiu para dentro da selva. Passado uma hora, tínhamos deixado todos os sinais de civilização para trás, entrando numa terra rochosa e cinzenta. Paramos para pausas curtas quando o falcão de Cambises conseguia capturar alguns faisões. O resto de nós ainda estava de mãos vazias quando paramos para a refeição do meio-dia.

O ritmo calmo da nossa viagem e a ausência de qualquer crise me embalaram em uma falsa sensação de segurança. Mas ela não durou muito.

CAPÍTULO CINQUENTA

*O preguiçoso não aproveita a sua caça,
mas o diligente dá valor a seus bens.*
Provérbios 12:27, NVI

No almoço, nos encontramos sentados em frente a Otanes, um arranjo surpreendente, dado o exaltado posto do príncipe herdeiro. De perto, percebi que ele era apenas dois ou três anos mais velho que Ciro. Embora dois palmos mais alto, ele tinha o corpo mais magro e os ombros mais estreitos. Ele examinava Ciro com olhos temperamentais, ignorando Jared e eu.

Uma abelha estava zumbindo ao nosso redor em voo preguiçoso. Quando ela chegou muito perto de Otanes, o príncipe estendeu uma mão e capturou a abelha em sua palma em uma velocidade extraordinária. Ele fechou o punho ao redor da abelha e apertou. Um músculo no canto de seu olho saltou, fazendo com que eu me questionasse se a abelha tinha picado a sua mão antes de morrer.

Otanes deixou cair o inseto morto no pano entre nós.

— Em Ansã, é isso que fazemos com pragas indesejadas que ousam violar nossa hospitalidade. — Como a maioria dos membros da realeza na corte persa, ele falava medo perfeitamente. Os homens que se sentavam ao lado dele deram risadinhas.

Ciro se inclinou para examinar a abelha morta.

— Que pena. Essa era uma abelha-de-mel. O que significa que você desperdiçou todo o mel que ela poderia ter feito.

Uma das jovens do nosso grupo de caça se agachou atrás de Otanes. Ela pegou a abelha morta por uma asa.

— Não foi uma grande matança, primo — disse ela. — Você pode tentar com uma presa maior da próxima vez. — Por trás da cabeça do príncipe, ela piscou para Ciro, e ele riu.

— Eu sou Artístone — disse a garota.

Ciro parou de rir. A apresentação da garota o colocou em uma posição desconfortável. Pela primeira vez, ele tinha que se apresentar publicamente. Eu prendi a respiração, me perguntando como ele escolheria navegar por esse momento carregado. O súbito silêncio do grupo significou que o que ele decidisse provavelmente seria ouvido pela maioria dos presentes.

Ele ajeitou os ombros.

— Eu sou Ciro.

Um murmúrio inquieto começou em resposta a essa declaração.

— Que interessante. — Artístone sorriu. — Não é interessante, Otanes? Você não teve um primo com esse nome?

Otanes não respondeu. Ele sorriu, mas seus olhos permaneceram rasos e frios. Algo na mudança daquele rosto angulado me fez sentir calafrios.

À tarde, começamos a seguir o rastro de uma pequena manada de cervos e a nossa viagem tornou-se mais propositada. No entanto, quando o sol começou a se pôr e nós ainda não tínhamos alcançado as nossas presas, tivemos que desistir da perseguição pela noite.

Os persas tinham, no geral, uma atitude mais austera em relação à vida do que seus primos do norte. No que os medos se cercavam de luxo, a corte persa conduzia seus assuntos com modesta simplicidade. Até o seu grupo de caça refletia essa atitude. Se estivéssemos participando de uma caçada meda, teríamos desfrutado de uma apresentação de músicos profissionais à noite, seguida de uma boa noite de sono em uma tenda confortável. Havia poucas tendas nesta caçada, e essas eram simples e feitas para a privacidade e não para a opulência.

Como metade das pessoas lá, dormimos ao ar livre com nossas selas de feltro como colchões e um manto de estrelas para nos entreter. Como se soubessem que estavam em exposição, mil constelações brilhantes nos forneceram um espetáculo melhor do que qualquer ser humano poderia ter conseguido.

Eu me vi admirando a disciplina simples dos persas. Tratava-se de um povo que vivera ameaçado por todos os lados. Elamitas, babilônios, assírios, medos. Numa ocasião ou noutra, todos já quiseram um pedaço deste pequeno reino. E embora os persas pagassem tributos a Astíages, eles conseguiram sobreviver à intromissão constante da Média. De fato, se a evidência da crescente construção de Ansã era algo a ser considerado, eles estavam prosperando mais do que Astíages se dava conta. Isso me fez sorrir.

Habituada às dores e aflições de viagens abertas, acordei antes do nascer do sol e resignadamente voltei para a sela. Foi mais uma manhã longa e infrutífera.

Ao meio-dia, nosso pequeno trio ficou para trás do resto do grupo quando Jared parou para verificar o casco do meu cavalo, preocupado que o animal estivesse ficando manco. Ainda conseguíamos ver o resto do grupo à nossa frente, mas um grande espaço se formou entre nós.

De onde eu estava ajoelhada ao lado do meu cavalo, vi Ciro endireitar-se com um movimento brusco repentino.

— Cervo! — gritou ele e, pressionando as pernas nos lados de seu alazão, partiu como um raio em direção a um riacho seco para o nosso oeste.

Jared, que estava agachado ao meu lado, correu para seu cavalo e, saltando de costas em um movimento fluido, começou a persegui-lo.

— Devagar, Ciro! — rugiu ele.

Montei o meu próprio cavalo, mas ele não conseguia acompanhar a velocidade louca dos outros dois, me obrigando a assistir impotente à medida que a distância entre nós aumentava.

Nesse momento, todos tinham notado a nossa corrida para o riacho, e a maior parte do grupo de caça estava voltando em nossa direção. Os cães finalmente perceberam o cheiro do cervo e correram para a frente.

Atravessei o riacho com cuidado e encontrei uma colina íngreme logo a seguir. Sem se preocupar com o perigoso declive, Ciro empurrava o seu alazão precipitadamente numa inclinação quase vertical, tentando acompanhar um pequeno cervo galopante que tinha se separado do resto de sua manada. Ele estava tão concentrado em sua presa que quase não percebeu a inclinação na encosta. Eu arfei enquanto observava o menino ser arremessado para a frente, quase voando de cabeça sobre sua montaria.

Ouvi o grito de Jared. Ouvi o meu próprio brado desesperado.

Não sei dizer como o menino conseguiu recuperar seu assento. De alguma forma, suas pernas deslizantes encontraram aderência, agarrando-se aos lados do alazão. À medida que o solo se estabilizava, Ciro colocou o garanhão sob seu controle firme mais uma vez. Foi um espetáculo impressionante de equitação.

Ele diminuiu a velocidade um pouco e, encaixando sua flecha em um movimento fluido, mirou e a deixou voar. Foi tudo que precisou. As patas dianteiras do cervo se dobraram e, graciosamente, ele caiu e ficou quieto.

Ciro saltou de seu garanhão arfante e correu até o cervo estático para admirar sua presa. Seu sorriso poderia ter iluminado toda Ansã. Mas eu podia ver que suas pernas tremiam devido ao abuso físico que havia causado ao corpo.

Jared o alcançou, finalmente, seu peito subindo e descendo enquanto tentava arrastar ar para seus pulmões. Ele estava tão pálido quanto eu.

— Ciro! Você poderia ter se matado! No que você estava pensando?

Ciro virou seu sorriso brilhante para Jared.

— Eu estava pensando que seria o primeiro a derrubar um cervo. — Ele passou uma mão suave pela lateral do corpo de sua presa, deixando um rastro de sangue em sua túnica. — Minha mira foi certeira. Ele não sofreu.

À frente, ouvi um farfalhar. Uma criatura baixa e eriçada com uma cabeça grande e um focinho longo saiu para fora do matagal, se direcionando para longe de nós.

Um javali!

A comoção com o cervo deve ter agitado a besta para fora do seu esconderijo. Mas, felizmente, ela decidiu evitar-nos.

Só então, Otanes apareceu em seu garanhão, chegando a meio galope perto de nós, vindo da direção oposta. Ao desmontar, gritei um aviso ao príncipe, preocupada que o javali, que se dirigia para ele, pudesse tentar atacar. Mas alarmado com a altura do grande cavalo preto de Otanes, o javali decidiu afastar-se do príncipe. Eu suspirei de alívio.

Para minha surpresa, Otanes rodou seu cavalo para interceptar a criatura. Os javalis eram perigosos. Ninguém em sã consciência se intrometeria com um levianamente. Presumi, a princípio, que o príncipe queria caçar o animal. Mas embora ele mantivesse sua lança no alto, ele nunca tentou soltá-la. Em vez disso, ele pastoreou o javali, forçando a besta a se virar. Diretamente em direção a Ciro.

O javali bufou, desenfreado de frustração, e saiu correndo.

Eu podia ver seus olhos redondos travados em Ciro. Nunca tinha visto nada se mover tão depressa, o pescoço e os ombros maciços se juntando à medida que ele avançava.

Tessa Afshar ❖ 293

Ciro tinha jogado sua aljava de flechas no chão ao lado do cervo. Agora, ele simplesmente não tinha tempo suficiente para recuperá-la. Comecei a suar frio e fiz a única coisa que consegui pensar. Corri para o lado dele e o empurrei para trás de mim. Nem sequer tive tempo de tirar minha espada.

A três passos de mim, o javali cambaleou. Vi o longo cabo de uma lança sobressair de suas costas. Mas, para o meu choque, ele continuou a vir. Jared empurrou Ciro e eu para fora do caminho e caiu em cima do javali com a adaga na mão. A luta foi rápida. Sua lança já tinha ferido gravemente a besta.

Olhei para cima para descobrir que tínhamos uma grande plateia. Eu me perguntei o quanto dos acontecimentos dos últimos minutos eles tinham testemunhado.

— Otanes! — A voz do rei soou.

— Sim, meu senhor?

— O que você estava tentando fazer com aquele javali?

Otanes ficou em silêncio por um instante.

— Ele surgiu do nada, meu rei, e me pegou de surpresa.

— Foi isso que aconteceu? — A voz de Cambises estava tranquila. Ele desmontou e veio agachar-se ao lado do veado caído. — Um tiro certeiro — disse ele a Ciro, alto o suficiente para que todos ouvissem. — Muito bem.

Se Otanes não tivesse se comportado de forma tão abominável, duvido que Cambises tivesse mostrado tal favor público a Ciro, apesar do seu sucesso na caçada. O rei ainda não acreditava na nossa história e só nos suportava pelo bem da sua rainha. Mas Cambises era um homem íntegro. Ele lidava com seu inimigo da mesma forma que lidava com seus amigos. Honradamente. Ele esperava que aqueles que o serviam fizessem o mesmo. O truque dissimulado de Otanes com o javali irritou-o o suficiente para nos dar uma colher de chá.

CAPÍTULO CINQUENTA E UM

*Revela coisas profundas e ocultas; conhece o
que jaz nas trevas, e a luz habita com ele.*

Daniel 2:22, NVI

Mandane veio compartilhar a fogueira conosco abertamente naquela noite, com as costas retas, indiferente a quem a via ou ao que eles pensavam.

— Que tipo de equitação você chama aquilo? — Ela repreendeu Ciro.

— O tipo que conseguiu a primeira caça.

— Eu já perdi meu filho uma vez. Se me fizer perdê-lo outra vez, terei que te matar eu mesma.

Ciro sorriu.

— Espero que você goste de carne de cervo, minha senhora.

— Eu gosto muito. — Ela virou-se para Jared. — De todo o coração, eu lhe agradeço.

Ela curvou-se.

— Eu ordenei que seja servido javali assado na ceia desta noite. — Ela sorriu. — Pretendo servir a primeira porção ao príncipe Otanes.

No dia seguinte, partimos para rastrear o resto da manada de cervos, que tinha conseguido, após a excitação com o javali, fugir. A ideia de que Ciro e Jared pudessem regressar a Ansã como os únicos caçadores vitoriosos não caía bem com o resto do nosso grupo. A rainha podia ter feito as pazes com a identidade de Ciro. Os outros ainda o consideravam um impostor.

Eu tinha um torcicolo, um cavalo ligeiramente manco e um buraco na minha barriga chamado Otanes, e não queria nada além do que voltar para Ansã. Ciro e Jared, por outro lado, ainda irradiavam com o prazer inabalável de seu sucesso. Todos os desconfortos de uma caçada selvagem não conseguiam privá-los da pura alegria que tinham no esporte.

Depois de uma longa cavalgada, chegamos a um riacho estreito e, embora ainda fosse cedo, Cambises nos ordenou que montássemos o acampamento para o almoço. A água era um bem raro na Pérsia e era valorizada. Mesmo esse escasso fluxo verde parecia convidativo em uma paisagem no geral ressecada.

Examinei as túnicas encharcadas de sangue dos meus companheiros e meus lábios demonstraram desaprovação. — Vocês dois precisam se lavar.

Ciro permaneceu com os cavalos enquanto Jared buscava água. Minha boca ficou seca quando Jared se despiu até as calças, e eu virei as costas rapidamente para esconder meu rosto vermelho.

— Covarde —, sussurrou ele e riu.

Fiz uma bola com meu lenço e atirei-o na cabeça dele. Sua mão se esticou, e eu me vi pressionada contra seu peito. Por um momento nós congelamos, nossas respirações se misturando. Ele mergulhou sua cabeça e seus lábios pairaram sobre os meus. Os meus olhos se fecharam.

— É melhor você se casar comigo logo — disse ele, com a voz trêmula.

— É melhor você me soltar.

Ele riu e me libertou. Eu cambaleei para trás, vacilante em meus pés. Seus olhos tinham ficado dourados, como mel quente.

— Fogos e relâmpagos — chiei.

— Em breve — prometeu ele. — E talvez um pequeno terremoto também.

Quando finalmente consegui voltar a pensar direito, chamei Ciro e convenci-o a tirar a túnica para que eu pudesse lavar o sangue dela. Por cima do ombro, joguei um pano para ele.

— Comece a se limpar antes que a rainha decida que você não passa de um jovem pastor, afinal.

Eu estava de joelhos, esfregando a túnica de Ciro, quando notei o rei caminhando em nossa direção. Ele tinha uma expressão estranha, como se alguém tivesse batido em sua cabeça com a parte cega de um machado. Eu me endireitei, a túnica de Ciro pingando, pendurada, esquecida em meus dedos.

Cambises continuou a mover-se em nossa direção, com o seu olhar colado em Ciro. O menino estava de costas, sem saber da estranha atração que parecia ter lançado sobre o rei. Quando ele não estava a mais do que alguns passos do menino, Cambises acabou com o espaço em dois passos largos e caiu de joelhos.

O movimento assustou Ciro e ele se virou. Seus olhos se arregalaram quando observou o rei, congelado de joelhos, com os lábios abertos.

Cambises tentou falar várias vezes e falhou.

— Suas costas — disse ele finalmente.

— Quê? — Ciro respondeu no ímpeto, esquecendo o protocolo real adequado em sua confusão.

— Suas costas — ressoou Cambises. — Deixe-me ver suas costas.

Eu acenei encorajadoramente para Ciro. O rapaz encolheu os ombros e virou-se. O dedo de Cambises percorreu uma pequena marca de nascença vermelho-escura na base das costas de Ciro. Eu já tinha reparado nela. Um ponto irregular cor de vinho, parecia o mapa de algum reino antigo. No entanto, ela tinha claramente um grande significado para Cambises. A garganta dele trabalhou.

Percebendo que seu marido agia de maneira estranha, Mandane se apressou até nós.

— O que foi, marido?

— Olhe! — Ele apontou para a marca. — Olhe! — Então, como se palavras não bastassem, ele tirou sua própria túnica e abaixou-se ao lado de Ciro, apresentando-nos suas costas largas.

Aqueles perto o suficiente para ver arfaram.

A mesma marca de nascença, embora mais desbotada, estava estampada na pele de Cambises. Mandane estendeu um dedo trêmulo e traçou a marca nas costas do marido antes de se mover para delinear a mesma marca em Ciro. Com um soluço estrangulado, ela caiu de joelhos ao lado do marido.

Gentilmente, Cambises virou Ciro para encará-lo.

— A maioria dos homens e algumas das mulheres da minha família carregam essa marca. O meu pai a tinha. Ela pulou o meu irmão mais novo. Mas Otanes a tem. E o meu filho, Ciro – o menino que Astíages disse ter sido morto por cães selvagens – tinha-a.

Ele girou o menino ligeiramente para que pudesse colocar a mão na marca de nascença, como se ainda não pudesse confiar em seus sentidos.

Tessa Afshar ✢✦✢ 297

— Exatamente aqui. O bebê tinha exatamente essa marca. Eu me lembro de a ter beijado quando me despedi dele.

— Eu me lembro — disse Mandane e inclinando a cabeça, beijou as costas do menino, onde elas tinham sido seladas por uma pequena marca vermelha. Lágrimas roliças brotavam em seus olhos, corriam pelas bochechas pálidas e caíam silenciosamente no chão queimado.

Quaisquer dúvidas que ela tivesse sobre a verdadeira identidade de Ciro devem ter escorrido com aquelas lágrimas. Ela puxou-o para seus braços, não mais uma rainha, mas uma mãe totalmente desfeita pelo amor. A túnica de Ciro caiu dos meus dedos congelados quando Cambises também beijou a marca de nascença. Então, sem uma palavra, ele apertou Ciro em seus braços.

— Meu filho. — Sua voz emergiu rouca, quebrada e exultante, de modo que foi quase doloroso ouvi-lo.

Por um momento, Ciro permaneceu rígido nesse emaranhado de intensa alegria e dor. Então algo nele estalou e ele se derreteu nos braços de Cambises.

Jared procurou minha mão e apertou-a. Só então percebi que minhas próprias bochechas estavam molhadas. Ele me segurou contra o porto seguro de seu peito e, escondendo meu rosto em seu pescoço, eu chorei. O alívio, a alegria, o medo e a tristeza dos últimos meses inundaram-me.

Jared acariciou meu cabelo e sorriu para dentro dos meus olhos quando levantei minha cabeça.

— Você fez isso. Você os uniu.

— O Senhor fez isso — disse eu, voltando-me para olhar para os três que ainda se abraçavam num emaranhado estranho, trêmulo e úmido de amor.

Cambises finalmente notou o público que os rodeava, parecendo totalmente atordoado. Lentamente, ele se levantou, mantendo a mão no ombro de Ciro. Ele balançou a cabeça como se estivesse tentando esvaziá-la.

— A este ponto, vocês já ouviram falar da carta do senhor Hárpago. Das suas alegações em relação a este menino. A rainha me disse que a criança tem os olhos do pai dela. O mesmo giro peculiar no final da sobrancelha esquerda. — Ele balançou a cabeça. — Eu a adverti repetidas vezes que essas semelhanças eram truques inteligentes. Que Hárpago estava jogando um jogo próprio, usando o coração terno de uma mãe para plantar um pretendente em nosso trono.

As cabeças assentiram de acordo. Um estrondo ameaçador começou a surgir de gargantas furiosas.

Cambises ergueu as mãos.

— Eu estava errado.

O círculo de aristocratas ficou em silêncio. A maioria deles estava longe demais para ver o que tínhamos observado ou ouvir o conteúdo das revelações de Cambises. O rei virou Ciro para que suas costas ficassem expostas ao grupo que se juntara.

— Alguns de vocês pertencem à tribo pasárgada, como eu. Vocês conhecem a marca de nascença peculiar à minha linhagem familiar. Esta criança tem essa marca! Hárpago não mentiu. As suas afirmações sobre este menino são verdadeiras. Este é o meu filho, Ciro.

Um suspiro coletivo chocado respondeu essa declaração.

— Venham e testemunhem. — Cambises era completamente rei agora, controlando seu coração de pai para fazer o trabalho de um monarca. Ele pretendia que Ciro fosse aceito e agora dera o primeiro passo em direção a esse objetivo. Alguns dos homens mais influentes da Pérsia estavam entre este grupo de caça. O garoto poderia não ganhar a aprovação deles, mas iria ganhar a sua aquiescência.

Um por um, de acordo com seu posto, cada cortesão se apresentou para olhar a marca de Ciro. Em algum lugar aquele menino de onze anos de idade encontrou forças para se mostrar, orgulhoso, na frente de estranhos boquiabertos, um príncipe até os ossos. Ele forçava um testemunho sobre eles, embora ainda não tivessem amor por ele.

Quando a procissão silenciosa terminou, Cambises pegou a mão do menino e a ergueu no ar.

— Este é o meu filho, Ciro! — gritou. — Embora roubado de nós quando era um bebê, pela bondade de Aúra-Masda, ele agora nos foi devolvido.

CAPÍTULO CINQUENTA E DOIS

*Sem diretrizes a nação cai; o que
a salva é ter muitos conselheiros.*

Provérbios 11:14, NVI

Partimos para Ansã imediatamente após a proclamação de Cambises. Ciro cavalgou com o rei e a rainha e o seu contingente de guardas, dando-me alguns vislumbres dele. Cambises manteve um ritmo feroz, de modo que todos chegamos à capital meio mortos da longa viagem.

Jared e eu regressamos à estalagem, não tendo recebido um convite formal para ficarmos no palácio. Eu fiquei aliviada, exausta demais para enfrentar a pompa e a cerimônia a que, sem dúvida, estaríamos sujeitos como convidados da corte.

Eu estava murchando na égua quando chegamos, cansada demais para reunir energia para desmontar. Jared me levantou sem cerimônia e me balançou em seus braços.

— Eu posso andar! — gritei.

— Mas isso é muito mais agradável. — Ele me girou, me colocando contra seu peito. Seus cachos negros tinham se desfeito de sua trança e caíam em encantadora desordem ao redor de seu rosto.

Eu envolvi meus braços em volta do pescoço dele.

— Seu cabelo está um emaranhado — disse feliz.

Ele sentou num fardo de feno e equilibrou-me no seu colo.

— Eu tenho um problema.

— Qual?

— Preciso te soltar.

— Tudo bem.

— Eu não quero.

Dei uma gargalhada e me aconcheguei nele.

— É melhor parar com isso imediatamente — ordenou Jared.

— Parar o quê?

Seus lábios pousaram nos meus, macios e lentos, me fazendo esquecer que eu estava exausta.

— Pare de se sentir confortável em meus braços. — Abruptamente, ele me deixou cair no feno. Eu o observei caminhar até o poço e pegar um jarro de água fria. Ele esvaziou a coisa toda sobre a cabeça, fazendo-me rir.

Eu forcei meus músculos doloridos a se moverem do feno para que eu pudesse arrumar nossa cama enquanto Jared cuidava dos cavalos. Eu estava dormindo em meus cobertores muito antes de Jared ir para a cama.

✵ ✵ ✵

Um silêncio preocupante encontrou-nos no dia seguinte. Eu esperava um convite da corte, mas não veio nenhum.

— Levará algum tempo até que pensem em nós, Keren. Eles precisam se adaptar uns aos outros como uma família. E a corte está passando por uma mudança sísmica. Tudo o que eles acreditavam sobre a sucessão mudou. A poeira dessa descoberta não vai assentar da noite para o dia. Eles não vão querer estranhos no meio deles enquanto atravessam fases iniciais deste labirinto difícil.

Eu retorci as mãos.

— É exatamente por isso que deveríamos estar lá. Ciro vai precisar de amigos.

Jared embalou minha bochecha na palma da mão.

— Ele tem seus pais agora. Eles vão cuidar dele.

Eu concordei com a cabeça. Mas a agitação na minha barriga não se acalmava. Nós precisávamos encontrar uma maneira de entrar no palácio.

No dia seguinte, eu estava me preparando para marchar até lá, sem ser convidada, quando um dos guardas de Cambises finalmente chegou com uma convocação de seu senhor. Apressadamente, Jared e eu vestimos nosso traje formal, fazendo o possível para parecermos respeitáveis. Uma das filhas do estalajadeiro me ajudou a enrolar e pentear o meu cabelo, de modo que eu parecesse menos uma selvagem bárbara.

Para minha surpresa, a audiência revelou-se privada, com apenas Cambises e nós. Achei-o chocantemente direto para um rei, sem paciência para os longos procedimentos habituais inerentes às visitas reais.

— Vocês devolveram meu filho para mim — disse ele de sua maneira cavalheiresca. — Por isso, eu sou eternamente grato. Agora, tenho uma pergunta importante para vocês.

Jared e eu olhamos um para o outro.

— Senhor? — Jared disse.

— Vocês servem a Hárpago?

— Sim, eu servia a ele, meu senhor — respondi. — Embora Jared nunca tenha servido.

— Servia. E agora?

— Suponho que, tendo cumprido sua ordem de acompanhar Ciro até ele estar seguro, estou livre de qualquer compromisso com o senhor Hárpago.

— Por que você ajudou meu filho? Ciro me disse que você arriscou a própria vida mais do que uma vez para protegê-lo. — Ele apertou os lábios. — Eu acredito nele, dado tudo o que estava em jogo para Astíages.

Eu pensei bem na minha resposta.

— Eu o ajudei porque me vi cultivando um amor inesperado por ele. O senhor vai descobrir, eu acho, que Ciro tem uma maneira de serpentear para dentro dos nossos corações.

Cambises acenou com a cabeça.

— E também... — Sorri para ele. — Eu acredito no sonho de Astíages. Ciro será um dia um grande rei. Mais importante ainda, será um bom rei. E por causa disso, muitos encontrarão a liberdade por suas mãos.

Os olhos de Cambises se arregalaram.

— Você é leal a ele.

— Com a minha vida — respondi, sem dar mais detalhes.

Eu já tinha contado à sua esposa sobre as profecias. Ou Mandane as tinha compartilhado com Cambises, e nesse caso não era necessário repeti-lo, ou ela tinha optado por reter essa informação do marido, e nesse caso eu não tinha motivos para lhe contar.

— Estou contente em ouvir isso — disse Cambises. — Porque eu chamei vocês aqui para pedir-lhes para se juntarem a nós.

— Nos juntar a vocês, meu senhor?

— Estamos nos preparando para uma guerra. O que Astíages fez é imperdoável. Temos que responder à sua traição com a severidade que ela merece.

Eu engoli em seco. Jared e eu tínhamos discutido o aviso de Hárpago de que esta seria uma guerra que a Pérsia não tinha como vencer. Isso apenas os enfraqueceria, colocando-os ainda mais sob o poder de Astíages. Eu já tinha visto o suficiente da fortaleza persa para saber que eles iriam desferir um golpe poderoso contra os medos. Mas não seria suficiente.

Eu caí de joelhos.

— Meu senhor, eu servirei a Ciro onde quer que ele precise de mim. A traição de Astíages deve ser tratada. — Limpei minha garganta seca. — Vossa majestade está em um lugar difícil, porque é ambos, pai e rei. O seu coração de pai exige justiça. No entanto, como um rei, tem que fazer o que melhor serve à sua nação.

— Eu penso que ambos servem ao mesmo fim. A minha nação não pode ficar à sombra daquela víbora.

— Quando servi ao senhor Hárpago, muitas vezes fui chamada à corte como escriba. Tive muitas oportunidades de estudar o exército do rei. Desde que resolveram os seus assuntos na Lídia, um grande contingente de tropas da Média voltou para casa. E Astíages tem muitos mercenários a seu serviço, homens que pertencem às nações conquistadas pelos medos. O senhor pode, sem dúvida, obter dados mais precisos do seu pessoal na corte. — Dei-lhe os números que tinha observado ou ouvido.

Sob a barba enrolada, o rei estremeceu.

— Por mais corajosos e capazes que sejam seus guerreiros, as chances não são favoráveis a vocês.

O rosto de Cambises endureceu.

— Você espera que eu não faça nada? Depois de ele ter tentado matar o meu filho? Depois de ter roubado a criança de sua própria filha?

Olhei nos seus olhos indignados.

— Não, meu rei. Eu lhe peço que confie no sonho de Astíages. Ele será punido. Tenha a certeza disso. Mas esse castigo virá das mãos de Ciro.

— Diga-me, jovem: que tipo de pai eu seria se eu deixasse o trabalho duro para o meu filho?

— Um pai sábio, se não é seu trabalho a ser feito em primeiro lugar. Prepare-o o melhor que puder. Ele já tem algo que você não tem.

— E o que seria isso?

— Um vínculo especial com o senhor Hárpago. Eu reparei nos dois juntos. Hárpago conhece Ciro desde o nascimento. E eu vos direi, meu senhor: ele ama vosso filho. Ele passou muitos anos colocando em risco a si mesmo e toda a sua família, a fim de manter Ciro em segurança. Os medos estão cada vez mais desencantados com o seu rei. Astíages governa com uma mão pesada. O próprio Hárpago não o ama e é um homem que exerce grande influência tanto no exército como na aristocracia. No entanto, o senhor não pode esperar fazer um tratado secreto com qualquer um deles, porque é um rei persa. Um estrangeiro. Com vossa majestade, ou é guerra, ou nada. Seu filho, no entanto, é metade medo. O sangue do maior rei da Média corre nas veias dele. Ele fala a língua deles como nativo. Pode chegar um momento, dentro de alguns anos, em que será virar os corações medos na direção do bisneto de Ciaxares. Então, Astíages enfrentará duas guerras: uma vindo de fora e outra, de dentro. E essa é uma guerra que ele não pode vencer.

Keren conclui:

— Ciro pode dar à luz uma nova nação. A Pérsia e a Média sob um só governante.

Cambises sentou-se em seu trono, com os dedos batendo em um ritmo inquieto no apoio de braço.

— Você pensou muito neste assunto, eu vejo. No entanto, você não entende o mundo dos reis, garota. Se eu deixar o insulto de Astíages incontestado, o meu povo vai pensar que sou fraco. Nenhum reinado permanece estável em um terreno como esse. Não terei um trono para passar ao meu filho.

Jared ajoelhou-se com um joelho ao meu lado.

— Meu senhor?

— Fale.

— No dia em que reconheceu Ciro como seu filho, eu estava observando seu povo. Alguns acreditaram no senhor. Acreditaram que Ciro é o seu verdadeiro filho. Mas, independentemente do que acreditem sobre sua identidade, nenhum deles ficou feliz com essa nova revelação. O senhor já tinha um príncipe herdeiro. Alianças foram feitas em torno dessa posição. Anos de investimentos políticos e financeiros foram feitos nesse futuro específico. Agora, sem mais nem menos, um menino supostamente morto ganha vida. Ele foi criado como medo. Um pastor. Um estrangeiro. Ele pode ser seu filho de sangue, mas o seu povo não vai recebê-lo da noite para o dia como príncipe.

Cambises franziu a testa.

— Alguns já o disseram. — Ele levantou um dedo. — Mas eles vão aceitá-lo, com o tempo.

— De fato — disse Jared com um sorriso. — Mas se o senhor forçá-los a uma guerra que eles não podem vencer, eles não terão a chance de aprender a amá-lo. Eles serão obrigados a pagar um preço muito alto antes mesmo de conhecerem o menino. Cada um deles que sobreviver à guerra vai ressentir-se de Ciro como a causa dela. E ele perderá o trono antes de o ganhar.

Olhei para Jared com admiração. Nós tínhamos discutido o que eu diria se Cambises mencionasse a sua intenção de atacar os medos. A continuação argumentativa de Jared não tinha sido ensaiada. Eu me perguntei se ele tinha conseguido pensar nesse argumento naquele momento. Pensei novamente em como ele era perfeitamente adequado para aconselhar um jovem príncipe.

Cambises levantou-se e desceu de seu trono.

— O que você sugere?

— Dê tempo ao rapaz para conquistar o seu povo. Dê a ele uma chance de se tornar um deles. Permita-lhes escolhê-lo, em vez de forçá-lo sobre eles.

— E Astíages?

— Deixe seu povo saber que eles são mais importantes para você do que sua vingança pessoal — disse Jared.

— O senhor pode ser um pai para Ciro ou ser um pai para o seu povo — acrescentei. — Ajude os persas a compreender que sua razão para não partir à guerra imediatamente não é fraqueza, mas um plano longo. O primeiro passo para garantir que, um dia, o seu povo se torne grande entre as nações. Quando compreender vossa intenção, o seu povo pensará que é paciente, e não fraco.

Cambises ficou em silêncio por um longo instante.

— Vocês realmente acreditam no meu filho, não acreditam?

— Sim, meu senhor.

— Por quê?

— O senhor o conheceu?

O rei riu.

Enquanto o som reverberava ao redor da sala do trono vazia, percebi que Jared e eu tínhamos evitado uma guerra desesperançosa. Percebi de novo, como tantas vezes senti desde o início desta jornada, que a mão de Deus estava sobre nós.

CAPÍTULO CINQUENTA E TRÊS

*Quem ama a sinceridade de coração e se
expressa com elegância será amigo do rei.*

Provérbios 22:11, NVI

Jared apertou sua mão em volta da minha enquanto passeávamos em um dos jardins reais.

— Você salvou a vida do menino. Entregou-o em segurança aos pais. Impediu uma guerra. Está pronta para ir para casa? Tenho uma pergunta importante para fazer ao seu pai.

Não pude evitar o sorriso que me partia a cara.

— Que pergunta poderia ser essa?

— Você sabe muito bem qual pergunta. Agora, responda. — Ele balançou o meu braço. — Vamos voltar para casa?

Eu perdi o sorriso. A minha cabeça baixou.

— O que o seu coração te diz quando você reza?

Jared parou de andar.

— Ele ainda precisa de nós.

Eu concordei com a cabeça tristemente.

— Não podemos abandoná-lo. Deus tem um propósito para nós aqui.

Jared ajustou a alça do seu tapa-olho.

— Foi bom sonhar por alguns momentos.

Gratidão brotou em mim. Gratidão por este homem, que tinha todos os motivos para me deixar, para ir embora para uma vida mais conveniente, para inclusive me odiar, ter comprometido o seu futuro a mim. Com cuidado, virei-me e envolvi os braços em volta dele. Ainda era estranho tomar tais liberdades com ele. Mesmo antes do acidente, eu não me sentia livre para demonstrar o meu amor. Depois de a minha espada ter tirado o seu olho, as fronteiras entre nós tinham se tornado tão vastas que nunca pensei que poderia atravessá-las.

Agora, cada vez que eu me aproximava dele, ia com uma excitação tímida, temperada com uma pitada de medo, como se pudesse despertar a qualquer momento para descobrir que tinha sonhado tudo aquilo.

Mas, à medida que me aproximava mais, só encontrei acolhimento. Encaixei o rosto na curva de seu pescoço.

— Eu sinto muito, meu amor. Lamento que os nossos próprios desejos tenham que esperar.

As mãos dele se espalharam pelas minhas costas.

— Tenho a sensação de que, se pegarmos o pacote de nossas decepções e sonhos não realizados e seguirmos os planos de Deus, um passo vacilante de cada vez, no final, encontraremos o caminho de casa.

✻ ✻ ✻

Jared e eu teríamos preferido permanecer na estalagem. Apesar de todas as suas limitações, nos proporcionava um pouco mais de privacidade. Cambises insistiu que nos mudássemos para o complexo do palácio, no entanto. Jared encontrou-se dividindo um cômodo com vários guardas do palácio, e eu fui enviada para um quarto ocupado por duas assistentes da rainha. Ainda não nos tinham sido atribuídas quaisquer funções específicas, embora o lugar mais natural seria na casa de Ciro, assim que estivesse estabelecida. Primeiro, ele teria que ser oficialmente declarado príncipe herdeiro e substituir Otanes.

Por enquanto, Jared e eu estávamos lidando com pontas soltas. Nós passávamos o tempo juntos, aprendendo persa, passeando, cavalgando por Ansã para conhecer a cidade e o campo que a circundava. Jared treinava com os guardas do palácio todos os dias. Ele enalteceu a cavalaria persa e a astúcia espantosa com que eles manejavam suas armas. Ele já estava formando um vínculo de amizade com dois dos guardas.

Uma semana inteira se passou antes de termos a oportunidade de falar com Ciro em particular. Ele nos encontrou no pomar, enquanto praticávamos o nosso persa. Pela forma como o menino continuamente lançava olhares nervosos por cima do ombro, deu para perceber que ele tinha escapado de alguma obrigação para estar conosco.

Todos nós tínhamos perdido peso durante a viagem a Ansã. Foi bom ver as bochechas desenhadas de Ciro se enchendo novamente com saúde.

— Como você está? — perguntei. — Eles te tratam bem?

Ele encolheu os ombros.

— É aceitável. Eles passam perfume no meu cabelo e me obrigam a usar esta túnica detestável. — Ele levantou o braço para demonstrar a manga esvoaçante.

— Você está parecendo muito principesco — garantiu Jared.

Ciro chutou uma pedra, taciturno.

— Preferiria parecer um general.

— Você vai. — Eu coloquei uma mão reconfortante em seu ombro. — Mas você não tem muita experiência em ser um príncipe. É importante que você aprenda.

Ele chutou outra pedra.

— Envolve muitas regras, ser um príncipe.

Não me surpreendia que ele se irritasse com o protocolo do palácio. Ele tinha vivido uma vida relativamente livre na Média, na fronteira com a selvageria, às vezes.

— Você sente falta de casa?

Ele encolheu os ombros. Uma sombra se instalou no rosto bem-humorado.

— Ciro. — Esperei até que ele olhasse para mim. — Só porque você está começando a amar Mandane e Cambises não significa que você está traindo seus pais que estão na Média.

Seus olhos lacrimejaram. Ele piscou para as lágrimas irem embora.

— Como você sabe?

— Eles sempre souberam quem você era. Desde a hora em que o levaram para a casa.

No dia em que descobri a verdadeira identidade de Ciro, eu tinha ouvido Mitrídates chorar porque sentia falta do menino. Eu não colocaria a carga dessa lembrança sobre ele. Seu coração já sentia a grande tristeza que sua ausência trazia a seus pais.

— Eles sabiam que você provavelmente os deixaria um dia — disse eu, em vez disso. — Que você tinha um destino maior a cumprir. Eles sabiam que você tinha outros pais que te quereriam.

Eu bagunçei seus cachos perfumados e continuei:

— Você é abençoado por amar duas mães e dois pais quando outros recebem apenas um de cada. Deus deve saber que você tem um grande coração, capaz de mais amor do que a maioria, para te dar tal bênção.

Ele franziu a testa para mim.

— Você acha que é certo que eu ame todos os quatro?

— Certo e bom.

Ciro olhou por cima do ombro novamente.

— Ela não quer que eu venha ver vocês.

Eu pisquei.

— Quem? Por quê?

— A rainha. Ela tem sempre uma desculpa para eu não poder vir até vocês. Mas eu vejo que ela quer nos manter separados.

Isso foi novidade para mim. Eu tinha assumido que a separação era um subproduto natural do cronograma agitado que o menino tinha que manter.

— Bem — eu disse, sem palavras. — Bem.

Jared cruzou os tornozelos.

— Não é uma surpresa, se você pensar bem.

— Não é? — Ciro e eu perguntamos juntos.

— Usem a cabeça. Ela perdeu o filho durante onze anos. O menino já ama outra mãe. Ela gostaria de compartilhá-lo com uma terceira mulher que tem sido como uma mãe para ele há meses?

— Keren? Minha mãe? — Ciro revirou os olhos. — Ela nem sabe cozinhar.

— Mandane também não sabe — apontei.

— Sim. Mas ela tem um leopardo bebê. Você tem acadiano. — Ele me deu um soco de brincadeira no braço. — Você é mais como uma irmã azucrinadora.

Eu sorri.

— Bem, duvido que Mandane esteja prestes a me adotar.

— Ela só precisa de tempo — disse Jared, com a voz reconfortante. Mas eu reparei na forma como o olho dele fugiu do meu.

* * *

Uma semana inteira se passou antes de vermos Ciro novamente. Ele estava caminhando por um corredor estreito na direção oposta da nossa, rindo de algum comentário que a rainha tinha feito. Nós nos aproximamos deles com um cumprimento.

— Príncipe Ciro! — disse eu com um sorriso de prazer. — É bom te ver.

Antes que ele pudesse responder, a rainha sussurrou alguma coisa em seu ouvido. Suas bochechas ficaram rosadas. Ignorando Jared e eu, Ciro passou por nós sem dizer uma palavra.

Fiquei paralisada em meu caminho.

— Ele me desprezou! — Eu arfei.

Jared pegou minha mão e me puxou para fora do corredor e não parou até que estivéssemos em um jardim árido, vazio de outros visitantes.

— Ele me desprezou! — repeti quando finalmente nos sentamos, minha voz tremendo de choque e mágoa.

— Às vezes você esquece que ele é apenas um menino. Um menino soterrado em um novo mundo, desesperado para agradar seus pais. Para deixá-los orgulhosos.

Eu encolhi os ombros.

— Eu quero todas essas coisas para ele.

— Sim. Mas e se agradar à rainha significar afastar-se de você?

Pressionei uma mão contra o meu peito, onde uma dor profunda se enraizara.

— Ele precisa de nós! Ele precisa de amigos verdadeiros. Ele está vulnerável demais.

— Eu não discordo. Mas não podemos impor a nossa amizade a ele. Ele deve escolher por si mesmo. E Keren, você tem que preparar seu coração, caso ele decida nos deixar.

Mordi meu lábio, incapaz de pensar numa resposta.

— Eu não acho que a rainha esteja pronta para soltar sua trela. Este pode ser um bom momento para voltarmos para casa. É provável que a nossa presença só a leve a tornar-se mais possessiva. E talvez Ciro não retome uma relação conosco, se isso significar alienar a mãe.

Eu balancei a cabeça.

— Graça significa dar espaço para alguém crescer. Se o abandonarmos no primeiro erro doloroso, o que isso ensinará a ele? Vamos esperar, Jared. Esperar e rezar.

CAPÍTULO CINQUENTA E QUATRO

*O estrangeiro residente que viver com vocês
será tratado como o natural da terra.
Amem-no como a si mesmos.*

Levítico 19:34, NVI

Passou-se uma semana e depois mais uma. E nada de Ciro. Eu estava começando a pensar que Jared tinha razão. Permanecer em Ansã tornou-se uma perda de tempo para nós. Mas sempre que eu rezava sobre voltar para casa, me sentia direcionada para esperar. Esperar pelo Senhor, se não por Ciro.

Certo dia, Jared e eu estávamos acomodados num canto do alojamento dos criados, escrevendo cartas para casa, quando o farfalhar de tecido me fez levantar os olhos.

— Ciro! — Eu arfei.

Ele colocou um dedo em seus lábios.

Jared olhou atentamente para cima e para baixo no corredor que levava ao alojamento.

— Vamos sair daqui — sussurrou. — Paredes têm ouvidos.

Ele nos levou a um pátio onde os guardas geralmente praticavam luta livre.

— Ninguém fica aqui a esta hora do dia. Eles estão em seus postos ou em seus aposentos — explicou.

Eu me sentei num banco de calcário. Cautelosamente, Ciro sentou-se ao meu lado, como se não tivesse certeza de como seria recebido. Jared tomou um lugar na frente do menino, bloqueando o caminho para caso um observador casual olhasse para o pátio.

Os dedos de Ciro se juntaram.

— Sinto muito — murmurou ele.

— Pelo quê? — perguntei gentilmente.

Ele olhou para cima.

— Por te ignorar naquele dia. E desde então. — Ele mordeu o canto do lábio. — Minha mãe me disse que, para encontrar aceitação como príncipe em Ansã, eu não podia ser visto falando com você. — Ele encolheu os ombros. — Eu já sou um estranho. Não posso parecer muito próximo a estrangeiros.

— Eu entendo — disse.

Ele se sentou mais reto.

— Foi errado o que eu fiz. Vocês dois arriscaram suas vidas para salvar a minha. Um homem nunca deve virar as costas aos seus amigos. Eu fui injusto com você. — Ele olhou para Jared. — Com vocês.

Eu sorri para ele.

— Eu já te perdoei.

— Por quê?— Ele franziu a testa.

Jared se ajoelhou diante dele. — Keren me disse que graça significa dar espaço para alguém crescer. Ela pode ser sábia às vezes, mesmo que sua cabeça esteja cheia de acadiano.

O rosto de Ciro perdeu um pouco de sua palidez quando ele deu um pequeno sorriso.

— Se não oferecermos graça uns aos outros — disse Jared —, então como nos tornaremos os homens e as mulheres que estamos destinados a ser? Nós te perdoamos, Ciro, porque queremos te dar espaço para se tornar o homem que está destinado a se tornar. Isso significa permitir que você cometa erros e não te amar menos por causa deles.

— Como você está? — perguntei, decidindo que já tínhamos passado bastante tempo naquele assunto. Eu esperava aliviar a conversa. Em vez disso, os dedos de Ciro começaram a se contorcer novamente, um sinal evidente de que ele estava perturbado.

— Eu estou com um problema — disse.

— Diga-nos.

— Meu pai diz que os olhos de toda a aristocracia estão sobre mim. Para avaliar se estou apto a ser o seu príncipe, ou se eles devem apoiar Otanes.

— Deve ser difícil estar constantemente sob vigilância.

Tessa Afshar ❖❖❖ 313

— Pior do que ter o cabelo enrolado! E como se isso não bastasse, agora eu tenho que agir como juiz.

— O que você quer dizer?

— Ontem, um amigo de Otanes veio falar comigo. Seu pai tinha o presenteado com um sobretudo grande, esperando que o menino um dia crescesse para caber nele.

Eu concordei com a cabeça.

— Bem, Otanes, que é mais alto, pegou o casaco novo à força, dizendo que ficava melhor nele, e deu seu próprio casaco velho ao menino. Ele estava usando-o quando veio me ver. Para ser justo, o casaco de Otanes cabia no rapaz como uma luva. Era um bom sobretudo também, como podem imaginar. Otanes tem gostos caros.

— Mas o menino não estava feliz — supus.

— De modo algum. Ele queria o seu próprio sobretudo de volta e me pediu para interceder. — Ciro desabou. — Não posso deixar de sentir que todos os olhos estão em mim, julgando se tomo a decisão certa.

— E o que você decidiu por enquanto?

Ciro puxou um fio dourado solto que estava pendurado no bordado em seu pulso.

— Bem, ambos os casacos caem bem nos meninos do jeito que as coisas estão. Por que mudar isso?

— Ah. Essa é uma decisão boa e prática — disse Jared.

Ciro se alegrou.

— Você acha que eu deveria sugerir isso, então?

Jared esfregou o queixo.

— Isso depende do tipo de rei que você quer se tornar. Um rei justo ou um rei prático?

Ciro roeu uma unha.

— Um rei justo. E, quando possível, prático também.

Jared e eu rimos.

— Esta é uma boa resposta — disse Jared, com aprovação. — Como funciona a justiça, neste caso?

— A justiça?

— O menino deu de bom grado seu novo sobretudo a Otanes?

— De modo algum. Otanes pegou-o à força. — Ciro se esticou. — Eu entendi seu ponto. Otanes tomou o casaco pela violência e isso foi injusto. Se é prático ou não, um rei deve primeiro escolher a justiça.

Jared lançou a ele um sorriso satisfeito.

— Você será um rei virtuoso um dia.

Ciro saltou do banco.

— Vou dar a eles a minha resposta agora. E quero que vocês venham comigo.

Eu hesitei, não desejando contrariar a rainha.

Ciro pegou minha mão e puxou.

— Venha. Quero os meus amigos comigo. — Ele olhou para mim por cima do ombro enquanto puxava com mais força. — Eu não tenho tantos para que possa começar a perdê-los em pátios remotos.

Quando Otanes e o rapaz menor chegaram, a sala do trono onde estávamos reunidos encheu-se de curiosos espectadores. Ciro não estava exagerando quando disse que os olhos de toda a aristocracia estavam sobre ele. Ele se sentou no degrau mais alto do estrado entre o rei e a rainha, posição que afirmava a sua relação com eles, ao mesmo tempo que acentuava o fato de ainda não ter sido reconhecido como príncipe herdeiro.

Quando Otanes pavoneou para dentro da sala, Ciro chamou-o.

— Príncipe Otanes, seu amigo apresentou uma queixa contra você.

— Ele não é meu amigo se reclamou de mim.

Alguns dos espectadores riram. A maioria, no entanto, permaneceu em silêncio e vigilante.

— Ponto justo. Uma vez que você lhe tirou o casaco à força, talvez também não lhe seja um amigo.

— Não que isso seja da sua conta. Mas você pode ver que o rapaz foi bem recompensado. O casaco que dei a ele serve melhor do que o que ele tinha.

Lentamente, Ciro levantou-se e desceu do estrado.

— Meu pai é o rei. Minha mãe, a rainha — disse calmamente. — Isso faz com que cada ato de injustiça nesta terra seja da minha conta. Como príncipe herdeiro, você deveria saber que não se deve simplesmente tirar do seu próprio povo porque lhe convém.

— Já disse — rugiu Otanes — que dei a ele outro casaco em uma troca justa.

Mantenha a calma. Mantenha a sua postura. Não se deixe levar pela raiva dele. Eu estava de pé na parte de trás da sala de audiências, onde

Ciro não podia me ver. Isso não me impediu de tentar aconselhá-lo na minha cabeça.

Ele não precisava do meu conselho. Permanecendo calmo, disse:

— Não é justo, como você diz, se o menino não é um participante disposto na troca. Agora, o seu velho amigo me pediu para arbitrar entre vocês. O meu veredito é que você deve devolver o sobretudo ao rapaz e pegar de volta o seu. Eu dei o meu juízo. Agora deixemos o rei decidir se deve valer.

Cambises levantou-se.

— Ciro é meu filho. Mas Otanes é o herdeiro do meu trono. Devo a ambos a minha lealdade. Portanto, eu passo esta decisão ao general Arsames. O que você diz, general? O julgamento de Ciro deve valer?

Cada uma das cabeças na sala girou na direção de Arsames. Depois do rei, ele era o homem mais poderoso da corte. Um dos principais membros da tribo pasárgada, a qual pertencia a família real, o general conquistou sua posição com sangue e esforço, ganhando a reputação de ser um dos maiores militares que o exército persa já possuíra.

Cambises tinha manobrado este cenário simples para assumir uma grande importância. Se Arsames escolhesse Ciro, seria um grande golpe para as aspirações de Otanes. Uma pronúncia pública perante uma grande parte das pessoas mais importantes da corte persa daria a Ciro a vantagem de que ele precisava para ganhar um verdadeiro ponto de apoio em sua chegada ao trono.

Uma vez que Ciro tinha tratado a queixa contra Otanes com sabedoria e calma, seria difícil que Arsames anulasse seu julgamento, que foi provavelmente a razão pela qual Cambises tinha assumido tal risco.

Toda a corte aguardava a resposta do general em um silêncio tenso. Ele tocou o punho liso de sua espada, sobrancelhas grisalhas desenhadas.

— Não tenho o que acrescentar ao pronunciamento do príncipe Ciro — disse. O canto do seu lábio estremeceu. — Ele parece ter tomado a decisão perfeita. Deixe que valha.

Um grande murmúrio surgiu, seus ecos enchendo o salão.

Ciro lançou ao general o sorriso brilhante e charmoso que tinha conquistado Hárpago e eu e até a rainha. O general Arsames parecia um pouco atordoado com a força disso.

O menino virou-se para o primo, estendendo a mão em sinal de amizade. Como iguais, se Otanes aceitasse a mão, eles se beijariam nos lábios.

Se Ciro reconhecesse a posição mais alta de Otanes, ele beijaria seu primo na bochecha.

Todos os olhos observavam, imaginando como Ciro escolheria saudar o príncipe herdeiro.

Mas Otanes nunca lhe deu a oportunidade. Ele apertou os lábios e ignorou a mão de seu primo.

Pela segunda vez naquele dia, um murmúrio alto ecoou pelas paredes da sala de audiências. A maior parte dos presentes parecia desapontada com o comportamento de Otanes, que não tinha se revelado muito principesco. Eu sabia, enquanto assistia ao drama que se desenrolava, que a opinião da corte em relação a Ciro havia mudado hoje. Abrindo caminho através da multidão em dispersão, consegui encontrar um local mais próximo, perto de Ciro.

Ele deixou cair a mão estendida para o lado.

— Eu disse a você, Otanes, quando estávamos em nossa primeira caçada juntos, que ao matar a abelha-do-mel você estava desperdiçando o mel que ela poderia lhe dar. Parece que é um hábito seu.

— Eu não sei do que você está falando — disse Otanes.

— Dá para ver.

Artístone, a jovem que conhecemos durante a caçada, deu um tapa amigável nas costas de Ciro.

— Sabe, você deveria conhecer minha irmã mais nova, Cassandana. Aposto que vocês se dariam bem.

Ciro franziu a testa.

— Ela sabe cavalgar? — Silenciosamente, eu fiz uma careta para ele. — Aham. Quero dizer, sim, claro. Gostaria de conhecer a sua irmã. Mesmo que ela seja uma péssima cavaleira. Embora isso seria uma pena.

Artístone riu.

— Esta corte será muito mais agradável agora que você está aqui.

Enquanto a sala do trono se esvaziava lentamente, Jared e eu nos preparamos para seguir o rastro da multidão. Mas Ciro acenou freneticamente da frente da sala, indicando que deveríamos nos aproximar dele. A rainha inclinou-se para sussurrar em seu ouvido. Ciro balançou a cabeça veementemente e disse algo a ela. O que quer que ele tenha dito, chamou a atenção do rei, e ele se juntou à sua troca.

Jared e eu permanecemos no meio do salão, sem saber se deveríamos prosseguir ou sair. Cambises salvou-nos de ter que tomar uma decisão enviando um dos seus guardas pessoais.

Tessa Afshar ❋ 317

— O rei pede uma audiência com vocês.

Aproximamo-nos do rei e da rainha com cuidado, sem imaginar como seríamos recebidos. Ciro saltou entre Jared e eu, empurrando-nos enquanto fazíamos a nossa reverência. Ele agarrou a minha mão de um lado e a de Jared do outro.

— Mãe, pai, Keren e Jared são amigos verdadeiros. Eles são leais, confiáveis e sábios. Preciso de amigos como eles neste lugar. — Ele deu um olhar severo à mãe. — Então eu quero mantê-los. — Suas pálpebras baixaram. — Eu não teria tomado aquela decisão no julgamento se não fosse pelos conselhos deles. Eu sabia que não podia pedir a ajuda de vocês, pois toda a corte estava me observando, e a última coisa que eu queria era parecer um menininho que precisava da mãe. Mas eu precisava de bons conselhos. — Ele olhou para cima. — Foram eles que me ajudaram a compreender que o meu dever é defender o que é certo, não o que é eficiente.

Ciro soltou nossas mãos e deu um passo para mais perto de seus pais.

— E o certo é que os amigos sejam recompensados por sua lealdade, não descartados porque não se encaixam. A amizade não se baseia no fato de se ter nascido aqui ou em outra nação. Ela se baseia no amor. Na lealdade. Na verdade. Um palácio deve estar cheio de amigos assim, independentemente da sua origem.

Eu enxuguei uma lágrima. Depois outra. Eu nunca tinha sido tão profundamente defendida. Veio a mim, enquanto ouvia aquele menino, o porquê Deus o havia escolhido para um dia libertar meu povo de sua escravidão. Ciro sabia como amar o estrangeiro.

O rosto de Mandane ficou branco-marfim. Até seus lábios, esticados e apertados, tinham perdido a cor. Cambises observou-a enrolar seus dedos, tão parecida com seu filho quando ele se sentia ansioso, e virou-se para nós.

— Vejo que fomos abençoados com um filho sábio. Penso que ignorar o seu pedido seria uma decisão por nossa própria conta e risco. Portanto, atribuímos vocês dois à casa dele – você, Keren, como sua escriba, e Jared como seu copeiro e conselheiro.

CAPÍTULO CINQUENTA E CINCO

Levante-se! Esta questão está em suas mãos, mas nós o apoiaremos. Tenha coragem e mãos à obra!

Esdras 10:4, NVI

Fiquei surpresa quando Mandane me chamou para uma visita privada no dia seguinte. Era de manhã cedo e a rainha ainda não tinha se vestido. Ela estava sentada em um banquinho, seus longos cabelos castanhos claros soltos nas costas, um manto branco esvoaçante sobre ela, amarrado sob os seios com uma fita delicada. Assim, sem a pompa de roupas bordadas, joias reluzentes e sua coroa canelada, ela parecia jovem e vulnerável.

Eu me ajoelhei diante dela, querendo que ela soubesse que eu a serviria tão fielmente quanto servia a Ciro, se tivesse a chance. Ela me lançou um pequeno sorriso.

Demorou um bom tempo até que ela falasse.

— Eu acho isso difícil.

Eu não sabia como responder e apenas acenei com a cabeça em encorajamento.

— As rainhas não estão frequentemente na posição de pedir perdão, apenas de o conceder. Suponho que, por natureza, também não sou particularmente boa nisso. — Sua boca inclinou-se de um lado. — O sangue do meu pai em mim flui mais forte do que eu suspeitava.

Dei uma sacudida vigorosa na minha cabeça.

— Vossa majestade não é nada como vosso pai.

— Mas eu sou. — A mão dela se fechou em um punho. — Eu errei com você, Keren. Eu disse a mim mesma que estava protegendo o meu filho.

Tessa Afshar 319

A verdade é que eu estava protegendo o meu coração. Tal como o meu pai, percebi que sou possessiva com aquilo que amo.

Ela deu um sorriso amargo e continuou:

— Eu sou mãe há menos de um mês e já cometi um grave erro. Foi preciso que o meu filho me apontasse isso.

Engoli com dificuldade.

— Eu já provei o fruto amargo do meu próprio ciúme, minha rainha. Vossa majestade não precisa pedir o meu perdão por isso.

Ela olhou para mim, com os olhos interessados.

— Você tem que me contar essa história, um dia.

Apertei a ponte do meu nariz.

— Se assim quiser, embora ela me aflija.

— Eu definitivamente tenho que ouvi-la, então.— Ela riu.

Juntei-me a ela no riso. Mandame estendeu a mão, se como uma oferta de amizade ou uma indicação de que a conversa tinha chegado ao fim, eu não sabia ao certo. Mas, em vez de a pegar, inclinei a cabeça e beijei o anel em seu dedo médio, que trazia o selo real.

— Minha rainha — sussurrei.

Gentilmente, ela colocou a palma da mão na minha cabeça. Sorrimos uma para a outra. Naquele momento, algo mudou entre nós. Nossas conchas – a minha desconfiança e a exigência contorcida do ciúmes dela – racharam e se abriram. Nos dias e nos anos vindouros, mais de uma vez nós nos veríamos ambas tentadas a fechar aquelas conchas novamente. Mas foi naquela manhã que aprendemos a resistir à tentação.

Aquela foi a manhã em que me tornei amiga de uma rainha.

✳ ✳ ✳

Duas semanas depois, um caçador chegou da Média, carregando um par de lebres velhas e sem pele.

— Um presente do senhor Hárpago para o príncipe Ciro — disse ele.

Jared e eu pegamos os coelhos pungentes e os levamos para as cozinhas. Sabíamos que, se eram de Hárpago, não eram uma caça ordinária.

Jared abriu as barrigas já cortadas das lebres. Na quarta, ele encontrou um cilindro de barro, abrigado em um envelope selado. Nós lavamos a carta e a levamos a Ciro, que estava na companhia dos pais, desfrutando de um jantar privado.

A rainha estendeu a mão para receber a missiva.

— Posso? — perguntou a Ciro.

Ele assentiu. Quebrando o selo e o envelope, a rainha leu a mensagem de Hárpago silenciosamente e arfou. Sobre a cabeça de Ciro, ela encarou o rei com seus olhos arregalados.

Ciro parecia tenso.

— O que aconteceu?

Cambises deu à esposa um aceno encorajador. Embora a carta obviamente tivesse notícias angustiantes, Ciro tinha que aprender a lidar com a dor. Seja como rei ou como homem, ele tinha que construir a força para suportar o peso da adversidade. Por mais que a rainha quisesse amparar o filho da dor, ela não lhe faria nenhum serviço ao superprotegê-lo. Cambises sabia disso. Ele tinha sido rei por tempo suficiente para entender o que seu filho precisaria para crescer e ocupar seu futuro papel.

Mandane limpou a garganta e leu.

Filho de Cambises,

Saudações do seu velho amigo, Hárpago. O pastor e a sua mulher enviam-lhe o seu amor. Eles querem que você saiba que pensam em você a cada minuto e se alegram por estar seguro. Um dia eles esperam poder abraçá-lo novamente.

Quanto a mim, eu sobrevivi. Quando Astíages recebeu a notícia da sua chegada em segurança a Ansã, convidou-me ao palácio para celebrar a vida do seu neto. Depois do banquete, os atendentes do rei descobriram uma travessa, e eu me vi olhando para a cabeça do meu querido menino. O meu único filho. Ele tinha catorze anos e já era um guerreiro promissor.

Eu apertei a mão trêmula contra a boca. Ninguém que conhecesse Hárpago poderia deixar de compreender a dimensão de tal perda. Ele adorava aquele rapaz. O corpo de Ciro ficou rígido de horror. Sua mãe respirou e depois continuou a ler o resto da carta.

"Você, eu não vou machucar", Astíages me disse. "Enterre seu filho e aprenda sua lição. Ninguém me trai sem pagar o preço."

Saiba, portanto, filho de Cambises, o que Astíages tirou de mim. Você será rei em Ansã um dia. Quando chegar esse momento, eu vou te pedir que me ajude a responder a este insulto. Até lá, viva bem.

Ciro agarrou o diadema de prata que circundava sua testa – um presente recente de seu pai para afirmar publicamente seu status principesco – e o tirou com mãos trêmulas.

— Isso está errado! É um preço alto demais!

— Ciro! — respondeu o rei no ímpeto, uma única palavra clara de repreensão. O garoto apenas balançou a cabeça, não querendo colocar de volta o diadema.

Eu fui até ele e me sentei aos seus pés.

— Eu sei o quanto Hárpago amava o filho. Mas você tem que compreender, Ciro, ele sempre soube o risco que corria ao protegê-lo. A qualquer momento, ele poderia ter mudado de ideia. Ele poderia ter comprado a própria segurança com o seu sangue. Ele nunca fez isso, porque acreditava em você. Não desperdice a oportunidade que ele lhe forjou. Sim, o preço é alto. Maior do que qualquer um de nós desejaria. Mas ele pagou porque acreditava que você era digno do seu sacrifício. Um dia, o povo o escolherá como seu futuro rei, e você trocará esse círculo de prata por uma coroa. Suporte o peso e a responsabilidade dele. Prove a Hárpago que seu gigantesco sacrifício não foi em vão. Viva uma vida digna como homem e como príncipe.

Ciro olhou para o diadema com algo parecido com aversão. Percebi naquele momento que o próprio Deus havia permitido ao menino provar o fruto amargo da ambição e do poder humanos. Teria sido fácil para ele, naquela tenra idade, orgulhar-se demais daquele diadema. Ficar apegado demais à coroa que estava tentando conquistar. Em vez disso, Deus lhe ensinava o preço desde o início.

— Eu sinto muito, filho — disse sua mãe, pressionando a mão em volta de seus dedos trêmulos.

Ciro engoliu um suspiro. Abaixando a cabeça, ele colocou o diadema sobre a testa novamente. Quando olhou para cima, não tinha mais os olhos de uma criança.

CAPÍTULO CINQUENTA E SEIS

*Porei a minha lei no íntimo deles e a
escreverei nos seus corações. Serei o Deus
deles, e eles serão o meu povo.*

Jeremias 31:33, NVI

JARED

Os quatro meses seguintes vieram com um fervilhar de atividades, com Ciro no centro. A posição do rapaz no tribunal tinha que ser solidificada. Ciro não só tinha que aprender a arte de ser príncipe, como também tinha que estabelecer relações que já existiriam se Astíages não lhe tivesse roubado os últimos dez anos.

Jared nunca esperara tanta satisfação vinda de um trabalho. Parecia que Deus havia cortado e moldado um trabalho para corresponder exatamente ao seu talento e habilidade.

A única praga neste período profundamente gratificante era a frustração de não poder casar com a mulher que amava.

Ambos concordaram que queriam se casar na Babilônia, com a sua família e amigos presentes. Ele queria seu irmão Joseph ao seu lado no dia do casamento. Queria receber a bênção de Daniel. Queria ver Keren derreter nos braços dos pais dela, brilhando de alegria.

Mas cada vez que tentavam pedir autorização ao rei e à rainha para se ausentarem por alguns meses, surgia algo que precisava da atenção deles.

Jared não faria nada que arriscasse o terreno que Ciro tinha ganhado na corte nos últimos quatro meses. Ele ignorava o desgaste do próprio coração cada vez que se arrastava sozinho para a cama e esperava, se não pacientemente, pelo menos obedientemente.

Certa manhã, enquanto se preparavam para uma cavalgada, pensando-se sozinhos, Jared deu um beijo nos lábios dispostos de Keren. Ele tinha acabado de enroscar a mão em seus cabelos macios, seus dedos em sua mandíbula girando seu rosto mais completamente para o seu, quando um barulho de nojo o fez saltar para trás.

— Quando vocês dois vão se casar? — queixou-se Ciro. — Assim vocês podem parar com esses beijos detestáveis.

Keren estava da cor das romãs persas. Contra sua vontade, Jared abriu um sorriso.

— Eu não vou parar de beijar quando me casar. Na verdade, pretendo beijá-la mais.

Ciro grunhiu.

— Eu não deveria ter mencionado nada, então.

Jared franziu a testa.

— Estou contente que você o fez. Passou do tempo de nos casarmos. Já esperei demais. É por isso que quero pedir-lhe autorização para irmos para casa.

— Você quer me deixar? — A voz de Ciro emergiu estridente de pânico.

Percebendo seu erro, Jared levantou uma mão.

— Durante dois meses, apenas. Tempo suficiente para viajar para a Babilônia, celebrar o nosso casamento com amigos e familiares e depois regressar.

— Dois meses? Até lá serei um velho.

— Mesmo se você fosse um cão de caça, não ficaria velho em apenas dois meses.

— Por que vocês não podem se casar aqui? Aposto que o rei até faria um banquete em honra de vocês.

Jared colocou uma mão no ombro do jovem príncipe.

— Nós também gostaríamos disso. Uma celebração com os nossos amigos e familiares seguida de uma aqui, no nosso país adotivo.

— Um casamento já é ruim o suficiente. Por que vocês quereriam dois?

Keren sorriu.

— Ciro, você ama Cambises e Mandane?

— Claro que sim.

— E, no entanto, uma parte de você ainda sente saudades de seu pai e sua mãe na Média. Só porque você os ama, não significa que não ame os seus pais aqui. É assim para nós. Nós te amamos. Mas também sentimos falta de casa. Quero o meu avô comigo no dia do meu casamento.

— Avôs! *Bah*. — disse Ciro, cujo único avô que já tivera tentara assassiná-lo.

— Eles não são todos assim.

Ciro cruzou os braços.

— É bom que vocês não demorem mais do que dois meses.

Keren beijou-o na bochecha.

— Não vamos.

Com o apoio de Ciro, a permissão de seus pais provou ser fácil de obter-se. O rei até enviou alguns de seus próprios guardas pessoais para acompanhá-los na viagem, garantindo sua segurança. A primavera tinha derretido a neve nas passagens das montanhas quando chegou o momento de voltarem para a Babilônia.

Jared nunca soube que um único dia poderia ser tão feliz quanto o dia de seu casamento. Muitas das pessoas que ele amava estavam lá. Daniel e o avô de Keren deram suas bênçãos a eles. Jared tomou a mão de Keren, quase se afogando no amor que brilhava de seus olhos enquanto ela o contemplava.

Cambises tinha dado a Jared e a Keren uma bolsa de prata para cada, em agradecimento por salvar a vida de seu filho. Jared tinha guardado cada centavo. Quando ele foi à casa de Asa para pedir a mão de Keren, ele deu a Asa a bolsa como dote de casamento. Ele sabia que isso pagaria a dívida de toda a família, finalmente libertando-os de seus intermináveis problemas financeiros.

Asa chorara, mas não tanto quanto Keren, já que ele a surpreendera com a oferta. Ela olhava para ele com adoração ardente desde então.

Em algum lugar entre o caminho para Ansã e o serviço de copeiro à Ciro, a autopiedade havia perdido seu domínio mordaz sobre ele. Talvez tenha sido quando seu conselho ajudou a estabelecer a posição de Ciro mais firmemente na corte, ou na noite em que ele estava com dor, impotente para proteger Keren e o menino. De qualquer forma, ao longo do caminho, ele aprendera a olhar no espelho, tapa-olho e tudo, sem vacilar.

Ainda assim, seu coração afundou quando, em seu caramanchão de casamento, Keren colocou a mão em seu tapa-olho.

— Posso ver?

Os olhos de Jeredse arregalaram. No fundo de seu coração, a memória de Zebidah encolhendo-se ao vê-lo ainda o assombrava.

— Você é lindo para mim. Isso não vai mudar nada — disse Keren.

Sem comentários, ele estendeu a mão atrás da cabeça para desatar as finas tiras de couro. Pela primeira vez, ele mostrava a alguém além do médico seu rosto desfigurado.

Sua noiva olhou solenemente para o emaranhado feio de cicatrizes e ficou na ponta dos pés para beijá-las. Calorosamente, sem um vestígio de aversão.

— Você é lindo — sussurrou ela novamente.

Enquanto ele a puxava contra ele, seus braços travando em volta dela em pura ânsia, ele pensou por um momento em como o amor era estranho, pois o tornava mais cego do que ele fato era em seu olho esquerdo. E depois, com os lábios nos dela, esqueceu-se de pensar. Depois de todos os anos de espera e anseio, seus sonhos finalmente se tornaram realidade.

✻ ✻ ✻

Eles prometeram a Ciro que regressariam em dois meses. Três semanas depois de chegarem à Babilônia, fizeram as malas, que haviam crescido consideravelmente graças aos seus muitos presentes de casamento, e foram para casa. Porque a casa deles era a Pérsia, onde Deus os havia direcionado para que pudessem ser usados por ele para criar um futuro e uma esperança.

Tal como a coroa de Ciro, o chamado deles vinha com um grande preço. Era necessário que deixassem aqueles a quem amavam e de quem dependiam. Era necessário que Jared deixasse seu irmão mais novo sob a guarda de Daniel, sem vê-lo por meses e às vezes até por anos.

Eles derramaram suas lágrimas como Ciro tinha o feito, e de bom grado pagaram o preço.

Em sua última noite, eles se reuniram na casa de Daniel. Johanan sentou-se entre sua esposa e Jared.

— Eu sempre soube que você se casaria com Keren — disse ele ao amigo.

— Todos nós sabíamos, querido — disse Mahlah, fazendo todos rirem.

Keren colocou as mãos na cintura.

— Eu gostaria que alguém tivesse me contado.

Mahlah acariciou seu cabelo.

— Você não teria acreditado.

— Eu ainda não acredito! — Ela se inclinou para o lado de Jared. — Estou certa de que vou acordar a qualquer momento e descobrir que tudo foi um sonho.

— Você gostaria de provas, meu amor? — sussurrou Jared em seu ouvido. Sua mão acariciou suas costas, fazendo seus olhos se arregalarem.

— Fogos e relâmpagos!

Naquela noite, eles compartilharam a história completa de suas aventuras com seus amigos. Daniel ouviu, com olhos escuros penetrantes.

— Eu acredito que vocês encontraram o Ciro de Isaías. Um dia, as portas da Babilônia se abrirão e nosso povo poderá voltar para casa, por causa desse jovem que vocês vieram a servir. — Gentilmente, ele bateu no chão com sua bengala. — Mas vocês sabem, Jeremias também disse que estão chegando os dias em que Deus fará uma nova aliança com a casa de Israel. Este Ciro nos libertará do jugo da Babilônia. Mas ele não pode dar-nos aquilo que não tem para dar. Um dia, outro virá. Um verdadeiro salvador. Um com poder para escrever a lei de Deus em nossos corações. E abençoados serão os que viverem sob o seu reinado.

EPÍLOGO

À primeira filha deu o nome de Jemima.
Jó 42:14, NVI

Nove meses depois do nosso regresso da Babilônia, Ciro foi formalmente reconhecido como príncipe herdeiro da Pérsia, substituindo Otanes. O pronunciamento foi recebido com um rugido tão ensurdecedor na lotada sala do trono do palácio que um dos preciosos cálices de vidro caiu e rompeu com as vibrações do som. O nosso Ciro conseguiu conquistar tantos corações que até os mais firmes apoiantes de Otanes decidiram mudar de lado.

Não era apenas a nobreza que o tinha em alta estima. Os plebeus adoravam Ciro. Tendo crescido como um simples pastor, ele entendia suas vidas melhor do que qualquer aristocrata que vivesse. As pessoas comuns sentiram que o coração de seu príncipe era delas tanto quanto era dos homens finos que assombravam os corredores do palácio. Qualquer um que testemunhasse a forma como as pessoas comuns da Pérsia regavam Ciro com afeto podia ver que um dia iriam voluntariamente dar as suas vidas por ele, quer lutando em seu nome num campo de batalha desesperançoso, quer arando um terreno de terras arrasadas.

Durante sete dias consecutivos, a corte observou a instalação formal de Ciro como herdeiro do rei e celebrou a sua investidura nesse papel com banquetes pródigos. O meu outrora aluno sentou-se em um pequeno trono, com uma modesta coroa sobre a testa, os cabelos cuidadosamente enrolados mantidos no lugar por anéis de ouro, enquanto os chefes de cada clã persa e seus principais membros se ajoelharam diante dele e lhe ofereceram sua lealdade.

Eu vi apenas algumas horas das celebrações, e isso através da estreita fenda nas cortinas da sala do trono. Eu estava enorme de grávida e proibida pelo médico de me esgotar. Deus tinha escolhido abençoar o meu ventre pouco depois do meu casamento, de modo que, no segundo dia das celebrações, eu estava na minha cama, trazendo nova vida ao mundo.

Meu filho veio em silêncio, seu grito educado era um som bem-vindo aos nossos ouvidos tensos. Nós tínhamos decidido nomear um filho como Johanan, em homenagem ao nosso querido amigo. Eu mal tinha tido tempo de pressioná-lo contra o meu peito e admirar seus dedos perfeitamente formados quando novas dores me atingiram.

— Gêmeos! — pronunciou o médico com entusiasmo.

— Gêmeos?! — gritei em choque, depois esqueci das palavras por alguns instantes enquanto minha filha entrava no mundo. A parteira falou que era impossível, mas eu juro que ela sorriu para mim no momento em que a segurei nos braços. Jared afirma que ela não parou de sorrir desde então, e eu acho que ele está certo.

Eu nunca esquecerei o olhar que o meu marido me deu quando a parteira finalmente o permitiu entrar no nosso quarto. Ele virou seus olhos arregalados para os dois belíssimos bebês aninhados e contentes em meus braços e empalideceu ao perceber que ele era pai de dois filhos.

— Fogos e relâmpagos! — Ele arfou.

Eu dei risada. Antes que eu pudesse pensar em uma resposta, estava aconchegada em seus braços com tanta gentileza que me fez chorar. Um forte amor pela minha pequena família encheu todos os cantos da minha alma. Eu nunca imaginei que podia me sentir tão completa.

Meus pais me deram o nome da filha mais nova de Jó. Decidimos manter a tradição viva e chamamos a nossa querida menina de Jemima, em homenagem à filha mais velha de Jó. Um ano depois, a língua enrolada de bebê de Johanan concedeu uma versão mais curta de seu nome: Jemma. Depois disso, nossa filha passou a ser conhecida como Jemma por todo o palácio.

Ciro me pediu para continuar meu trabalho como sua escriba sênior. Eu segurava os meus filhos, um em cada perna, enquanto ditava as cartas de Ciro e treinava novos escribas para organizarem a sua correspondência oficial. Mal sabíamos que esses mesmos escribas um dia se tornariam a espinha dorsal de seu império, uma arma tão pontiaguda quanto seu exército invencível. Estávamos construindo os alicerces de um futuro que nenhum de nós poderia realmente compreender ainda. Para nós, eram apenas negócios cotidianos. O trabalho ordinário das nossas mãos. Mas Deus sabia que, tijolo por tijolo, estávamos estabelecendo os meios para gerir o maior império que o mundo já tinha visto.

Mas essa é uma história para outro dia.

UMA NOTA DA AUTORA

A história legou-nos vários relatos diferentes da infância de Ciro. As fontes que se referem ao início da vida dele são predominantemente gregas e, como outras histórias gregas antigas, são constituídas em um amálgama de lenda e verdade, e às vezes é difícil distinguir uma coisa da outra. Para efeitos deste romance, baseei-me no relato mais conhecido, registrado por Heródoto. Como sou romancista e não biógrafa, não pude resistir a esta requintada, embora provavelmente mítica, narrativa inicial sobre a infância de um dos reis mais famosos do mundo.

É claro que a lenda de Heródoto não menciona companheiros judeus que ajudaram a salvar Ciro das garras sedentas de sangue de Astíages. A presença de Keren na vida do jovem Ciro é puramente ficcional, assim como o relato do romance sobre o retorno do garoto aos seus pais, começando com sua fuga de Ecbátana.

Depois que Ciro criou seu império dinástico, a corte persa tornou-se povoada por muitos estrangeiros respeitados, incluindo talentosos administradores judeus como Daniel e Neemias. Esta história tenta fornecer uma narrativa crível que explica, em parte, a atitude posterior de Ciro em relação aos judeus, e de fato, todos os cativos que ele libertou. *O príncipe oculto* tenta capturar o início de uma época da história persa em que judeus e persas eram amigos e as nações tornaram-se melhores e mais fortes graças a essa amizade.

Muitos dos personagens deste romance são baseados em figuras históricas. Estes incluem Daniel, Ciro, Hárpago, Astíages, Cambises, Mandane (a pronúncia persa do nome da mãe de Ciro) e Nabucodonosor. A Bíblia não diz se Daniel era casado ou solteiro. Alguns historiadores chegaram a concluir que ele poderia ter sido um eunuco. Não vi provas disso e decidi dar-lhe uma família.

Embora este romance seja uma obra da minha imaginação, sempre que possível tentei manter-me fiel aos pormenores históricos e arqueológicos. Se você estiver interessado em ler mais, recomendo o livro clássico *From Cyrus to Alexander: A History of the Persian Empire* [De Ciro a Alexandre: uma história do Império Persa] de Pierre Briant e *Discovering Cyrus: The Persian Conqueror Astride the Ancient World* [Descobrindo Ciro: O Conquistador Persa montado no mundo antigo] de Reza Zarghamee. Os acontecimentos do capítulo 54 em torno da disputa do casaco baseiam-se numa história contada pelo historiador grego Xenofonte sobre a infância de Ciro, que encontrei no livro de Zarghamee, *Discovering Cyrus*. Embora Otanes seja um personagem fictício, a história geral parecia um encaixe perfeito para esta trama do romance. As referências bíblicas a Ciro incluem Isaías 44:28 e 45:7; Jeremias 51:11, 28–29; 2Crônicas 36:22–23; Esdras 1:1–11 e 5:14–15. Alguns desses versos foram escritos décadas antes do nascimento de Ciro e são considerados de natureza profética, enquanto outros descrevem o retorno dos cativos judeus a Jerusalém e o papel de Ciro nesses eventos.

Durante a leitura do livro de Jeremias, lembrei-me de uma palestra fascinante proferida pela maravilhosa Jennifer Kennedy Dean, autora de *Heart's Cry* [Grito do coração] e *Live a Praying Life* [Viva uma vida de oração]. Anos atrás, ouvi Jennifer falar sobre Moabe como "deixado com os seus resíduos" (como descrito em Jeremias 48:11). Embora não tenha notas dessa apresentação, creio que capturei parte da sua essência nas ruminações de Keren no capítulo 31. Jennifer está com o Senhor agora, mas seus ensinamentos vivem, como evidenciado por este parágrafo no meu livro. Mesmo que esta não seja uma citação direta, foi a apresentação de Jennifer que deu origem à ideia.

Gostaria de fazer uma menção especial à minha amiga Diane Galloway, que durante uma conversa me disse: "Graça significa dar espaço para alguém crescer." Fiquei tão impressionada com esta noção que a usei no capítulo 53 como resposta de Keren a uma situação dolorosa.

Na linha do tempo de *O príncipe oculto*, a Pérsia é um pequeno reinado, crescendo em independência, mas longe do poder que mais tarde se tornou sob a liderança de Ciro. A sua ascensão à glória é uma história extraordinária, repleta de perigos e salpicada de milagres. Mas é uma história para outro livro.

AGRADECIMENTOS

Em primeiro lugar, gostaria de agradecer aos meus leitores incríveis. Independentemente de você ter estado comigo desde o início ou tenha acabado de descobrir um dos meus livros há dez minutos, quer tenha lido os romances várias vezes ou tenha lido uma só vez e passado para (presumo) seus amigos favoritos, vocês são a razão pela qual escrevo. Sua graça, apoio, encorajamento e compromisso com essas histórias me mantêm escrevendo. Eu tenho os fãs mais incríveis! Por favor, mantenham suas orações, cartas e e-mails. Mesmo quando não tenho tempo para responder, leio cada palavra, rezo por vocês em suas lutas e agradeço a Deus por vocês. Sou também profundamente grata a todos os bibliotecários e vendedores de livros que apresentam as minhas obras aos novos leitores.

Agradeço aos meus editores muito talentosos, Stephanie Broene e Kathy Olson, que me ajudam a escrever livros melhores e sempre fazem a pergunta mais importante: "Então, o que vem a seguir?". Sou grata pela talentosa equipe de ficção da Tyndale House Publishers, incluindo Elizabeth Jackson, Karen Watson, Jan Stob e Ron Beers. Agradecimentos especiais a Cheryl Kerwin e à maravilhosa equipe de vendas que tanto trabalham para colocar estes livros nas mãos de novos leitores, e às adoráveis Madeline Daniels e Andrea Garcia que encontram maneiras inteligentes para que todos vocês saibam que estou viva e escrevendo novas histórias.

Sou eternamente grata pela minha capaz agente, Wendy Lawton, cujo contínuo encorajamento e querida amizade me guiaram tanto por caminhos nivelados quanto por estradas esburacadas. Obrigada por você ter dado uma oportunidade a uma escritora desconhecida, há tantos anos, apesar de eu ter derramado o meu chá por toda a sua toalha de mesa.

Muita gratidão pelo meu brilhante marido que me ajuda de mil maneiras. Ele criou o mapa no início deste livro. Mais importante ainda, ele desafiou-me a fazer de Jared a vítima do incidente com a espada de Keren, em vez de um personagem menor, como eu pretendia inicialmente. Foi um daqueles momentos de cair o queixo em que me ocorreu que sua sugestão elevaria a história a um nível totalmente novo. O que posso dizer? O homem é um sabe-tudo. Sim, sou abençoada e grata por tê-lo em minha vida.

Quanto mais eu escrevo, mais oração preciso! Quero agradecer especialmente aos amigos que oraram fielmente por mim: Kim e Kathleen Hill, Rebecca Rhee, Diane Galloway, Tegan Willard, Kathi Smith, Lucinda Secrest McDowell, Lauren Yarger, Jessica Trowbridge, Donna e Dave Luce, e os pastores Tom e Catherine Johnston.

Este livro é sobre os primórdios do Império Persa. Meus pais me nomearam em homenagem a uma rainha daquele império e plantaram um amor por sua história e cultura em meu coração. Sem eles, este livro não poderia existir. Quero agradecer à minha maravilhosa mãe, que nunca deixa de apoiar a minha escrita, e ao meu amado pai, que está em casa com Jesus e de cujos olhos cintilantes e humor incandescente sinto saudades todos os dias. Muito grata por estas duas pessoas que moldaram a minha vida com o seu amor e sacrifício.

.

Este livro foi impresso pela Vozes, em 2024, para a
Thomas Nelson Brasil. A fonte do miolo é Warnock Pro.
O papel do miolo é avena 80g/m².